유리 언덕

욕망이라는 이름의 경계선

유리 언덕

욕망이라는 이름의 경계선

장혜영 장편소설

예서

하나의 심쿵한 사랑이야기를 하려고 한다.

원래 사랑은 인간의 가장 아름답고 원초적인 욕망이다. 그런데 사랑이라는 이 욕망의 바다는 누구라 할 것 없이 입수, 수영은 물론 빠져나오는 것도 쉽게 허락하지 않는다. 그것은 밑바닥 깊은 곳에 언제나 암초, 소용돌이, 파도를 숨겨두고 수시로 익사의 위협을 가하기 때문이다. 저들은 다른 말로 표현하면 도덕, 상식, 양심이라고 할 수도 있을 것이다. 도덕은 때로는 과거를 빌려 현실을 가림으로써 찬란한 사랑에 어두운 그늘을 던지기도 한다.

인간의 욕망은 도덕과 양심의 검문대가 설치된 현실의 삼엄한 단속을 통과해야 실현될 수 있다. 그런데 현실과 욕망은 많은 경우 대치상태에 처해 있다. 그것은 현실은 공적인 영역인 반면, 욕망은 사적인 영역이기 때문이다. 보편적인 현실과 상식에 위배되지 않는 욕망의 실현은 도덕의 중력에 타협함으로 이익을 반납해야 하는 심리적 고통을 동반할 수밖에 없다. 그 반대의 경우에는 도덕적인 훼손과 양심의 상실이라는 아픔을 감내해야만 한다. 그것이 소설의 주인공들이 현실에서 봉착하는 사랑과 효심의 선의적인 갈등이다. 욕망으로서의 사랑과 도덕으로서의 효심이 충돌하는 언저리에서 양자택일의 고민에 빠져 방황하는 시공간이 주인공들이 맞닥뜨린 현실이다. 둘 다 얻을 수 없고, 그래서 어쩔 수 없이 하나를 버려야 하는 선택의 지점에서 사랑의 돛배는 시련의 파도를 만날 수밖에 없다.

2011년에 장편소설 『꽃은 왜 아름다운가』를 출간하면서 '작가와비평'사의 양정섭 대표님과 알게 되었다. 그것이 인연이 되어 이번 작품도 대표님이 계시는 '예서'에서 출간하게 된 것이다. 출간을 기꺼이 허락해주신 양정섭 대표님께 깊은 사의를 표한다. 편집 작업과 마케팅에 관여한 모든 분들께 감사드린다.

이 책을 펼치는 독자들에게도 미리 새해 인사를 드린다.

2021년 12월 20일
서울에서

차례

첫눈 연정

1

한태주는 커피숍에서 아이스아메리카노 한 잔을 시켜 마시며 방금 끝난 1학기 마지막 수업의 강의를 돌이켜보았다. 곧 시작될 여름방학 때문인지 강의실 안은 어수선한 분위기였다. 하지만 태주는 아랑곳하지 않고 자신이 준비한 현대문학 강의의 마무리 발언을 했다. 어차피 정숙한 분위기라고 해도 관심 있는 사람들이나 듣고 나머지 학생들은 경청하지 않을 것이기 때문이다. 교수도 아닌 새내기 시간강사 따위의 강의를 귀담아 청강할 학생도 몇 안 될 것이다.

"우리는 김동인의 소설 '약한자의 슬픔'을 마지막으로 지난 1학기 한국현대문학수업을 종강하게 되었습니다. 김동인 소설을 포함하여 한국현대문학을 견인한 작가들의 주된 관심사는 한마디로 요약하면 현실과 욕망 사이에서 발생하는 갈등이라고 할 수 있습니다. 현실은 언제나 한계를 지니고 있기 때문에 인간의 욕망을 만족시킬 수 없다는 지점에서 마찰이 시작되는 것입니다. 마치 '약한 자의 슬픔'에서 K남작이 자신에게 주어진 처자와 가정교사라는 한계적인 현실에 만족을 느끼지 못하고 강엘리자벳과 탈현실적인 성관계를 가짐으로써 욕망을 실현하는 것과 다를 바 없습니다. 욕망이 만족을 이루려면 허용된 현실 밖에서 찾을 수밖에 없다는 지점에서 현실과의 갈등이 초래되며, 그 과정이 현대문학의 핵심주제로 채택된 것이라 단언할 수 있겠죠. 하지만 현실은 항상 욕망의 일탈을 통제하기 위해 일종의 경계를 설치하는데 나는 이 상징적인 장치에 '유리언덕'이라는 이름을 붙여보았습니다."

갑자기 학생들 속에서 웃음소리와 탄성이 터져 나왔다.
"'유리언덕'! 표현 굿입니다."
그 중에서도 앞줄에 앉은 혜진의 반응이 가장 적극적이었다.
"하필이면 그 언덕이 유리죠?"
찬탄에 이어 여기저기서 불만이 섞인 질문들이 쏟아져 나왔다.

"그것은 현실에 의해 차단된 피안의 세계가 투명한 유리 너머의 물체처럼 욕망의 시선에는 포착되기 때문입니다. 하지만 그것은 동시에 차단 기능을 가진, 넘기 어려운 '언덕'입니다. 가시적이면서도 횡단할 수 없는 그것이 바로 현실이 설정한 경계—'유리언덕'입니다. 물론 이 '유리언덕'도 넘을 수 있는 방법이 있긴 합니다. 그것을 넘을 수 없었다면 K남작도 결코 현실의 경계를 은밀하게 넘어 강엘리자벳과 성관계를 가지지 못했을 테지요.

 탈출통로는 두 가지가 있는데 하나는 상상이고, 다른 하나는 욕망입니다. 그런데 상상은 '유리언덕'을 넘어 현실로부터 탈출할 수는 있지만 질료적으로는 그 어떤 것도 얻을 수 없는 환상에 불과하다는 데 아쉬움이 있을 겁니다. 그래서 K남작도 상상의 터널을 포기했던 것입니다. 질료적으로 확실한 뭔가를 소유하려면 욕망을 소환할 수밖에 없습니다. 그런데 욕망은 독자적으로는 아무것도 이룰 수 없어요. 반드시 육체와 타협하고 그것을 앞세워야만 되기 때문이지요. 하지만 방금 언급한 것처럼 그 언덕은 유리입니다. 육체의 중량 때문에 미끄러지고 깨어져 살갗이 터지고 찔려 치명상을 입을 수밖에 없습니다. 우리는 그로 인해 피해를 입은 강엘리자벳을 기억하고 있습니다."

 ……

"선생님, 여기 계셨네요. 저희도 앉아 될까요?"

 한태주의 회상은 방금 강의를 듣고 나온 4학년 학생 혜진이가 그에게로 다가와 말을 거는 바람에 중단되었다. 그런데 태주의 시선은 무심코 키가 작달막한 혜진을 지나 조금 뒤에 서 있는 몸매가 날씬하고 이목구비가 수려한 낯선 아가씨에게 쏠렸다. 한줄기의 밝은 빛이 뾰족한 촉을 겨눈 채 허공을 찢으며 곧바로 날아와 그의 가슴에 깊숙이 박혀들었다. 예리한 레이저 광선처럼 태주의 눈동자를 찔렀다. 그녀의 반짝이는 눈에서 부서져 나온 수정 조각들이 테이블 위에 와르르 쏟아졌다. 그중 한 조각은 탁구공처럼 튕겨 컵 안으로 들어가며 우윳빛 파문을 일으켰다.

"안녕하세요."

자신에게 향한 시선을 느끼자 그녀는 가볍게 고개를 숙여 인사했다. 소담한 장발이 일제히 아래로 쏟아지는 바람에 구슬 같은 물보라가 일며 태주의 셔츠를 흠뻑 적셨다. 손으로 흘러내리는 물결을 쓸어 담아 등뒤로 넘기자 이번엔 그녀의 바디라인이 드러났다. 주변에서 달려와 매달리는 남성들의 시선이 귀찮은 듯 폭이 너른 헐렁한 팬츠에 회색 반팔 티셔츠를 입었지만 허리 아래와 허벅지는 탄력 있는 볼륨을 감추지 못한 채 탱탱하게 노출되고 가슴은 부드럽게 물결친다. 그런데 이상하게도 그녀의 얼굴에서 웃음기라고는 찾아볼 수 없었다. 첫눈에도 그녀의 눈에는 애수가 고여 있는 것처럼 보였다. 두터운 고민이 묻어 있는 표정도 그랬다. 하지만 그처럼 진한 수심과 커튼처럼 드리운 번민의 흔적도 그녀의 매혹적인 미모를 훼손시키지는 못했다. 도리어 단연 돋보이는 아리따움은 그 슬픔과 고뇌의 표정 때문인 것처럼 착각할 정도이다.

태주는 황홀한 광채에 눈이 부셔 길게 풀렸던 시선을 서둘러 감아들인 후 다시 혜진에게 돌려놓았다. 그쪽은 전혀 부담스럽지 않았다.

"이분은 문학을 강의하시는 한태주 선생님이셔. 우리 반 여학생들의 공동연인이시다. 모두 자기 남자래. 그리고 여긴 제 사촌언니 서다요라고 해요. 원래는 문학을 좋아하는 데 아버지가 반대해 지금은 무역학을 전공해요."

서다요는 뒤늦은 소개에도 다시 고개를 숙여 인사한 다음 혜진의 옆에 다소곳이 앉는다. 태주는 모든 신경이 다요에게로 향했으나 감히 그녀에게 시선을 둘 수가 없었다. '우리 대학에 이런 미녀가 있었어' 하고 속으로 경탄할 뿐 알 수 없는 두려움 때문에 쳐다보지 못했다. 일단 시선만 주면 다요의 얼굴, 눈, 코, 입은 물론 어깨를 스쳐 티셔츠와…… 그런 눈길은 무례함을 넘어 자칫했다간 상대방에게 불쾌감을 줄 수도 있기 때문이다. 그래서 아무리 쳐다보아도 부담감이 없는 혜진에게 시선을 고정시켰다.

"오늘 강의 어땠어?"

"정말 흥미진진했습니다. 특히 '유리언덕'이라는 표현은 대박이었어요. 수업이 끝난 다음에도 애들이 그 말을 무슨 개콘 유행어처럼 입에 달고 다닙니다."

"그래? 다행이구나."

"그런데 '유리언덕'이 표현은 멋진데 너무 추상적이어서 전 이해가 잘 안 돼요. 예컨대 오른쪽 벽 구석에 앉은 저쪽 남학생들의 시선이 아까부터 다요 언니한테 집중되고 있는데 그걸 차단하는 '유리언덕'은 어디 있습니까?"

태주가 혜진이 눈짓으로 가리킨 코너를 바라보니 테이블에는 서너 명의 남학생들이 앉아 있었다. 솔직히 그들뿐만은 아니었다. 홀 안에 있는 여러 남성들의 시선이 간헐적으로 서다요에게 쏠리고 있었다. 어떤 시선은 지렁이처럼 바닥을 기어오다가 가운데의 탁자들을 구렁이처럼 어슬렁어슬렁 넘어왔고 어떤 눈길은 허공을 가르며 화살처럼 곧장 날아왔다. 거미처럼 천장을 거꾸로 기어와서는 다요의 머리 위에서 입으로 토해낸 거미줄을 타고 내려오기도 했다.

"'유리언덕'은 육안에는 보이지 않아. 신경망으로 특제된 욕망의 그물에만 포획되지. 그것은 실체가 아니라 허상이기 때문에 아무리 육안으로 포착하려 해도 물리적인 형태로 잡히지 않아. 저 학생들의 시선에는 아직 욕망이 실려 있지 않기에, 다만 '유리'의 투명성을 통과해 바라만 볼 뿐 '언덕'에 접근하지는 않고 있어. 일단 욕망이 개입해야 '유리언덕'에 접근하게 되고 그것을 초월하면 거리가 단축되면서 분리되었던 현실과 비현실이 물리적으로 연결되는 결과가 초래되는 거야. K남작이 강엘리자벳을 유리를 통해 관망만 했을 때는 주인과 가정교사라는 현실의 통제 안에 있었잖아. 그러나 욕망에 떠밀려 '유리언덕'을 횡단하는 순간 그들은 한 몸이 되었고 주인과 가정교사라는 현실의 언덕을 넘어 비현실적인 애인관계로 된 것처럼."

"동인의 소설 내용으로 설명하니까 이해가 되는 것 같아요. 참, 소설 얘기가 나와서 말씀인데 언니도 요즘 소설을 쓰고 있어요. 언니, 선생님께 소설 내용 말씀드려. 선생님께서는 문예지에 소설비평문장도 발표하셨을 뿐만 아니라 최근에 인기화제가 된 '현실과 욕망의 갈등 – 소설 창작 입문' 신간의 저자이시기도 하셔. 왜 언니가 투고만 하면 발표가 안 되는지 원인을 알아야 등단할 게 아냐. 혼자서 끙끙거리지 말고."

혜진이 다요의 어깨를 슬쩍 건드리며 재촉했다.

"혜진아, 그걸 어떻게……."

서다요는 수줍은 듯 얼굴을 붉히며 시선을 테이블에 떨어뜨렸다.

"언니가 쑥스러우면 내가 대신 말씀드릴게. 주인공은 여대생인데 그녀에게 주어진 현실은 커다란 얼굴과 뚱뚱한 몸매에요. 예뻐지려는 욕망에서 방학을 이용해 성형수술과 다이어트를 했어요. 그런데 부모님들이 공부와 건강에 해롭다고 반대하자 주인공은 자취방을 얻어 홀로 생활하면서 자신의 고집을 굽히지 않았죠. 언니는 주인공의 실패와 좌절로 결말을 지으려고 해요. 저는 주어진 현실에 순종하지 않고 성형과 다이어트에 성공해 인생의 대반전을 맞는 걸로 결말을 짓는 게 좋겠다고 건의했지만 언니가 듣지 않아요. 요즘은 결혼, 취직 모든 생활에서 미모우선주의 시대인데, 그 대 추세를 거스르는 작품을 누가 보겠어요. 제 조언은 무시하니까 선생님께서 좀 도와주세요."

다요는 자신의 유치한 습작작품 내용이 다른 사람에게, 그것도 소설비평가에게 공개된다는 사실이 너무 쑥스러운 듯 고개를 숙인 채 귀뿌리만 빨갛게 물들이고 있다. 그 모습이 너무 순수하고, 고결하고 단아하여 또다시 주변의 시선을 끌어당기는 구심점이 되었다.

"그렇다면 동일한 조건을 가지고 태어난 쌍둥이자매를 주인공으로 한 다음, 한 사람은 성공하고, 다른 한 사람은 실패하는 구조로 설정한다면 두 사람의 의견이 절충되잖아."

태주는 그냥 생각나는 대로 한마디 했다. 동료들 앞에서 청산유수로 정평이 난 평소의 언변이 무색하게 웬일인지 서다요의 앞에서 적절한 멘트도 떠오르지 않았다. 자신의 신분을 봐서는 뭐라도 말해야 한다는 강박관념의 결과물이었다. 그런데 뜻밖에도 고개를 쳐들고 그를 바라보는 다요의 눈빛이 샛별처럼 반짝였다. 혜진은 아예 박수까지 쳐댄다.

"오케이, 콜. 내가 뭐랬어? 막혔던 난제가 쉽게 풀렸잖아. 진작 선생님을 찾아뵈었어야 했어. 참, 언니야. 이번 여름방학에 H도서관에서 개최하는 문학특강이 있어. 매주 토·일에 강의가 있는데 물론 강사는 선생님이시지. 소설 창작 강좌니까 언니한테도 도움이 될 테니 들어봐."

"정말? 집에 가서 부모님과 상의해보고."

"헐! 다 큰 성인이 문학 강좌 청강도 어린애처럼 부모님께 허락받아야 돼? 난 언니 이런 게 싫어. 누가 효녀 아니랄까 봐."

"알았어. 선생님, 전 오늘은 이만 일어나야겠어요."

서다요가 의자에서 일어나 태주를 향해 깊숙이 허리를 굽혔다. 태주는 저도 모르게 엉거주춤 자리에서 일어나 고개를 숙였다. 그녀가 숍에서 나가자 실내는 밤이 된 것처럼 순식간에 어두컴컴해졌다.

2

한태주는 벽에 걸린 인물화처럼 꼼짝 않고 그 자리에 우두커니 앉아 있었다. 서다요가 커피숍에서 나간 지도 한참 지났지만 그녀의 모습이 머릿속에서 지워지지 않았다. 그냥 한번만 얼핏 보았을 뿐인데 서다요의 모습은 화강석에 새겨진 조각상처럼 또렷하다. 그녀가 머물 렀던 자리에 눈길을 둔 채 속으로 가만히 이름을 불러 보았다.

서다요!

그러자 그녀의 얼굴에 드리웠던 애수가 걷히며 눈빛이 영롱하게 반짝인다. 그러나 금시 고개를 숙이며 귀뿌리가 고춧빛이 된다. 태주는 햇빛을 피하는 척 손으로 광선을 가렸다가 슬그머니 일어나 다요가 앉았던 의자로 자리를 옮겼다. 히프와 잔등으로 그녀의 따스한 체온 이 수증기처럼 스며들었다. 그녀의 향기로운 체취가 아직도 식지 않고 모락모락 피어오르며 후각을 자극했다. 태주는 그녀의 손이 닿았던 테이블 위에 손바닥을 내려놓았다. 여전히 그녀의 손에서 묻어난 부드 러움과 온기가 테이블 위에 배어 있다. 태주는 저도 모르게 심호흡을 하며 두 눈을 감았다.

내가 왜 이러지. 갑자기 성도착증 환자라도 된 건가?

태주로서도 여자 하나 때문에 이렇게 깊숙이, 그것도 거의 광속으로 빠져들기는 처음이었다. 지칠 새도 없이 넘쳐나는 젊은 혈기는 강바람 과의 데이트로 충분히 조절 가능했다. 여자가 그리워지면 전화 한통 만 하면 강바람이 지체 없이 달려왔다. 그녀가 태주의 청춘의 정열과 욕구를 충족시켜 준 덕분에 지금까지 다른 여자들에게 현혹되지 않 고서도 학업과 학문에만 열중할 수 있었다. 그런데 오늘은 아무래도 이상하다. 이런 경험은 난생처음이다. 그녀를 처음 본 순간부터 이유 없이 긴장해졌을 뿐만 아니라 전에 없이 신경이 팽팽해졌기 때문이다. 행동은 물론 대화도 부자연스러웠다. 게다가 서다요가 떠나간 지금까지도 그녀의 집착에서 벗어나지 못하고 있다. 한번이라도 더 눈여겨보았을 걸 하는 후회마저 갈마들었다. 어쩌면 그녀를 다시 만나지 못할지도 모른다는 예감 때문에 그랬다. 문학특강에 서다요가 꼭 참가한다는 담보도 없었다.

그때 테이블 위에 놓아둔 휴대폰이 부웅~ 진동했다. 서다요의 회포에 잠겨 있다가 깜짝 놀라 눈을 떠보니 액정화면에 '현보민'이라는 이름이 떴다. 현보민은 초등학교부터 고등학교까지 함께 다닌 친구이다. 그는 동네파출소에서 경사로 근무하고 있다. 아버지가 기저질환자여서 가정경제형편이 어려워 공부는 태주보다 더 잘 했지만 대학등록금을 마련할 수 없어 고등학교를 졸업하자 아르바이트를 전전하며 자학으로 순경공채시험에 합격하여 경찰관이 된 것이다. 그 덕분에 온 가족이 현보민의 170여만 원 정도의 박봉에 매달려 생계를 이어나갔다.

그런데 현보민한테서 전화가 온 건 거의 1년만이라 태주는 엔간히 놀랐다. 여자 친구가 교통사고로 횡사한 뒤 실의에 빠진 현보민은 삶의 의욕을 잃은 채 친구인 태주와도 연락을 단절하고 외롭게 고독한 시간을 보냈다. 파출소—자택 이 두 고정된 장소만 오고갔으며 시간만 있으면 세상을 뜬 여자 친구를 기리는 시를 써서 문예지에 발표했다. 태주도 친구가 스스로 슬픔을 극복해낼 때까지 말없이 지켜보고만 있던 터였다. 그런데 오늘은 무슨 일로 갑자기 전화를 걸어왔을까?

"어, 현경사. 웬일이야? 전화 다하고? 난 화성에라도 도망간 줄 알았는데."

"나 오늘 비번인데 다른 스케줄 없어? 얼굴이나 좀 보려고."

"나야 환영이지. 그런데 무슨 일로?"

"만나서 얘기해. 우리 자주 가는 고깃집에서 기다릴게."

"오케이, 콜. 여기 학교니까 막히지만 않으면 한 시간이면 도착할 거야."

여자 친구의 장례식 날 실신하여 혼절한 현보민을 119에 알려 병원까지 동행했던 것이 그와의 마지막 만남이었다. 문예지나 간행물에 가끔씩 발표되는 그의 시를 읽는 게 그와의 간접소통 경로였다. 1년이란 시간은 길지만 어쨌든 슬픔을 극복하고 정상적인 생활궤도에 다시 복귀한 것 같은 느낌에 태주는 다행이라는 생각이 들었다. 안 그래도 서다요의 아우라에서 어떻게 벗어나나 걱정했는데 차라리 잘된 것 같다.

득달같이 식당에 들어서니 그곳에는 이미 현보민이 와서 기다리고 있었다. 무슨 책인가를 손에 들고 들여다보다가 태주가 들어오자 자리에서 일어나 반갑게 맞이한다. 둘은 말없이 서로를 힘차게 포옹하고는 자리에 갈라 앉았다. 경찰관제복이 아닌 사복차림의 현보민은 키도 더 크고 몸집도 더 뚱뚱해보였다. 분위기도 위엄보다는 동네아저씨처럼 후더분해 보인다. 눈썹은 짙고 코는 큼지막하고 입술은 두터웠다. 더운지 반팔을 입었음에도 셔츠 단추를 세 개나 풀어놓고 있다.

"그간 아무 연락도 없더니 오늘은 무슨 바람이 불어서 불러낸 거야?"

밑반찬과 고기가 올라오자 불판에 올려 구우면서 태주가 먼저 입을 열었다.

"시집도 발간되고, 또 다른 사정도 있고 겸사겸사."

"그럼 인젠 그 기나긴 상주 노릇 끝난 거야?"

태주는 현보민이 넘겨주는 엷은 시집을 받으며 물었다. 표제는 '새벽 이슬'이고 부제는 '천상의 승혜에게'이다. 묻지 않아도 세상을 떠난 여자 친구 승혜를 잊지 못해 쓴 시들을 모아서 책으로 묶어낸 것이리라. 그중 많은 시편들은 문예지와 간행물들에 발표된 것이고 태주도 대부분 읽은 것들이었다.

"내 나름대로는 승혜한테 진 마음의 빚을 대충은 청산한 것 같아. 비록 보잘것없는 책 한 권이지만."

"이거면 충분해. 축하해. 그런 의미에서 첫 잔은 건배하자."

두 사람은 허공에서 술잔을 부딪친 후 동시에 굽을 비웠다.

"봉건사회도 아니고, 부모님도 아닌데, 시묘살이 1년이나 했으면 됐어. 하늘에 있는 승혜씨도 만족했을 테고. 늦지만 무사하게 돌아와 줘서 내가 승혜 대신 기뻐."

두 사람은 엇갈아 술을 따르고 그 잔도 굽을 냈다.

"승혜를 가슴속에서 지우기가 너무 힘들었어. 마음에서 떠나보내기가 너무 고통스러워 차라리 죽어버리고 말까 생각한 적도 한두 번이 아니야."

"안 그러면 이상하지. 사랑하는 사람이 사라졌는데. 그러나 주구장창 떠난 사람만 생각할 순 없잖아. 식상한 말이지만 산사람은 살아야 하니까. 인젠 그만 슬픔을 내려놓고 그냥 현실로 받아들여. 현경사는 누구보다 현실론자잖아. 지금까지 써온 작품들도 모두 현실을 긍정한 시들이었고."

"이치는 나도 아는데 그걸 행동으로 옮기는 건 쉽지 않았어. 참, 요즘 새로 쓴 시 한 수가 있어. 한박사가 보고 부족한 점을 지적해줘."

현보민이 옆 의자에 놓은 가방에서 수첩을 꺼내 몇 장을 번지더니 태주에게 건넸다. 펜으로 흘려 쓴 문자가 꽉 박혀 있다. 제목은 '반지하'다.

　　햇빛이 벽에 부딪쳐 발걸음을 돌린다
　　어둑한 구석마다 곰팡이가 얼룩덜룩
　　숨 막히는 악취를 풍긴다
　　습기와 냉기는 이불이 되고
　　빈대와 바퀴벌레는 식구가 된다

　　장맛비엔 홍수가 방안에 차고 넘쳐
　　옷과 책은 쓰레기가 된다
　　대야로 빗물 퍼내는 우리를 향한
　　위층의 시선이 연민인 듯 멸시인 듯

　　이곳은 연로한 양친이 계시고
　　형과 형수님이 살고
　　두살배기 조카가 걸음마를 익히는 요람
　　밥 짓는 향기, 요리 볶는 소리, 말소리가 넘치는 곳이다
　　그리고 여기는 내 시상이 무르익고 시어들이 태어나는 곳이다

"누가 보아도 현실긍정론자가 쓴 시야. 현실에 대한 긍정적인 태도, 그것이야말로 현경사를 고통과 슬픔의 지옥에서 건져낸 에너지라고 할 수 있겠지."

"그런데 시가 감정이 너무 메마른 것 같아."

"그건 아마도 욕망의 철저한 배제로 인한 결과겠지. 현실 공간에는 욕망이 발붙일 자리가 없으니까. 그래서 상식의 통제를 받으면서도 순수미를 지니는 것일 테고. 현실은 욕망의 지원이 없이도 그 자체로 완전해. 현실 밖의 그 어떤 것에도 관심이 없다는 지점에서 현보민만의 개성이 싹트는 거잖아. 승혜씨의 불상사로 인한 슬픔도 그 맑고 순수한 현실 공간에서 해소되고 증발했던 거야."

"어지러워. 비행기 그만 태워. 실패작이 성공작으로 둔갑한 건 한박사가 내 친구이기 때문이야. 내 시지만 맘에 안 들어. 시적 은유도 상상력도 증발되고, 함축도 심벌도 결여된 느낌만 들어. 그래서 유치해 보여. '반지하'도 그중의 한 수야. 그래서 발표를 망설인 거고."

두 사람은 식당에서 식사가 끝나자 2차로 근처의 호프집으로 자리를 옮겼다. 과일안주에 생맥주를 마시며 잠시 중단되었던 이야기를 계속 이어갔다. 그런데 갑자기 현보민이 최근 봉착한 새로운 고민거리를 털어놓기 시작했다.

"실은 내가 한박사를 만나자고 한 이유는 단지 시집 출간 때문만은 아니었어. 그보다 더 심각한 고민거리가 생겨 한박사의 자문을 구하고 싶었어."

현보민이 태주에게 맥주잔을 들이밀며 말머리를 열었다. 태주는 일단 그와 컵을 부딪치고 한 모금 마신 다음 말했다.

"현경사한테 승혜 말고 또 다른 심각한 고민거리가 있다고? 그럼 인젠 승혜를 깨끗하게 떠나보낸 건가?"

"아니야. 그 정반대야. 승혜의 죽음을 현실로 받아들인 건 사실이지만 그녀를 잊은 건 아니야."

태주는 혀끝에 승혜 이름을 올린 걸 금시 후회했다. 이제 겨우 잊을 만하니까 새삼스럽게 아무는 상처에 소금을 뿌린 격이 되었기 때문이다. 하지만 현보민은 의외로 태연한 기색을 지은 채 차분한 태도를 유지했다.

"그 고민거리란 게 도대체 뭔데?"

태주는 꼬챙이로 수박 한 조각을 찍어 현보민에게 권하며 반문했다.

"김은진이한테 데이트 요청을 받았어."

"김은진! 그게 누군데?"

태주는 현보민의 입에서 승혜 말고 또 다른 여자의 이름이 튀어나온 사실에 놀랐다.

"저 아래 동네 대형마트 점원이야."

"마트 직원, 그 여자가 왜 현경사와 만나자고 하는데?"

"말하자면 좀 길어. 두 달 전인가 갑자기 파출소에 신고전화가 왔었어. 어떤 아가씬데, 마트에서 늦게 퇴근해 귀가하고 있는데 한 남자 스토커가 그냥 뒤를 따라온다는 거야. 그때 동료들은 수색사건 지원 차 다 밖에 나가고, 소에는 나와 파트너인 박경위밖에 없었기에 내가 나가서 그녀를 집까지 호송해주었어. 소를 비우면 안 되니까. 그 남자 스토커는 술에 억수로 취해 훈방조치를 취했지. 그 뒤로 두 달 동안 하루도 빼놓지 않고 그녀의 심야귀갓길을 보호해주었어. 그런데 어제는 느닷없이 자신의 이름과 전화번호를 알려주며 내일 시간이 있으면 커피라도 한잔 사고 싶다는 거 아니겠어. 고맙다는 인사로 말이야."

"그런 일도 다 있었어? 그럼 데이트하면 되지 뭐가 고민이야?"

"만나고는 싶은데 자꾸만 승혜한테 미안해. 가야 될지, 말아야 될지 모르겠어. 망설이던 끝에 한박사의 조언을 듣고 싶어서."

"현경사 바보야? 그런 일에 뭔 고민, 조언 따위가 필요해. 무조건 가야지. 승혜도 하늘나라에서 기뻐할 거야. 그녀가 세상을 떠난 지도 벌써 1년이 넘었잖아. 외톨박이로 늙어 죽을 거야?"

친구가 고민을 털어놓자 태주도 나름 마음속에 들어앉은 고민거리를 털어놓고 싶었다. 그러나 혀끝까지 굴러 나온 서다요의 이름을 도로 삼켜버렸다. 그녀와 인사 뒤마디 주고받은 것이 전부다. 털어놓을 만한 아무런 사건도 없었기 때문이다. 하지만 그런데도 태주는 지금까지도 그녀와의 만남을 그의 인생에서 한 페이지를 차지할 만큼 중요한 사건으로 생각하고 있는 자신을 발견하고 새삼스럽게 놀랐다.

3

태주는 이번 주말부터 시작되는 문학 강좌와 관련하여 행사 측과 최종점검을 진행하고 강의실 내부설비를 둘러본 다음 모든 준비가 끝나자 도서관에서 나왔다.

　기슭에서부터 정상까지 남산 숲은 온통 녹음이 우거져 있었다. 도로 양옆의 은행나무가로수들은 노랗게 물든 잎사귀들이 하느작하느작 매달려 화사하다. 도서관 주변의 관상수들과 이름 모를 꽃들이 풍기는 향기를 맡고 나비들이 폴폴 날아든다.

　진작 찾아온 여름더위 때문인지 태주는 피곤기가 들었다. 오후가 되면서 기온이 30도를 넘으며 권태와 무기력함을 자극했다.

　어디로 갈까? 물론 귀가해야 한다. 하지만 태주는 영문도 없이 집이 싫어졌다. 오늘따라 글쓰기도, 독서도 귀찮게 여겨진다. 그냥 목적 없이 시내 여기저기 발길이 닿는 대로 드라이브나 하기로 작정했다. 그렇게 아무데나 되는대로 차를 달리다가 태주는 문득 창밖으로 전번 날의 그 커피숍이 내다보이자 어리둥절해졌다. 내가 커피숍이 없어서 하필이면 이곳으로 왔나? 일단 온바 하고는 한잔 마시고 보자.

　부근 가까운 주차장에 차를 댄 후 커피숍으로 들어갔다. 엉뚱하게도 그의 시선이 맨 먼저 포착한 곳은 전날 서다요가 앉았던 테이블이었다. 하지만 그 테이블에는 서다요는 없고 낯선 남녀대학생 둘이 앉아 있다.

　아이스아메리카노를 주문하고 빈자리를 찾아보니 그날 세 남자대학생이 앉아 서다요를 엿보던 그 구석자리밖에 없기에 거기 가 앉았다. 그제야 여기서는 서다요의 옆모습만 볼 수 있음을 알게 되었다. 다요가 앉았던 의자에 앉은, 북극곰을 연상시키는 뚱뚱한 여대생의 측면만 보이기 때문이다. 같은 여자지만 주변에 거느린 분위기는 하늘과 땅 차이다. 아마 그날 태주가 이 자리에 앉아 있었다 해도 서다요를 몰래 곁눈질했을 것이다.

커피가 나오자 태주는 홀짝거리며 최대한 늦게 마시려고 애썼다. 자신도 왜 이러는지 모른다. 마치 약속한 누군가를 기다리는 사람처럼 시간만 질질 끌고 있으니 말이다.

내가 지금 서다요가 나타나기를 기다리는 거야? 아니야. 난 그녀를 기다릴 생각이 없어. 기다린다고 나타날 것도 아니잖아. 난 그냥 할일이 없어 여기서 커피 한잔으로 무료함을 달래고 있을 따름이다. 그리고 서다요와 나랑은 아무 관계도 아니다.

아무리 늑장부려도 시간은 제멋대로 흘러갔다. 컵 바닥에 붙은 나머지 커피 한 모금을 다 마시고 일어나려고 할 때 느닷없이 휴대폰진동음이 울리는 바람에 태주는 흠칫 놀라 도로 의자에 주저앉았다. 액정화면에는 '강바람' 세 글자가 떴다. 그제야 오늘 그녀와의 정기데이트 약속날짜라는 기억이 되살아났다. 지금까지 강바람과의 데이트 약속시간을 한 번도 잊은 적이 없다.

내가 왜 이러지?

서둘러 수락버튼을 누르자 강바람의 카랑카랑한 목청이 귀청을 때렸다.

"왓 해펀드? 인젠 날 안 만날 거야?"

그녀의 목소리에는 의문과 함께 실망과 아쉬움이 묻어 있다.

"쏘리. 강좌 때문에 도서관에 들렀다가 깜빡했어. 지금 당장 그쪽으로 갈게."

"디즈 유 히얼 이븐 폴겟 플레스. 나 모르게 딴 짓 하는 거 아니지?"

"그런 거 아니야. 아무 일도 없으니까 신경 꺼. 당장 간다잖아. 잠시 만 기다려."

태주는 부랴부랴 커피숍을 나와 주차장으로 종종걸음을 쳤다. 그 러면서 나한테는 서다요가 아니라 강바람이 있음을 새삼스럽게 깨달 았다.

강바람은 데이트 때마다 장소를 신라호텔로 정했다. 그녀가 무슨 직 업에 종사해 그렇게 돈을 물 쓰듯 하는지 태주는 모른다. 알려고도 하 지 않았다. 다만 밀회 아지트를 신라호텔로 정한다든지, 20대 후반의 아가씨(아가씨인지 유부녀인지도 모른다.)가 포르쉐를 타고 다닌다든 지 하는 걸 보아서는 수입이 만만치 않은 것만은 확실한 것 같다. 태주 가 강바람(아마도 실명이 아닐 것이다.)과 우연히 만난 것은 석사공부 를 하던 중 현보민과 함께 강릉해수욕장에 갔을 때였다.

태주는 차를 지하주차장에 세우고 레스토랑이 있는 23층으로 올라 갔다. 은하수의 별들이 한꺼번에 와르르 쏟아져내려오는 것 같은 화려 한 크리스털 장식등이 설치된 로비를 지나 엘리베이터를 탔다. 레스토 랑에 먼저 도착해 창가의 테이블에 앉아 기다리고 있던 강바람이 태주 가 실내에 들어서자 휴대폰에서 시선을 떼지도 않은 채 말을 던진다.

"캄온."

대화는 항상 영어를 뒤섞는다. 태주는 늦어서 미안하다는 말을 하 며 맞은편에 착석했다. 미리 주문한 코스요리가 곧 올라오기 시작했 다. 메인요리인 한우등심 스테이크와 숯불구이가 오르기 전에 푸아그

라며 꽃새우새비체, 아보카드와 대게살이 들어간 샐러드와 같은 식전 요리가 중간 중간 빵과 번갈아가며 올랐다. 태주는 이것저것 먹어보았지만 평소 그렇게 당기던 음식들이 오늘따라 아무 맛도 느낄 수 없어 포크를 내려놓고 멍하니 창밖의 장충동 풍경만 내다보았다. 휴대폰에 눈길을 둔 채 음식을 먹던 강바람이 역시 태주에게 시선도 주지 않은 채 말을 건넸다.

"디드 에니싱 해편 투유?"

"낫."

"그런데 왜 한 번도 어긴 적 없던 어포인먼타임까지 까먹었어? 디쥬 이븐 캄 프롬 볼덤."

"권태기는 무슨. 그런 거 아니야. 특강준비로 깜빡한 것뿐이야."

"일이 바빠서 거식증이라도 들린 거야? 와이 나릿, 맛없어?"

"아이 두 낫 너우. 오늘은 웬일인지 식욕이 없어. 미디엄레어가 나오면 그때 먹을게."

두 사람 사이에 다시 짧은 침묵이 흘렀다. 강바람은 스마트폰을 하고 태주는 창밖의 풍경을 물끄러미 바라보았다.

"세이 에니싱 투유."

강바람이 드디어 스마트폰을 테이블 위에 내려놓더니 의아한 시선으로 태주를 건너다본다.

"왓투 세이?"

"인젠 나랑 해브 나씽 투 쎄이?"

"지난밤을 새며 글을 썼더니 좀 피곤해."

"그럼 유 다운 잇 유 다운 토크 음식상 앞에 놓고 제사지낼 거야?"

"먹으면 되잖아."

태주는 금방 올라온 샐러드 한 조각을 포크로 찍어 입안에 넣었다. 역시 아무 맛도 없어 다시 포크를 테이블에 내려놓았다.

"원수영씨, 요즘 두유 해버 거우 류 라이크?"

강바람은 도사처럼 독심술이라도 부릴 듯이 태주의 표정을 뚫어지게 쳐다보며 물었다.

"말이 되는 소릴 해. 내가 너 말고 또 누굴 좋아하겠어."

하지만 태주는 문득 기억 속에 서다요의 모습이 떠올라 은근히 놀랐다. 내가 그녀를 좋아한다고? 말도 안 된다. 겨우 인사말 한두 마디를 주고받은 게 전부이다. 그런데도 서다요가 강바람의 옆자리에 앉아 있는 듯한 착시현상까지 나타났다. 지금까지 태주는 강바람이 몸매도, 용모도 아름다운 여자라고 믿어 의심치 않았다. 그러나 상상 속의 서다요가 그녀 옆에 앉는 순간 강바람을 너무 평범한 여자로 만들어 버렸다.

"와이 다전 에잇 메이크 센스. 유 다운 잇 유 다운 토크하는 건 피곤해서 그렇다 치더라도 지금 수영씬 나한테도 아무 관심이 없잖아. 정신이 완전히 딴 데 가 있거든. 넋이 빠진 사람 같아. 이마에 난 사랑하는 여자가 생겼다, 앉으나 서나 그 여자 생각뿐이다. 이렇게 써 있는 데도 말이 안 돼?"

태주는 마음속으로 놀랐다. 여자의 촉각은 거의 동물적이기까지 하다.

"추측하지 마. 그런 일 없어."

태주는 음식엔 손도 대지 않고 샴페인만 마셨다.

드디어 메인요리가 올라왔다.

"나한테 다른 여자 좋아한다고 미안해 할 거 없어. 위얼 낫 이븐 매어뤼드 에니 웨이. 누굴 사랑하고 말고는 수영씨 자유야. 좋아하는 사람이 생겼다고 말만 하면 지금이라도 흔쾌히 사라져줄 테니까. 우리가 처음 만났을 때 맺은 잰틀맨어그뤼먼트 아직도 기억하지?"

"오프코스."

"세이 에겐."

"내 기억력 테스트 하려고? 서로의 프라이버시 묻지 않기, 사랑한다는 말 안 하기, 결혼하지 않기, 서로에게 책임지지 않기, 콘돔 사용하기, 오로지 성적 쾌락만 공유하기."

"오케이. 대츠 롸이트. 우린 서로에게 아무 책임도 없어. 그래서 상대방의 이름, 직업, 나이도 여태 불문에 붙인 거잖아. 나는 강릉해수욕장에서 만난 바람 같다 하여 강바람이고 그대는 먼 바다까지 함께 수영했다고 하여 원수영이지. 위 어운리 새얼더 바디 언 어운리 더 폰 남벌. 그러니까 나 때문에 매이지 말고 다른 여자 사랑하고 싶으면 해."

"그런 거 아니라니까, 왜 그래?"

그날 해수욕장에서 태주와 강바람은 금지선을 넘어 먼 바다까지 헤엄쳐 갔었다. 그 바다 끝 물 속에서 아무 말도 없이 서로를 포옹하고 키스했으며 뒤쫓아온 구조대에 잡혀 돌아왔다. 그녀는 전화번호와 콘도 방 번호를 알려주었고, 태주는 동행한 현보민의 적극적인 권유에 힘입어 그녀의 방으로 찾아가 하룻밤을 즐겼다. 그 뒤로는 어느 쪽에서든 만나자고 전화만 하면 말없이 밀회하고 성적 쾌감을 즐겨왔던 것이다. 하지만 지금까지도 둘은 상대방의 본명, 직업, 나이, 주소, 사생활에 대해 아무것도 모른다. 그렇게 흘러간 시간이 어언 5~6년이 된다.

두 사람은 식사가 끝나자 레스토랑에서 나와 그녀가 미리 예약해 놓은 호텔방으로 내려왔다. 태주는 룸에 들어서자마자 강바람을 번쩍 품에 안아들고 침대로 걸어가 시트 위에 내던졌다. 그리고는 곧바로 본론으로 들어갈 차비를 서둘렀다.

"아이 디던 이븐 테이커 샤월. 야만인 컨셉으로 갈 거야?"

"몰라. 참지 못하겠어."

"쎄잉 댓 유아 타이얼드. 오늘은 쉬지."

"아마 이게 쌓여서 피곤했던가 봐."

그들 사이에는 이미 무언의 절차가 규정되어 있었다. 이른바 성 쾌락을 위한 황금분할이다. 순서대로 진행만 하면 된다. 첫 번째 탈의의 쾌락에서부터 시각의 쾌락, 촉각의 쾌락, 미·후각의 쾌락, 마찰의 쾌락, 청각의 쾌락, 체위교체의 쾌락, 언어의 쾌락 그리고 오르가즘의 쾌락, 여운의 쾌락에 이르기까지 정확하게 10개 단계로 나뉘며, 각 단계는 일반적으로 15분 좌우이다. 하지만 오늘 태주는 그 각 단계의 시간을 20여 분씩 늘렸을 뿐만 아니라 작업강도도 몇 배나 끌어올렸다. 다만 그는 여느 때보다는 달리 시각의 쾌락만은 생략했다. 눈을 감아야 상상 속에 서다요의 아름다운 모습을 볼 수 있었기 때문이다.

강바람은 연신 신음소리를 토해냈다. 태주의 액션이 유례없는 광기를 부릴 때마다 전신을 심하게 부르르 떨기도 했다.

"나이스. 굿! 너무 좋아. 와챰 트데이. 갑자기 포식동물로 변하기라도 한 것처럼. 그래, 그렇게 아예 날 여기서 짓뭉개버려."

그녀는 끓어오르는 흥분 때문인지 손으로 그의 잔등을 꼬집고 입으로 팔을 깨물며 몸부림쳤다. 드디어 폭풍이 지나가고 주변이 잠잠해지자 혼신의 에너지를 한 방울도 남김없이 쏟아낸 태주는 침대 위에 큰 대자로 벌렁 넘어졌다.

"정말 판타스틱했어. 굶주린 늑대 같았어."

그녀는 휴지를 뽑아 태주의 몸에 돋은 땀을 닦아주었다.

"그런데 한 가지 아쉬웠던 건 왠지 오늘 내가 누군가의 대용품이 된 것 같은 꿀꿀한 기분 같은 거랄까."

"왜, 그런 생각이 들었어?"

"당신이 이처럼 흥분해 날뛰는 거 처음 봤잖아. 그리고 처음부터 수영씬 눈을 감은 채 날 보지 않았어. 유 마스트 해버 거우 류 라이크."

"아니라니까 또 추측한다. 먼저 샤워나 해."

"다른 사람은 속여도 난 못 속여. 위얼 낫 이븐 매어뤼드. 언젠가는 수영씬 내 곁을 떠날 사람이잖아. 테오 미 아네스틀리. 혹시 내가 도와줄 수도 있잖아."

강바람의 집요한 추궁에 태주의 인내심도 끝내 무너졌다.

"좋아하는 건 아니고. 그냥 오늘 서다요라는 여자를 잠깐 만났던 게 전부야. 인사말 한두 마디만 주고받았을 뿐인데 그 여자가 자꾸 생각나."

"루카렛. 내 말 맞잖아. 대츠 와 라이 라이크. 말을 많이 주고받았다고 좋아하는 건 아니거든. 그 여자를 놓치지 마. 어운리 해브 완 찬스. 첫눈에 뿅 간 거니까. 놓치면 후회해. 첫눈에 마음이 확 빠져버리는 여자 만나기 쉽지 않으니까. 내 도움이 필요하면 언제라도 말해. 아오 비 해피 투 헤우푸.”

태주는 아무 말도 하지 않았다. 괜히 강바람의 얼굴을 쳐다보기가 겸연쩍었다. 20대 초반 석사공부 할 때 강릉해수욕장의 그 많은 여자들 속에서 첫눈에 그녀가 보였던 과거가 새삼스러워졌다. 초면이지만 둘은 서로를 향해 엄지를 뽑아보였고, 약속이나 한 듯 물밑으로 금지선을 넘어 먼 바다까지 헤엄쳐 갔었다. 거기서 두 사람은 아무 말도 없이 서로를 부둥켜안고 키스했다. 구조보트가 옆에 당도할 때까지 오래오래. 해수욕장으로 돌아와 갈라지면서 그녀는 자신의 휴대폰번호와 콘도 방 번호를 알려주었다. 이 얘기를 들은 현보민이 태주의 등을 떠밀었다.

그렇게 강바람과의 인연을 추억하는 와중에도 서다요의 모습은 머릿속에서 좀처럼 지워지지 않았다.

모래성

1

서다요는 주말이면 아버지의 당부대로 약혼자인 백민호네 집에서 보내야만 했다. 백민호의 자폐증이 회사에서 관리직을 수행할 때나, 사람들과의 교제 시에는 잘 나타나지 않았지만 젊은 여자들에 대한 기피현상이 돌출하여 될수록 함께 하는 시간을 많이 가짐으로써 그 증상이 치료될 수도 있을 거라는 부친 나름대로의 판단에 따른 것이었다.

서다요가 방에 들어왔으나 백민호는 그녀와는 시선도 마주치지 않고 고개만 약간 숙여 보인 후 피할 궁리만 했다. 아침식사 중에도 민호는 음식섭취에만 열중할 뿐 다요를 쳐다보지도 않고, 말도 건네지 않는다. 키가 작달막한데다 뚱뚱하기까지 한 그는 에어컨을 작동시켰음에도 긴장 때문인지 귀밑머리에서 땀이 줄줄 흘러내렸다. 만일 저 자리에 한태주 선생님이 앉아 계신다면……. 문득 이런 생각이 들자 그녀는 금시 얼굴이 홍시처럼 빨개졌다.

"오늘은 어느 낚시터엘 가냐?"

백민호의 부친 백이사가 아들에게 물었다.

"동막낚시터요."

또 낚시터다. 인제는 이름만 들어도 넌덜머리가 난다. 해수욕장, 공원, 영화관처럼 사람이 많은 곳은 한사코 기피하는 백민호다. 낚시터에 가서도 개방된 노지나 하우스낚시좌대를 거부하고 옆 사람들과 완전히 차단된 독립적인 좌대를 선호했다. 동막낚시터에 가면 폐쇄형 수상방갈로 낚시좌대만 사용해 다른 낚시꾼들을 피했다. 백민호에게 요금 같은 건 걱정거리도 아니니까.

"아줌마도 같이 가요."

백민호는 고가의 낚시장비들을 차 트렁크에 실으면서 옆에서 거들어주는 가정부아줌마와 말했다. 말이 가사도우미지 그녀는 생모의 젖이 부족해 자신의 젖을 물려 민호를 기른 유모여서 이집 식구나 다름없었다. 민호는 외출할 때면 다요와 단 둘이 된다는 사실이 생각만 해도 두려운지 항상 유모를 대동했다. 뿐만 아니라 그는 언제나 유모가 만든 음식만 먹을 뿐 밖에서는 식사하지 않았다. 물론 유모의 동행은 다요에게도 좋은 일이었다.

낚시터에 도착하자 백민호는 밖의 좌대로 나가 낚시를 하고 다요는 방갈로 안에 남아 휴대한 책들과 노트북을 가방에서 꺼내 놓았다. 실

내가 좁은데다 벽에 손바닥만한 창문 하나뿐이어서 어두컴컴하고 답답했다. 그나마 TV도 있고 에어컨도 설치되어 다행이었다.

유모는 물가로 나가 민호와 나란히 앉아 고기를 낚고 방에는 다요 혼자만 남았다. 그녀는 한태주의 조언을 참고하여 주인공을 서로 닮은 자매로 설정하기로 했다. 그러나 결국은 부모의 권고에 순종한 언니가 성공하고, 그에 역행하여 성형과 다이어트를 한 동생은 피부가 망가지고 영양불량에 걸려 좌절의 고배를 마시는 결말을 구상했다.

유리언덕.

문득 그 말이 떠올라 그녀는 웃었다. 기발한 상상력이다. 키도 훤칠하고, 용모도 지적이고 준수한 한태주의 모습이 기억 속에서 사라지지 않고 서성거렸다.

내가 제정신이야! 그걸 어떻게 물을 수가 있어?

다요는 지금 생각해도 쑥스러움에 고개를 쳐들 수 없다. 혜진에게 한태주의 결혼 여부는 물론 나이와 전화번호까지 물었던 것이다. 이미 약혼한 남자까지 있는 내가 어떻게 그런 짓을 할 수 있어?

다요의 머릿속에는 또 하나의 기억이 줄곧 사라지지 않고 있다. 오늘 오후 1시 30분부터 한태주 선생님의 소설 강좌가 있다는 사실이다. 가고 싶은 마음이 너무 간절했지만 백민호에게 발목이 묶여 낚시터에 와 있으니 꿈도 꿀 수 없다. 그러면서도 그녀는 자꾸만 벽시계만 쳐다보았다. 9시도 넘었다. 지금 서울로 출발한다 해도 시간이 꽤 걸릴 것이다. 11시를 넘어가자 유모는 방안으로 들어와 휴대한 아이스박스 상자를 열고 점심상을 차리기 시작했다.

"도련님께서 잉어 세 마리, 붕어 두 마리나 낚으셨어요. 낚시질엔 참 달인이시라니까."

유모는 백민호를 친자식처럼 대견해 한다.

백민호가 점심식사 하러 안으로 들어오자 다요는 더 이상 참을 수가 없었다. 쏜살같이 흘러가는 시간이 그녀를 독촉했던 것이다.

"혜진이가 볼일이 있다고 날 서울로 올라오라고 해요. 저, 가 봐도 괜찮겠죠?"

거짓말을 할 줄 모르는 다요인지라 음성도 떨렸고, 얼굴도 붉어졌으나 백민호는 아는지, 모르는지 흔쾌히 허락했다. 음식만 먹으며 쳐다보지도 않고 고개만 한두 번 끄덕였다.

"가도 괜찮을까요? 이사님께서 아시면 뭐라고 하실 텐데."

유모가 노골적으로 못마땅한 표정을 지었으나 다요는 민호의 허락이 떨어지기 바쁘게 어느새 신을 신고 "다녀오겠습니다"라는 말 한마디만 남기고 재빨리 방갈로에서 나왔다. 옥살이를 끝내고 감옥에서 석방된 기분이다.

다요는 차가 낚시터 입구를 빠져나오자 혜진에게 전화를 걸었다.

"혜진아, 지금 어디야?"

"언니가 소설 강좌에 안 간다니까 친구들이랑 대부도 놀러왔어. 왜?"

"거기 가고 싶어서. 혼자 가려니까 이상해."

"오케이, 콜. 내 지금 당장 출발할게."

다요의 청을 한 번도 거절한 적이 없는 혜진이다.

첫날인 만큼 태주는 '소설이란 무엇인가'라는 상식적인 정의부터 강의했다. 하지만 그는 저도 모르게 강의하는 내내 수시로 출입문 쪽을 확인했다. 첫 번째 수업을 마치고, 두 번째 시간도 거의 끝나가는 데도, 서다요는 모습을 드러내지 않았다. 태주는 결국 그녀에 대한 막연한 기대를 접고 첫날 강의의 마무리 수순에 들어갔다.

그런데 바로 그때 일말의 기적이 일어났다. 칠판에서 몸을 돌리는 순간 출입문이 열렸고, 먼저 문가에 혜진의 얼굴이 나타났다. 그 뒤에 숨어서 다요의 모습이 조심스럽게 드러났던 것이다. 강의실에는 삽시에 생기가 넘쳤고 태양이 떠오른 것처럼 환해졌다. 그들은 다른 사람들에게 방해될까 봐 조심스럽게 맨 뒷자리에 앉았다. 하지만 아쉽게도 강의는 이미 종료된 뒤였다. 그래도 태주는 그녀의 등장만으로도 만족을 느꼈다. 오늘 강좌에 참가했다면 내일도 참석할 것이기 때문이다.

태주는 두 여자를 데리고 도서관식당으로 들어가 커피를 사들고 밖의 공원 벤치에 나와 앉았다. 나무그늘도 짙고, 산바람도 선들선들 부는데 노랑나비들까지 폴폴 날아다닌다. 다요가 나타나기를 은근히 기다렸지만 정작 앞에 앉으니 그녀의 얼굴을 정면으로 마주볼 용기가 없어졌다. 일단 눈길을 주기만 하면 쌀풀처럼 달라붙어 뗄 수 없을 것만 같아 두려웠다. 그래도 자신의 강의를 들으러 온 사람에게 무슨 말이라도 해야 했다. 그냥 경치만 감상하는 척 할 수도 없었다. 그런데 무슨 말부터 해야 할지 도무지 생각이 떠오르지 않는다. 평소 사람들로부터 구변이 좋다고 소문난 그였다. 결국 혜진이가 먼저 입을 열었다.

"언니가 이른 아침에 백민호랑 낚시터에 가는 바람에 늦었어요."

"혜진아."

다요가 혜진의 말을 제지한다. 백민호라는 이름에 신경 쓰이는 눈치다.

"바쁜데 찾아줘서 고맙습니다."

태주는 혜진이가 깔아놓은 대화 궤도에 슬쩍 올라탔다.

"선생님, 말씀 낮추세요."

다요의 목소리는 나직하면서도 마디마디 분명했다.

"그래요. 언니, 저랑 다 같은 학생이잖아요."

잠시 침묵이 지나갔다. 나비의 뒤를 쫓아 시선을 움직이는 다요의 모습이 너무 우아하다. 영화나 그림의 한 장면을 방불케 했다. 저도 모르게 그녀에게 순간접착제처럼 달라붙는 자신의 시선을 뒤늦게야 발견한 태주는 부랴부랴 수습해 들였다.

"오늘은 한발 늦어서 강의를 듣지 못했지만 헛걸음이 되지 않도록 언니 소설 수정할 계획이나 선생님께 얘기해 봐."

혜진이 주변을 날아다니는 나비에 정신이 팔린 다요의 어깨를 툭 쳤다.

"선생님께서 알려주신 대로 수정할 거야?"

"주인공을 같은 신체조건의 쌍둥이자매로 하려고."

"그럼 자매 중 어느 쪽이 성공하는 건데?"

"부모님의 말씀대로 성형과 다이어트를 하지 않은 언니."

다요는 태주를 바라보며 무슨 죄라도 지은 듯 쑥스러운 표정을 지었다.

"헐, 그렇다면 원래 구성과 달라진 게 없잖아. 왜 군이 부모의 의향을 따른 언니가 꼭 성공해야 되는데? 요즘 같은 미모지상주의 시대에 성형과 다이어트에 늙은 부모 세대의 봉건적인 낙인을 찍어야 하냐고? 선생님, 좀 언니를 뭐라 하세요."

태주는 혜진이가 갑작스럽게 자신을 대화에 끌어들이는 바람에 뭐라고 말해야 할지 몰라 망설였다. 다요의 견해에 부정적인 논평을 하고 싶지도 않았거니와 긍정해주고 싶지도 않았기 때문이다.

"전 왜 언니가 부모님의 강요에 복종하는 소설 속 언니를 긍정적인 인물로 설정하려 하는지 그 이유를 알아요. 언니 자신이 지금 큰아버지 강압에 눌려 마음에도 없는 남자와 약혼까지 했거든요."

"혜진아."

다요가 혜진의 뜬금없는 프라이버시 폭로를 중단시키려 했으나 혜진은 아랑곳하지 않고 더 열을 내서 떠들었다.

"왜, 내가 틀린 말이라도 했어? 백민호와 약혼한 거 사실이잖아. 방금 전에도 민호랑 낚시터에 갔다가 몰래 빠져나오느라 강의에도 늦었던 거고. 큰 회사의 협력업체로 선정되어 부도난 회사를 살려내는 건 아버지의 인생인데 그것 때문에 왜 언니가 그 회사의 이사 아들과 결혼해야 돼. 왓? 그것도 자폐증환자랑……."

"혜진아, 그만해."

태주는 혜진의 느닷없는 다요의 신상폭로에 놀랐다. 그녀가 이미 약혼한 남자가 있다는 사실에도 놀랐고, 아버지의 강요 때문에 맘에도 없는 남자와 불원 약혼했다는 사실에도 경악했다. 더구나 그 약혼남이 자폐증환자라는 말에는 두 눈이 휘둥그레졌다. 일껏 쌓아올린 모래성이 소낙비를 맞고 삽시에 와르르 허물어지는 느낌마저 들었다. 다요와의 사이에 높은 장벽이 일어서며 소통 라인이 막혀버리는 느낌이 들었다. 하지만 그는 그런 내색을 드러내지 않고 입으로는 다른 말을 했다.

"다요쎈 효녀군요."

"효녀는 무슨. 그러고는 혼자 있을 때는 울기만 해요. 운다고 무슨 문제가 해결되나요. 조선시대도 아니고. 자기가 싫으면 그만이지 아버지가 하란다고 하는 게 효녑니까. 아버지 업체가 망하는 게 딸과 무슨 상관인 데요. 꼭 딸을 희생시켜서 살려야 하나요. 선생님께서도 좀 언니를 도와주세요. 불쌍하잖아요."

"아무리 부모라고 해도 자식을 제물로 삼아 개인적 이익을 도모하려는 강요에는 자식이라 해도 순종할 의무가 없겠지. 결혼은 부친이 아닌 다요씨의 인생대사인 만큼 그 선택권은 말할 것도 없이 본인한테 있어야 하는 게 순리니까."

"전 이번 혼사가 아버지의 사적인 이익을 위한 것이 아니라 가족 전체의 삶과 연관된다고 생각했어요. 그리고 부모님이 자식한테마저 아무것도 요구할 수가 없다면 아들딸을 기르느라 바치신 노고는 어디 가서 보상받아야 하나요? 저도 이 결혼이 싫어요. 그래서 거절하려고 생각한 적도 한두 번이 아니에요. 하지만 회사를 구하겠다고 애면글면하는 아버지를 차마 도외시할 수가 없었습니다."

다요의 부드러운 눈가에 어느새 수정 같은 이슬이 반짝였다.

"다요씨의 심정이 이해 돼. 나도 장사하느라 새벽부터 출근해 밤중에야 퇴근하는 어머니 대신 나를 업어 길러주신 외할머니의 부탁이라면 아직도 거절하지 못하니까."

"선생님 말씀은 맞지만 아버지 사정이 딱하다고 자신의 인생 전부를 포기할 수는 없잖아요. 전 이 결혼 반대해요. 그리고 언니 한선생님 좋아하잖아."

"혜진아, 너……"

"내가 거짓말이라도 했어? 아니면 왜 나한테 선생님 결혼했냐고 물어봤어? 전화번호도 알려 달라 했잖아. 그 때문에 선생님 소설 강좌에도 자진해서 달려온 거고. 그러니까 자신의 감정에 충실하라고."

뜻밖의 마음속 비밀의 탄로에 다요는 잘못을 저지른 초등학생처럼 고개를 숙인 채 태주를 쳐다보지 못했다. 쑥스러운 나머지 목덜미까지 빨갛게 물들었다. 태주도 민망하여 시선을 어디에다 둘지 몰라 괜히 주변을 두리번거리다가 결국 자리에서 일어났다. 뒤늦게야 자신의 실수를 깨달은 혜진은 어색한 분위기를 무마하려고 화제를 바꿨다.

"저쪽의 꽃이 예쁘네요. 우리 셋이서 기념으로 사진이나 찍어요."

태주는 혜진에게 팔을 잡혀 꽃나무 옆으로 끌려갔다. 다요도 혜진의 다른 손에 끌려 따라왔다. 옆의 벤치에 앉아 있던 아가씨더러 사진을 찍어달라고 부탁하고 셋은 꽃나무 밑에 나란히 섰다. 태주가 가운데 서자 왼편에 선 혜진이 그의 팔을 꼈다. 그때 생각 밖으로 오른쪽에 선 다요의 손이 살그머니 팔을 끼는 걸 느낀 태주는 갑자기 풋내기 소년처럼 가슴이 두근거렸다.

2

한태주는 도서관에서 서다요와 혜진과 헤어진 후 귀가하지 않고 지나가던 길에 남산식물원 커피숍에 들렀다. 오늘 서다요와의 만남으로 머릿속이 복잡하게 헝클어졌기 때문이다. 물론 그녀가 태주의 기대를 저버리지 않고 강의실에 나타난 것은 그로서는 더없이 기쁜 일이었다. 하지만 그것도 잠시 혜진의 뜬금없는 언니의 신상공개는 그 기쁨을 금시 물거품처럼 형체도 없이 잦아들게 했다.

약혼한 남자가 있는 여자.

그것은 무엇을 의미하는가. 그것은 이제 막 시작된 다요와의 실낱같은 인연이 아직은 새파란 싹의 단계에서 뿌리가 싹둑 잘렸음을 의미한다. 그것은 두 사람의 관계가 첫걸음부터 난관에 봉착함으로써 절망의 컴컴한 터널 속으로 진입하게 되었음을 암시한다. 차라리 이대로 끝나버리면 그나마 깊은 정이 들기 전이어서 심리적 고통도 덜할 것이다. 그런데 아이러니하게도 그 절망의 틈서리에 씨알 같은 희망이 깃들어 있다는 사실이 더구나 마음을 착잡하게 만들었다. 그것은 다요가 이 혼사를 싫어할 뿐만 아니라 그녀가 좋아하는 남자는 자신이라는 사실이다. 혜진의 말을 곧이곧대로 받아들여야 할지 태주는 알 수 없었다. 이 모순된 상황을 기쁘게 치부해두어야 할지, 아니면 골칫거리로 받아들여야 할지 그로서는 금방 판단이 서지 않았다. 무리하게나마 수용한다면 그는 혜진이와 연대하여 다요의 결혼을 무산시키고 자기 사람으로 만들어야 할 것이다. 그럴 경우 서다요는 효심을 배반한 비정한 자식이 될 것이고, 부친의 사업은 망하고 말 것이다. 부녀간의 정에도 금이 갈 것이다. 하지만 서다요가 그로 인해 불행에 빠져들도록 수수방관한다는 것도 말이 안 된다.

그때 휴대폰 문자메시지가 도착했다. 확인해 보니 혜진이 보낸, 방금 전 꽃나무 밑에서 찍은 포토파일이다. 저도 모르게 태주의 시선은 맨 먼저 서다요에게 향했다. 다른 사람의 눈길을 의식하지 않고 맘 놓고 그녀의 미모를 감상할 수 있는 절호의 기회였다. 아까는 긴장해서 미처 몰랐는데 이미지를 보고서야 다요가 그의 팔을 낀 것이 아니라 반팔 티셔츠를 입어 팔의 살결이 그의 피부에 닿았음을 알게 되었다. 그것을 보자 뒤늦게야 그 말쑥하고, 부드럽고 탄력 있는 따스한 체온이 되살아났다. 그녀의 머리카락이 바람에 날려 몇 가닥이 그의 어깨 위에 걸쳐져 있었고 몇 가닥은 그의 왼 뺨에 날려와 붙어 있음을 발견했다. 태주는 저도 모르게 손으로 왼 볼을 더듬었다. 그녀의 윤기 흐르는 검은 머리카락이 손가락에 잡히는 감촉이다. 향기마저 그윽하다. 서다요는 터질 듯이 팽팽한 스키니 레깅스에 몸에 찰싹 달라붙는 티셔츠를 입은 혜진이와는 달리 품이 너른 검정 바지와 티셔츠를 입고 있었다. 그러나 얇은 소재의 그녀의 옷은 바람에 날려 다리와 하체 그리고 팬티 라인까지 살짝 드러내고 가슴의 볼륨까지 노출시키며 몸매의 성숙된 아름다움을 과시했다. 혜진과는 대조적으로 화장조차 하지 않은 맨 얼굴이었지만 윤곽이 선명한 두 눈은 맑고 투명한 샘물에 흑진주를 떨어뜨린 것처럼 반짝이고, 코와 입술은 균형을 이루며 한없이 유창하고 부드러웠다. 태주는 나이가 서른이 넘도록 내로라하는 영화배우를 포함해 이처럼 아름다운 여자는 처음 본다. 인간의 말과 언어로는 그녀의 아름다움을 묘사할 수가 없다고 생각했다. 그녀의 사진을 앞에 놓은 이 순간 '아름답다'는 표현은 아무것도 설명하지 못했다. 그것은 그냥 죽어버린 네 개의 평범한 문자에 불과할 따름이다. 그녀의 그런 출중한 미모 때문에 태주는 서다요 앞에서는 긴장해질 수밖에 없었던 것이다. 여자 앞에서 긴장해보기는 그녀가 처음 겪는 경험이다.

스마트폰이 울렸다. 현보민이다. 새로 사귄다는 아가씨랑 무슨 일이라도 생긴 모양이다.

"현경사, 무슨 기쁜 소식이라도 있어?"

"은진씨가 다음 주에 나더러 자기 부모님 뵈러 가재."

"나이스 굿."

"그런데 가야 되는지 모르겠어. 괜히 떨려."

"당연히 가야지. 여자 측 부모가 허락해야 나중에 결혼도 할 거 아냐. 생각보다 진행이 빠르긴 하지만."

"그치? 나도 과속이다 싶어. 그런데 은진씨가 꼭 만나야 된다고 하니 거절할 수도 없잖아. 난 아직 마음의 준비도 안 됐는데. 그리고 여자 부모 만나는 거 처음이라 긴장도 되고……."

"어차피 한번은 당해야 하는 필수 코스잖아. 죽어봐 죽겠어? 눈 질끈 감고 가봐. 통과의례가 두려우면 장가 못 가지. 파이팅! 김경산 경찰이잖아. 해낼 수 있어. 아자!"

"알았어. 한박사가 응원하니까 신심이 생겨."

"좋은 소식 기다릴게. 잘 해."

태주는 통화 중에 서다요와의 미묘한 관계에 대한 자신의 고민을 털어놓을까 잠시 망설이다가 단념했다. 현보민은 제 코만 닦자 해도 경황이 없었다. 여자 친구 부모가 마음에 들어 할지, 까다로운 조건을 제시하거나 아니면 아예 노우 할지도 모르는 상황이다. 태주 역시 다요가 던져준 희망과 절망 중 하나를 선택해야 하는 기로에 서 있다. 어느쪽도 만만치 않다. 희망을 선택하자니 약혼한 여자라는 조건이 막아섰고, 절망을 선택하자니 이미 그녀에게로 향한 마음의 흐름을 멈출자신이 없다. 자칫 선택은 상실이 될 수도 있다.

이렇게 코 막고 답답할 때는 누군가의 자문이 필요하다. 역시 자연스럽게 머릿속에 떠오르는 사람은 강바람이었다. 하지만 그 역시도 여자다. 말로는 상호간 아무런 책임도 없다지만 속살을 맞대고 지내온 여자인데 다른 여자를 사랑한다면 시샘이 없을 리 없다. 태주 또한 미안한 감이 없지 않았다. 그러나 그녀 말고 내밀한 속내를 털어놓을 만한다른 사람은 없었다.

강바람은 전화를 걸기 바쁘게 받았다.

"수영씨, 왓찹?"

"아이 미쓰 유."

"미? 인젠 보고 싶은 사람 따로 있는 거 아냐."

"프라이버시 묻지 않기로 했으면서 지금 질투하는 거야?"

"나 랫. 난 지금 서서히 자리를 비워줄 준비를 하는 중이거든."

"쓸데없는 말 그만하고. 지금 시간 돼?"

"아이 해 번 어포인트먼트. 오늘 만날 날도 아니잖아."

"안 되면 말고."

"웨라유 낫?"

"남산식물원 커피숍."

"오케이. 그럼 될 것 같아. 나 지금 바로 앞 하얏트호텔에 있어. 일곱 시 반까지는 시간이 되니까 아예 수영씨가 캄 어우벌 히얼."

"하얏트호텔? 아무튼 알았어."

태주는 전화를 끊고 커피숍에서 나왔다. 육교만 건너면 하얏트호텔이라 그냥 도보로 가기로 했다. 강바람이 그 말고 다른 남자를 만난다는 눈치는 챘으나 그 데이트장소가 하얏트호텔이라는 건 오늘 알게 되었다. 강바람이 무슨 수입으로 신라호텔, 하얏트호텔 같은 데서 돈을 물 쓰듯 뿌리고 입만 열면 유창한 영어를 남발하며 남자들과 번갈아 가며 데이트하는지 태주는 모른다. 알려고도 하지 않았다.

호텔커피숍은 1층에 있었다. 강바람은 한강과 서울 도심이 한눈에 내려다보이는 창가에 앉아 있다가 태주가 나타나자 일어서서 손짓했다. 그녀는 가슴 위의 목과 어깨가 완전히 노출된 블랙 원피스를 입고 있었다. 원피스는 가슴의 융기된 볼륨 때문에 더 내려가지 않고 아슬아슬하게 걸쳐져 있어 빵 같은 유방 두 개가 깊은 골짜기와 함께 드러나 태주가 시선을 어디다 둘지 난감하게 만들었다. 가슴에 장식된 보석들과 귀걸이가 천장의 샹들리에 불빛을 반사하며 눈부시게 반짝였다. 입술은 맥 루비우 레드 립스틱을 발라 섹시하고 마스크라와 아이라인 화장을 한 속눈썹과 눈매는 그녀를 요염한 인형 같아 보이게 했다. 그래도 태주의 눈에는 그 인위적인 모습이 다요보다 한참 못해 보였다.

"와루 유 루캣. 차림새가 이상해?"

"아니."

"이 옷 다 누가 사준 거야. 기푸트 받은 거라 안 입을 수도 없고."

아마도 섹시한 옷차림을 선호하는 남자와 데이트하는 모양이다. 그녀가 미리 주문한 음료가 올라왔다. 태주 몫으로는 커피라떼가, 그녀 앞에는 골드키위쥬스가 놓여졌다. 태주가 앉은 맞은편의 자그마한 무대에는 피아노가 비치되어 있었다. 연주도 하는 모양이다. 문득 서다요와 함께 오고 싶다는 생각이 들었다.

"오우 뤠이디. 암초라도 만난 거야?"

약속 시간이 박두하는 모양 태주가 착석하자마자 서둘러 본론의 뚜껑부터 연다.

"내가 너랑 다른 여자를 말하는 게 옳은 건지 모르겠어."

"낫 마인딩. 어차피 수영씬 결혼할 여자 만나야 할 거잖아. 그러니까 걱정하지 말고 말해봐. 위아 프렌즈."

"오케이. 이왕 말이 나온 김에 그냥 말할게. 다요가 약혼한 남자가 있대."

"왓? 그럼 끝났네. 대레이즈 나씽 투 워리 어봇. 깨끗하게 포기해. 실현될 수 없는 욕망이잖아. 억지로 강행해보았자 그 결과는 파국일 테니까. 상처만 받아."

강바람은 단호하게 잘라 말했다. 사실 태주도 혜진의 말을 듣고 처음 든 생각은 체념이었다. 아마 누구라도 같았을 것이다.

"나도 알아. 그런데 다요씨가 너무 불쌍해."

"와이?"

"본인이 원한 게 아니니까. 아버지가 기업을 살리기 위해 협력업체에 선정해주는 대가로 그 회사 이사 아들과 정략결혼 시키기로 한 거래."

"댄 유 캔트. 그런 게 어딨어?"

"게다가 약혼한 남자는 자폐증환자라잖아."

"왓? 다요씨가 왜 그런 약혼을 수락한 거야?"

"다요씨가 효심이 지극해서 아버지의 부탁을 차마 거절하지 못했나 봐."

"마이 갓! 말도 안 돼. 그게 정말이라면 그 약혼 무효야. 본인이 원하지 않으니까. 아무리 아버지라고 해도 딸이 원하지 않는 결혼을 강요하면 그건 불법이야."

"다요씨도 그런 도리는 알고 있는데 아버지가 괴로워하는 모습을 외면할 수 없었겠지."

"다요씨가 심성이 착해 차마 부친의 부당한 강요를 거부하지 못한다면 옆 사람들이 도와줘야지. 수영씨, 두 낫 기브업. 다요씨를 도와 그녀를 불행에서 구해줘야 돼."

"나도 그러고는 싶은데 혹시 내 선택이 다요씨의 뜻에 어긋날까 봐 그게 고민 돼. 다요씨를 위해서가 아니라 나 자신의 이익을 위하는 건 아닌지……. 아버지가 강요한 것이라지만 어쨌든 본인이 동의해서 한 약혼이잖아."

"설령 다요씨가 동의했다 하더라도 그건 아버지의 위력에 의한 피동적인 결과잖아. 다요씨는 피해자야. 위 슈드 헤오프. 절대 강 건너 불난 집 구경하듯 하면 안 돼."

강바람은 마치 자신이 피해자라도 된 듯이 약간 흥분하기까지 했다.

"그렇긴 한데. 웬일인지 자꾸 망설여져."

"수영씨가 자신 없으면 리브잇 투 미. 내가 다요씰 만나 얘기할게. 전화번호 알면 내 휴대폰에 문자로 넣어줘."

강바람의 눈길이 자주 시간을 확인하는 통에 태주는 더 고려할 겨를도 없이 그냥 다요의 전화번호를 그녀에게 문자로 전송했다.

"오케이. 인젠 어룰리 츠롸슷 미."

"너한테 이런 들러리까지 시키면 안 되는데……."

강바람이 대답 대신 스마트폰으로 시간을 확인하더니 먼저 자리에서 일어섰다.

"쏘리. 에츠 타임 폴디 어포인트먼트. 레츠 거우러 디스 포얼 트데이. 좀 있으면 피아노와 바이올린 연주도 있을 거야. 천천히 즐기다가 가."

"그래. 어서 가봐."

강바람이 테이블을 에돌아 태주 옆으로 오더니 허리를 굽혀 그의 입술에 가볍게 키스했다. 그리고는 휴지를 뽑아 입술에 묻은 립스틱을 닦아주고는 홀을 나갔다. 원피스 속에 팽팽하게 감싸인 그녀의 힙이 좌우로 씰룩거리며 당금이라도 바닥에 떨어질 것처럼 탄력을 과시한다. 두말할 것도 없이 강바람이 다른 남자를 만나러 갈 것인데도 태주는 전혀 질투심 같은 걸 느끼지 못했다. 그리고 지금 태주한테는 서다요가 있다. 다요의 우아한 모습이 다시 기억 속에서 사뿐사뿐 걸어나왔다. 그는 휴대폰갤러리로 들어가 혜진이 보내준 사진을 열었다. 다요의 모습이 화면에 뜨는 순간 눈앞이 확 밝아졌다. 강바람과는 차원이 다른 자연적인 미모가 시선을 사로잡았다.

3

서다요는 끝내 오늘 다녀올 곳이 있다는 말을 꺼내지 못한 채 아버지의 손에 등 떠밀려 백민호의 차에 탔다. 좌석에 앉으며 애원의 눈길로 아버지를 바라보았지만 그는 딸의 간청이 실린 시선을 외면한 채 차문을 쾅하고 매정하게 닫아버렸다. 기다렸다는 듯 백민호는 차를 발진시켜 대문 밖으로 나섰다. 어제 딸이 낚시터를 빠져나가 다른 곳에 다녀온 사실을 아는지 아버지는 오늘은 백민호의 차 한 대만 이용하도록 제한했다. 그리고 낚시터에 도착한 후 자동차 키는 유모더러 간수하라고 신신당부까지 했다. 아마도 딸이 또 자기 차로 다른 곳으로 샐까 봐 미리 대책을 취한 것 같다. 아버지는 딸에게 어제 어딜 가서 누굴 만났냐고 묻지 않았다. 오늘도 갈 거냐에 대해서는 더구나 추궁하지 않았다. 다만 위기에 처한 회사의 운명에 대해서만 되풀이해서 강조했을 따름이다.

"너도 알잖아. 회사가 지금 부도위기에 처한 걸. 백이사님이 우리 회사를 협력업체로 선정해주지 않으면 아빠회사는 문을 닫을 수밖에 없어. 그런데 그 협력업체 선택결정권이 하필이면 민호 부친 백이사님 손에 달렸어. 그러지 않아도 너와 민호가 짝이 너무 기울어 네가 마음이 변하기라도 할까 봐 그 집에서는 늘 불안해하는데…… 토·일요일에만 민호랑 지내는 것마저 지키지 않으면 마음이 놓이겠니.”

회사가 망할까 봐 불안 속에서 하루하루를 보내는 아버지를 보자 다요는 차마 민호를 뿌리치고 소설 강좌에 가겠다고 말할 용기가 나지 않았다. 직원 열여섯 명의 생계가 아빠회사의 운명에 달려 있다는 데 피를 물려받은 딸이 도와주지 않으면 누가 도와주겠는가.

하지만 차가 낚시터에 도착하여 장비들을 부리고 또다시 좁고 어두컴컴한 방갈로 안에 들어서자 다요는 이곳으로 온 것을 금시 후회했다. 이곳은 무덤이나 감옥과 다름없다고 느껴졌기 때문이다. 백민호와 유모가 좌대로 나가 낚싯대를 설치하고 떡밥을 만드는 동안 다요는 한태주만 생각했다. 하지만 오늘은 자신의 차도 민호 차의 키도 없다. 그러니 이 편벽한 골짜기에 발이 묶인 채 빠져나갈 엄두조차 내지 못하게 되었다.

다요는 혼자 방갈로 안에 남아 휴대폰에 저장된 한태주의 사진을 보았다. 다요의 팔이 스치는 바람에 긴장한 태주의 표정을 보며 그녀는 웃었다. 키도 훤칠하고, 어깨도 너부죽하고, 얼굴도 호남아 형이다. 두 눈은 부리부리하고, 코 선은 굵고 미끈하며, 입은 단정하고 준수하다. 어느 모로 보나 평소 꿈꿔온 다요의 이상형이다. 그녀는 가느다란 손가락으로 태주의 얼굴을 가만히 만져보았다. 저도 모르게 가슴이 설렌다. 지금 생각해보니 그날 무슨 정신에 태주의 옆에 바싹 붙어 섰는지 모르겠다.

정신이 나갔었나 봐, 그리고 옷이 이게 뭐야? 사진 찍을 거면 미리 말했어야지. 혜진이는 모든 일이 다 엉망이야. 좀 더 예쁜 옷을 입었어야 하는데. 태주씨가 이 모습을 보고 뭐라겠어? 아이, 창피해. 난 몰라.

사진을 보고 있으려니까 한태주를 보고 싶은 생각이 더욱 간절해졌다. 내가 왜 아버지의 회사 때문에 마음에도 없는 저 곰 같은 미련퉁이를 따라다녀야 해? 여자가 뭔지도 모르고 관심조차 없는 남자랑. 백민호한테는 여자가 아니라 물고기만 있으면 된다…….

다요는 일어나서 좁은 방안을 오락가락했다. 어떻게 해서라도 관 속같은 여길 빠져나가야 한다. 그러자면 혜진의 도움을 청할 수밖에 없었다. 혜진에게 문자를 보냈다.

혜진아, 어디야?

답장 대신 사진 한 장이 전송되었다. 블랙 져지와 빕숏을 입고 라이딩하는 여자 사진이다. 자전거옷이 너무 팽팽하게 조여들어 바디라인이 적나라하게 드러나 같은 여자인 다요가 보기에도 민망할 정도이다. 그야말로 남자들 입장에서는 성학대·성고문이나 다를 바 없다. 고글과 헬멧을 써서인지 혜진이 늘 불만인 작은 눈과 안장코가 가려지며 날렵하고 단아하게 보인다. 모르는 사람이 봤으면 예쁜 미모의 여자라고 착각할 것 같다. 이 멋에 여자들이 요즘 라이딩에 미친 모양이다.

언닌 어딘데?

낚시터.

헐, 또 거기야.

나 좀 도와줘. 차도 집에 두고 와서 나갈 수가 없어.

그러니까, 거길 왜 가? 알았어. 라이딩 그만 두고 금방 갈게.

다요는 안도의 숨을 내쉬었다. 딸이 사라진 걸 알면 아버지가 야단칠 게 틀림없지만 지금 이 순간만은 한태주를 안 보고는 못살 것만 같았다. 일단 혜진이 오기 전에 소설을 쓰기로 했다. 혜진과 한태주의 건의를 받아들여 부친의 뜻에 순종한 언니는 실패의 고배를 마시고 성형과 다이어트에 성공한 동생은 인생에 긍정적인 변화가 일어난 것으로 수정하기로 마음을 굳혔다. 미모개발에 성공한 동생이 평소의 꿈이었던 스튜어디스 면접에 합격한 것으로 결말을 짓기로 하자……

혜진은 11시가 좀 넘어서야 낚시터에 도착했다. 밖의 좌대에서는 아까부터 잉어가 연신 잡히는지 민호와 유모는 낚시질에 흠뻑 도취되어 있었다. 백민호는 다요에게 원래부터 관심이 없었고, 유모는 차키를 자신이 가지고 있어 다요가 낚시터를 빠져나가지 못할 것이라 안심하고 있는 듯 두 사람 다 다요에 대해서는 방심하고 있었다. 다요는 이번에는 아예 민호한테도 알리지 않고 가만히 방갈로에서 나와 혜진의 차에 올랐다.

"큰아빠가 알면 야단칠까 봐 두렵지 않아?"

혜진이 차를 주행시키며 벨트를 착용하는 다요에게 물었다.

"지금은 아무 생각도 없어. 그냥 이곳을 떠나고 싶을 뿐이야."

"아싸! 언니 지금 잘하고 있는 거야. 웨리 굿. 진작 이렇게 해야 했어. 약혼도 하지 말았어야 했다고."

"빨리 밟기나 해. 유모가 눈치 채기 전에."

"오케이, 거우거우. 달리는 거야."

액셀을 밟자 차는 갑자기 바디를 부르르 떨며 앞으로 질주했다.

태주는 도어록을 잡고 눈을 감았다. 서다요씨가 왔을까 추측해보았다. 그는 금방 머리를 가로 저었다. 아마도 그의 부친이 못 가게 막았을 것이다. 눈을 뜨고 문을 열었다. 그러나 그 순간 강의실 안에서 홍수처럼 쏟아져 나오는 광선의 물결에 그는 잠시 몸을 휘청거렸다. 그와 동시에 서다요가 이 자리에 와 있을 거라는 확신이 들었다. 그 광선은 햇빛이 아닌, 인간의 아름다움이 뿜어내는 빛이었기 때문이다. 아니나 다를까 그녀는 바로 앞줄 문 옆에 혜진이와 나란히 앉아 있었다. 태주는 그들을 지나 강단에 오른 후 고개를 가볍게 숙여 모든 청강생들을 향해 인사했다. 차마 다요에게만 따로 인사할 용기가 없었기 때문이다. 연단에서도 자꾸만 시선이 서다요에게로 쏠렸지만 애써 자제했다.

"전번 수업시간에는 '소설이란 무엇인가'에 대해 강의했습니다. 이번 시간에는 소설이란 현실과 그것에 둘러싸인 인물들 간에 벌어지는 욕망의 치열한 각축장을 묘사하는 언어문학이라는 내용에 대해 배우게 될 것입니다. 등장인물들의 욕망은 현실이 강요하는 한계와의 마찰 또는 갈등 속에서 양심, 윤리, 법률과 같은 사회적 견제 장치들과 충돌하게 되는데 소설의 관심은 다름 아닌 이 과정에 초점이 맞춰져 있는 것이라고 할 수 있습니다."

서다요는 수업시간 내내 태주를 쳐다보기도 하고 뭔가를 열심히 메모도 했다. 그 초롱초롱한 눈길이 몸에 와 닿을 때마다 태주는 전류가 흐르는 느낌이 들었다. 일부러 그녀에게 향하는 시선을 절제했지만 그럴수록 온 강당 안에 서다요 혼자만 있는 것 같은 착각에 사로잡혔다. 청강생들의 시선도 강사보다는 다요에게 더 많이 쏠렸다. 더러는 시샘의 눈길이고 일부는 경탄의 눈길이다.

태주는 수업시간이 어떻게 지나갔는지 모른다. 자신이 무슨 말을 했는지도 모른다. 휴식 시간이 되자 다요와 혜진은 누구보다 먼저 말없이 강의실을 빠져 나갔다. 잠시 후 그들은 손에 커피 잔을 들고 테라스의 의자에 앉아 있는 태주에게로 다가왔다.

"언니가 선생님께서 목이 마르시겠다며 커피 사왔어요."

혜진은 두 손에 들린 커피 한 컵을 태주에게 건넨다. 다요는 얼굴이 빨개지며 말없이 혜진의 옆에 앉았다.

"고마워요. 그런데 난 못 올 줄 알았는데 어떻게 왔습니까?"

태주는 여전히 대하기가 무난한 혜진에게 시선을 둔 채 물었다. 오늘 다요는 옷깃에 레이스 장식이 달린 흰 셔츠를 입었는데 그것만으로도 그녀의 미모는 주변의 다른 여자들을 간단하게 제압했다. 그래서 그녀를 마주보려면 그 수려한 용모 때문에 눈이 부셨다. 사람이 어떻게 이토록 아름다울 수가 있을까 싶을 정도이다.

"언니는 오늘도 또 그 자폐증환자랑……."

태주와 다요가 동시에 "혜진아" 하고 그녀의 말을 막았다. 혜진은 주변을 둘러보며 혀를 홀랑 내밀더니 뒤늦게야 실수했음을 깨달은 듯 목소리를 낮춘다.

"백민호랑 같이 낚시터에 갔었어요. 그나마 오늘은 언니가 먼저 오겠다고 자진했어요. 선생님한테 오고 싶다며 민호와 간다는 말도 안 하고 몰래 도망쳐 나왔다니까요. 아빠의 추궁도 무섭지 않대요."

"혜진아."

다요에게 혜진은 필요한 존재인 동시에 부담스런 존재인 것 같다.

"아무튼 문제가 없어야 할 텐데요."

태주는 두 번씩이나 반복된 다요의 일탈이 좋지 않은 결과를 초래할까 봐 불안해졌다.

"여기 오고 싶은 생각 외에는 아무 생각도 나지 않았습니다. 휴대폰을 껐으니까 적어도 오늘은 아무 일도 없을 거예요."

다요의 음성은 나직하고 차분했으나 노랫소리처럼 아름다웠다.

두 번째 강의까지 끝마치자 다섯 시가 되었다.

"아까는 다요씨가 샀으니까 이번에는 내가 살 테니 커피숍으로 갑시다."

의외로 혜진은 태주의 제안에 친구들과 약속이 있다며 발을 뺀다.

"언니랑, 선생님이랑 두 분이서 가세요. 전 약속이 있어서 다음번으로 미루죠."

먼저 떠나는 혜진의 차를 바래준 뒤 태주는 다요를 차에 태우고 가까운 하얏트호텔로 향했다. 혜진은 아마도 두 사람에게 기회를 주기 위해 자리를 피한 것 같다.

강바람과 만났던 커피숍은 호텔 라운지에 있었다. 서다요는 카푸치노, 태주는 비엔나커피를 주문했다. 럭셔리한 분위기 때문인지, 혜진이가 빠져서인지 두 사람 사이엔 잠시 어색한 침묵이 엷은 커튼을 드리웠다. 둘 다 한동안 창밖의 도심과 한강의 고즈넉한 풍경만 관망했다. 뜻밖에도 다요가 먼저 조심스럽게 침묵의 커튼을 열었다. 둘 사이를 이어주는 혜진이가 없으니 어쩔 수 없었던 모양이다.

"어쩐지 전 선생님을 만나게 된 게 운명처럼 느껴져요."

분위기 때문인지 태주의 말투도 저도 모르게 경어로 바뀌었다.

"저도 우연은 아니기를 바랍니다."

"소설을 배울 수 있어서도 좋지만 웬일인지 오랫동안 기다렸던 사람을 만난 것 같은 기분이 들어요."

수줍음을 타며 두 볼에 살짝 앵두물이 든다.

"문학이 우리 사이에 다리가 되어 주었네요. 그런데……. 아니, 아무것도 아닙니다."

"약혼한 남자가 있어서 실망하신 거죠."

"그게 그러니까……."

"선생님 얼굴에 그렇게 써져 있어요. 선생님을 조금만 더 일찍 만났어도……."

"그 말은 열차는 이미 떠나갔다는 뜻인가요?"

"아니에요. 열차는 아직 출발하지 않았어요."

다시 침묵이 안개처럼 어렴풋이 서렸다. 지금까지는 말로만 끝났지만 여기서부터는 말에 책임을 져야 한다는 부담감 때문이었다.

그때 창가 끝머리에 놓인 피아노 앞에 연주자가 나와 자리에 앉았고 그 옆에 바이올린 연주자도 의자에 앉았다. 마침 앙상블라이브연주가 시작될 모양이다. 그쪽을 등지고 앉았던 다요가 테이블을 돌아 태주의 옆자리로 옮겨 앉았다. 연주는 곧 시작되었다. 연주곡은 아일랜드의 소설가 브렌덴 그레이엄이 가사를 짓고 롤프 뢰블린이 편곡한 〈You Raise up〉이라는 꽤 오래전의 노래였다.

> 내 영혼이 힘들고 지칠 때
> 괴로움이 밀려와 나의 마음을 무겁게 할 때
> 당신이 내 옆에 와 앉을 때까지
> 나는 여기서 조용히 당신을 기다립니다

피아노의 영롱한 멜로디가 앞에서 견인하고 그 뒤를 비칠거리며 따라가는 바이올린의 흐느끼는 듯한 구슬픈 선율이 칭칭 휘감기며 청중의 가슴을 아프게 파고들자 다요의 표정이 갑자기 슬픔의 그늘이 드리웠다. 그녀의 자그마하고, 부드럽고 가느다란 손가락이 가죽 소파의 팔걸이 위에서 가볍게 떨리고 있었다.

> 당신이 나를 일으켜주기에 나는 산에 우뚝 서 있을 수 있고
> 당신이 나를 일으켜주기에 나는 폭풍의 바다도 건널 수 있습니다
> 당신이 나를 떠받쳐줄 때 나는 강인해집니다

다요의 눈에서 맑은 이슬 한 방울이 투명한 볼을 타고 흘러내렸다. 그녀는 고개를 숙인 채 쳐들지 못했다. 태주는 말없이 테이블에 비치된 휴지를 뽑아 그녀에게 건네고 작고 귀여운 섬섬옥수를 살며시 잡아주었다. 그녀의 어깨가 가늘게 떨리고 있었다. 연주가 끝나고 객석에서 박수소리가 울리자 다요는 조용히 일어나 화장실로 나갔다. 터져 나오는 울음을 참지 못해서일 것이다.

라운지에서 기다리다가 다요가 나오자 태주가 말했다.

"여기 레스토랑도 있습니다. 간단하게 식사나 합시다."

"우리 분위기 바꿔요. 날마다 먹는 밥 생략하고 저 아래 경리단수제맥주집 가요."

"수제맥주집?"

그 명칭이 수줍은 다요의 입에서 나왔다는 게 믿어지지 않았다.

"백민호와 약혼한 뒤로는 줄곧 낚시터와 골프장만 다녔어요. 수제맥주집 가보고 싶었어요."

"그래요, 그럼."

경리단길은 호텔에서 나와 왼쪽 골목을 따라 이태원 쪽으로 조금 내려가면 된다. 내려가다가 처음 눈에 띄는 '남산 케미스트리' 수제맥주집에 들어갔다. 알코올도수가 높은 9번, 4번 맥주 네 컵과 소시지플래터와 오리지널윙을 안주로 주문하고 3층 루프탑바에 올라갔다. 술과 안주를 손수 날라야 하는 불편함은 있지만 천장과 벽이 개방되어 남산타워나 도시풍경이 한눈에 조망되는데다 바람까지 시원해 운치가 좋았기 때문이다. 부서지고 무너진 벽체와 드러난 철근, 땟국과 그

을림, 얼룩, 삭아빠진 듯한 콘셉트를 연출한 빈티지에이징과 디제이가 틀어주는 신나는 음악까지 더해 옥상을 선택한 것이다.

"분위기가 정말 좋아요."

어두운 조명 아래 독한 술까지 마셔서인지 다요는 처음보다 언행이 한결 자연스러워졌다. 희미한 불빛 아래에서 그녀의 미모는 신비감까지 더해 말로는 형언할 수 없을 만큼 매력적이었다. 다요는 그런 분위기를 타고 용기를 내어 태주의 옆에 바싹 붙어 앉는다. 어린애처럼 팔까지 가만히 부여안았다. 다요가 과감해질수록 태주는 태주대로 여기서 더 나아가서는 안 된다는 생각에 언행이 위축되었다.

"현재의 난감한 상황이 지속되는 한 우리 관계는 사제, 친구 이상으로 발전해서는 안 된다는 사실을 우리 모두 명심해야 합니다."

"이 거북한 상황이 오래가지는 않을 거예요. 처음엔 힘들겠지만 선생님이 제 옆에 계시는 한 조만간 정리될 거예요. 아빠 인생은 아빠가 알아서 하실 거예요."

"세상 일이 말처럼 쉽지는 않을 겁니다."

"절 믿어주세요. 그리고 도와주세요."

이야기는 여기에 이르자 깊은 수렁에라도 빠진 듯 한발자국도 더 나갈 수 없었다. 비록 짧은 시간 안에 서로의 마음은 충분하게 교환되었지만 아직도 그들은 아무런 사이도 아니었기 때문이다. 누구도 그 어떤 약속을 할 수 없었고 아무 결정도 내릴 수 없었다. 확실한 건 속절없이 축나는 애꿏은 술뿐이었다.

두 사람 다 술을 마셨기에 택시를 잡았다. 태주가 그녀를 양재까지 데려다주기로 했다. 차 안에서 뒷좌석에 나란히 앉았던 다요가 취중인지 느닷없이 태주의 어깨에 머리를 기대왔다. 그녀의 장발이 태주의 어깨에 와르르 쏟아져 내렸다. 그 향기가 싱그럽다. 음주 때문인지 다요의 숨결이 분명하게 들렸다. 태주도 심장이 쿵쿵 뛰기 시작했다. 갑자기 다요가 그의 귓가에 대고 나직하나 분명한 음성으로 속삭였다.

"오빠."

태주는 순간 목이 메어 마른 침을 꿀꺽 삼켰다. 자신도 모르게 "음" 하고 대답했다.

"저랑 같이 내일 해수욕장에 놀러 가요."

태주는 판단력을 상실한 로봇처럼 금방 고개를 끄덕였다. 끄덕일 수밖에 없었다. 너무도 순진한 간청이었기 때문이다. 그것의 가능성을 가늠한다는 자체가 그녀의 진심에 대한 모독으로 생각되었다. 아마 그녀가 함께 죽자고 제안했어도 고개를 끄덕였을 것이다.

그리고 다요는 금시 잠이 들었다. 쌔근쌔근 새어나오는 콧바람이 태주의 목덜미를 달콤하게 간질거렸다. 꿈같은 황홀한 기분 때문에 정신이 허공으로 빠져나와 둥둥 떠다녔다. 그 달콤함에 이대로 시간이 멈췄으면 싶었다.

집 앞에 도착해서야 다요는 잠을 깼다. 태주는 차에서 내려 그녀를 집 앞까지 배웅했다.

"그럼 내일 봐요."

과연 내일 볼 수 있을지 그건 아무도 모른다. 하지만 그러고 싶었다.

태주가 그녀와 작별인사를 남기고 돌아서려고 할 때 갑자기 다요가 다가와 그의 품에 살며시 안겼다. 그녀의 심장의 고동소리가 태주의 가슴에 전해 왔다.

"갈라지기 싫어요."

"나도."

두 사람은 자연스럽게 서로를 포옹한 채 키스했다. 처음에는 입술을, 그리고 혀를 삼켰다. 숨이 차고 목이 아픈 줄도 몰랐다. 그 입술과 혀와 가슴속으로 하늘에서 별들이 꽃보라처럼 쏟아져 내렸다. 마음속 어딘가에서 이러면 안 된다고 제지했지만 태주는 무슨 마법에라도 걸린 듯 그녀를 품 안에서 내놓을 수가 없었다. 태주는 그녀를 품에 안고서도 이것이 과연 꿈인지, 생시인지 종잡을 수가 없었다. 남녀의 관계가 연애에 필요한 모든 과정이 생략된 채 거짓말처럼 너무 빨리 진행되었기 때문이다. 만일 이것이 꿈이 아니고 현실이라면, 그것이 설령 첫눈에 든 정이라고 할지라도 필경 과속일 테고 그 결말은 불길할 수밖에 없을 것이다. 그런데 연애가 반드시 그 모든 지루하고 잡다한 절차들을 죄다 거쳐야만 진정한 사랑인가. 어쩌면 요약되고 압축된 사랑이야말로 군더더기가 없는 순수한 사랑일지도 모른다. 아무 것도 타산하지 않고, 바라지 않기 때문이다. 육체와 마음만 있으면 되니까. 현실 속의 사랑은 선정 씬이 금지되어 포옹과 키스를 하는 데도 10여 회씩 기다려야만 하는 tv드라마 속의 느려터진 연애 스토리와는 완연하게 다르다. 애정은 마치도 전자석 같은 것이다. 전자석이 평소에는 잠잠하다가도 전류만 흐르면 강력한 흡착력을 가지듯이 애정도 연정만 통하면 신속하게 이성을 흡인해 들인다.

무너진 모래성

1

서다요가 한태주와 갈라져 양재동 자택으로 들어오니 그때까지 아버지 서용수는 자지 않고 거실 소파에 앉아 딸이 귀가하기를 기다리고 있었다. 벽시계는 어느덧 자정을 가리키고 있다.

"아빠, 아직도 주무시지 않으셨어요?"

다요는 저지른 잘못이 있는지라 불안한 나머지 아빠의 불만을 회유하는 데 효과적인 선제적 애교공세를 펴려고 했으나 화가 받칠 대로 받친 서용수의 표정은 험상궂기만 하다.

"낚시터에서 백서방을 따돌리고 도망쳐 어딜 갔었냐?"

다요는 애교작전이 통하지 않을 걸 알자 두 번째 전략인 침묵모드로 전환했다.

"스마트폰까지 꺼놓고 종일 누구랑 있었냐고?"

다요는 대답 대신 머릿속에 한태주의 모습을 불러왔다. 남자답고 지적이고 어엿하여 백퍼센트 맘에 든다.

"백이사가 사람이 실종됐다며 나한테 문책전화 오고 난리 났었다. 경찰에 신고까지 하겠다는 걸 내가 오늘 하루만 기다려보자고 겨우 말렸다."

일이 이 지경으로 번질 줄까지는 미처 예상하지 못했었다. 앞으로 한태주에게로 가는 길에는 가시덤불만 무성할 것이라는 예감에 그녀는 기분이 암울해졌다. 일단 내일 해수욕장에 가려던 계획부터가 물거품이 될 가능성이 많아졌다. 문득 하얏트호텔 커피숍에서 연주하던 노래생각이 났다.

오빠, 절 도와주세요.

그녀는 가만히 속으로 빌었다. 이제 그녀가 의지할 사람은 한태주 한 사람뿐이다.

"아까 문 앞에까지 따라왔던 그 남자랑 만난 거야?"

"……."

"왜 말이 없어, 갑자기 벙어리라도 된 거냐?"

다요는 태주의 믿음직스러운 그 커다란 손을 머릿속에 떠올렸다. 그리고 안전감과 편안함을 주던 너부죽한 어깨와 훈훈하고 탄탄한 가슴을 되새겼다. 그리고 또……. 다요는 조금 전 일을 생각만 해도 얼굴이 홍당무처럼 붉어졌다.

"너 약혼한 몸이잖아. 백민호와의 혼사가 파토나면 '용수박스회사'가 문 닫는다는 것도 잘 알잖아. 아빠가 젊은 시절부터 10여 년 간 식당을 운영해 모은 자본을 죄다 투자해 일떠세운 '용수박스'의 20년 역사가 물거품이 될 위기에 봉착한 거 말이다. 20년 동안 협력업체로 거래하던 H제약회사가 3개월 전 경기침체로 업체 간 출혈판매경쟁에 직격탄을 맞고 S제약회사에 인수되면서 우리 회사와의 계약이 취소되어 최근 몇 달 동안 직원들 월급도 지급 못한 채 모진 경영난에 시달린다는 걸 너도 눈 뜨고 봤잖니. 다행히도 서울 남부 지역에 새로 들어선 대형온라인쇼핑몰에서 택배포장박스 제조 협력업체 공고에 신청했지만 신청회사가 10여 개나 되어 경쟁이 심하다는 사실도 모를 리가 없을 테고. 마침 백이사 아들이 자폐증 때문에 장가 못가고 있던 참에 너와 혼사가 성사되었고, 하늘이 도와 이번 협력업체 선정을 총괄하는 사람이 백이사라는 거 아빠가 벌써 백 번도 넘게 너와 말했다. 두 달 후면 결정이 날 텐데 네가 다른 남자를 만나고 다니면 말할 것도 없이 혼사는 파탄 날 테고, 그러면 협력업체 선정에서도 탈락하게 되겠지. 그럼 우리 '용수박스'는 망할 것이고, 아빠는 빚더미에 올라앉을 것이며, 우리 가정도 파국을 맞게 될 게 불 보듯 뻔하다. 넌 한사코 회사가 망해서 아빠가 자살이라도 하는 꼴을 보고 싶어 그러냐."

서용수는 홧김에 술을 과음한 모양 자식의 면전이라는 사실도 망각한 채 벌써 눈물을 줄줄 흘리며 체통을 잃고 코물을 훌쩍거리기까지 했다. 나이가 들어서인지, 아니면 회사가 걱정되어서인지 요즘 술만 마시면 서용수는 식구들 앞에서 드러내놓고 눈물을 보였다. 아버지의 눈물을 보자 다요는 금시 마음이 동요되었다. 구구절절 가슴에 와 닿으며 슬픔의 파문을 일으켰다.

"아빠, 울지 마세요. 제가 잘못했어요."

다요는 휴지를 뽑아 아버지의 볼에 흥건하게 번진 눈물을 닦아주었다. 요즘 들어 얼굴에 굵은 주름살이 더 늘어난 것 같다. 회사 걱정 때문에 침식을 걸러 전에 없이 초췌하기까지 했다. 서용수는 아버지의 고충을 이해하고 고락을 나누려는 딸이 대견하여 품에 껴안았다.

"내 딸 다요야. 아빠, 좀 도와주라."

"알았어요. 인젠 아빠 하라는 대로 할게요."

다요도 그러는 아버지가 측은하여 함께 울었다. 그렇게 웅장하던 아빠의 몸집이 금년 들어 눈에 띄게 훌쩍 말라버렸다. 내 감정만 소중하다고 잠시나마 아빠의 번뇌를 외면하고 등을 돌렸던 자신의 이기적인 행동이 후회되었다. 아빠가 없었다면 나도 없을 것이다. 아빠는 나를 낳아준 분이시다……

이튿날 다요는 아버지와의 언약을 이행해 밖에 나가지 않고 집에 있었다. 그녀의 스마트폰은 아버지가 회사에 출근하며 가지고 갔다. 회사에 가서도 몇 시간에 한 번씩 엄마한테 전화해 다요가 집에 있는지 확인했다.

다요는 집전화로 혜진에게 집안의 자초지종을 전했다. 태주에게는 차마 못 나간다고 전화를 할 수 없어 혜진이더러 상황을 전하라고 부탁했다. 사실 오늘은 혜진의 도움이 없이도 마음만 먹으면 얼마든지 나갈 수 있었다. 엄마도 주방에서 주부의 몫인 잡다한 가무를 돌보느라 다요를 방치한 상태이다.

다요는 오전 내내 우리에 갇힌 동물원의 짐승처럼 방안을 오락가락했다. 소설이라도 쓰려고 컴퓨터 앞에 마주앉아 보기도 했으나 머릿속은 온통 태주의 생각으로 가득 차 있었다. 컴퓨터에서 어제 태주와 함께 감상한 〈You Raise up〉 노래를 찾아 띄워 놓았다. 그러자 태주의 손과 어깨와 가슴과 입술이 영화처럼 기억 속을 지나갔다. 걷잡을 수 없는 그리움이 쓰라리게 가슴을 허볐다. 태주와의 낭만적인 데이트도, 세상을 다 가진 것 같던 행복함이 불과 어제 일인데 벌써 백년은 지나간 듯 아득한 기분이다. 엄마가 점심을 먹으라고 했으나 거절했다. 시간이 흘러갈수록 아버지의 회유에 그렇게 쉽게 설득당하지 말았어야 했다는 뒤늦은 후회에 빠져들었다. 아버지의 뜻을 거역한 괴로움이 태주씨와 만나지 못하는 슬픔에 비하면 아무것도 아님을 알았기 때문이다.

지금이라도 나가자. 혜진이한테로 가자.

서둘러 옷을 갈아입기 시작했다. 엄마는 딸의 행동을 애처로운 시선으로 지켜만 볼 뿐 아무 말도 하지 않았다. 어디 가냐고 묻지도 않는다. 그러나 신을 신고 문을 열려던 다요는 번개처럼 뇌리를 치는 목소리에 우뚝 멈춰 섰다.

너 한사코 회사가 망해서 아빠 자살이라도 하는 꼴을 보고 싶어 그러냐?

자살!

혈액형이 A형이라 성미가 꼼한 아버지는 정말 회사가 망하면 극단적 선택을 하고도 남을 분이라는 생각이 그녀의 발목을 잡았던 것이다. 신을 벗고 다시 거실로 돌아와 소파에 풀썩 쓰러졌다. 그리고는 소리 내어 흑흑 흐느끼기 시작했다.

"내 딸, 불쌍해서 어떡해."

엄마 이미옥은 덩달아 눈물을 흘리며 옆에 앉아 딸의 머리를 쓰다듬는다.

"네 처지도 딱하다만 그렇다고 아빠회사가 망하는 걸 모른 척 할 수도 없고."

다요는 일어나서 엄마의 품에 안겼다. 모녀는 서로 부둥켜안고 눈물을 흘렸다.

그때 이미옥의 휴대폰벨이 울렸다. 서용수의 문의전화이다.

"다요, 집에 잘 있어요."

"알았어. 그런데 그것 땜에 전화한 거 아니야. 다요 친구라는 여자가 조금 전에 집으로 갔어. 문 열어줘."

"혜진이?"

"아니야. 대학원에서 다요랑 같은 지도교수 밑에서 무역학 석사공부하는 친구래."

"알았어요."

이미옥은 문을 열어주려고 소파에서 일어났고, 다요는 휴지로 눈물을 훔쳤다.

대학원 친구, 누구지?

어리둥절한 채 문 쪽을 지켜보았다. 문안에 들어선 여자는 낯선 얼굴이다.

태주 오빠가 보낸 사람인가?

"다요야, 안녕. 잘 지냈어? 나야. 유리."

"어……. 유……. 유리야. 안녕……. 어서 와."

영문은 알 수 없지만 일단 엄마 앞이라 지인인 것처럼 연기할 수밖에 없었다.

"내 방으로 들어가 얘기해."

신분을 속인 걸 미뤄볼 때 엄마가 들으면 안 될 말을 할 것이 틀림없음으로 아예 그녀의 손을 잡고 침실로 안내했다. 문을 닫자 아가씨가 먼저 고개를 숙인다.

"죄송해요 다요씨. 여길 들어오기 위해 아버님한테 친구 사이라고 거짓말 할 수밖에 없었어요. 제 이름은 강바람이에요."

"서다요에요. 한선생님께서 보내신 건가요?"

"한선생님이라고요?……."

"S대강사 한태주박사님 말이에요."

"아, 네. 그래요. 한태주 강사. 참, 걔가 박사였지. 아니요. 태주는 제가 여기 온 걸 몰라요. 제가 태주의 외사촌누난데 다요씨가 집에 갇혔다는 말을 듣고 태주 몰래 왔어요."

다요는 주방에 나가서 냉커피 두 컵을 만들어가지고 돌아왔다.

"댕큐. 다요씨 태주한테서 듣던 것보다 훨씬 더 예쁘시네요. 국보급 미인이세요. 그러니까 태주도 첫눈에 반했군요."

"과찬이세요. 언니도 예쁘세요."

다요의 얼굴이 쑥스러움을 타며 금시 홍시처럼 빨갛게 익었다.

"저도 밖에 나가면 예쁘다는 소릴 듣는 편인데 다요씬 저와는 차원이 다르세요. 전 쌍까풀이랑 다 손본 건데요."

커피 한 모금을 마시고 강바람은 말을 이었다.

"이런 미인이 정략결혼의 제물이 되어 배필 조건도 안 되는 형편없는 남자와 약혼까지 했다니 너무 아쉽네요."

"아빠회사가 부도 위기에 봉착했으니 자식으로서 당연히 도와드려야 하잖아요."

"다요씨의 말이 맞아요. 자식이라면 당연히 부모가 어려울 때 도와드려야죠. 그러나 아무리 부모라고 해도 자신의 인생 전부를 희생시켜 돕는다는 건 너무 불공평해요. 이왕 찾아왔으니 거두절미하고 마음속 얘길 할게요. 다요씨랑, 태주랑 두 사람 겉으로 표현은 하지 않아도 서로 좋아하잖아요. 비록 두 사람이 사귄 시간은 짧지만 호감의 깊이는 결코 시간의 길이에 정비례하는 건 아니거든요. 첫눈에 반한 사랑이야말로 사심 없는 사랑 아닌가요. 하지만 오늘 같은 단절이 자주 반복된다면 이 감정은 사랑으로 승화될 수 없어요. 다요씨는 천성적으로 착한 효심 때문에 부친의 부당한 요구를 거역하지 못하고, 태주는 타고난 그 도덕군자 성향 때문에 부당한 것임에도 약혼한 여자라는 조건에 막혀 접근을 망설인다면 두 사람의 정념은 벌써 파멸이 예고된 것이나 다를 바 없겠죠. 효심이 아무리 긍정적인 가치라고 할지라도 자신의 미래를 희생하면서까지 행하는 건 낡은 사고방식일 따름이에요. 태주도 이 이치를 알지만 그의 입장에서는 다요씨에게 말할 수가 없었을 거예요. 마냥 도덕적인 잣대를 강요된 부당한 혼사에까지 적용하려는 태주의 태도 역시 진부하지만 다요씨를 아끼기 때문에 그로서는 다요씨의 뜻을 존중할 수밖에 없는 데서 어쩔 수 없는 선택이었을 테지요. 아마도 그는 이런 불확실한 상황이 지속되면 자기도덕의 경계에 막혀 한걸음도 더 전진하지 않을 거예요."

다요는 "이 상황이 지속되면 우리 관계도 사제, 친구 이상 발전하면 안 된다"고 하던 태주의 말이 기억났다.

"제 짧은 소견에는 두 사람의 정사(情思)가 사랑으로 이루어지려면 다요씨는 효도의 멍에를 단호하게 벗어던져야 하고, 태주는 도덕군자의 족쇄를 풀어버려야 한다고 봐요. 그런데도 다요씨는 효심의 멍에를 짊어진 채로, 태주씨는 도덕군자의 쇠고랑을 찬 채로 이 감정을 소극적으로 가꿔가려고 하고 있어요."

강바람은 목이 마른 듯 잠시 말을 멈추고 커피 한 모금을 마셨다. 다요는 교수님의 강의를 듣는 학생처럼 아무 말도 없이 다소곳이 앉은 채 그녀의 말에 귀를 기울이고 있었다.

"하지만 그것은 헛된 망상이에요. 이처럼 불리한 상황에서는 절대로 사랑이 성사될 수 없어요. 태주도 인젠 혼기가 넘어 빨리 결혼해야 돼요. 더구나 태주 모친은 간암 말기로 진단이 나 독자가 결혼하기를 고대하고 있어요. 약혼한 여자를 믿고 언제까지고 기다릴 수만은 없다는 얘기죠. 물론 다요씬 미인이세요. 누구도 미모로 다요씨와 무모한 경쟁에 나설 사람은 없을 거예요. 하지만 다요씨가 이 혼사를 파기하지 않는 한 태주는 마냥 기다릴 수만은 없겠죠. 다른 여자들은 미모는 안 돼도 저처럼 이렇게 몸매를 드러내는 옷을 입고 남자들을 유혹할 수도 있거든요."

강바람은 가슴 절반이 노출된 자신의 옷을 가리키며 웃었다.

"더구나 지금은 노출의 계절인 여름철이에요. 해수욕장에 가면 미모는 안 돼도 몸매가 미끈한 여자들이 넘쳐나요. 게다가 남자들은 다분히 시각적인 동물이거든요. 눈에 보이는 것에 쉽게 유혹되는 게 남자들이에요."

강바람이 커피를 마시느라 또 말을 끊었다.

다요는 문득 혜진의 민망한 옷차림이 기억 속에 떠올랐다. 혜진은 늘 노출이 심하거나 살갗에 찰싹 달라붙는 섹시한 옷을 선호한다. 다요가 보기에도 그 모양이 벌거벗은 것같이 아니, 벗은 것보다도 더 아슬아슬하게 체형이 내비쳐 늘 못마땅하게 여겼었다.

"넌 집에 이런 옷밖에 없어?"

이렇게 나무라면 혜진은 그때마다 발끈하며 항변하곤 했다.

"헐, 깜놀. 이 옷이 어때서. 비싼 건데. 그리고 요즘 유행이잖아."

"알몸처럼 보이잖아."

"옷을 입었는데 뭐가 보여."

혜진은 좀처럼 그녀의 조언을 수락하려 들지 않았다.

"벗은 것보다 더 잘 보여."

"뤼얼리? 천만 다행이네."

"뭐가 다행이란 거야?"

"다 보인다면서. 언니처럼 잘생긴 여자들이 세상 남자들의 시선을 독차지했으니 우리같이 못난 여자들은 몸뚱이라도 보여야 가끔씩 남자들 시선을 끌 거잖아. 그래야 시집도 가지. 내가 왜 라이딩 좋아하는지 알아?"

"왜 좋아하는 데?"

"헬멧 쓰고 고글 끼면 못난 얼굴 다 가리거든. 그리고 져지와 빕숏을 입으면 몸매만 예쁘게 드러나잖아. 내가 얼굴은 못생겼지만 그나마 몸매는 섹시하잖아. 그래서 라이딩에 미친 거야. 남자들은 섹시한 몸매에 약하거든."

"그거야말로 남자들을 유혹하는 성추행이 아니야?"

다요의 짤막한 회상을 중단하며 강바람의 얘기가 다시 이어졌다.

"그러니까 얼굴 예쁜 것만 믿고 방심하다간 태주도 어느 날 다른 여자한테 갈 수도 있다는 얘깁니다."

"저도 아버지의 뜻에 순종하면서도 후회할 때도 있어요. 그래서 방금 전에도 한선생님한테 나가려고 했었는데……. 오늘 만나기로 약속했거든요."

"뭐가 또 문젠데요?"

"아빠가 회사 망하면 극단적 선택을 하신다는 말이 가슴에 걸려 차마 발길이 떨어지지 않았어요."

"그건 다요씨의 선량함을 악용한 위협공갈일 따름이에요. 다요씨의 마음이 동요하지 않도록 묶어놓는 전략일 수도 있어요. 물론 실제로 회사가 부도나 아버님께서 극단적 선택을 하실 수도 있겠죠. 그러나 그건 절대로 자식인 다요씨의 책임이 아니에요. 다요씨가 자신의 인생

을 희생하면 아버님의 자살을 막을 수도 있겠지만 그 다음은 어떻게
될까요? 아마도 그 극단적 선택의 운명은 다요씨의 신변에 떨어질 거
예요. 아직 결혼 전이니 그렇지 정작 사랑하지도 않는 남자와 결혼하
여 평생을 한 집, 한 이불 속에서 살아야 한다면…… 그 결과는 저보다
당사자인 다요씨가 더 잘 아시겠죠."

강바람은 할 말이 끝난 듯 의자에서 일어섰다.

"기회는 한번밖에 없어요. 놓치면 다시는 돌아오지 않아요. 자신의
인생을 헛되이 버리지 마세요. 후회하지 말고 스스로 이루세요. 당당
하게 사랑의 주인이 되세요. 전 다요씨를 믿어요."

강바람은 가볍게 고개를 숙여 작별인사를 마친 뒤 방에서 나갔다.

다요는 잘 가라는 인사말도 잊은 채 선 자리에 멍하니 굳어져버렸다.

2

김은진은 열흘에 한 번씩 평일에 휴식하는데 오늘이 바로 그날이다.
오늘은 또한 남자친구와 함께 부모님을 뵙기로 한 날이기도 하다.

현보민은 아침부터 은진의 성화에 못 이겨 용산역 상가에 가서 양
복 한 벌을 사 입었다. 구두도 새로 사 신고 벨트도 새 것으로 바꿨다.
정장에 목을 꽉 조이는 넥타이까지 매자 워낙 뚱뚱해 땀을 많이 흘리
는 보민은 은진의 집에 들어가기도 전에 셔츠가 축축하게 젖어버렸다.
마트에서 은진의 부친 김성봉이 좋아한다는 막걸리와 수박, 동네횟집

에서 송어회까지 사서 손에 들고 은진이네 집 앞에 이르렀다.

"이거면 돼? 무슨 근사한 선물이라도 사드려야 하는 거 아냐. 보약 같은 거."

"다 필요 없어. 아빠한테 보약은 막걸리야."

은진은 키도 작고 몸집도 왜소하지만 당돌하고, 주도면밀하고, 섬세하기까지 했다. 더운데다 긴장감까지 더해 이마와 귀밑머리에서 땀이 연신 흘러내리는 걸 손수건으로 닦아주고 비뚤어진 넥타이를 바로잡아주며 벌써 열 번도 넘겨 한 말을 재삼 당부한다.

"좀 떨지 마. 사형장에 죽으러 끌려가는 것도 아니잖아. 숨을 깊이 들이마시고 후 뿜어내."

현보민은 은진이 시키는 대로 심호흡을 했다. 그래도 긴장하긴 마찬가지다.

"이러고도 오빠 경찰관이야? 담이 이렇게 약하고서야 범인을 어떻게 잡아. 가슴 쭉 펴."

은진은 조그마한 주먹으로 보민의 떡판 같은 가슴을 툭 쳤다.

"범인이라면 혼자서 몇 명이라도 당해낼 수 있어. 그런데 이런 건 정말 자신 없어. 오늘 말고 다른 날로 미루면 안 돼? 컨디션이 말이 아닌데 이대로 들어가면 왠지 일을 그르칠 것 같아서 불안해."

"시끄러. 장가들고 싶으면 용기 내. 남자가 쪼잔하게 벌벌 떨긴. 어깨 펴고 날 따라와."

은진이 먼저 앞장서서 철제 대문을 열고 마당 안으로 들어갔다. 반지하방이다. 계단을 내려가는데 옆방의 베트남 여자가 지나가며 서툰 한국말로 인사를 건넨다. 보민은 경황이 없어 인사고 뭐고 쥐구멍이라도 있으면 도망치고 싶을 뿐이다.

"엄마, 아빠, 나왔어."

은진이 문을 열고 방안으로 들어갔으나 현보민은 그 틈에 몸을 돌이켰다. 그러나 은진이 다시 나와 현보민의 팔을 잡아 쥐고 무작정 집안으로 끌고 들어갔다. 낮인데도 방안엔 전등이 켜져 있었다. 기저질환을 앓는 은진의 모친은 벽에 기대 앉아 있고, 머리카락이 푸시시한 60대 사내는 방 한가운데 주안상을 벌여놓고 술을 마시고 있었다. 턱과 코밑에 수염이 텁수룩하고 이마에 젓가락만큼 굵은 주름살이 얼기설기하다. 얼핏 보아도 일용직 고역에 삭은 모습이다.

"아빠! 대낮부터 술이야? 오늘 남자친구 온다했잖아."

은진의 아빠는 막걸리 잔을 입가에 가져가다 말고 문가에 엉거주춤 서 있는 현보민을 흘깃 쳐다보고는 다시 술을 마신다.

"집구석이 누추해서……. 거기 아무데나 앉아요."

은진의 모친이 자리를 권하자 벽 구석에 옹송그리고 서 있던 은진의 여동생 은미가 재빨리 방석 하나를 가져다 놓는다. 10대 후반인데 언니를 닮아 얼굴이 예쁘장하게 생겼다.

"오빠, 뭐해? 인사드리지 않고."

은진이가 재촉해서야 현보민은 장판 바닥에 넙죽 엎드려 큰 절을 올렸다.

"어머니, 아버지 처음 뵙겠습니다. 은진이 남자친구 현보민입니다. 예쁘게 봐주세요."

그 인사말 역시 은진이 몇 번이나 반복하여 가르쳐준 것이다. 보민은 인사를 마치자 얼굴에서 흘러내리는 땀을 손등으로 문질렀다.

"요즘 워낙 찜통더위라. 우리 집엔 에어컨도 없고……."

운신이 불편한 은진의 모친은 현보민의 얼굴에서 흐르는 땀을 보고 안쓰러운 표정을 짓는다. 방안에 선풍기 한 대가 돌고 있었지만 웃통을 벗어버린 은진이 아버지 김성봉이 자신한테만 고정시켜 놓고 있었다. 상황을 눈치 챈 은미가 날렵하게 옆방으로 들어가더니 다른 선풍기 한 대를 내다가 보민의 옆에 놓아준다.

"은진아, 주방에 나가봐라. 삼계탕이 다 됐을 거다. 손님이 시장할 텐데 밥상 차려라."

은진이가 엄마의 말에 주방으로 나가자 현보민이 말했다.

"빈손으로 찾아뵈어 미안합니다. 아버님께서 막걸리를 좋아하신다기에 막걸리와 회만 사들고 왔습니다."

"막걸리, 회? 그거면 됐어. 그래 자네 이름이 뭔가?"

막걸리와 회를 사왔다는 소리에 기분이 좋아진 듯 김성봉이 드디어 알은체한다.

"현보민이야."

땀을 닦느라 무슨 말인지 알아듣지 못하자 주방 안에서 은진이 큰 소리로 대신 대답한다.

"직업은?"

"경찰입니다."

"경찰?!"

들기 거북한지 김성봉은 어깨를 한번 으쓱하고 미간을 지프리더니 막걸리 종지를 들고 한 모금 마신다. 은진의 말에 따르면 김성봉은 수원 쪽에 내려가 숙식하면서 현장작업을 하는데 오늘은 사윗감이 온다고 해서 어제 서울로 올라왔다고 한다.

은진이와 동생 은미가 한참 들락날락하더니 순식간에 근사한 밥상이 차려졌다. 삼계탕에 금방 사온 수박도 썰어 올리고 송어회도 포장을 열어 올리자 자그마한데다 삐걱거리는 상다리가 부러질 지경이다. 김성봉은 어느새 회를 초장에 묻혀 한입 가득 문다.

"술안주는 뭐니 뭐니 해도 회가 최고야. 아까 현…… 뭐라 했더라?"

"현보민입니다."

"어, 자네도 술은 하겠지?"

"네. 조금은요. 제가 따라드리겠습니다."

김성봉이 밑굽에 남은 막걸리를 쭉 내고 빈 종지를 보민에게 내밀었다. 현보민은 무릎을 꿇고 종지에 술을 따랐다. 긴장 때문인지 조심한다고 했으나 끝내 상에 흘리고 말았다. 김성봉이 말없이 술병을 받아가더니 다른 빈 종지에 막걸리를 부어 보민에게 건넸다. 현보민은 원래 막걸리는 입에 대지 않았다. 그러나 어르신이 부은 잔을 안 마실 수도 없어 고개를 돌리고 한 모금 마셨다. 땀이 흘러내려 눈을 뜰 수가 없었다. 성씨본관에 대해서도, 부모에 대해서도 은진의 모친이 몇 가지 물었으나 무슨 정신에 대답했는지 모른다. 워낙 더위를 심하게 타는 데다 술까지 마셔 더구나 땀이 났다.

"그렇게 더우면서 그 넥타이, 저고리는 왜 안 벗어. 나처럼 웃통을 홀렁 까버릴 것이지."

"네."

현보민은 체면 때문에 타이와 저고리만 벗었다. 은미가 받아서 옷걸이에 걸어준다. 이제 통성도 오갔고, 대작도 하고, 식사도 했으니 어르신의 결론만 남았다. 그러자 현보민은 더구나 긴장해졌다. 볼썽사납게 땀이나 뻘뻘 흘린 것밖에는 보여준 것이라곤 없으니 결코 시원한 대답은 없을 거라는 예감이 들었다. 보민은 지금까지 영문도 모르게 긴장했던 원인이 은진의 부모님이 허락하지 않을지도 모른다는 불안감 때문이었음을 비로소 깨닫게 되었다.

김성봉은 과음했으면서도 취기가 전혀 나타나지 않았다. 밖에도 나가지 않고 그냥 집안에 앉은 채 담배 한 대를 붙여 물었다,

"손님도 있는데 밖에 나가서 피우시지."

아내가 제지했으나 거들떠보지도 않는다.

"보다시피 우리 집구석은 째지게 가난해. 있는 거라고는 달랑 딸래미 둘뿐이고. 그러니까 은진이랑 살려면 부모를 모실 각오를 해야 될거야. 그게 가능하겠어?"

"여보, 요즘 세상에 어느 자식이 부모를 모셔요. 늙으면 다 요양원에 가는 세상인데."

마누라가 남편의 무리한 요구에 제동을 걸었으나 김성봉은 여전히 무시한 채 현보민의 대답만 기다렸다.

"아빠, 보민씨도 집안에서 맏아들이야."

"넌 좀 빠져."

김성봉이 버럭 언성을 높이며 딸을 윽박질렀다.

"네. 제가 두 분을 모시겠습니다."

"오빠."

은진이 말빚을 지는 것을 막으려고 그를 쳐다보았지만 현보민은 그녀의 시선을 피했다.

"그래? 그럼 그건 됐어. 그런데 결혼하려면 살집이 있어야 할 텐데. 아파트는 있어?"

현보민은 갑자기 말문이 막혔다. 결혼 후 집장만은 고사하고 지금 그가 살고 있는 집도 전세이다.

"이까짓 지하도 내 집이 아니야. 월세야. 그러니 집부터 장만해야 결혼하든 말든 할 거 아니야. 적어도 아파트 한 채쯤은."

"집은 아직⋯⋯."

"우리도 가난한 데 딸까지 아파트 한 채 없는 사람한테 시집보낼 수는 없어."

"아빠."

"잠자코 있으라고 했지. 내 딸과 정말 결혼할 생각 있으면 2년 내에 살집을 마련해. 내가 책임지고 은진이를 다른 데 시집 안 보내고 기다리게 할 테니까. 2년 안에 마련하지 못하면 그때 가서 은진이를 다른 사람과 결혼시켰다고 날 원망하지 말고. 난 할 말 다 했어."

김성봉은 일어나서 옷을 걸친다. 아마도 밖에 나갈 일이 있는 모양이다.

현보민은 자리에서 일어나 밖으로 나가는 김성봉의 등 뒤를 향해 공손하게 배꼽인사를 했다.

"저 양반이 워낙 성미가 까칠해서……. 첫 걸음인데 안 됐네."

은진의 모친이 남편 대신 사과했다.

"괜찮습니다. 딸 가진 부모 입장에서는 당연하다고 생각합니다."

현보민의 지금 처지에서는 그 말밖에 할 말이 없었다.

"따라와."

은진은 현보민을 안내해 옆방으로 들어갔다. 침실인데 자그마하지만 아담하고 깔끔하다. 은진의 싱그러운 체취가 감돌아 약간 당황해졌다.

"왜 모신다고 대답했어?"

"원하시잖아."

"원한다고 대답해? 오빠도 부모 모셔야 될 처지면서."

"그건 모시면 되지만. 집은 어떻게 마련하지. 더구나 2년 사이에."

은진은 손으로 현보민의 어깨를 눌러 의자에 앉힌 후 자신은 옆의 팔걸이에 걸터앉았다. 그리고는 땀에 젖은 그의 머리카락을 손가락으로 비비꼬며 장난친다.

"못 들은 척 하면 되잖아."

"2년 안에 마련하지 못하면 다른 사람과 결혼시킨다잖아."

"그거 위협일 뿐이야. 아빠가 겁주면 거꾸로 우리도 아빠를 위협하면 되잖아."

"우리가, 뭘로?"

"바보!"

은진이 손가락으로 현보민의 머리를 톡 친다.

"우리 겉으로만 결혼 안 했지 속으론 벌써 부부잖아."

"그래서?"

"임신했다고, 당신 애기 가졌다고 위장연기하면 되잖아."

"어떻게 그런 거짓말을 해? 부모님한테. 그래서도 안 된다면?"

"그래도 방법이 있어. 걱정 마."

"무슨 방법?"

"이참에 아예 콘돔 버리고 애 가지면 되지. 말이 난 김에 우리 아예 여기 침대에 올라가서 애기 만들까?"

은진이 정말 아기라도 만들 것처럼 허벅지로 보민의 거기를 슬쩍 건드리며 목을 그러안고 이마에 입술을 댄다.

"거실에 어머니도 계신데⋯⋯."

"그게 싫으면 결혼을 허락해주든지. 이봐. 벌써 일어섰잖아. 애기 만들자."

"야, 정신 나갔어? 여기서 어떻게⋯⋯."

"이렇게 아둔한 머리로 범죄사건 어떻게 수사해?"

"범죄사건은 누구보다 더 잘 수사하는데 이런 일은 정말 어쩔 바를 모르겠어."

은진은 아예 팔걸이에서 내려와 현보민의 무릎 위에 앉았다. 그러자 그녀의 부푼 가슴이 면바로 보민의 입가에 와 닿았다.

"누가 들어오기라도 하면 어떡해?"

"그러니까 누구도 간섭할 수 없는 안전한 곳으로 도망가 둘이서만 살면 되잖아."

은진은 자신의 익은 가슴을 보민의 입술에 밀착시켰다. 향긋한 냄새가 후끈 진동했다. 그리고 보료처럼 말랑말랑하다.

"뭐? 결국 도주시나리오야. 그건 안 돼. 나만 좋다고 부모와 자식을 생이별시키는 몰상식하고 잔인한 짓은 난 못해."

"그게 싫으면 아빠가 양보하면 되잖아."

그때 방문이 빠끔 열렸다. 좁은 문틈으로 은미의 주먹만 한 얼굴이 반쯤 들이밀려 있다. 사춘기라 성에 각별히 관심이 많은 때다. 현보민은 다급하게 은진을 무릎 위에서 떠밀어냈으나 그녀는 태연하게 그의 목을 안은 채 풀려 하지 않았다.

"야, 죽을래, 뭘 봐? 이마에 피도 안 마른 계집애가. 볼 게 따로 있지."

그러자 은미는 흥미진진한 구경거리를 놓친 것이 아쉬운 듯 입 밖으로 가느다란 혀를 홀랑 내밀어보이고는 문을 닫고 사라졌다…….

현보민은 집으로 오는 길에도 계속 김성봉의 말이 귓가에서 맴돌았다. 결국 예측했던 대로 난관에 봉착한 것이다. 그로서는 도저히 해결하기 힘든 난제였다. 생각 끝에 그는 한태주에게 전화를 걸었다. 그 친구는 박사이고 강사이며 먹물이 깊이 든 유식한 사람이니까 타개할 묘안이 있을지도 모른다. 오늘 있었던 자초지종을 다 털어놓자 잠자코 듣고만 있던 태주의 첫마디는 이거였다.

"시인이 애써 쌓아올린 모래성도 예외 없이 초반부터 결국 무너지네."

"무슨 모래성?"

"아무것도 아니야. 내 보기에는 은진씨의 판단이 명석한 것 같아."

"그건 되지도 않을 소리야. 나 때문에 은진이 부모와 생이별하는 거 난 원하지 않아."

"그럼 어쩔 수 없지. 두 사람 갈라서는 수밖에."

"그건 더구나 안 돼. 난 죽어도 은진이와 갈라 못 져."

"그럼 유리언덕이라도 넘으려고?"

"무슨 언덕?"

"아니다. 언제 만나서 얘기해. 나 지금 운전 중이야."

"알았어."

전화를 끊었다. 이 자식은 배운 게 있다고 입만 뻥긋하면 알아듣지 못할 유식한 말만 골라 한다.

3

서다요는 신을 신고 출입문을 나서면서 말했다.

"엄마, 나 어디 잠깐 다녀올게."

이미옥은 딸의 정상이 측은한지 차마 잡지는 못하고 뒷일만 걱정한다.

"아빠랑 말 안하고 나가도 괜찮겠어?"

"인젠 나도 성인이야. 어디 가면 간다고 꼭 부모한테 일일이 허락받아야 돼?"

"그렇긴 하다만. 아빠가 야단하실 텐데. 퇴근하시기 전에 들어오거라."

이미옥은 회사가 부도난다니까 말은 못해도 처음부터 이 혼사에 불만이 있었다. 딸 다요가 너무 손해 본다는 생각이 들었기 때문이다.

대문 앞에서 기다리고 있던 태주는 아파트 입구를 나서는 다요를 보자 차에서 내려 문을 열어주었다.

"선생님······."

서다요는 한태주를 보자 인사를 하려 했으나 말끝을 흐리며 뒤를 잊지 못한 채 차안으로 들어와 앉았다. 태주는 다요의 눈가에 이슬이 반짝임을 보았다.

"괜찮아요?"

"네."

"어떻게 나왔어요?"

"그냥요."

운전석에 앉아 운전석 백미러를 보던 혜진이 차를 몰아 도로에 진입하며 말했다.

"큰아빠, 뭐라 안 해?"

"출근하셨어."

"큰엄마는, 잡지 않았어?"

"아니."

"그게 정상이야. 인제부터 언니 인생의 주인공은 언니야."

다요는 말이 없다. 언제나처럼 혜진이만 있으면 말수가 더 적어진다. 그녀가 운전 중 자주 운전석 백미러로 뒤를 살피기 때문인지 태주와 사이를 두고 문 쪽으로 바싹 치우쳐 앉아 있다. 전번 날 태주와 단 둘이 있었을 때와는 전혀 다른 모습이다.

"오늘은 내가 선생님과 언니를 대부도로 모시고 갈 운전기사 노릇 자청했어. 대부도 가서 선생님과 언니는 조개구이에 맥주도 한잔씩 하셔야 되니까. 언니 그 자폐증환자와 혼담이 있은 뒤부터는 휴일마다 낚시터, 골프장만 전전하다 보니 오랫동안 해수욕장에도 못 가봤잖아. 오늘은 먼저 가까운 대부도에서 개시하고 다음엔 강릉, 부산으로 내려가."

다요는 대답 대신 방그레 미소만 짓는다. 아직도 아버지와의 약속을 배신한 죄책감에서 벗어나지 못한 듯 그 아름다운 얼굴에 수심의 잔영이 안개처럼 드리워 있다.

태주는 살며시 다요의 손을 잡았다. 다요는 저도 모르게 앞쪽의 운전석 백미러를 쳐다보았다. 거울 속에서 혜진의 시선과 마주치자 놀란 듯 손을 빼내려했다. 그러나 태주는 손에 힘을 주어 더 꽉 잡았다. 혜진이 익살맞게 한 눈을 깜빡하더니 카오디오를 틀었다. 알 수 없는 서양 남성 가수의 허스키한 팝송이 흘러나왔다. 창밖을 내다보는 다요의 옆 볼이 발그레하게 상기되어 더 예쁘다.

다요의 손가락이 꼼지락거려 태주의 손바닥이 간질거렸다. 아마도 어제 약속을 어겨 미안해요, 하는 사과의 뜻일 것이다. 태주는 손가락에 세 번 힘을 주어 그녀의 손을 잡았다. 괜찮아, 라는 신호이다. 간단한 손동작이 말보다 의미가 더 잘 통하는 것에 태주는 놀랐다. 그러나 그 이상의 동작은 할 수 없었다. 혜진의 민감한 시선이 시도 때도 없이 문득문득 운전석 백미러를 관찰했기 때문이다. 다행히도 평일이어서 막히는 사당 쪽을 지나자 도로가 뻥 뚫려 잠깐 새에 대부도에 도착했다.

대부도에 도착하자 일행의 모든 행동은 혜진의 지휘에 따랐다.

"일단 점심시간이 되었으니까 식사부터 해야죠. 제가 어느 조개구이집이 잘하는지 잘 알아요. 조개 종류, 분량, 서비스 수준까지 훤히 꿰고 있어요. 맛있는 조개가 많이 오를 뿐만 아니라 물회, 칼국수까지 맛좋은 식당이 있으니 저 따라 오세요."

혜진이 인도하는 식당 마당에 주차하고 안으로 들어갔다. 널찍한 홀은 해변을 따라 한 줄로 길쭉하게 테이블이 놓이고 모든 테이블에서 백사장과 바다가 한눈에 안겨왔다. 다요가 혜진의 옆에 앉으려고 하자 혜진은 그녀를 맞은편의 한태주 옆에 등을 떠밀어 앉힌다.

혜진은 동해는 거리가 멀어 가끔씩 가고 가까운 이곳은 거의 휴일마다 친구들이랑 놀러와 직원들도 거개가 구면인 듯 서로 반갑게 인사했다. 일단 모듬조개구이가 올라오자 혜진은 제집처럼 흰 장갑을 끼더니 한손에는 집게, 다른 한 손에는 가위를 들고, 익숙한 솜씨로 이글거리는 숯불에 조개를 굽기 시작했다. 다른 테이블에서는 여종업원이 구이법과 먹는 방법을 설명하며 손수 구워주었으나 이 테이블은 혜진이 잘 안다고 아예 주변에 얼씬거리지도 않았다.

혜진이 다 구워진 조개를 한태주와 서다요의 접시에 집어주고 유리컵에 맥주까지 따랐다.

"언니, 여기 오니까 어때. 기분이 좋아?"

"음."

가슴이 활짝 열리는 바다를 바라보는 다요의 얼굴에 어느덧 그늘이 걷히고 밝은 미소가 번지고 있었다. 아직 개장 초기이고, 오늘은 또 평일이어서 텐트도, 행락객들도 한산했으나 백사장과 간조로 해수가 빠진 바다는 탄성이 나올 만큼 아름다웠다.

"언니, 이렇게 나와 보는 게 얼마 만이야. 대학 금방 졸업하자 H제약회사가 대화재로 경영난이 초래되고 큰아빠의 회사도 덩달아 타격을 받았던 1년 전이었잖아. 큰아빠가 회사가 부도날 줄 알고 그때 새로 일어선 온라인홈쇼핑회사가 협력업체를 모집할 거라는 예견에서 8살이나 연상인 백이사의 자폐증 아들과 약혼시킨 다음부터 이렇게 맘 놓고 밖에 나온 적이 없었잖아. 대학 땐 공부벌레라고 소문날 만큼 학업에만 매진해 그랬었고."

태주가 다요에게 술잔을 내밀자 그녀는 자신의 접시에 담긴 조갯살을 혜진의 시선을 피해 태주의 접시에 집어놓고서야 술잔을 들었다. 언제나 그러하듯 다요는 혜진이와 함께한 자리에서는 말이 없이 주로 듣기만 하는 편이었다. 그리고 행동도 될수록 절제했다. 언니라서 그럴 수도 있고, 사람들 앞에서 수줍어하는 소심하고 여린 성격 탓일 수도 있을 것이다. 태주의 눈에는 요즘 세상에서는 보기 드문 그런 순진함이 귀엽게만 보였다. 다요에 비하면 혜진은 여자다운 데가 거의 없을 정도이다.

다요는 오랜 만에 즐기는 여행의 기쁨 때문인지 말도 별로 없이 그녀

혼자서만 맥주 여섯 병이나 비웠다. 전번에도 그랬던 것처럼 태주는 그녀의 숨은 주량에 은근히 놀랐다. 아마도 조용하고 차분한 자신의 성격적 단점을 술로라도 극복하려는 그녀 나름의 의도적인 전략인지도 모른다. 확실한 것은 그녀는 이 상황을 어떤 방식으로라도 즐기고 싶어 한다는 사실이다.

물회에 칼국수까지 먹은 다음, 일행은 식당을 나와 백사장으로 향했다. 일단 텐트를 렌탈하여 빈 공간을 찾아 설치했다. 그런 후 세 사람은 신을 벗고 해수가 빠져 나간 열은 바닷물에 발을 담갔다.

다요는 바닷물에 들어서자 어린애처럼 즐거워했다. 그녀의 얼굴에 해맑은 웃음이 넘쳐나 태양처럼 빛났다. 주변 사람들의 눈길이 다요의 미모에 반해 여기저기서 몰려들었다. 다요는 물 속에서 걸음을 옮기기가 불편해 몸의 균형을 잃고 비틀거릴 때면 자연스럽게 태주의 팔을 잡으며 전에 없이 깔깔 웃어댔다. 10대 소녀처럼 천진난만하다. 해수욕장 행락객들의 시선이 모두 그녀를 바라본다. 그리고 무슨 일인지도 모른 채 덩달아 웃음을 짓는다.

"선생님, 우리도 저 사람들처럼 먼 바다로 나가 봐요."

다요가 저만큼 앞에서 심해를 향해 걸어 들어가는 남녀 커플을 손으로 가리켰다.

"비가 오지 않을까?"

태주는 그녀 먼저 바다 안쪽으로 걸음을 옮기며 하늘을 쳐다보았다. 식당에 있을 때까지도 말쑥하게 개였던 하늘에 어느새 시커먼 먹구름이 서쪽에서부터 밀려들어오고 있었다.

"선생님, 별 걸 다 걱정하세요. 비가 오면 뭐 대수에요. 안 그래도 더워 죽겠는데 시원하게 맞으면 차라리 댕큐죠."

혜진이 큰소리를 지르며 두 팔을 활짝 벌린 채 바다 안으로 달려가다가 그대로 물 위에 벌렁 넘어진다. 금시 옷이 다 젖어버렸다. 안 그래도 몸에 팽팽하게 달라붙는 청바지와 어깨가 홀랑 노출된 티셔츠를 입은 혜진의 속살이 보기 민망할 정도로 물에 젖어 선명하게 내비친다.

"조심하지. 나가서 옷 바꿔 입어. 남들이 다 보잖아."

혜진은 다요의 권고를 대수롭지 않게 받아 내친다.

"보면 어때. 옷을 벗은 것도 아닌데. 저기 여자들은 스키니도 입었는데."

아무렇지도 않은 듯 무릎까지 잠기는 물결을 오락가락 가르며 앞장서서 걸었다.

다요는 발가락에 걸리는 조가비를 꺼내들고는 마치 보석이라도 발견한 듯 감탄한다.

"선생님, 이것 보세요. 조가비가 얼마나 예쁜가."

"나도 하나 주었어요. 이건 더 크네요."

태주도 조가비 하나를 발가락에 끼워 수면 위로 끄집어냈다.

"그게 더 크고 더 예쁘네요. 저 주세요. 집에 가서 책상 위에 전시해야지."

그녀는 지금 아버지 회사며, 자폐증환자며 그 모든 현실을 깡그리 잊어버린 채 오로지 눈앞의 현실이 선물하는 무한한 행복감에 흠뻑 도취되어 있었다. 그 모습에서는 태주가 여태 한 번도 본 적이 없는 또 다른 아름다움이 빛나고 있었다.

그렇게 한 100여 미터 들어갔을까, 갑자기 하늘에서 우려했던 소나기가 퍼붓기 시작했다. 종잡을 수 없는 해안 기후여서인지 시작부터 장대비다. 백사장에 하얗게 널려 있던 행락객들이 모두 비를 피해 일시에 텐트와 건물 안으로 피신했다. 그뿐만 아니라, 바다 안으로 들어왔던 몇몇 사람들도 머리를 부둥켜 쥐고 돌아서서 백사장으로 달려갔다.

"선생님, 비가 와요. 우리도 빨리 피신해요."

"선생님, 언니 빨리 나가요."

세 사람은 약속이나 한 듯이 다급히 해변을 향해 달렸다. 깔깔대는 다요의 웃음소리가 해면을 때리는 빗소리와 더불어 허공에 메아리쳤다. 노천공연장의 대형스피커 음악소리처럼 빗소리, 우렛소리를 누르며 바다 전체에 울려퍼졌다. 태주도 웃었다. 그녀의 웃음소리에 자신의 목소리를 보탰다. 하늘과 바다에 오로지 그들 두 사람의 웃음소리만 가득 찼다.

갑자기 물 속에서 달리자니 다요는 걸음이 안 되는지 비틀거리기 시작했다. 혜진은 벌써 저만큼이나 멀리 앞섰다. 태주는 다요의 팔을 잡고 달리다가 그녀에게 자신의 등을 들이밀었다.

"내 등에 업혀요. 그러다가 넘어지면 바닷물에 옷 다 젖잖아. 비린내가 날 텐데……."

"혜진이가 보잖아요."

"멀리 갔어요. 괜찮아요."

태주는 쑥스러워 사양하는 그녀를 막무가내로 업고 반달음을 쳤다. 다요는 부끄러운지 태주의 머리 뒤에 얼굴을 파묻는다. 다요의 장발이 태주의 목 아래 가슴 위로 길게 드리운다. 그 머릿발을 타고 빗물이 줄기를 이루며 흘러내렸다. 태주는 속으로 갑작스런 소나기에 감사했다. 그녀를 업을 수 있고, 그녀의 머리카락이 자신의 몸과 한 덩이가 된 이 상황이 너무 행복했다.

백사장에 도착해 다요를 등에서 내려놓았을 때는 그들은 이미 물병아리가 되어 있었다.

"선생님, 전 친구한테 갑니다. 출발할 때 전화 드릴게요."

혜진은 뒤도 돌아보지 않고 손을 몇 번 젓고는 장대비 속으로 사라졌다, 잠시 두 사람의 눈길이 마주쳤다. 빗줄기 속임에도 불꽃이 번쩍 튕겼다. 달려오느라 등에서 흔들리며 다요의 셔츠 단추 두 개가 끌러져 있었다. 그 때문에 브래지어가 살짝 드러나 있다. 바지도 비에 젖어 살갗에 달라붙으며 팬티 라인과 바디라인이 선명하게 드러나 있었다. 다요도 그 시선을 느낀 듯 자신의 몸을 내려다보았다. 그러나 혜진이가 없어서인지, 아니면 백사장에 그들 둘만 있고 텅 비어서일까 부끄러워하거나 감추려하지 않는다.

태주는 먼저 텐트를 향해 달렸다. 다요는 그 뒤를 따랐다. 텐트 안에 들어서자 두 사람은 잠시 멈춰선 채 서로를 쳐다보기만 했다. 텐트지붕을 때리는 빗소리가 밖에서보다 더 요란했다. 두 사람의 몸에서 빗물이 줄줄 흘러내렸다. 비에 젖어 적나라하게 드러난 신체의 볼륨은 참을 수 없을 만큼 성적 자극을 유발했다. 게다가 그녀답지 않게 다요도 대담하게 태주의 젖은 하체를 바라보고 있었다. 이미 그곳은 인간이고 문명이고를 다 내팽개친 막무가내의 상황이었다. 태주는 이러면 안 된다고 생각했다.

"나가 있을게요. 옷 짜 입어요."

"오빠, 가지 마."

다요는 느닷없이 말을 놓더니 달려와 태주의 목에 왈칵 매달렸다. 그 바람에 태주는 몸의 균형을 잃고 매트 위에 넘어졌다. 다요는 넘어지면서도 그의 목을 으스러지게 껴안은 채 놓아주지 않았다.

"오빠, 보고 싶었어."

태주도 더 이상 이성의 지시만을 따를 수 없음을 깨달았다. 욕망의 물결은 이미 이성의 그릇을 넘쳐나고 있었다. 충동이 떠미는 대로 다요의 빨갛게 무르익은 입술에 키스했다. 숨이 차오를 때까지 입맞춤은 오래 계속되었다. 그녀의 젖은 몸이 맨살처럼 느껴졌다. 덩굴처럼 얼기설기 엉겨 안고 뒹구는 통에 다요의 셔츠는 단추가 다 벗겨져 나갔다. 그녀의 다리가 그의 하체에 올라오자 태주는 그곳의 돌발적인 태동을 통해 자신의 음탕한 욕망이 폭로되는 것이 두려워졌다. 더구나 이대로 나가면 자신의 욕구를 멈출 자신이 없을 것 같은 예감에 태주는 흥분으로 혼미해진 정신을 가다듬었다. 그 순간 그의 뇌리를 아프게 때리는 것은 그녀에게는 약혼한 남자가 있다는 생각이었다.

"먼저 옷이나 짜 입어."

"싫어. 오빠가 벗겨줘."

아마도 야자타임은 태주가 그것을 이용하여 지키려 했던 사제지간의 절제된 관계를 해체하려는 다요의 계략일 것이다. 다요는 태주의 허벅지를 잡고 못 가게 막았다. 그 손이 그곳과 너무 가까워 태주는 정신이 아찔해졌다. 옷 안 벗겨주면 다음 순서는 스스로 할 거야, 라는 경고일 것이다. 태주는 아무리 수줍음이 강한 여자일지라도 일단 남자를 사랑하기만 하면 그 모든 것이 바람 앞의 안개처럼 죄다 씻은 듯이 사라진다는 이치를 알게 되었다. 여자는 여자다. 안 그러면 수줍은 여자는 남자랑 한 이불 속에 들 수 없을 것이다.

단추는 이미 끌러졌으니 이제는 팔만 빼면 된다. 그러자 그녀가 알아서 스스로 돌아눕는다. 잔등의 브래지어 호크를 풀라는 암시이다. 손이 떨려 몇 번이나 실수했다. 겨우 호크를 끄르자 다요는 다시 정면으로 돌아누웠다. 태주는 호크가 풀린 브래지어를 가슴에서 걷어내는 순간 눈앞에 섬광이 번뜩이는 느낌이 들었다. 순간 또 한 번 눈이 머는 줄 알았다. 크지도 작지도 않은, 탱탱하고 부드럽고 옥처럼 광채 나는 가슴이 드러났다.

"뭐해, 바지는?"

태주는 로봇처럼 다요가 인도하는 대로 움직였다. 바지를 내리자 은색 실크삼각팬티와 다리가 드러나며 다시 한 번 태주의 눈을 부시게 했다. 강바람의 나신을 많이 보았지만 한 번도 남자의 손길, 심지어 남자의 시선조차도 닿지 않은 순수하고 청정한 아름다움을 간직한 정토—다요의 몸매에 태주는 한동안 정신을 잃은 채 멍하니 앉아 있기만 했다.

"왜, 별로야?"

"아니, 너무 황홀해. 다치기가 아까워. 내 손이 더러워. 그런데 넌 부끄럽지 않아?"

"아니, 오빠한텐 다 주고 싶어."

그녀가 태주의 손을 잡아 자신의 가슴에 얹어주었다. 순간 그녀의 전신이 감전된 것처럼 심하게 경련했다. 터치할 때마다 갓 낚아 올린 잉어처럼 싱싱하게 풀떡풀떡 뛴다.

"팬티도 젖었잖아."

빗물을 흠뻑 머금은 엷은 실크 팬티는 무성한 숲과 비옥한 토양을 그림처럼 밖으로 드러냈다. 어느 순간 다요의 손이 태주의 하체를 더듬어왔다. 순간 태주는 벌떡 일어났다. 다음 순서는 더 말하지 않아도 그것이다. 그것만은 안 된다. 다요의 약혼이 유효한 이상 그 선을 넘으면 절대 안 된다. 여기까지다.

"왜?"

태주는 텐트 밖으로 허둥지둥 뛰쳐나왔다. 밖에서는 이미 비가 그치고 언제 그랬던가 싶게 하늘에 해까지 덩실 떠 있다. 그는 곧장 바다로 달려가 물 속에 텀벙 뛰어들었다. 그리고 물 안에 벌렁 드러누웠다. 짠 바닷물이 입안으로 흘러들어왔다. 하늘 공중에서 한 여름의 태양이 활활 불타오르며 이글거린다. 바닷물이 아니었으면 태주의 몸은 마른 장작처럼 타버렸을 것이다.

시골의 달

1

한태주는 현보민의 전화를 받고 점심시간에 잠깐 동네 커피숍에서 그를 만났다. 현보민은 경찰관 제복을 입었을 때 가장 대장부답고 호방해 보인다. 당당하고 멋져 보이기까지 한다. 그런데 앉자마자 그 의젓한 이미지와는 전혀 어울리지 않게 탄식부터 터트린다.

"잠이 안 와. 어떻게 해야 할지 모르겠어. 나더러 2년 내에 집을 장만하라잖아. 제 집도 없이 전세 사는 놈이 어디 가서 갑자기 아파트를 장만하지?"

"걱정도 팔자다. 이렇게 코끼리처럼 덩치 큰 사내가 한숨이나 풀풀 쉬다니. 남들 보기 창피하잖아."

"방법이 없으니까 그러지. 정해진 시간 안에 집을 마련하지 못하면 은진씨를 다른 사람에게 시집보낸다니까."

　속에서 불이 붙는지 얼음조각채로 아이스커피를 마신다.

　"은진씨 말대로 하면 될 걸 가지고 뭘 그렇게 걱정 해. 그러니까 스트레스만 받지."

　"은진씨 말대로는 안 돼. 나 땜에 은진씨가 부모님이랑 생이별시킬 수는 없으니까."

　"은진씨 쪽에서 먼저 제안했으니 그나마 다행이지 현경사가 아이디어를 냈는데 은진씨가 노우 했으면 어쩔 뻔했어."

　"난 그런 비인간적인 요구는 못 해. 한박사라면 그러겠어?"

　"노우."

　"거봐. 자기만 부처님이래. 노우하면 어쩔 건데?"

　"나 같으면 이 결혼 포기했겠지."

　"그건 더구나 안 돼."

　현보민이 손에 들고 있던 유리컵을 테이블에 탁 내려놓는 바람에 커피가 넘쳐 쏟아졌다. 태주가 휴지로 테이블을 닦았다.

　"한박사야 포기해도 학력, 직업, 가정 조건이 다 좋으니까 다른 여자와 결혼하면 될 거지만 난 은진씨까지 잃으면 다시는 장가도 못 갈 형편이잖아. 더구나 생명까지 위태로운 경찰과 누군들 살려고 하겠어."

　태주는 커피를 마시면서 빙그레 웃었다.

　"그럼 어떡할 거야? 강도질이라도 하려고?"

　"아닌 게 아니라 요즘은 은행 강도질이라도 할까 싶은 생각도 들어."

　"경찰관이? 하하하. 그래서 내가 유리언덕이라도 넘을 거냐고 물었던 거야."

"유리언덕? 장난치지 마. 나 지금 농담이나 할 기분이 아니라고. 심 각하거든."

"누가 장난 쳐. 현경사가 방금 현실의 금지선을 넘고 싶다 했잖아. 그걸 은유한 게 '유리언덕'이야. 넘을 수는 있지만 넘는 순간 유리여서 깨어져 상하게 되거든."

"차라리 내가 상하는 게 낫지. 은진씨한테 마음의 고통을 안겨주고 싶지 않아."

"현경사가 상하면 은진씨도 상하게 돼 있어……."

그때 현보민의 휴대폰벨이 울렸다.

"잠깐만."

현보민이 휴대폰을 들고 밖으로 나갔다가 허겁지겁 돌아들어왔다.

"사건이 터졌대. 나 지금 지원 나가야 돼. 이따 보자."

"그래, 어서 가봐."

총총걸음으로 커피숍을 나가는 친구의 덩치만 훌쩍 큰 뒷모습을 바라보며 태주는 웬일인지 불길한 예감이 들었다. 사랑은 아름답지만 자칫 과분한 집착으로 이성을 잃게 하는 경우도 있기 때문이다. 실오리한 가닥 걸치지 않은 다요의 알몸을 앞에 두고 그 역시 인간으로서의이성을 잃을 뻔했었다. 그녀는 태주가 애모해서는 안 되는 여자였음에도 그들은 지금 사랑에 빠져 있다. 어쩌면 현보민과 은진씨도 사랑할수 없는 사이가 될지도 모른다. 태주와 다요 사이에는 '약혼'이 걸려 있고 보민과 은진의 사이에는 '아파트'가 막혀 있다. 그들은 그 장애물을 뛰어넘어야만 한다. 그게 그렇게 말처럼 쉽지만은 않을 것이다. 그 장애물이 난도와 수위에 따라서는 '유리언덕'으로 탈바꿈할지도 모르기 때문이다.

핸드폰이 진동한다. 확인해 보니 집 전화다. 어머니의 병환이 악화된 건가? 암투병중인 모친 때문에 집에서 전화만 오면 조건반사처럼 태주는 가슴이 덜컹 내려앉곤 한다.

"엄마다."

"어, 엄마. 어디 편찮으세요?"

"아니, 그게 아니고. 시골서 외할머니가 올라오셨어. 오시자마자 너부터 찾으신다……."

"태주야, 할미다."

옆에서 기다리기가 답답했던지 외할머니가 모친의 손에서 수화기를 빼앗은 모양이다.

"네. 할머니."

"어디냐? 빨리 집에 오면 안 되냐. 할미가 보고 싶구나."

"알겠습니다. 집 근처니까 금방 들어갈게요."

전화를 끊었지만 태주는 나머지 커피를 마시면서 추측해보았다. 외할머니가 갑자기 왜 상경하셨지? 태주가 태어나서 학교에 입학할 때까지는 어머니가 재래시장에서 장사를 해 아침 일찍 나가고 밤늦게 퇴근했기에 외할머니가 손자 태주를 업어 기르셨다. 다 길러서 학교까지 보내놓고 시골로 다시 내려간 다음부터는 주로 자손들이 할머니 댁에 내려가면 갔지 노인이 몸소 서울로 올라오시는 일은 거의 드물었다.

무슨 볼일이 있어서 상경하신 것만은 확실한데 구체적인 내막까지는 짐작이 안 간다. 물론 당신이 등에 업어서 기른 손자이니 보고 싶을 것은 당연하지만, 그래도 도착하자마자 전화로 태주를 집에까지 불러들이는 걸 보아선 상경목적이 그와 연관된 것이라는 것도 예측은 된다. 하지만 내방목적은 역시 불확실했다.

커피숍을 막 나섰는데 또 전화가 왔다. 이번에는 혜진이다. 안 그래도 서다요 일이 궁금했었다. 혜진이라면 다요의 신상에 대해 누구보다도 소상하게 파악할 것이다.

"응, 혜진아."

"선생님, 언니가 연락이 두절되었습니다. 스마트폰도 꺼져 있고 집전화도 안 받아요."

그럴 줄 알았다. 다요 부친은 회사를 구하기 위해서는 결코 딸의 혼사를 취소하지 않을 것이기 때문이다. 그렇다고 은진이처럼 서다요를 설득해 임신시나리오나 도주극을 벌일 수도 없었다. 그건 너무나 비인간적인 행위이기 때문이었다. 혜진이와 강바람처럼 딸을 저당 잡은 부친의 부당한 처사를 빌미로 이 혼사를 거절하라고 서다요를 사주하는 것도 태주는 자신이 없다. 그건 다요의 감정이나 결정권을 유린하는 행위이기 때문이다. 그로서는 오로지 하나, 사건의 추이를 잠자코 지켜보는 수밖에 없었다.

이럴 걸 예견했는지 어제 다요는 혜진이가 운전석 백미러로 보는 것도 무시하고 태주의 어깨를 베고 잠들었었다. 집 앞에 도착해서는 전에 없이 용기를 내어 태주를 포옹하고 키스까지 했다. 그리고 귓속말로 이렇게 속삭였다.

"난 오빠 거야."

여자는 옷을 한 번 벗은 남자 앞에서는 부끄러움도 동시에 벗는 모양이다. 조금도 혜진의 눈치를 의식하지 않았다. 하지만 집안에 들어서는 순간 상황이 전혀 달라질 것이라는 걸 그녀는 미처 몰랐던 것 같다. 부친의 따가운 추궁이 시작되었을 것이고, 그녀의 일탈에 대한 가혹한 징계가 이루어졌을 것이 틀림없다. 그리고 중요한 것은 다요는 아버지의 말을 거역하지 못할 만큼 효심이 지극하다는 사실이다. 그녀는 울 것이고, 잘못을 사과할 것이고, 자진하여 처벌을 받을 것이다. 그것이 자식으로서 취할 수 있는 유일한 선택이다.

"왜 아무 말씀도 없으세요?"

혜진의 억양에는 사랑하는 사람이 난관에 봉착했는데 어떻게 그렇게 무심할 수 있어요, 라는 의미가 담겨 있었다. 그걸 알면서도 태주는 할 말이 없었다.

"제가 양재동 언니네 집으로 가볼게요. 큰아빠가 언니를 밖에 못 나가게 집에 가둬놓은 것 같아요. 갔다 와서 다시 전화 드리겠습니다."

혜진이 전화를 끊었다. 태주는 저도 모르게 머릿속에 현보민이 떠올랐다. 그는 은진이를 위해 은행 강도라도 하고 싶다고 했다. 그러나 나는 장대비가 퍼붓고, 주위에는 사람 그림자 하나 없고, 다요는 알몸으로 앞에 누워 있었고, 그리고 본인도 그것을 원했지만 아무 것도 못하고 비겁하게 텐트 안에서 도망쳐 나왔다. 지금 똑같은 상황이 재현된다고 해도 태주는 역시 그녀에게 등을 돌릴 자신임을 스스로 확인했다.

태주가 집에 도착하여 문을 열려는데 외할머니가 먼저 문을 열고 나와 손자를 가슴에 쓸어안는다.

"어이구, 내 새끼. 어서 들어가자."

할머니 손에 이끌려 거실에 들어서자 소파에서 30대 중반의 낯선 여자가 엉거주춤 일어나더니 어색한 웃음을 지으며 머뭇거렸다. 태주는 일단 고개를 숙여 인사부터 했다. 여자도 허리를 굽혀 인사했다. 얼굴이 잘 부푼 빵처럼 동그랗고 몸매도 풍만한데 시골티가 진하게 풍겼다. 어딘가 낯이 익다 싶었지만 누군지 딱히 기억이 나지 않았다.

"태주야, 이 아가씨 모르겠냐?"

"누구신지?"

"앵두누나……에요."

할머니 대신 여자가 수줍어하며 기어들어가는 음성으로 말했다.

앵두누나! 누구지?

여자의 자아소개에도 아리송할 따름이다.

"정애, 고정애. 너 할미 집에 놀러왔을 때 손두부 같이 해먹었던 정애 몰라?"

외할머니가 장황하게 지난날을 소환해서야 거의 완전하게 퇴색했던 과거의 기억이 희미한 윤곽을 드러내기 시작했다. 대학교 1학년 땐가 있었던 일이니까 10년이 거의 지난 과거의 일이라 기억을 되살리기가 쉽지 않았다.

"아, 네. 정애 누나. 생각납니다. 이렇게 만나서 반갑습니다."

태주는 손을 내밀어 악수를 청했다. 고정애는 관청에 잡혀온 촌닭처럼 잔뜩 움츠러든 채 조심스럽게 그의 손을 맞잡았다. 의외로 농부의 손처럼 크고 두툼하고 거칠다.

"그런데 무슨 일로 저희 집에는······."

"할미가 데리고 왔다. 너도 알잖니. 정애가 시골학교 선생님이었다는 건. 그런데 요즘 시골사람들이 거의 다 도시로 나가고 학생이 없어 많은 학교들이 폐교됐단다. 정애도 그렇게 실업자가 된 거란다. 그래서 할미가 손자가 서울의 대학에서 교수고 박사니까 네 도움을 받으면 석사·박사 공부할 수 있을 거라 생각하고 데리고 올라왔다. 아예 여기 눌러앉기로 작정하고 짐까지 챙겨왔다."

"엄마, 그런 엄청난 일을 태주한테 문의도 없이 사람부터 갑자기 데리고 올라오면 어떡해요?"

수박이랑 커피를 상에 올리던 어머니가 할머니를 나무랐다.

"할머니, 일단 저 교수 아니고요. 그리고 저랑 상의도 없이······."

"넌 모르면 입 다물고 있어라. 그리고 태주 넌 아무려면 할미 부탁을 일언지하 거절하는 건 아니겠지?"

외할머니는 여차하면 싸우기라도 할 기세로 언성을 높였고, 고정애는 민망하여 몸 둘 바를 몰라 했다.

"난 먼저 전화해 보고 가능하다고 하면 오려고 했는데 할머니께서······."

"정애야, 넌 가만 있어라. 문제될 거 하나도 없다. 이 집에 내가 살던 방이 아직도 빈 채로 있고, 또 이 아래 반지하에는 베트남 사람이 세 들어 사는데 내보내도 되고. 너 하나 몸 거처할 곳은 충분해."

"석사공부를 하려면 대학원에 신청서류를 제출하고 면접도 보고, 시간이 오래 걸리니까 그러지 할머니 부탁을 거절하려는 건 아닙니다."

태주가 난감한 표정을 지었다. 그러나 바늘방석에 앉은 듯 안절부절하는 고정애의 모습을 보고는 차마 안 된다는 말을 할 수도 없었다.

"태주야, 너 정애를 이렇게 서운하게 대하면 안 되지. 애가 나이 서른다섯 살 되도록 왜 여태 시집도 가지 못하고 처녀로 사는지 아냐?"

"네?"

태주는 할머니의 갑작스런 질문에 두 눈이 휘둥그레졌다. 그게 나와 무슨 상관인가.

"할머니."

고정애도 할머니의 어깨를 흔들며 위험한 수위를 넘으려는 노인의 입을 제지하려고 했다. 하지만 할머니는 그 말을 끝내 입 밖에 내던지고야 만다.

"네가 애를 임신시켰잖아."

"네?!"

"엄마, 그게 무슨 말이에요?"

태주와 모친은 동시에 소스라치도록 놀랐다.

"이 늙은 할미가 너 대신 볼기를 맞고 정애를 데리고 산부인과에 가서 낙태수술을 시켰다. 의사선생님이 안 된다는 걸 우리 손자랑 결혼할 손부감이라고 사정해서 겨우 했어. 사람이면 양심이 있어야지."

"태주씨, 그런 거 아니에요. 내가 독신주의자라서 시집 안 간 거지 태주씨 때문에 처녀로 산 건 아니에요."

정애가 느닷없이 불거진 난처한 상황을 진화하려고 열심히 변명했다.

태주는 그제야 거의 10년 전에 있었던 그날 밤의 일이 어슴푸레 생각났다. 그때 사건이 있고 서울로 올라온 후 태주는 공부 때문에 추석이나 설연휴에만 외할머니가 계시는 시골에 다녀왔고, 고정애는 지방대학을 졸업한 뒤 초등학교가 있는 큰 마을로 이사 갔기 때문이다. 할머니가 사는 마을에서 초등학교가 있는 큰 마을까지는 버스를 타야 갈 수 있었고, 그것도 하루 한 번의 왕복운행만 했다. 게다가 태주는 강릉해수욕장에 휴가차 놀러갔다가 우연히 강바람과 사귀게 되었고, 개방된 도시여자의 세련미와 성숙미, 낭만과 지적미에 빠져 고정애와의 일, 아니, 정확하게 표현하면 실수를 까맣게 잊고 지냈던 것이다. 그렇게 증발된 과거를 외할머니가 갑자기 깊숙한 무덤 안에서 파내어 요란하게 거느리고 나타나 뜬금없는 양심 운운하는 바람에 태주는 그냥 어리둥절할 뿐 할 말을 찾지 못했다. 다행히도 때마침 울리는 전화벨이 진퇴양난에 빠진 그를 구원했다. 그는 고개를 숙여 실례를 표하고 2층 자신의 방으로 올라왔다. 천길 땅 속에 생매장 당했다가 구사일생으로 탈출한 기분이다.

"선생님."

"어, 혜진아."

"언니가 집에 갇혔대요. 큰아빠가 언니 방을 열지 못하게 밖으로 재래식 자물쇠를 잠가 놓았대요. 식사시간에만 열쇠를 열고 밥을 들여보낸대요, 스마트폰도 압수당했대요."

"그걸 어떻게 알았어?"

"밖에서 불렀거든요. 언니가 쪽지를 적어 2층 창문 위에서 저한테 던져주었어요. 언니는 아빠가 불쌍하대요. 자기는 불효자식이고."

"다요의 입장에서는 그럴 수밖에 없었겠지."

"며칠 동안은 아빠 화가 가라앉기를 기다리다가 이번 토요일 선생님 강의에는 방법을 찾아 꼭 참가하겠다고 했어요."

"안 되면 말고. 억지로 참가하지는 말라고 해."

"선생님, 언니를 사랑하시잖아요. 너무 무책임하세요."

"나도 안타까워. 하지만 다요의 심정이 이해 돼."

태주는 외할머니의 억지에 노우를 못하는 자신을 생각했다.

"알았으니까 일단 끊어. 집에 손님이 왔어."

전화를 끊고 의자에 털썩 주저앉았다. 망연한 시선으로 창밖을 내다보았다. 오래 전의 방학에 시골의 외할머니네 집에 내려갔을 때 벌어진 실수가 주마등처럼 머릿속을 스쳐지나갔다.

2

대학교 1학년 때 여름방학이었다. 태주는 시골에 계시는 외할머니 댁에 놀러갔었다. 그때 외할아버지는 지병으로 진작 세상을 뜨셨고, 외할머니 혼자 계셨다. 그곳은 일여덟 세대가 모여 사는 자그마한 산골동네였다. 외할머니는 당신께서 손수 업어 기른 외손자가 대학생이 되어 놀러오자 기쁜 김에 잔치라도 한바탕 벌일 기세였다. 언니·동생

하며 친자매처럼 친하게 지내는 할머니네 손녀 고정애를 시켜 읍내로 내려가 토종닭과 술을 사다달라고 부탁해 놓았다. 그리고 노인이 콩을 함지에 담아 물에 불리고 헛간에서 맷돌을 꺼내 손두부를 만들 준비까지 마쳤을 때 태주가 마을에 들어섰다. 30리 밖의 읍내를 통하는 버스는 하루 한번밖에 없었다. 아침에 내려가고 저녁 편에 올라왔다. 종점도 아니고 이 마을을 통과하는 버스였다.

태주가 버스에서 내리기 바쁘게 정류소에 나와 기다리던 할머니가 뒤뚱뒤뚱 달려와 무작정 부둥켜안고 눈물부터 흘렸다.

"내 새끼 왔구나. 보고 싶어 죽는 줄 알았다."

그런데 태주 뒤에서 또 한사람의 여학생이 내렸다. 여학생은 태주네를 바라보며 옆에 말없이 오도카니 서 있었다.

"오~ 정애야. 내가 그냥 말하던 우리 외손자다. S대생이야."

"안녕하세요."

여학생이 다소곳이 고개를 숙여 인사했다. 얼굴이 앵두처럼 동글동글하고 눈매가 인형처럼 말똥말똥하다. 얼핏 보기에는 태주보다 둬서너 살 많아 보이지만 앳되고 순진한 모습이다.

"할미랑 언니·동생하고 친하게 지내는 저 아래 사찰 밑에 집 손녀다. 지방대학에 다니는데 올해 졸업반이야. 내가 손자가 온다고 아침에 읍내로 술을 사다달라고 심부름 보냈어. 언니네 손녀가 내 손녀란다. 자, 어서 들어가자."

외할머니네 집은 정류소에서 한참 걸어 들어가야 했다. 길에서 입에 침이 마르도록 고정애한테 손자자랑만 장황하게 늘어놓는다. 태주가 점직한 나머지 제지하려고 했지만 소용없었다. 고정애를 보기가 민망해 일부러 몇 걸음 뒤에 떨어져서 걸었다.

집에 도착하자마자 할머니는 고정애와 함께 백숙을 하려고 마당의 닭을 잡아 끓는 물에 튀한 후 솥에 안치고 물에 불린 콩을 맷돌에 갈기 시작했다. 태주 앞에는 문 앞의 과수에서 따온 제철과일들인 매실이며 앵두를 가득 가져다놓고 먹으라고 한다. 태주는 이 집에 와서 제 집처럼 살림살이를 속속들이 꿰고 있는 고정애를 보며 자주 왕래했음을 짐작할 수 있었다. 할머니의 집에서 고정애네 집과 뒤편의 사찰까지는 200미터 가량 상거해 있는데, 휴일이나 방학에 집에 있을 때면 그녀가 자전거로 할머니를 태워오고 태워간다고 한다. 정애할머니는 다리가 불편해 거둥이 힘들어 주로 태주 외할머니가 자전거로 왔다갔다 하는 모양이다.

"방학에는 말할 것도 없고 토요일에도 학교에서 집에만 오면 할미네 집에 와서 집안이고 마당이고 말끔히 청소하고 빨래까지 해준단다. 난 그러는 애가 너무 기특해서 입버릇처럼 내 손자며느리 삼아야겠다고 말한다. 나이야 한두 살 연상이면 어떠냐. 할미도 할배보다 네 살이나 더 많아도 잘 살았잖냐."

"할머니, 제가 누나뻘 되잖아요."

고정애의 귀뿌리가 빨갛게 물들었다.

"원래 처음엔 다 누나라고 부르다가 나중엔 부부간이 되는 법이다. 정애가 앵두처럼 곱게 생겼으니까 이참에 아예 앵두누나라고 해라."

"앵두누나."

태주는 외할머니의 말을 되뇌며 혼자 빙그레 웃었다. 재미있는 표현이다. 누나라고 봐서 그런지 맷돌질 하는 고정애의 옆모습이 성숙해보였다. 맷돌을 따라 상체가 앞뒤로 움직일 때마다 불룩하게 솟아오른 가슴이 탄력 있게 좌우로 흔들렸다. 그런데도 누나라고 봐서 그런지 아무런 성적 자극도 없이 무심하게 바라보였다. 고정애도 태주의 시선에는 신경 쓰지 않는 눈치다. 맷돌질에만 여념 없다.

무료한 나머지 태주는 밖에 나가 어슬렁거리며 마당에 심은 채소들을 돌아보고 개와 닭들을 구경하다가 이어진 오솔길을 따라 발길이 닿는 대로 산 밑의 사찰로 내려가 보았다. 오솔길은 좁고 경사가 가파른데다 길가에 풀숲이 1미터 정도 높게 자라 있었다. 여길 할머니를 태우고 자전거로 오갔다니 고정애의 자전거 타는 솜씨도 이만저만이 아니라는 생각이 들었다. 걸어서 이동하기에는 꽤 먼 곳에 고정애네 집이 있었고 금방 뒤편의 나지막한 언덕 위에 작고 아담한 사찰이 호젓하게 자리 잡고 있었다. 바람에 떨렁거리는 풍경소리가 유난히 구성지다. 고정애처럼 새파랗게 젊고 예쁜 아가씨가 살기에는 너무 편벽한 시골이다 싶었다. 그나마 지방대학이라도 다닌다니 졸업만 하면 작은 도시에라도 나갈 수 있을 테니 다행스럽다고 생각했다. 그녀가 착하고 예뻐서 손자며느리 삼고 싶다던 외할머니의 말이 떠올라 태주는 저도 모르게 픽 웃었다. 그것도 세 살이나 연상인 여자다. 집에 들어가면 아예 앵두누나라고 불러야겠다. 그래도 수도에서 명문대에 다니는 손자를 이런 시골구석의 이름도 없는 지방대학에 다니는 촌 여자와 짝을 지어주려는 외할머니의 의도가 아무리 농담이라고 해도 너무 오버했다 싶었다. 당신이 진 신세를 손자의 어깨에 짊어지우는 것이나 뭐가 다른가. 그리고 외할머니는 손자를 길러준 은혜를 빌미로 혼사를 결정할 권한이 당신의 수중에 있다고 생각하는지도 모를 일이다.

아니야. 그냥 해보는 말일 거야. 할머닌 날 예뻐하니까. 내가 잘 되길 바라니까.

하릴없이 빈둥거리며 썰렁한 사찰 내부도 둘러보고 그 뒷산에 올라가 그윽한 숲길을 거닐기도 하다가 시간이 퍽이나 지나서야 집으로 돌아가야겠다는 생각이 들었다. 아마 백숙도 거의 익었을 것이고 두부도 다 맞춰졌을 것이다. 벌써 상을 차려놓고 그가 돌아오기를 기다리고 있는지도 모른다.

아닌 게 아니라 집 안에 들어서니 마침 상을 막 차리는 중이었다.

"어디 갔다 인제야 오냐? 핸드폰도 집에다 두고. 정애더러 찾으러 나가라고 시키려던 참이다."

"심심하던 차 사찰이랑, 산이랑 두루 산책하고 왔습니다. 앵두누나네 집도."

"거기까지 갔었냐? 어때, 할미네 집보다 훨씬 더 크고 경치도 좋지?"

"네. 앵두누나는 운치 좋은 곳에 사네요."

"놀리지 마. 할 수 없이 살지. 너라면 이런 시골서 살겠어?"

다행인지, 불행인지 고정애도 알아서 누나구실하며 동생 대하듯 스스럼없이 말을 낮춘다. 아마도 그녀의 눈에는 태주가 동생 같아 보였던 모양이다.

"너희 둘이 벌써 친해졌구나. 보기 좋구나."

외할머니는 손부감이 손자와 친구가 된다는 걱정은 고사하고 도리어 기뻐했다.

풍성한 밥상이 차려지자 외할머니는 고정애한테 부탁해서 사온 술병을 꺼내 놓았다.

"할미는 늙었으니 한두 잔만 마시고 나머지는 젊은 너희들이나 다 마셔라."

시골의 삶은 배부르게 포식하고, 고되게 일하고, 늘어지게 낮잠 자는 것 말고는 딱히 할일이 없다. 그리고 한적함과 무료함을 달래는 데는 술이 최고다. 게다가 태주는 애주가이기도 했다. 주량이 도대체 얼마인지는 딱히 알 수는 없지만 고정애도 태주를 대작해서 몇 잔 마셨다. 이야기는 할머니가 주로 하고 젊은이들은 말없이 경청하며 묵묵히 술만 축냈다. 외할머니의 화제는 태주가 태어날 때부터 이부자리에 똥오줌을 싸지르던 소싯적 민망한 사건을 열거한 후 그녀가 자주 방문해 집안일을 거드는 최근의 동향까지 더해 과거와 현재를 넘나들었다. 그녀가 착하고, 귀엽고, 순박하며 기특해 손자며느리 삼고 싶다는 말도 당연히 빠뜨리지 않았다. 태주는 할머니가 입만 열면 자연스럽게 흘러나오는 말이라 별로 신경 쓰지 않고 그냥 웃음으로 넘겨버렸다. 다만 고정애는 손자며느리 말이 나올 때마다 거북한지 "할머니"라며 얼굴에 엷은 홍조를 띠곤 했다.

식사가 끝나자 노인은 운신이 불편한 할머니한테 가져다 드리라며 백숙이며 순두부까지 그릇에 담아 귀가하는 고정애의 손에 들려주었다.

"날도 어두워졌는데 태주 네가 정애를 자전거로 집까지 데려다주고 오너라."

"괜찮아요. 할머니. 저 혼자 가도 돼요. 그냥 다니던 길인데요 뭘."

"어두워서 안 돼. 음식그릇도 있고. 더구나 술까지 마셨잖니."

외할머니가 부득부득 태주의 등을 떠밀었다. 사실 달밤이긴 하지만 달이 구름 속에 들어가 밖은 앞이 잘 안 보일 정도로 어두컴컴했다. 태주는 어두운데다 술기운까지 올라왔으나 그래도 남잔데 여자보다는 낫겠지 생각하며 그녀를 뒤에 앉히고 페달을 밟기 시작했다. 술기운 때문인지, 어둠 때문인지, 길바닥이 울퉁불퉁해서인지 자전거 앞바퀴가 이리저리 비틀거렸다. 그나마 아직은 내리막길이 아니어서 그런대로 순조롭게 길을 따라 앞으로 움직였다. 그러나 얼마 못 가 내리막길이 나타났다. 오솔길은 폭이 좁은 데다 S자형으로 오불꼬불했다. 게다가 길가의 무성한 풀숲이 자란 땅바닥은 낮에 볼 때보다 더 가파르고 깊어 보였다. 브레이크를 잡았으나 영활하지 않아 자전거에 속도가 붙으며 더구나 심하게 핸들이 머리를 제멋대로 휘저어댔다.

"탈만 해?"

"괜찮아요."

"안 되면 내가 탈게."

"괜찮다니까요."

여자의 입에서 안 된다는 말이 나오자 태주는 저도 모르게 오기가 발동했다. 그래서 본때를 보이고 싶어져 속도를 줄일 대신 더 빨리 달렸다.

"브레이크 잡아. 위험해!"

"내 허리만 꽉 잡고 있어요."

"이 자전거가 낡아서 브레이크가 원래 말을 잘 안 들어. 조심해."

"걱정하지 말아요. 나도 이전엔…… 어어~……."

태주의 말이 채 끝나기도 전에 자전거가 길가로 머리를 틀며 쏜살같이 짓쳐나갔다.

"아래로 떨어져. 핸들을 안쪽으로 틀어……."

그러나 이미 늦었다. 자전거는 두 사람을 태운 채 그대로 1미터도 더되는 길 아래의 풀숲으로 굴러 떨어졌다. 그 바람에 고정애가 무릎 위에 안고 있던 음식그릇이 모두 땅바닥에 쏟아졌다.

"앗, 따거!"

고정애가 다급한 비명을 질렀다. 뜨거운 닭국물과 순두부물이 옷에 쏟아진 모양이다.

"어디, 어디? 데였어요?"

태주는 미안한 김에 황망히 그녀의 치마 위에 쏟아진 음식물과 국물을 손으로 털어냈다.

"옷을 들어요. 살갗에 묻어 있으면 화상 입어요."

고정애가 다른 생각할 겨를도 없이 손으로 치마를 훌쩍 들어올렸다. 이미 국물이 스며들어 다리가 다 젖어 있었다. 급한 김에 태주는 그냥 손바닥으로 종아리와 허벅지의 국물을 닦아냈다. 공교롭게도 바로 그때 구름 속에 숨어 있던 달이 불쑥 얼굴을 내밀었다. 순식간에 그녀의 하체와 하얀 팬티가 눈앞에 확 드러났다. 태주는 그 하얗다 못해 눈가루같이 빛나는 포동포동한 허벅지를 보고 흠칫 놀라 손동작을 멈춘 채 석상처럼 굳어져 버렸다. 심장이 쿵쿵 북소리를 울리기 시작했다. 어느 순간 자신의 손이 그녀의 팬티 위의 그 봉긋한 언덕에 놓인 것을 뒤늦게야 발견하고 화들짝 놀라며 손을 움츠렸다. 그리고 일어섰다. 그러나 달빛 아래 건강한 하신을 완전히 드러낸 채 비스듬히 누워 있는 여자를 보자 청춘의 끓어오르는 정욕을 참을 수가 없었다. 그대로 그녀의 몸 위에 와락 덮쳐들었다.

"앵두누나, 나 못 참겠어."

"맘대로 해."

바지를 벗으려고 했지만 손이 떨려 벨트가 풀리지 않았다.

"덤비지 마. 천천히 해. 달아나지 않을 테니까."

고정애가 대신 벨트를 풀어주었다. 바지도 아래로 내려주고 팬티도 벗겨주었다.

"어마나!"

고정애가 태주의 그곳을 보고는 갑자기 두 손으로 눈을 가리며 놀란 소리를 질렀다. 뜨거운 국물에 데었을 때보다 더 자지러진 비명이다. 그 비명소리가 이상하게도 태주의 흥분을 극도로 자극했다.

무작정 덤벼들었다. 달은 야속하게도 다시 구름 속으로 들어가고 사위는 어둠 속에 잠겼다. 어둠 속에서 태주는 조급함에 떠밀려 허둥댈 뿐 목적지를 찾지 못해 진땀만 뻘뻘 흘렸다. 또다시 그녀의 손이 살며시 다가와 살뜰하게 인도해서야 그는 비로소 안도의 숨을 활 내쉬었다. 하지만 금방 뭘 하려고 하자 그녀가 내지르는 비명소리에 놀라 행동을 멈췄다. 그때 또 달이 구름 밖으로 얼굴을 빠끔히 내민다.

"아무 것도 아니야."

"피?!"

"바보. 괜찮아. 처음엔 다 그런 거야. 겁나 하지 마."

그녀의 섬세한 인도대로 다시 행동이 시작되었지만 과분한 흥분 때문인지 얼마 되지도 않아 모든 것은 싱겁게 끝나버리고 말았다. 에너지의 갑작스런 과잉 폭발 때문인지, 긴장감 때문인지 태주는 탈진한 채 네 활개를 뻗어버리고 힘없는 무력감에 빠져들었다. 뚜껑만 열고 허탈하게 마무리된 아쉬움 때문인지 그녀가 태주의 목을 그러안고 뜨겁게 키스해 왔다. 다른 한 손으로는 태주의 몸 구석구석을 천천히 애무했다. 태주는 점차 다시 기운을 차리며 그녀의 키스에 호응하기 시작했고, 고정애 스스로 옷을 벗고 드러낸 하얀 가슴을 애무했다. 그리고 이번에는 좀 더 여유 있게 좀 전에 당한 수모를 만회하기 시작했다. 율동, 절주, 신음, 체온, 마찰의 미세한 변화들을 속속들이 음미하며 정성들여 한 걸음, 한 걸음 올라갔다…….

그렇게 태주와 고정애는 그날 밤 시골 길가의 풀밭에서 새벽닭이 울 때까지 그 희열의 과정을 반복했다. 날이 희붐하게 밝아서야 빈 그릇을 들고 집으로 돌아왔으나 외할머니는 입가에 의미 있는 미소만 빙그레 지을 뿐 아무 말도 하지 않았다.

"피곤할 텐데 한잠 푹 자라. 그리고 오늘 하루 더 놀다 가렴아."

"아닙니다. 그냥 잠깐만 눈 붙였다가 아침 버스로 서울로 올라가럽니다."

아침에 일어나 태주가 버스정류소에 나오자 고정애는 벌써 그곳에 도착해 그가 나오기를 기다리고 있었다. 외할머니는 긴 벤치에 혼자 앉아 있는 고정애를 보자 손자의 잔등을 뒤 번 다독이며 잘 가라 한마디 하고는 급히 자리를 피해주었다.

태주도 엉거주춤 벤치에 앉았다. 그러나 그녀와 얼마간 사이를 두고 한쪽 끝에 걸터앉았다. 지난밤 일 때문에 도리어 둘 사이가 더 서먹서먹해졌다. 아무도 말이 없었다. 그렇게 버스가 도착할 때까지 각자 생면부지인 것처럼 엉뚱한 곳만 이리저리 두리번거렸다. 버스에 오르려고 태주가 일어서자 그제야 고정애가 용기를 내어 뭔가 담긴 비닐봉투 하나를 건넸다. 태주는 잠시 망설이다가 버스가 정차해 문이 열리자 아침에 외할머니가 주머니에 넣어준 돈 봉투를 벤치에 내려놓고 승차했다. 그리고는 그녀를 돌아보지도, 손을 젓지도 않았다. 의자에 앉아 비닐봉투를 풀어보니 빨갛게 익은 앵두가 가득 담겨 있었다.

앵두누나, 잘 있어.

뒤늦게야 뒤를 돌아보았다. 그러나 꽁무니를 뒤따르는 먼지만 뽀얗다……

그 뒤로 할머니의 입을 통해 고정애가 지방대학을 졸업하고 읍내 초등학교 선생이 되었다는 소식을 들었을 뿐이다. 고정애네 집도 딸을 따라 읍내로 이사 갔다고 했다. 태주는 공부 때문에 추석이나 설연휴에만 외할머니 댁에 하루 이틀 다녀왔을 뿐 방학에도 방문하지 않았다. 게다가 나중에는 강바람을 만나 도시여자의 지적이고 교양미 넘치는 매력에 빠져 고정애의 존재는 담배연기처럼 기억 속에서 말끔히 사라졌다.

3

필름이 끊어지고 퇴색했던 과거의 표상이 복구되면서 태주는 정애의 갑작스런 등장이 더욱 난감해졌다. 이제 그녀를 마주 대하려면 거창하게 책임감이나 죄책감은 몰라도 일말의 미안함은 들 것이니 말이다. 설사 그것이 젊은 혈기의 무분별한 정열의 실수였다고 해도 둘 사이에 묵혀둔 과거의 인연에 대해 어떤 식으로든 결자해지 해야만 될 것 같은 강박관념은 그림자처럼 태주를 괴롭힐 것이다. 대학원 입학은 구태여 태주가 나서지 않아도 정애 스스로가 알아서 진척시킬 것이다. 그런데 그녀와 한 지붕 아래 산다는 건 아무리 생각해도 말이 되지 않는다. 매일 마주치는 정애의 존재 자체가 태주에게는 정신적 고문이 될 것이기 때문이다. 그렇다고 외할머니의 부탁을 거절하고 소지품까지 챙겨들고 올라온 정애를 다짜고짜 시골로 돌려보낼 패기도 태주에게는 없었다.

이제 유일하게 기대볼 사람은 부친 한경훈뿐이다. 아버지는 큰 고깃집 두 곳을 운영했다. 아침 일찍 출근하면 밤늦게야 퇴근한다. 한경훈은 오랫동안 식당을 경영하며 직원들을 거느려본 경험자다. 특히 종업원 대부분이 조선족이다. 그래서 어려움에 처한 사람들에 대한 동정심도 무뎌졌고 잔정에 매이는 감성적 스타일도 아니었다. 자신의 판단에 따라 냉정하게 결정하지 상대방의 애로사항 같은 것에 흔들리지 않는다.

하지만 믿던 도끼에 발등 찍힌다더니 믿었던 아버지가 오히려 외할머니보다도 한술 더 떠 태주에게 불리한 선택을 했다. 한경훈은 퇴근하여 장모의 이야기도 채 듣지 않고 결단을 내렸다.

"장모님, 잘하셨습니다. 저희한테는 차라리 잘된 일입니다. 안 그래도 금주 엄마가 투병중이라 집안일을 도울 가사도우미를 구하려던 참이었거든요. 밥도 짓고, 청소도 하고, 금주 엄마 병수발을 들어줄 사람 말입니다. 가사도우미를 구해도 요즘은 거의 조선족들뿐입니다. 장모님께서 데리고 올라온 사람이고 또 한국 사람이니 중국동포보다는 낫겠지요."

태주는 아버지의 느닷없는 반응에 아연실색하고 말았다. 그러나 아버지의 결정에 한 번도 토를 달거나 이의를 제기한 적이 없는 태주였다.

"낫다마다. 마음도 착하고 배운 것도 많은 아가씨네. 그래서 내가 손자며느리를 삼고 싶을 정도라네. 그런데 앤 서울에 공부하러 올라온 것이지 일하러 온 거 아닐세."

"대학원 입학이라는 게 하루 이틀 사이에 되는 게 아니잖습니까. 필요한 서류를 작성하여 제출하고, 심사받고 면접 본 후 결정이 나려면 몇 달은 족히 걸릴 테니 그동안만이라도 일거리가 있어야 먹고 살 거 잖아요. 그런데 참, 아가씨의 의향은 어떤지?"

"어르신들의 분부대로 따르겠습니다."

고정애는 한경훈 앞에서 괜히 기가 죽어 기어들어가는 목소리로 대답했다.

"그럼 됐어. 가사노동이라는 게 그리 힘든 일도 아니야. 원래는 딸애 금주가 전담했었는데 금년 초에 중국 베이징에 유학을 가는 바람에……. 지금 2층 금주방도 비어 있어. 1층의 장모님 계시던 방도 비어 있으니 아가씨가 있고 싶은 곳에 묵으면 돼. 다음 달엔 아래 반지하 작은 방의 베트남 사람들과 계약도 끝나니 거기 있어도 되고."

2층에는 태주와 여동생 금주가 거주했다. 그녀가 금주방에 기거하면 2층에는 태주와 정애 단 둘이 살게 된다. 이것만은 막아야 한다.

"아버지, 2층 금주방은 걔가 방학에도 오고 명절에도 오면 자주 사용하잖아요."

한경훈은 아들을 한 번 힐끗 쳐다보더니 태주의 내심을 읽었는지 통쾌하게 말했다.

"그렇지. 그럼 1층 장모님 계시던 방에 일단 머물 거라. 그 안에 집안에서 사용하지 않는 가재도구들을 건사해두었는데 반나절이면 정리할 수 있을 거다. 침대도 그대로 있고."

"네. 고맙습니다."

고정애는 학생이 선생님한테 인사하듯 허리를 90도로 공손히 굽혔다.

"그리고 태주는 아가씨의 대학원 입학을 도와줘라."

"네."

아버지 앞에서 태주가 할 수 있는 대답은 오로지 "네"뿐이었다. 일이 이렇게 될 줄은 꿈에도 예상 못했다. 아버지가 낯도, 코도 모르는 여자를 단호하게 저녁차로 시골에 회향시킬 줄 알았다. 역시 문제는 모친의 병환이었다. 어머니는 병환 때문에 가사에 거의 손을 놓고 있었다. 금주가 유학을 떠나간 뒤로는 아버지와 태주가 틈이 생기면 엇갈아 한 주에 한두 번씩 집안을 거두는 정도였다. 이제는 피할 수 없는 현실로 다가온 이 특이한 상황을 받아들일 수밖에 없었다.

한경훈은 지갑에서 직불카드 한 장을 뽑아 태주에게 건네며 말했다.

"난 시간이 없으니 네가 내일 저 아가씨를 상가에 데리고 가서 옷이나 사 입혀라. 너무 시골티가 나니까. 장모님도 심심하실 텐데 함께 다녀오시죠."

어머니만 불안한 눈빛으로 소파에 비스듬히 누운 채 구름이 비낀 아들의 얼굴을 지켜본다. 시골티가 풀풀 나는 고정애가 별로 탐탁하지 않은 표정이다.

"내가 쉬엄쉬엄 집안을 거둬도 되는데……"

"안 돼. 불편한 몸으로 뭘 한다고. 더구나 2층은 오르내리기도 위험한데. 병 조리나 잘해."

한경훈의 독단으로 불청객의 내방문제는 깔끔하게 해결되었다. 고정애는 눈 깜짝할 사이에 아무 상관도 없는 남에서 이 집의 준 식구가 되면서 태주와 한 지붕 아래 같이 살게 되었다. 그리고 그들 두 사람의 애매모호한 관계의 배경에는 시골의 그 달밤의 풀밭 속에서의 정사가 대형벽화처럼 걸려 있을 것이다. 게다가 그 벽화 옆에서 외할머니가 메가폰을 손에 들고, 시도 때도 없이 그림을 해설해 줄 것이다. 그보다도 더 중요한 것은 느닷없이 태주의 인생에 끼어든 정애의 존재가 금방 시발역을 출발한 그와 서다요의 애정열차에 어떤 역할을 할지도 예측할 길이 없다는 점이다.

다요는 다요이고 정애는 정애야. 정애는 흘러간 과거이고 다요는 현재진행형이며 다가오는 미래야.

태주는 2층 자신의 침실로 올라와 옷을 벗으며 입 밖으로 소리 내어 중얼거렸다. 자신의 말로 자신을 설득하기 위해서였다.

태주는 이른 아침부터 아래층에서 소란스럽게 덜컹거리는 소리에 잠을 설쳤다. 외할머니와 아버지 그리고 어머니의 말소리가 두런두런 들렸다. 할머니 방의 철지난 물건들을 정리하는 모양이다. 아버지는 마음만 먹으면 지체 없이 내미는 성격이다. 문득 정애가 생각났다. 지난밤 외할머니와 정애는 2층 금주방에서 잤다.

태주는 잠이 덜 깬 흐릿한 눈으로 일어나 옷을 주섬주섬 걸치고 침실에서 나왔다. 금주방의 문이 열려 있다. 벌써 모두 1층으로 내려간 모양이다. 거실로 내려오니 세 사람은 외할머니 방에 보관된 잡동사니들을 꺼내 한창 다른 곳으로 옮기는 중이었다. 주방으로 들어가 보니 정애가 제집처럼 허리에 행주치마까지 두르고 아침식사 준비에 분주한 모습이다. 태주를 보자 약간 겸연쩍은 표정을 짓더니 목례를 보내며 먼저 알은체한다.

"벌써 일어났어요."

"네."

어색한 분위기에 내몰려 돌아서 거실로 나가려는데 뒤에서 정애가 나직하게 불렀다.

"태주씨."

"네."

"내가 이 집에 있는 게 부담스러우면 오늘 시골로 내려갈게요."

"아니, 아니에요. 아버지께서 결정하셨잖아요. 그냥 아버지의 분부대로 따르면 됩니다. 그리고 말을 편하게 놓으세요. 당황스럽네요."

"예전엔 어렸는데 지금은 어른이 된 걸 보니 그게 안 돼요. 시간이 지나면 어떨지."

"그때 일은 미안합니다."

"미안해할 거 없어요. 그 일 때문에 아무 부담도 갖지 말아요, 그걸 구실로 태주씨한테 뭔가 보상받으려고 온 게 아니에요. 그냥 공부 좀 하고 싶어서."

"그렇게 말해주니 다행입니다. 대학원은 내가 알아보겠습니다. 교육학 분야로."

"고마워요. 그리고 할머니 말씀은 내 뜻이 아니니까 오해하지 말아요."

"그건 나도 알고 있습니다. 아무튼 한동안 함께 지내게 된 만큼 그냥 맘 편히 지내세요. 오늘은 나가서 쇼핑이나 하고……."

"옷은 사지 않아도 되는데……."

"아버지가 사라면 사야 됩니다."

"이 옷 그렇게 촌티 나요?"

"아니요. 괜찮은데."

말은 듣기 좋게 했지만 태주의 눈에도 크고 둥근 원을 그리는 하얀 옷깃이 어깨와 가슴을 덮은 분홍 재킷에 물방울무늬에 굵은 주름이 잡힌 치마는 시골티가 완연해 보였다. 시골 사람들은 어디서 저런 디자인의 옷을 사 입는지 이해가 안 된다. 그들에겐 그냥 편안한 것이 좋은 옷인지도 모른다.

아침식사가 끝나자 태주는 차에 정애와 외할머니를 태우고 쇼핑하러 출발했다. 아버지가 식사하면서 신세계나 롯데백화점보다는 용산역 쇼핑상가로 가보라고 장소까지 지정해 주었다. 동대문이나 남대문시장보다는 한 단계 위지만 신세계나 롯데보다는 한 단계 낮은 상가를 선택한 아버지는 의복도 사람의 신분에 맞게 적절한 수위를 조절할줄 아는 센스가 있었다. 태주의 머리로는 따라갈 수가 없다. 그에게 적합한 것은 책이나 읽고 키보드나 두드리는 일뿐인 것 같다.

그런데 용산역 쇼핑상가에 도착하자 태주가 전혀 예상하지 못했던일이 발생했다. 외할머니와 정애가 지하에서부터 위층의 여러 옷 매장을 한 바퀴 일주했지만 한 견지도 사지 못했기 때문이다. 옷을 보기만하면 외할머니는 눈살부터 찌푸리고 손사래를 내저으며 가버렸다. 할머니는 요즘 옷들은 하나같이 이상해서 마음에 드는 거라곤 없다며이르는 곳마다에서 혀를 찼고, 정애도 탐탁하지 않은지 손에 잠깐 들었다가는 내려놓고 다른 매장으로 옮기곤 했다. 태주의 임무는 두 사람이 옷을 고르면 계산하는 일이었다. 연로한 외할머니는 기진맥진하여 아무 데나 의자만 보이면 들어앉으려고만 했다. 이러다가는 해가져도 옷 한 장 사지 못할 것이라는 판단이 든 태주는 일단 다리도 쉴겸 두 사람을 데리고 밖으로 나와 근처의 커피숍에 들어갔다.

"노출이 심하다고 싫으시고 몸매가 드러난다고 피하시면 옷을 못삽니다. 지금은 그런 디자인밖에 없으니까요."

"좀 이전처럼 품도 널러 편하고 가슴이나 허벅지를 가리는 옷은 없냐? 옷마다 기생년들이나 입는 괴상망측한 것밖에 없으니."

외할머니는 냉커피 대신 과일주스를 마시며 날이 갈수록 음탕해지는 세상을 원망했다.

"할머니는 연세 드셔서 그렇다 치고 누나도 덩달아 할머니의 의사만 따르면 안 되죠. 인젠 별 수 없어요. 직원 보고 요즘 젊은 아가씨들이 즐겨 입는 유행패션을 추천해달라고 부탁해서 사는 수밖에요."

커피숍에서 나와 다시 아이파크에 들어가자 태주가 직접 나서서 매장 직원에게 유행하는 옷을 추천해달라고 부탁했다. 직원이 옷걸이에서 골라든 옷을 보자 외할머니는 아예 못 본 척 외면하고 멀찍이 피해버렸다. 그래도 정애는 원래 그런 옷에 관심이 있었던 것인지, 아니면 태주를 걸음 걷게 하는 게 미안했던지 망설이면서도 옷을 갈아입는 룸에 들어가 바꿔 입고 나왔다. 혜진이가 입었다가 다요한테 꾸지람을 들었던 그런 고탄력 레깅스다. 그녀는 하체의 나인이 적나라하게 드러난 자신의 모습이 부끄러운지 두 다리를 한껏 모은 채 손으로 앞을 가리고 얼굴을 붉혔다. 그러나 태주가 보기에는 정애가 몇 살이나 젊어 보였고 도시적 이미지까지 살짝 풍겼다. 옷이 날개라고 사람이 완연하게 달라 보인다.

"어때요. 민망하죠?"

"아니, 보기 좋은데요. 요즘은 그런 옷이 유행입니다. 사이즈도 딱 맞고. 그걸로 합시다."

"그런 옷을 입고 어떻게 사람들 앞에 나서냐. 창피해서."

어느새 옆에 다가온 외할머니가 못마땅한 기색을 지었다. 태주는 노인을 설득하려고도 하지 않고 그냥 봉투에 담아들고 매장을 나서 다른 매장으로 향했다.

그렇게 레깅스와 청바지 그리고 셔츠 한 벌을 겨우 샀는데 혜진이한테서 전화가 왔다. 태주는 두 사람과 떨어진 곳으로 피해 전화를 받았다.

"다요한테서 무슨 새로운 소식이라도 있어?"

"아침에 큰엄마와 통화했는데 큰아빠가 언니를 그냥 방에 가둬놓은 채로 문을 열어주지 않는답니다. 그런데 언니가 어제부터 지금까지 밥 한술도 안 먹고 잠도 자지 않는대요. 큰아빠의 처사에 반항해 단식이라도 하나 봐요."

"그럼 안 돼. 건강에 해로우니까. 밥도 먹고, 잠도 제대로 자라고 전해 줘."

"그래서 방금 전 제가 언니네 집에 갔었어요. 언니가 창문 밖으로 이런 쪽지를 써서 내려 보냈어요. 이 시간을 이용해 소설을 쓰는 중이라고. 성형과 다이어트를 한 주인공이 인생역전에 성공한 걸로 쓰고 있다고 했어요."

이는 단순한 소설 내용의 수정문제에 그치지 않는 중요한 메시지이다. 다요가 이번 가택 감금사건을 통해 부모의 결정도 부당할 수 있다는 걸 깨달았다는 심경의 변화를 의미한다. 그렇다면 다요는 이제는 효도보다는 사랑에 충실할 거라는 추측도 가능해진다. 그것은 태주에게는 희소식인 것만은 틀림없지만 다요 부친에게는 치명적인 타격이 될 것이다. 부친이 불행해지는 상황을 과연 다요가 감내할 수 있을까.

저쪽에서 외할머니가 부르는 소리가 들려왔다.

"일단 끊어. 좀 이따 다시 전화할게."

정애가 역시 70년대에나 유행되었을 법한 재킷 한 장을 들고 어떠냐고 태주를 향해 쳐들어 보였다. 하지만 태주는 다요의 고충 때문에 옷 구입에 신경 쓸 여유가 없었다.

"누나가 맘에 들면 사요."

정애는 태주를 성가시게 한 것이라 예단한 듯 말없이 상품을 챙겼다. 태주는 더 말하지 않고 계산대로 다가가 카드를 긁었다.

집으로 돌아오니 벌써 한경훈이 할머니의 방을 깨끗하게 정리해 놓고 식당으로 출근했다. 외할머니와 정애는 거실 구석에 놓았던 캐리어를 옮기고 휴대한 소지품을 꺼내 방안의 옷장에 넣었다. 새로 산 의복도 옷걸이에 걸었다. 정리가 끝나자 정애는 또 다른 사과박스를 들어 옮기려 했다. 무거워 보이기에 태주가 대신 방으로 옮겼다.

"뭔데 이렇게 무거워요?"

"책."

그녀는 박스를 열고 책들을 꺼내서 자그마한 책꽂이에 차례로 세팅했다. 그 책꽂이는 여동생 금주가 사용하던 것을 내려온 것이다. 주로 교육학과 영문도서들이었다. 그런데 정애가 박스의 맨 밑에서 나온 두꺼운 책을 책꽂이에 배열하려다가 말고 웬일인지 태주를 쳐다보더니 일어나서 침대 위의 베개 밑에 감춰버렸다. 그러나 태주는 이미 눈결에 그 책의 제목을 똑바로 본 뒤였다. 톨스토이의 장편소설 '부활'이었다.

부활?!

소설 제목을 일견하는 순간 태주는 마치도 쇠방망이에 뒤통수를 한 대 얻어맞은 것처럼 머릿속에 띵해졌다. 자연스럽게 소설의 주인공들인 네흘류도프와 카츄샤의 이름이 떠올랐다. 그리고 그 뒤로는 한태주와 고정애의 두 이름이 영화자막처럼 겹쳐서 지나갔다.

로미오와 줄레엣

1

한태주가 신라호텔 레스토랑에 도착한 뒤에도 강바람은 15분 정도 늦게야 당도했다.

"점심시간인데도 길이 막혀 늦었어. 왓 디쥬 오럴?"

"그냥 먹던 거. 그러니까 오늘은 웬일이야. 갑자기 전에 없이 점심시간에 만나는 거지?"

강바람이 의자에 앉자마자 스마트폰으로 어디론가 문자를 보내며 대답했다.

"오늘부터 며칠은 대레이즈 노 타임이라 그래."

"그럼 며칠 후 만나면 되잖아. 오늘 꼭 만나야 돼?"

"지금까지 한 번도 이 약속 어긴 적 없잖아."

"시간이 없다며. 밥도 예약한 거야?"

"나렛…… 댕큐."

음식을 올리는 직원에게 인사하느라 그녀의 말이 중단되었다.

"시간이 있어도 인젠 아이 워온 레절버 어 룸."

"왜, 내가 싫어졌어?"

강바람이 문자를 치다 말고 태주를 곱게 흘겨 본 후 다시 손가락을 움직였다.

"후 워오 셰이. 인젠 내가 물러날 때잖아. 수영씨한텐 다요씨가 있으니까."

"질투해?"

"너우, 나 같은 게 다요씨하고 경쟁대상이나 돼? 그리고 네 앞에서 다요씨랑 비교당하고 싶지 않아. 짜슷 딩킹 어보 레즈 미저러보우."

식사가 시작되자 강바람은 식사 중에도 문자를 확인도 하고 발송도 한다. 무슨 일인가 다급한 모양이다. 그러면서도 태주와의 대화는 계속 이어나갔다.

"다요씨가 내 말 안 해?"

"아니. 알지도 못하는데 뭘 말해."

"라슷 타임 다요씨네 집에 가서 그를 만났었어. 수영씨와의 약속을 지켜야잖아."

"그랬어? 그래 다요가 뭐라 했어?"

"수영씨 사촌누나라고 했지. 내 동생도 다요씰 사랑하니까 그 부당한 약혼 취소하고 내 동생을 잡으라고 했지."

"그래서 다요가 이튿날 집에서 나왔구나."

태주는 혼잣말처럼 중얼거렸다.

"바이 더 웨이. 다요씨랑 요즘도 잘 지니고 있어?"

드디어 강바람이 스마트폰에서 시선을 떼고 태주를 바라보았다.

"말도 마. 아버지한테 집에 갇혀 이틀째 밖에 나오지도 못하고 있어."

"리얼리?"

"이번엔 아예 다요씨의 방문에 재래식 자물쇠를 잠그고 스마트폰도 압수했대. 벌써 이틀째 먹지도 않고 자지도 않았다잖아."

"스마트폰이 없다면서 왜얼 디쥬 게랫 인포메이션?"

"다요씨의 사촌여동생 혜진이라는 애가 전해주었어. 다요씨네 집이 2층인데 밑에서 부르니까 창문 밖으로 쪽지를 던져주었다는 거야."

그 말을 들은 강바람은 식사가 끝날 때까지 아무 말도 하지 않은 채 뭔가를 골똘하게 생각했다. 식사가 끝나자 둘은 커피숍으로 자리를 옮겼다. 커피가 나오자 강바람이 누군가에게 전화를 걸었다. 강바람은 눈짓으로 태주에게 양해를 구하고 커피 한 모금을 마시고는 문밖으로 나갔다.

"승철아, 두 유 해브 에니 타임?"

"어, 누나. 무슨 일인데?"

전화를 받는 사람은 평소 강바람과 누나·동생하며 친하게 지내는 사이다.

"플리즈 헬프 미."

"누나 부탁이라면 동생이 당연히 도와드려야죠."

"네가 무대장치 할 때 사용하는 그 사다리로 캔유 거우 업 투더 세컨드 플로얼 옵더 어파트먼트?"

"2층요? 3층이라도 가능합니다. 왜요?"

"오케이. 내가 문자로 주소를 찍어 보낼 테니까 지금 양재로 내려가. 2층인데 아래서 서다요씨 이름을 부르면 창문을 열 거야. 원수영씨가 아니, 한태주씨가 보내서 왔다고 말하면 내려올 거야. 먹지 못해 기운이 없으니까 네가 올라가 부축해 내려와야 돼."

"서다요라면 여잔데 누난 남자도 아닌데 여잘 훔쳐 뭐하시려고요?"

"다우 추롸이 투 너우댓. 할래, 안 할래?"

"당연히 해야죠. 누구 명령인데."

"택시 태워서 신라호텔로 보내줘. 휴대폰이 없으니까 기사님께 내 번호 알려드려. 콜미 웬더 택시 더팔츠."

"네. 점심 먹고 바로 출발할게요."

강바람은 전화를 끊자 프런트로 나가 더블룸을 잡은 후 다시 커피숍으로 돌아왔다.

"무슨 전환데 이렇게 오래 해?"

"대레즈 싸처 씽. 나 인젠 가야 될 시간이 됐어."

"바쁘면 가 봐."

"우리가 들던 방은 이미 예약이 되어 다른 방을 잡았어. 일단 거기 올라가 있어."

"방은 왜 잡았어? 숙박도 하지 않을 거라며."

"유어우 너우 인너 리더우 화이어우. 먼저 올라가 기다려. 다섯 시쯤 다시 전화할게."

강바람이 핸드백을 어깨에 메고 의자에서 일어섰다.

"유 캔트 거우. 후회하지 말고."

그녀가 커피숍에서 나간 뒤 10여 분이 지나자 창문 밖으로 그 눈에 익은 포르쉐가 호텔정원을 빠져나갔다.

뭐가 저렇게 바쁘지? 다른 남자를 만나는 것도 아닐 텐데. 오늘은 원래부터 나랑 만나는 날이잖아.

태주는 도대체 영문은 알 수 없었지만 일단 강바람의 당부대로 룸으로 올라갔다. 우선 다섯 시까지는 룸에서 샤워도 하고 책이나 보면서 하회를 기다려보기로 했다.

리허설이 한창 진행되는 도중에 전화가 왔다. 강바람은 스탭을 향해 쏘리, 한마디 남기고는 문 밖으로 나왔다.

"어, 승철아. 하우 디넷 거우?"

"방금 택시 태워 보냈어요. 내가 사다리로 올라가 부축해주지 않았더라면 굴러 떨어져 사고 날 뻔했어요."

"이틀이나 먹지 않았다니까. 아무튼 고생했어."

"그런데 있잖아, 누나. 그 아가씨 대단한 미녀던데요. 그냥 제 차에 싣고 섬나라로 도망가 숨어 살려다가 누나 부탁이라 참았어요. 머리털이 돌아 그렇게 예쁜 여자 처음 봤어요. 그래서 택시도 안전하게 내가 아는 여성 기사를 불러 태워 보냈어요."

"굿 웍. 캄인 쿠위클리. 이담 누나가 한턱 쏠게."

"그 아가씨 나한테 소개해주면 안 돼요?"

"시끄러. 올라가지 못할 나무는 쳐다보지도 말랬어. 끊어."

전화를 끊은 후 강바람은 저장된 태주의 단축번호를 눌렀다.

태주는 샤워를 마치고 소파에 비스듬히 누워 휴대폰으로 톨스토이의 '부활'을 pdf로 다운받아 속독하고 있었다. 전에도 뒤 번 읽었지만 정애한테 그 책이 있기에 네흘류도프와 카츄샤 내용을 다시 확인하고 싶었다. 주로 네흘류도프와 카츄샤에 대한 심리묘사 부분만 골라 읽고 있는데 기다리던 강바람의 전화가 왔다.

"좀 있다 서다요씨가 그곳으로 갈 거야. 도착하면 택시기사가 전화할 테니까 내려가 봐."

"왓? 다요가 어떻게 이곳으로 와? 방문에 자물쇠까지 잠가놓았다던데……."

"그건 이따 다요씨한테 직접 물어 봐. 며칠 굶었으니까 갑자기 기름진 음식 받아들이지 못할 거야. 죽집에 주문했으니 조금 있으면 배달갈 거야."

"그래서 이 방 잡았던 거야? 안 돼. 난 다른 방 잡을 거야……."

"마이갓! 수영씨 알아서 해. 그 방이 하루 얼만지 알아? 돈이 남아돌면 따로 잡든지. 둘이 한 침대에 자기 그러면 수영씨가 소파에서 자면 되잖아. 그리고 진작 잔 거 아니었어?"

"강바람씨! 나 인간이라고."

태주가 버럭 언성을 높였다.

"쏘리. 아이 엠 비지. 낼 아침에나 가 볼게. 인간답게 잘 해."

뚜뚜— 전화가 일방적으로 끊겼다.

아무튼 이 여자 못 말려. 다요를 어떻게 구출했지? 신령도 아니고.

양재에서 지금 출발했다니까 호텔에 오려면 퇴근시간을 감안해도 일곱 시 전에는 도착할 것이다. 만나면 뭐라고 해야지? 어쩌면 이게 다 서다요를 가지려고 내가 면밀하게 획책한 시나리오처럼 보일지도 모른다. 그런다고 다요가 뭐라고 하지는 않겠지만 태주 스스로가 양심의 가책을 느꼈다. 서로 호감을 가지고 있다고는 하지만 아직 약혼한 남자가 있는 여자가 아닌가.

에라, 모르겠다. 될 대로 되라지.

이미 현실로 다가오는 이 상황 앞에서 속수무책이 된 태주는 모든 걸 체념한 채 소파에 벌렁 드러누웠다. 기쁘기도 하고 두렵기도 했다. 하지만 솔직히 기쁨이 훨씬 컸다. 그리고 한편으로는 강바람에게 미안했다. 아무리 서로 간에 책임을 지지 않는다고 약속했지만 강바람도 엄연한 여자이다. 살을 비비고 한 이불 속에서 자던 남자가 다른 여자와 단 둘이 만난다는데 시기심이 생기지 않을 수 없다. 그런들 이제 와서 뭘 어떻게 하랴. 이런 게 삶이라면 수용하는 수밖에 없다.

소설에 집중하려 했지만 내용이 머릿속에 들어오지 않는다. 글자마다 다요의 얼굴로 변해 그를 빤히 쳐다본다. 휴대폰을 침대 위에 휙 내던지고 텔레비전을 켰다. 하지만 앵커의 말이 한마디도 귀에 들리지 않았다. 괘종을 쳐다보았지만 초침과 분침이 제자리에 멈춰선 채 움직일 줄 모른다. 그럼에도 똑딱거리는 소리는 너무 명료하다. 게다가 그

소리는 다요, 다요, 다요 하고 다요의 이름만 반복한다.

태주는 벌떡 일어났다. 그리고는 정신 빠진 사람처럼 방안을 오락가락했다. 얼마나 오갔을까? 다시 시계를 보았으나 시침, 분침, 초침은 고장이라도 난 것처럼 죄다 원래 자리에 멈춰 있다. 천만다행으로 그때 노크소리가 났다. 구세주의 강림을 맞이하듯 달려가 서둘러 문을 열어주었다.

"죽 배달입니다."

머리에 커다란 오토바이헬멧을 쓰고 눈에 검정색 선글라스를 건 사내가 죽그릇을 방안에 들이밀고는 잽싸게 나가버린다. 태주는 부랴부랴 신을 신고는 택배원을 뒤쫓아나가 문이 닫히기 전에 엘리베이터를 탔다. 답답한 나머지 커피숍에 들어가 앉아 있을 생각에서였다. 하지만 커피숍에서도 시간은 굼벵이처럼 늘어터지게 벌벌 기어갔다. 태주는 아예 호텔에서 나와 문 앞에서 기다렸다. 벤치에 앉기도 하고 서성거리기도 했지만 택시는 종시 나타나지 않았다. 그렇게 시간이 천년은 흘러가고 강바람이 사람을 속였다고 욕설이 나가려는 무렵 택시 한대가 호텔 문 앞으로 스르르 미끄러져 들어왔다. 다요다. 태주는 첫눈에 알아보고 마주 달려갔다. 여자 운전기사가 전화를 걸려다가 창가로 다가온 그를 보자 얼굴을 내밀며 물었다.

"한태주씨세요?"

"네. 다요야, 내려."

다요가 차에서 내렸다. 현기증 때문인지 몸을 비칠거렸다. 태주는 얼른 그녀의 팔을 부축했다. 요금을 지불하고 그녀를 거들어 호텔 안으로 들어왔다. 엘리베이터를 타자마자 둘뿐임을 확인한 다요는 아무 말 없이 태주의 품에 살며시 얼굴을 파묻었다. 그리고는 어깨를 들먹이며 흐느끼기 시작했다.

"됐어. 나왔으면 됐어."

태주는 떨리는 그녀의 잔등을 가볍게 다독였다. 다요는 자그마한 주먹으로 그의 가슴을 콩콩 두드렸다. 그 팔에 기운이 빠져 있다. 태주도 눈시울이 젖어들었다. 헤어졌다가 백년 만에 만난 기분이다.

"방문에 자물쇠를 잠갔다더니 어떻게 나왔어? 스마트폰도 압수당해 혜진이와 연락도 안 될 텐데."

태주는 그것이 궁금하기도 했고 또 다요가 울면 기운이 더 빠질까 봐 일부러 화제를 다른 데로 돌렸다.

"오빠가 사람을 보냈잖아."

다요가 눈물이 곱게 번진 얼굴을 쳐들고 태주를 말끄러미 쳐다본다. 태주는 주머니에서 손수건을 꺼내 눈물을 닦아주었다.

"내가? 아닌데. 누가 갔었는데?"

"어떤 남자가 사다리차 몰고 아파트 밑에까지 와서 날 불렀어. 한태주씨가 보내서 왔다면서. 그래서 그 남자의 도움을 받아 사다리를 타고 내려왔어."

"그래. 그럼 강바람이 보냈나?"

"강바람?"

태주는 그제야 강바람이 다요를 만나 자신을 외사촌누나라고 했던 말이 떠올랐다.

"어, 우리 외사촌누나."

"아, 그 누나. 나도 알아. 나한테도 왔었어."

엘리베이터가 멈춰서고 문이 열리자 복도로 나왔다.

"어딜 가?"

"따라오면 알아."

태주가 먼저 방문을 열고 룸 안으로 들어갔다. 뒤를 따라 방안으로 들어와 럭셔리한 실내를 둘러보던 다요가 당황한 표정을 지었다.

"오빠, 여기 비싼 거 아니야? 우리 다른 데 가자."

"이미 결제했어. 누나가 예약해준 거야. 걱정 마. 난 여기 소파에서 잘 테니까. 배고프지? 죽이라도 먹어. 공복일 텐데 뭐라도 먹어야 기운 차릴 거 아니야."

"오빠 만나니까 힘이 나. 나 샤워부터 할래. 이틀이나 못 씻었어."

"기운도 없을 텐데, 괜찮겠어?"

태주는 그녀가 걱정되어 샤워실 안에까지 부축해주었다.

태주는 소파에 앉아 tv채널을 돌렸다. 그러나 tv보다는 자꾸만 욕조에서 들려오는 물소리에 신경이 집중되었다. 그런데 문득 샤워실 안에서 오빠하고 부르는 소리가 들리는 듯했다. 텔레비전 음량을 줄였으나 아무 소리도 없다.

환청인가?

긴가민가했지만 그래도 불안감이 들어 욕조로 다가가 유리문을 노크했다. 역시 아무 응대도 없다. 걱정부터 앞서 문을 열고 안을 살피던 태주는 눈앞에 펼쳐진 갑작스런 상황에 아연실색하고 말았다. 욕조바닥에 몸에 실 한 오리 걸치지 않은 다요가 옆으로 쓰러져 있었다. 경악과 경탄으로 태주는 순간 전신이 석고처럼 굳어졌다. 긴급한 상황임에도 그녀의 몸매는 목욕하다 잠든 미의 여신 아프로디테를 연상시켰다. 하지만 그 생각이 흘러간 과정은 3초도 되지 않았다.

"다요야, 왜 이래, 괜찮아?"

태주는 욕조 안으로 달려 들어갔다. 그러나 그녀를 흔들려다가 손을 흠칫 움츠렸다. 그녀의 피부가 너무 하얀말쑥하고 별처럼 반짝이는 윤기가 흘러 자신의 손이 닿는 순간 더러워질 것 같아서였다. 일단 재빨리 손바닥을 셔츠자락에 문질렀다. 그러고도 시름이 놓이지 않아 아직도 흘러내리는 샤워기의 물에 손을 헹군 후 다시 그녀의 어깨를 조심스럽게 흔들었다. 대답이 없다. 태주는 그녀를 안아들었다. 욕조에서 나와 침대 위에 눕혔다. 그러자 천장의 샹들리에 불빛 아래 눈같이 하얀 비단 시트 위에 누워 있는 다요의 모습은 아프로디테도 부끄러워 숨을 정도로 찬란한 광채를 발산했다. 그렇게 넋을 잃고 멍하니 서 있다가 어느 순간 이러고 있을 때가 아니라는 생각이 뇌리를 쳤다.

"다요야, 정신 차려."

한참이나 흔들어서야 다요는 가까스로 눈을 떴다.

"오빠."

"안 되겠어. 119에 전화부터 해야지."

태주가 소파 앞 탁자 위에 놓인 휴대폰 쪽으로 이동하려고 침대에서 일어서려고 하자 다요가 그의 손을 잡았다.

"하지 마. 허기 때문에 그래. 좀 휴식하면 괜찮을 거야."

"그럼 어서 죽이라도 몇 술 떠. 누나가 걱정되어 배달시켜 놓고 갔어."

다요가 고개를 끄덕였다.

태주는 죽그릇을 가져다가 포장을 열었다. 그리고는 다요의 상반신을 부축해 일으켜 자신의 가슴에 기대앉게 했다. 숟가락으로 죽을 떠서 입김으로 식힌 후 다요의 입에 먹여주었다. 다요는 제비새끼처럼 죽을 입안에 받아 물고는 호물호물 씹어 먹는다. 그러면서 한 손을 쳐들어 버들잎처럼 날씬한 손가락으로 태주의 턱수염을 만지작거렸다.

"나 그냥 굶을까 봐."

"왜?"

"이렇게 오빠가 먹여주니까 좋아."

"바보. 그렇다고 굶겠다는 거야."

다요는 죽을 먹다가 어느 순간 잠이 소르르 들었다. 태주는 그녀의 머리를 베개에 베워 눕히고 이불을 덮어주었다. 그리고는 자신은 소파에 내려가려고 했다.

"가지 마. 날 안아서 재워줘. 힘들어."

"알았어."

태주는 다시 침대 위로 올라가 다요에게 팔베개를 해주고 꼭 안아주었다. 다요는 엄마 품을 파고드는 어린애처럼 태주의 가슴에 안겨들었다. 그 순간 태주는 자신은 이 여자를 잃으면 하루도 살 수 없다는 생각이 들었다.

2

강바람의 전화가 왔다. 태주는 천사처럼 아름다운 모습으로 잠든 다요에게서 살며시 팔을 빼낸 후 거실로 나갔다.

"다요씨는?"

"아직 자고 있어."

"그쪽으로 가서 다요씨랑 아침식사라도 함께 하려고 했는데."

"어제 저녁 죽 몇 술 떴어. 일어나면 내가 알아서 할 테니까 신경 쓰지 말고 볼일이나 봐."

"오케이. 내가 일이 바빠서 오늘은 못갈 것 같아. 잘해. 도덕군자행세만 하지 말고. 인간답게."

"뜻은 알겠는데 그렇다고 내 욕심만 챙기면 안 되지. 다요 입장도 고려해야잖아."

"이것저것 다 따지면 수영씨 몫은 누가 챙겨준대?"

"적어도 다요한테 부담을 얹어주면 안 되겠지."

"그래. 다요씨 테이 굳 캐어럽. 내일쯤 시간 나는 대로 갈게."

통화중에 집전화가 와 태주는 끊기 바쁘게 집에 전화했다.

"태주야, 어디냐? 할미다."

"네. 할머니. 학교에 일이 좀 있어서 지난밤엔 집에 들어가지 못했습니다."

"그럴 줄 알았다. 다른 게 아니고. 할미 오늘 시골로 내려가려고. 집에 닭·개짐승들이 많아서. 원래는 아침버스로 가려고 했는데 가기 전에 손자 얼굴 한 번 더 보고 싶구나."

"네. 지금 갈게요. 잠시만 기다리세요."

할머니가 간다는데 안 가볼 수도 없는 노릇이다. 그러자니 이번엔 또 혼자 있는 다요가 걱정된다. 태주는 일단 혜진이한테 전화를 걸었다.

"네. 선생님, 언니랑 함께 계신 거죠?"

"네가 그걸 어떻게 알아?"

"언니가 창문으로 사다리를 타고 도망갔다고 큰엄마한테서 전화 왔어요."

"맞아. 지금 나랑 같이 신라호텔에 있다. 시간이 되면 네가 좀 이쪽으로 오면 안 되겠니? 내가 집에 갔다 올 동안만 다요 좀 챙겨줘. 지금 자고 있어."

"알았습니다. 지금 곧 출발할게요. 선생님, 언니를 구출하시길 참 잘하셨어요."

태주는 침실로 돌아와 잠옷을 들고 다요한테로 다가가 나직하게 속삭였다.

"다요야, 잠옷 입고 자. 좀 있으면 혜진이 올 거야."

"으으으응……."

다요가 눈을 감은 채 고개를 저으며 어린애처럼 응석을 부렸다. 그냥 꽉 깨물어주고 싶도록 귀엽다.

"그럼 여기다 놓아둘게. 입고 싶을 때 입어."

"날 두고 가긴 어딜 가. 가지 마."

다요가 돌아누우며 태주의 팔을 당겨 옆에 눕혔다. 그리고는 말쑥하고 탄력 있고 미끈한 오른다리를 태주의 엉덩이 위에 올려놓더니 또 금방 잠이 들었다⋯⋯.

집에 도착해 문을 열고 방안에 들어서자 느닷없이 고정애가 기다렸다는 듯이 달려와 태주의 손에서 가방을 받아들었다.

"조반상 차릴까요?"

"아니요. 밖에 나가 먹을 겁니다."

정애는 어제와는 모습이 일신해 있다. 새로 산 품이 좁은 청바지와 어깨가 드러난 셔츠를 입고 있다. 의복단장 때문인지 시골티가 벗겨지고 도시여자 이미지까지 풍겼다. 화장도 좀 진하게 했는지 얼굴도 더 예뻐 보였다. 그런데 뜬금없이 그녀가 카츄샤로 보였다.

"넌 할미가 어쩌다가 왔는데 무슨 일이 그리 바쁘기에 외박까지 했냐?"

외할머니는 벌써 짐을 싸서 거실 소파에 올려놓고 떠날 준비를 마친 상태였다.

"중요한 일이 있어서요. 미안합니다. 할머니. 어쩌다가 오셨으니 며칠 더 노시다 가실 줄 알고. 제가 모시고 서울구경이나 시켜드린 다음⋯⋯."

"안 된다. 닭·개짐승 때문에. 지금 당장 고속터미널로 나가자."

외할머니가 짐을 손에 들고 소파에서 일어섰다. 태주와 정애가 짐을 하나씩 나눠 들고 집을 나와 차 트렁크에 실었다.

"언제 들어와요?"

차에 오르는 태주에게 정애가 물었다. 모르는 사람들이 봤으면 부부인 줄 알겠다.

"오늘은 올 것 같지 못합니다. 어머니랑 같이 식사하세요."

"알았어요. 그럼 다녀와요."

정애가 다소곳이 고개를 숙여 경례까지 하는 모습이 백미러에 잡혔다.

강남고속터미널에 도착하자 가장 빠른 승차권을 샀다. 다음 출발 버스표를 끊고 노인을 부근의 식당에서 식사라도 대접해 보내드리고 싶었지만 호텔에 있는 다요가 걱정되었다.

"봤지? 애가 착해. 할미가 시키는 대로 정애랑 결혼해라."

"할머니, 결혼은 제가 알아서 할게요."

"애를 임신까지 시켜놓고. 사람이 양심이 있어야지. 그러고도 박사냐?"

"그건 젊은 시절 철이 덜 들어 뭘 모를 때 저지른 실수였잖아요."

"넌 실수라고 생각할지 몰라도 당한 정애도 그렇게 생각할 거 같으냐."

태주는 짐을 버스 트렁크에 넣어주고 올라가서 할머니를 좌석을 찾아 앉힌 후 내려왔다.

"다른 생각 말고 정앨 박사공부 시켜서 결혼할 준비나 하고 있거라."

주변의 시선 때문에 태주는 그냥 아무 대답도 하지 않고 "잘 가세요." 인사만 했다.

버스가 시야에서 사라지기 바쁘게 태주는 번개처럼 차를 달려 잠깐 새에 호텔로 돌아왔다. 다요는 혜진이와 함께 룸에서 내려와 커피숍에서 그가 오기를 기다리고 있었다.

"선생님, 왜 인제야 오세요? 벌써 30분도 넘게 기다렸잖아요."

혜진이 급한 걸음으로 홀에 들어서는 태주에게 노골적으로 불만을 터트렸으나 다요는 그를 쳐다보며 방그레 웃는다. 기운이 돌아온 모양이다.

"식사부터 해야지."

"선생님, 우리 여기 말고 대학로 가서 먹어요."

다요는 혜진이만 있으면 태주를 선생님이라 부르며 경어를 사용한다.

"오케이, 콜."

대학로에 도착해서도 다요 때문에 기름진 음식은 피해 간단하게 국밥으로 아침식사를 해결했다. 커피숍에 들러 커피도 한잔 마시고 거리도 산책한 후 마로니에공원에 들어가 벤치에 나란히 앉았다. 나무그늘이 시원하다. 혜진이가 화장실 간다고 자리를 비운 사이 다요는 가만히 태주의 어깨에 머리를 기댔다.

"오빠, 이대로 시간이 멈춰버렸으면 좋겠어. 온 세상에 우리 둘만 남고."

"부모님은 어쩌고?"

"몰라. 오늘만큼은 오빠 한 사람만 생각하고 싶어."

그때 화장실 갔던 혜진이가 멀리서부터 뭐라고 소리 지르며 그들을 향해 잰걸음으로 다가온다. 다요는 아무 일도 없었던 것처럼 태주와 사이를 두고 떨어져 앉는다.

"저기서 연극입장권 팔아요. 저녁공연인데 제목은 '로미오와 줄리엣'이래요. 제가 세 장을 샀습니다."

"'로미오와 줄리엣'? 섹스피어의 희곡 말이지? 잘했어. 나도 그 연극 보고 싶었어."

태주 먼저 다요가 반색했다.

연극은 여덟 시에 시작되었다. 저녁식사를 마치고 커피를 마시다 보니 공연시간이 되어 셋은 극장에 입장했다. 객석은 관람객들로 거의 만원을 이루었다.

앞부분의 몬타규일가와 캐플렛일가의 분규장면은 별 감동 없이 지나갔다. 그러나 후반으로 갈수록 얼기설기 깊어지는 로미오와 줄리엣의 사랑이 관객들의 마음을 사로잡기 시작했다. 그런데 줄리엣이 처음으로 무대에 등장하는 순간 태주는 자신의 눈을 의심하지 않을 수 없었다. 줄리엣을 연기하는 여배우가 뜻밖에도 강바람이었기 때문이다. 다요도 태주의 손을 잡으며 나직하게 속삭였다.

"선생님, 누나잖아요. 누나가 원래 연극배우셨군요."

태주는 손에 들고 부채질 하던 팸플릿을 펼치고 다시 들여다보았다. 줄리엣 배역 이름은 윤하늘로 되어 있다. 그러니까 어제부터 바쁜 일이 있다던 강바람의 말이 생각났다. 공연준비 때문이었구나. 그리고 프로필에는 연극영화학과가 아니라 H대 영문학과 졸업으로 기재되어 있었다. 이제야 그녀가 유창한 영어대화를 구사한 이유를 알 것 같다. 강바람 아니, 윤하늘의 열연에 객석의 여기저기에서 흐느끼는 소리가 들려왔다. 다요도 휴지로 눈가의 눈물을 훔친 지 한참 된다. 말이 많던 혜진이도 입을 다문 채 오랜 만에 잠잠하다.

아, 이 가슴아, 터져라! 불쌍한 파산자인 이 가슴아. 당장 터져버려라! ……. 더러운 진흙 같은 이 육체는 흙으로 돌아가서…… 로미오와 둘이서 하나의 관 속에 털썩 누워라!

줄리엣의 그 피 터지는 비통함에 감화된 다요는 혜진의 존재마저도 까맣게 잊은 듯 태주의 가슴에 얼굴을 묻고 어깨를 들먹였다.

줄리엣은 아버지 캐롤렛이 자신을 패리스백작과 결혼시키겠다고 하자 부친 앞에 무릎을 꿇고 울며 이 결혼을 취소해달라고 빈다. 그러나 캐롤렛은 딸의 간청을 냉정하게 묵살한다.

목이나 매고 죽어버려! 버릇없는 것! 막된 년 같으니……. 싫으면 다신 애비 앞에 나타나지 말아.

그러자 줄리엣은 이번에는 어머니에게 간청한다.

이 결혼을 한 달만이라도, 한 주일만이라도 미루어 주세요. 그것도 안 된다면 제 신혼방을 티벌트가 자고 있는 저 컴컴한 무덤 속에 마련해 주세요.

다요는 흐르는 눈물을 걷잡을 수 없는지 고개조차 쳐들지 못한다.

줄리엣은 하늘을 향해 두 손을 쳐들고 피를 토해내듯 울부짖는다.

아, 패리스와 결혼하느니 차라리 저 보고 성벽 위에서 뛰어내리라든지, 뱀이 우글거리는 속에 떨어져 들어가라고 하세요. 그렇지 않으면 절 무덤 속에 들어가 송장과 함께 누워 있으라고 하세요.

다요는 둑이 허물어진 듯 터져 나오는 울음을 참지 못해 끝내 소리 내어 울기 시작했다. 태주는 급히 다요의 어깨를 부여안고 극장에서 빠져나왔다. 밖으로 나와서도 다요는 울음을 그치지 못한 채 그냥 흐느꼈다.

"난 100년 전의 열네 살 난 줄리엣보다도 못해요."

혜진이 가까운 모텔로 그들을 인도해 방을 잡아주었다.

"선생님, 언니랑 두 분 여기서 휴식하세요. 전 선약이 있어서 먼저 가봐야겠어요. 내일 강의실에서 뵐게요."

혜진이 문밖으로 나가자 방에는 두 사람만 남았다.

혜진이가 가고 나서도 한참만에야 오열을 간신히 멈춘 다요는 한동안 말없이 의자에 앉아 맞은 편 벽에 걸린 그림의 물 속에서 노니는 원앙새 한 쌍만 말끄러미 쳐다본다.

"뭔데 그렇게 심각해?"

"오빠, 그러고 보니 나 속으로는 백민호와의 결혼을 싫어하면서도 한 번도 아빠·엄마한테 무릎 꿇고 이 혼사 취소해달라고 간청해본 적이 없었어. 그냥 아빠 불쌍한 것만 생각하고 자식으로서 당연히 부모를 도와드려야 한다는 생각만 했던 것 같아. 더 한심한 건 오빠를 만난 다음에도 아빠의 무리한 요구에 저항한 적이 없다는 사실이야. 줄리엣은 열네 살 어린 나이에도 패리스와의 결혼에 반대해 죽음까지 선택했잖아. 난 오늘 충격 받았어.”

“줄리엣과는 사정이 다르잖아. 다요 아빠는 경영난에 봉착한 회사를 구하기 위해서잖아.”

“몰라. 회사일은 아빠 인생이지 내 결혼과 무슨 상관이야. 다요는 오늘 아빠의 부당한 결혼강요를 거절하고 오빠와 결혼하기로 맘먹었어. 방안에 갇혀 있는 동안 난 오빠가 없이는 단 하루도 살 수 없다는 사실을 절실하게 깨달았어. 오빠.”

다요는 일어나 태주가 앉은 의자로 다가왔다. 그의 손목을 잡아 일으켜 세우더니 침대로 가 걸터앉았다. 그리고는 살며시 태주의 목을 그러안고 그의 입술에 자신의 입술을 가져다 댔다.

“솔직히 나도 네 입에서 이 말이 나오기를 은근히 기다렸어. 내 입으로 그렇게 하라고 강요할 수는 없었으니까.”

“걱정 마. 반드시 백민호와의 혼사를 파기할 테니까. 아빠는 협력업체 발표날짜인 두 달 열흘 뒤로 결혼 날짜를 잡았지만 난 이 결혼 동의하지 않는다고 당당하게 말할 거야. 그래도 아빠가 끝끝내 백씨가문에 시집보내려 한다면 나도 줄리엣처럼 죽어버릴 거야.”

두 사람은 키스를 하면서 자연스럽게 침대 위에 누웠다. 손으로는 약속이나 한 듯이 상대방 셔츠의 단추를 벗겼다. 태주의 손은 다요의 이마에서부터 시작하여 천천히, 아주 천천히 발끝을 향해 차례로 다요의 몸을 탐험해 내려갔다. 손이 앞에서 일일이 개척해 놓은 길을 따라 태주의 입술이 미지의 옥토를 하나하나 점검했다. 태주의 손길과 입술이 더듬는 곳마다에서 다요의 탄력 있고, 부드럽고, 싱싱한 육신은 가야금줄처럼 퐁퐁 튕겨 오른다. 천년의 고요가 깃들었던 태고연한 피부가 낯선 이성의 접촉에 경련하며 민감하게 반응했다. 나이 서른 고개를 넘은 남자의 거친 손길에 익숙해진 강바람, 아니 윤하늘의 피부에서는 인제는 보기 드문 그런 풋풋함과 원초적인 맑음이 도처에서 감지되었다. 태주는 사람의 발길이 한 번도 닿은 적 없는 깊은 원시림 속의 계곡에 이르러서는 그만 길을 잃고 한동안 방황했다. 가까스로 거기서 빠져 나오자 이번에는 바통이 다요에게로 넘어간다.

다요의 손길은 깃털처럼 부드럽게 태주의 살갗을 스쳤고 입술은 뜨겁고도 말랑말랑했다. 다요의 입술은 한곳에 이르러 오래 머물며 마치 그의 온몸 전부를 자신의 몸 안에 흡수해 들일 것처럼 몰두했다. 그때 음소거가 된 tv화면에는 지리산의 웅장한 주목이 클로즈업되면서 화면을 꽉 채워왔다. 그 위용이 태산처럼 도도하고, 웅장하고, 예리하다.

그 순간 태주는 자리에서 벌떡 일어났다. 다요를 거칠게 떠밀어 침대 위에 쓰러뜨렸다. 그리고는 불타는 시선으로 그녀의 나신을 뚫어지게 박아보았다. 다요는 누운 채 말없이 고개를 끄덕였다. 모든 준비는 끝났다. 카운트다운만 남았다. 기차는 천리 길을 출발하려고 수증기를 뿜어내고 연기를 토해내며 기적을 울렸다. 태주는 미친놈처럼 그녀의 미끈한 두 다리를 와락 벌렸다. 그러자 다요가 태주를 받아들일 최상의 자세를 취하며 미소를 지었다. 이제는 두 사람이 일심동체가 되는 일만 남았다. 태주는 격전장에 나선 장군처럼 무릎을 꿇고 허리를 편후 과감하게 돌진했다.

그러나…….

서릿발 치는 장검을 칼집에서 쭈─욱 뽑아 들던 태주는 성문 앞에서 모든 걸 중단하고 군마 위에서 털썩 떨어져 내려왔다.

"안 돼. 도저히 안 되겠어."

"왜, 긴장 돼? 서두르지 마."

"그게 아니라 양심이 허락 안 해. 어찌됐든 넌 짝이 있는 여자잖아."

"취소할 거라잖아."

"그럼 그때까지 기다리자. 취소하고 저쪽이랑 깨끗이 정리된 다음. 조금만 더 기다리면 되잖아. 아직은 어떻게 될지 모르잖아. 오늘 일이 너한테 돌이킬 수 없는 흠결로 남고 불행이 될 수도 있으니까."

"오빠!"

태주는 병든 닭처럼 고개를 떨어뜨리고 오열했다. 다요가 손으로 그의 볼에 흐르는 눈물을 닦아주고는 그의 머리를 자신의 가슴에 꼭 보듬어 안는다.

"나의 로미오."

"나의 줄리엣."

3

태주는 요란한 전화벨 소리에 잠에서 깼다. 강바람 아니, 누나 아니, 그것도 아니다. 정확하게 말하면 연극배우 윤하늘이다. 침대 위에 누워 자던 다요가 언제 잠을 깼는지 침대에 엎드려 바닥 밑에 누워 자던 태주를 말똥말똥 내려다본다.

"호텔이야?"

"아니, 어제 나왔어."

"왜어라유? 내 지금 그쪽으로 갈게. 다요씨랑 아침식사나 함께 하자."

"됐어. 누나 바쁘잖아. 볼일 봐. 오늘 우리 어딜 가려고."

"오케이. 그럼 내일 보자."

다른 사람의 사정을 꼬치꼬치 캐묻지 않는 강바람, 아니 윤하늘이다. 어제 팜플렛을 보니 주말과 일요일에는 낮 공연도 있었다. 리허설 때문에 몸 뺄 시간이 없을 것이다.

"왜? 오시라고 하지. 언니 보고 싶은데. 어제 언니의 줄리엣 연기를 보고 그 자리에서 당장 광팬이 됐어. 언닌 정말 멋진 사람 같아."

"공연 때문에 바쁠 거잖아. 이따 편할 때 보자."

노크 소리에 일어나 문을 따주니 혜진이다. 오늘은 완전히 몸에 쫙 달라붙는 블랙레깅스에 아예 셔츠는 입지도 않고 검정 브라만 착용하여 가슴만 겨우 가렸다. 혜진은 방에 들어와 침대 위에 누운 다요와 바닥에 편 이불을 한참 내려다보더니 큰소리로 깔깔거린다.

"선생님, 제가 무슨 어린앤 줄 아세요. 바닥에 이불을 폈다고 제가 믿을 줄 아시나 봐요."

"널 믿으라고 쇼한 거 아니야."

"혜진아, 선생님 앞에서 말 좀 조심해."

다요가 옷을 입으며 혜진의 옷차림을 보고 눈살을 찌푸렸다.

"선생님이긴 하지만, 오래잖으면 형부가 되실 거잖아요."

"혜진아."

태주와 다요가 동시에 혜진을 제지했다.

"알았어. 누가 한 편이 아니랄까 봐 벌써부터 같이 공격해. 나가자. 내가 밥 살게."

길거리에서 토스트로 아침식사를 대신하고 곧바로 도서관으로 향했다.

첫 강의가 끝나고 휴식시간이 되자 세 사람은 관내식당에서 커피를 사들고 공원벤치로 나와 앉았다. 나무그늘이 커서 청량했다.

"소설은 어떻게 됐어? 성형과 다이어트한 주인공이 인생역전에 성공한 것으로 했다며."

태주는 세 사람이 공유할 수 있는 화제를 골라 다요에게 던졌다.

"언니 생각이 바뀐 거죠. 아빠의 강요에 순종하던 데로부터 저항하는 데로요. 그게 소설에 반영되었을 거고요."

혜진은 화제 뚜껑만 열리면 일단 자신의 견해를 던지고 본다.

"설정은 바꿨는데 갈등이 너무 밋밋한 것 같아요. 성형과 다이어트에 들어가는 돈 때문에 부녀간에 경제문제로 인한 갈등뿐이어서 너무 천박해요. 소설에 꼭 도덕성이 개입해야 되는 건 아니라고 선생님께서 말씀하셨잖아요. 그러나 현실과 욕망의 갈등은 많은 경우 도덕은 물론 법률문제까지 야기하게 된다고도 말씀하셨죠. 그래서 생각한 건데 성형과 다이어트로 취직도 하고 승진도 한 여주인공이 원래 남자친구보다 훨씬 잘 생기고 직장도 좋은 남자의 대시를 받게 되면서 선택의 고민을 하게 되는 설정을 해보려고요."

"이제야 언니 소설이 성공할 것 같아. 안 그래요, 선생님?"

태주는 고개를 끄덕이며 동감을 표시했다.

"내가 보기에도 괜찮아. 다만 현실을 배반하고 욕망을 따라가는 정신적 전이 과정을 너무 쉽게 처리하면 감동과 여운이 그만큼 줄어들 위험이 있으니 중시해야 될 것 같아."

태주와 다요가 말하는 도중에 혜진이가 벤치에서 벌떡 일어나 놀란 시선으로 한곳을 바라보았다. 태주와 다요도 덩달아 그쪽에 시선을 던졌다. 60대 중반의 사내가 이쪽을 향해 헐레벌떡 걸어오고 있었다. 그 뒤에는 나이 든 여자가 따른다. 사내는 후리후리한 키에 너부죽한 얼굴의 풍채가 늠름한 남자였다. 그런데 이번에는 다요까지 당황한 표정을 지으며 벤치에서 일어섰다.

"아빠."

아빠라는 느닷없는 호칭에 태주도 놀라 엉거주춤 벤치에서 일어났다. 남자는 다짜고짜 다요에게로 다가와 그녀의 손목을 덥석 잡았다.

"가자. 집에 큰 일 터졌다."

뒤따르던 아줌마는 무표정한 얼굴로 그들과 사이를 두고 가만히 옆에 서 있다.

"아빠, 잠시만 기다려보세요."

다요가 아빠의 손에서 자신의 손을 빼냈다. 그리고는 급한 걸음을 하느라 그랬는지 잘못 채워진 아빠의 셔츠단추를 다시 채워준다.

"유모가 알려주신 거예요?"

다요가 뒤에 서있는 아줌마에게 물었다. 유모라 불린 여자는 주저 않고 고개를 가볍게 끄덕였다.

"도련님이 집에서 아가씨를 애타게 기다리고 계세요."

"아빠, 나 한마디만 하고 갈게요. 1분이면 돼요."

다요는 다시 태주한테로 돌아왔다.

"어차피 혼사 문제를 정리하려면 집에 들어가야 했어요. 될수록 빠른 시일 안에 깨끗이 정리하고 다시 돌아올 테니 선생님은 절 믿고 기다려주세요."

다요가 태주에게 허리 굽혀 경례한 후 돌아서서 아빠한테로 걸어 갔다.

다요의 손목을 잡고 몇 걸음 걸어가던 남자가 다시 돌아서서 태주를 향해 말했다.

"당신이 이러고도 선생님이야? 약혼한 남자가 있고 두 달 후면 결혼할 여자를 유혹하다니. 경고하는데 다시 이런 일이 반복되면 가만두지 않을 거야."

"아빠, 선생님 탓 아니에요. 제가 선생님한테 온 거라고요. 어서 가요."

서다요가 아버지의 손을 잡아끌었다.

"큰아버지, 이러시면 안 됩니다. 누구랑 결혼하는가는 언니한테 결정권이 있지 큰아빠한테 있는 게 아닙니다. 당장 언니의 부당한 혼사 취소하세요."

"쪼그마한 계집애가 뭘 안다고 나대냐. 입 닥쳐!"

남자는 딸에게 끌려가면서도 조카를 흘겨보며 엄하게 꾸짖었다.

태주는 멍하니 선 자리에 굳어진 채 시야에서 멀어져 가는 모녀를 바라보기만 할 뿐 한마디도 못했다. 그의 입장에서 할 말이 없었다. 남자의 말이 틀리지 않았기 때문이다. 사내와 아줌마가 서다요를 차에 태우고 눈앞에서 사라지자 그제야 가슴이 철렁 내려앉는 것만 같았다. 웬일인지 다요를 다시는 보지 못할 것 같은 처참한 예감에 전율했다.

"언니가 이번에는 큰 결심을 내린 것 같기는 한데 워낙 마음이 여려 또 큰아빠의 간청에 설득당할까 봐 걱정됩니다. 선생님, 뭐라고 좀 말씀해보세요."

혜진이 벤치에 앉아 밑굽에 남은 커피를 홀짝이며 불안해했지만 태주는 커피만 마실 뿐 아무 말도 하지 않았다. 파란 하늘에는 능청스럽게도 무심한 구름 한 덩이가 떠 있고 숲 사이로 후텁지근한 바람 한 줄기가 불어들었다.

갑자기 술 생각이 났다. 빨리 강의를 끝내야겠다. 다요를 위해서 아무것도 도와줄 수 없다는 허탈감 때문에 마음이 괴로웠다. 바위처럼 무거운 그 모든 짐을 다요 혼자서 섬약한 어깨로 짊어지고 가는 것을 뻔히 보면서도 방관할 수밖에 없는 자신의 무능함이 창피했다. 동고동락을 하고 싶지만 그렇다고 다요더러 약혼을 취소하라고 독촉할 수도 없었고, 다요의 부친에게 부당한 혼사를 파기하라고 간청할 수도 없었다. 그녀의 몸을 가지는 건 너무 쉬운 일이었다. 하지만 이 모든 문제들이 해결되지 않는 한 그 후유증은 고스란히 다요의 몫이 되고 말 것이다. 그래서 태주는 아무것도 할 수 없었다. 사건의 추이를 지켜보는 것 말고는.

강의가 끝나자 밖으로 나온 태주는 여기저기 전화를 걸었다. 혼자서는 술을 입에 대지 않는 유별난 성미라 술친구를 찾아야만 했기 때문이다.

현보민은 오늘 근무여서 시간이 없다고 한다. 이번 휴식에는 은진이의 계책대로 여자부모를 찾아가 임신 쇼를 벌일 예정이라며 그래도 괜찮을지 고민 중이라고 했다. 태주는 낭패되면 말고 한번 시도라도 해보라고 격려했다. 사실 현보민은 설령 술상에서 만난다고 해도 자신의 고민 때문에 친구의 고충에 신경 쓸 여유가 없을 것이다.

현경사 이외에도 여러 사람에게 전화했다. 하지만 방학인데다 휴가철도 시작되고 게다가 주말이어서, 누구나 스케줄이 이미 잡혀 있어서 함께 술 마실 사람 구하기도 쉽지 않았다. 다행히도 금년 초에 갓 결혼한 대학원시절의 동기생이 집에 있어서 응해 왔다. 그것도 장소는 자기 집근처인 신촌, 시간은 저녁 9시로 제한되었지만 그나마 마음이 변하기 전에 부랴부랴 차를 운전하여 약속장소로 이동하였다. 지금이 다섯 시 반이니까 이동시간을 제하고도 술 마실 시간은 충분했다.

간단하게 소금구이에다 소주를 곁들였다. 화제는 주로 동기의 신혼생활에 대한 내용이었고 그의 마누라 자랑이었지만 그래도 대작할 사람이 있으니 술은 목구멍으로 대충 넘어갔다. 형식상 2차로 홍어집에 자리를 옮겼지만 여덟 시 반부터는 동기가 시간만 체크했다. 정각 9시가 되자 그는 미리 시간이 입력된 로봇처럼 정말 자리에서 일어났다.

"미안한데 난 먼저 집에 가봐야겠어. 늦게 들어가면 여보한테 혼나거든. 넌 장가 안 들기 정말 잘한 거야. 결혼생활이 달콤하긴 한데 속은 죽을 맛이야."

동기와 갈라진 후 태주는 깨어진 기분을 달랠 겸 혼자 근처의 커피숍에 들어갔다. 9시 30분이 되기를 기다려서 강바람, 아니 윤하늘에게 전화했다. 공연이 끝났을 시간이다. 그녀는 전화를 받자마자 곧장 달려왔다.

"무인도도 아니고 여태 혼술한 거야?"

윤하늘이 태주가 먼저 와서 기다리는 식당에 들어서며 말했다.

"내 맘대로 부릴 수 있는 건 술 하나밖에 없어."

"다요씨는?"

"아빠가 와서 데리고 갔어."

"데려간다고 그냥 아무 말 없이 순순히 보내준 거야?"

"저쪽 혼사 문제를 해결하려면 어차피 집에 들어가야잖아."

"그건 그렇긴 한데. 그래 금광은 캤어?"

"그게 어디 맘대로 되는 일이야? 난 그 금광의 광부가 아니잖아."

태주는 허탈한 웃음을 지으며 맥주병을 따 잔에 부었다. 이런 술은 입에 대지 않는 윤하늘이다. 마당 앞에 포르쉐를 주차하고 그녀가 식당에 들어서는 순간 사람들의 시선이 윤하늘을 에워쌌다. 하지만 태주는 오늘만은 체면 같은 거 따질 경황이 아니었다. 무슨 술이든, 식당 분위기가 별로이든 상관없다. 취하기만 하면 된다. 윤하늘도 그런 분위기를 눈치 챈 듯 평소의 시크함을 버리고 의자에 털썩 주저앉더니 태세 없이 맥주를 받아마셨다.

"바보. 광부가 아니라서 이렇게 술이 떡이 된 거야? 도대체 개도 안 먹는 그 도덕군자노릇 언제까지 할 거야? 광부이든, 농부이든 캐야 금 덩이를 손에 넣을 거 아니야."

윤하늘은 들기만 하면 굽이 나는 태주의 잔에 술을 따르며 천천히 마시라고 제한했다.

"광부를 사칭해서 금을 훔쳐 다요를 불행에 빠뜨리고 싶지 않아. 그러다가 혼사가 강행되면 금을 도둑맞은 다요만 지아비의 부채에 시달리며 살아야잖아."

"그러니까 더구나 금을 캐라는 거잖아. 금을 잃은 여자는 혼인할 명분도 잃을 것이고, 그러면 자연스럽게 수영씨 사람이 될 거니까."

"노우. 정조만 잃고 혼사가 취소되지 않으면 피해자는 다요잖아."

"끝까지 군자인 척 해라. 우리 대자대비하신 부처님. 레츠 거우 히어 랜 무브 투 더 플레이스."

식당에서 나와 택시를 타고 종로 뒷골목 식당으로 옮겨 생선구이에 양푼 막걸리를 마셨다.

"오늘은 나 따라 서민스타일로 가는 거야. 이거 끝나면 다음엔 길거리 포차에서 족발에 소주 깔 테고. 이건 뭐 도덕군자가 아니라 도둑꾼자가 아니야."

"오케이. 포차 다니는 도덕군자님, 괜찮겠어? 벌써 혀가 꼬이고 몸도 못 가누면서."

"오늘은 마시고 죽는 날이라 했잖아. 그리고 너 좀 나 욕해줘. 도둑놈이라고. 날 두고서도 모자라 또 다요를 넘보는 구렁이같이 나쁜 도둑놈이라고. 아니, 그냥 개새끼라고 해. 그래야 너한테 진 빚이라도 조금이나마 탕감할 거 아니야."

"왓? 우리 애초부터 서로 책임지지 않기로 했잖아. 프라이버시도 묻지 않고. 그러니까 너 도둑놈 자격 없어."

"그래. 사생활. 굿. 말 한번 잘했다. 묻지 않는다고 모르고 책임지지 않는다고 몰라지기라도 해? 그래, 강바람은 그냥 강바람일 뿐 다른 사람 아니야. 오케이?"

"인젠 스톱. 나한테 그만 관심 끄고 다요씨하고나 잘해. 그래야 내가 시름 놓고 수영씨 곁을 떠날 거 아니야."

"날 도덕군자라고? 진짜 군자이고 부처님은 너야."

"수영씬 도덕군자, 난 자유여신!"

알코올의 난동에 휘둘려 이리저리 끌려 다니며 수다 떨다가 새벽이 되어서야 그들은 택시를 타고 신촌으로 돌아왔다. 윤하늘이 대리기사를 불러주었다.

"워우 아이 테크 유 허움?"

"바보 만들고 싶어?"

"하긴 그놈의 자존심은 알코올에도 안 죽는 법이지. 기사님, 이분이 자존심은 살았는데 몸은 취해서 그러니 수고스럽지만 집안에까지 업어다 주세요."

윤하늘이 대리기사에게 사례금을 따로 찔러준다. 태주는 차가 출발하자 기사에게 내비게이션 목적지를 '집'이라고 알려준 후 뒷좌석에 아예 벌렁 드러누워 태평스럽게 잠이 들었다.

차가 집 앞에 도착해 기사가 깨웠으나 태주는 깨어나지 못했다. 기사는 어쩔 수 없이 안에서 들리도록 빵빵! 경적을 울렸다. 그러자 기다렸다는 듯이 대문이 열리더니 한 아가씨가 민첩하게 달려 나왔다. 정애가 자지 않고 거실 소파에서 tv를 시청하다가 마중 나온 것이다. 태주차를 확인하자 셔터를 열어 차가 들어오도록 안내했다.

정애는 태주를 기사의 등에 업혀준 후 문을 열어주었다. 태주의 아버지와 어머니도 문을 열고 나와 그 모습을 지켜보고 있었다. 정애가 기사의 뒤를 따라 거실로 들어와 소파에 내려놓도록 부축해주었다. 그녀는 기사를 인사해 돌려보내고는 돌아와 재빨리 태주의 발에서 구두와 양말을 벗겨주었다.

"태주씨, 방에 올라가 누워야죠."

정애가 태주의 어깨를 다독이자 그는 갑자기 웩웩거리더니 대야를 찾았다. 정애는 다급히 주방으로 달려가 대야를 들고 돌아왔다. 대야를 턱밑에 들이대자마자 태주는 낮 동안 섭취한 온갖 음식물들을 모두 오바이트하기 시작했다. 일순간 고약한 악취가 실내에 진동했지만 정애는 눈살 하나 찌푸리지 않았다. 한손으로는 태주의 잔등까지 가볍게 다독여준다. 다 토해내자 화장실에 들어가 분비물을 버린 후 세

숫대야에 깨끗한 물을 받아들고 들어와 수건을 적셔 얼굴에 묻은 음식물찌꺼기들을 말끔하게 닦아주었다. 불순물이 묻은 셔츠도 단추를 풀고 벗겨냈다.

"다치지 말고 내버려둬. 또 토한다. 그냥 소파에 누워 한잠 자게 놔둬라."

한경훈은 정애가 빈틈없이 시중드는 걸 한참 지켜보더니 한마디 하고는 마누라를 데리고 안방으로 들어갔다. 정애는 허리를 굽혀 대답하고는 2층으로 달려 올라가 이불을 내려다 태주의 몸에 덮어주었다. 그리고 거실의 전등을 끈 후 자신은 맞은편 소파에 가 등받이에 기대 비스듬히 누웠다…….

태주는 아침이 되자 극심한 두통과 속 쓰림 때문에 숙취에서 깨어났다. 그러자 벌써 일어나 조반준비를 하던 정애가 어느새 알고 꿀물을 타온다.

"한 모금 마셔요. 우리 아빠도 과음하신 이튿날엔 꼭 꿀물을 드셨어요."

태주는 컵을 받아 한 모금 마셨다. 뜻밖에도 속이 후련하다.

"나 때문에 스트레스를 받아 술을 이렇게 많이 마셨나요? 이틀씩이나 집에 들어오지도 않고. 내가 부담스러우면 오늘이라도 시골로 내려갈게요."

"그런 거 아닙니다. 누나가 아니라 다른 사람 때문입니다."

"서다요씨 때문인가요?"

태주는 화들짝 놀라 정애를 멍하니 쳐다보았다.

"누나가 어떻게 다요를 알아요?"

"온밤 서다요씨 이름을 불렀잖아요."

"내가요?"

태주는 뜬금없이 '부활'의 카츄샤가 네흘류도프의 참회에 대해 한 말이 생각났다.

속죄하실 필요 없어요. 모두 지나간 일이에요.

옛일은 다 끝장났어요.

과거는 되살려 뭐해요.

그러나 태주는 참회할 생각이 없고, 정애는 정애대로 그를 용서할 생각이 없을 것이 분명하다. 그리고 그때 그 달밤의 정사에는 네흘류도프와 마슬로바처럼 둘 사이의 아기자기한 사전 애정스토리 같은 건 없었다. 그런데도 태주는 지금 정애가 정식으로 결혼한 와이프처럼 착각되었다. 오늘 신혼생활에 빠졌던 그 대학원 동기의 말 속에도 아내의 역할은 정애가 지금 한 행동과 다를 바 없었다.

위장 임신

1

현보민은 은진의 성화도 성화려니와 태주의 권고도 있고 해서 그녀의 뒤를 따라 나서긴 했으나 자신감은 털끝만큼도 없었다. 과연 은진이 아빠 김성봉이 딸이 임신했다면 두말없이 그들의 혼인을 허락해줄지는 여전히 미지수였기 때문이다. 오늘은 더위는 전번 날보다는 덜했지만 대신 어제부터 내리던 비가 그치지 않고 구질거리고 있다. 우산은 은진이가 들고 보민은 동네 횟집에서 뜬 광어회와 마트에서 구입한 막걸리 봉투를 손에 챙겼다. 옷차림도 신경 써 은진의 주장대로 혹시 도움이 될지 모른다는 생각에서 경찰관제복을 입었다. 김성봉은 비가 오면 휴식하는 일용직이라 어제부터 집에 있었다.

"우리 집이 무슨 깡패소굴이라도 돼? 왜 갈 때마다 이렇게 쫄아."

"차라리 조폭아지트라면 내가 이렇게 쫄지 않지. 그 자식들은 날 보면 떨어. 그런데 난 너희 아빠가 무서워."

"그러고서 이담 결혼하면 장인으로 모실 수 있겠어? 다 왔어. 어깨 쭉 펴."

은진이 집 앞에 이르자 우산을 접으며 현보민의 어깨를 툭 쳤다.

"들어가서 뭐라고 해야 돼?"

"벌써 까먹었어? 딸을 임신시켜 죽을죄를 졌으니 제발 결혼 허락해 주십사 빌라 했잖아. 아니, 됐어. 괜히 어설프게 말을 꺼내 선 밥 만들지 마. 내가 알아서 설득할 테니까. 오빠는 굿이나 보다가 물어보면 확인이나 해주면 돼. 들어가자."

"다시 생각해 봐. 그러다가 거짓말이 들통이라도 나면……."

은진이 손가락으로 보민의 입술을 막으며 문을 열었다.

"아버님, 어머님. 안녕하세요."

현보민이 위엄이 돋보이는 경찰관 유니폼을 입고 방안에 들어서자 은진의 모친은 대뜸 얼굴에 두려운 기색이 역력해졌다. 은미는 잘못이라도 저지른 것처럼 제꺽 엄마 등 뒤에 몸을 숨겼다. 하지만 산전수전 다 겪은 김성봉은 기가 죽기는커녕 아침부터 술상을 벌여놓은 채 의연하게 그들을 맞이했다.

"왜 왔어? 벌써 살집이라도 마련한 거야?"

"아니, 그게 아니라……."

현보민은 김성봉의 느닷없는 질문에 갑자기 할 말을 잃고 궁지에 빠졌다. 은진이도 미처 예상하지 못한 돌발적인 상황이었기 때문이다.

"아빠, 집이 문제가 아니라 나 지금 임신했어요."

은진은 불리한 국면에도 당황하지 않고 정면 돌파로 대처한다.

"임신?!"

은진의 부모는 거의 동시에 딸의 말을 되뇐다. 현보민은 그들의 놀란 표정을 보고 임신이라는 말이 정말 효과가 있기는 있구나 싶었다.

"무슨 아닌 밤중에 홍두깨 같은 소리야."

그러나 경악도 잠시였을 뿐 김성봉은 금시 종전의 모습으로 돌아오며 막걸리 종지를 쳐들고 태연하게 물었다.

"얼마 됐어?"

"한 달 좀 넘었어요."

"그걸 네가 어떻게 알아?"

"친구네 집에서 임신테스트기로 확인했어요."

"임신테스트기 같은 소릴 하고 자빠졌네. 거짓말 탐지기로나 확인해 봐. 그걸 누가 믿어. 애빌 속여 넘기려는 쇼라는 걸 누가 모를까 봐. 그 따위 어설픈 막장드라마로는 날 못 속여. 당장 꺼져."

현보민은 이럴 줄 알았다는 듯 고양이 낙태상이 되어 은진이를 바라보았다. 포기하고 나가려고 먼저 몸을 돌이켰다. 그러나 은진이 그의 옷자락을 잡아당겼다.

"정말이에요. 어떡하면 믿을 거예요?"

"산부인과의 임신확인서라도 가져오면 모를까."

"임신확인증? 좋아요. 지금 당장 산부인과에 가서 확인증 발급받아 올게요. 그럼 우리 결혼 허락해 줄 거죠?"

은진은 물러서지 않고 당돌하게 흥정을 들이댄다.

"산부인과에 가서 확인증 받아 온다고? 차라리 하늘에 올라가 별을 따라."

"오빠, 우리 산부인과에 가자."

은진은 현보민의 팔을 잡아끌고 밖으로 나왔다. 거짓말이 발각되며 잔뜩 긴장해진 탓에 현보민은 어느새 귀밑머리에 땀방울이 송골송골 맺혔다.

"임신도 안 했으면서 어떻게 확인증을 발급받는다고 그래."

현보민은 육중한 체구를 움직여 작은 은진의 뒤를 따라 대문 밖으로 나오며 중얼거렸다. 대문 밖 골목에 나선 은진이 갑자기 몸을 홱 돌이켰다. 미처 피하지 못한 현보민과 가슴이 부딪쳤다.

"오빠, 경찰이잖아."

"그게 임신확인증과 무슨 상관이야?"

"이거 머리통이 아니고 호박덩이야? 위조하면 될 거잖아."

"위조! 서류위조는 불법이야. 안 돼. 내가 경찰인 만큼 더구나 안 돼."

"안 되긴 뭐가 안 된다는 거야. 위조 서류를 나쁜 일에 사용해야 범죄지 좋은 일에 사용하는데도 불법이야?"

"임신도 안 했는데 어느 의사가 확인증을 발급해."

"그러니까 오빠가 경찰 신분을 이용해 나쁜 일에 사용하지 않고 부모의 결혼 허락을 받기 위해 필요하다는 사정을 설명하면 될 거잖아. 아무 말 말고 따라오기나 해."

은진은 먼저 앞장서서 종종걸음으로 골목을 빠져나갔다. 삼거리의 산부인과로 가려면 비탈길을 따라 아래로 한참 걸어서 내려가야만 했다. 현보민은 은진의 뒤에서 우산도 없이 부지런히 쫓아가며 연신 만류했다.

"은진아, 이건 아니야. 소장님이 아시면 큰일 나. 나 경찰복을 벗을지도 몰라."

"나랑 결혼하기 싫으면 따라오지 말든가. 알아서 해."

은진은 혼자 우산을 쓴 채 빗속을 거의 반달음쳐 내려갔다. 그만큼 절박한 모양이다.

"당연히 결혼해야지. 그러나 이렇게는 안 돼."

행인 몇 사람이 비탈로 올라오는 바람에 보민은 입을 다물었다. 그들은 경찰과 마주치자 저만큼 피해서 지나간다.

산부인과에는 오전시간인데도 비가 와서인지 마침 환자가 없었다. 들어가자마자 접수하고 진료실로 안내되었다. 은진은 뒷걸음질치는 현보민의 손목을 부득부득 잡고 안으로 들어갔다. 안 그래도 갑자기 경찰관이 옷이 비에 젖은 채 들어서자 간호사도 적이 놀란 표정이었지만 원장도 덩달아 두 눈이 휘둥그레졌다.

"아니, 현경사님, 무슨 용건으로 저희 산부인과엔? 무슨 사건이라도 일어났나요?"

한동네라 서로 구면이다.

"미안합니다. 그게 아니라……. 아무 일도 아닙니다. 그냥 지나가다가 비가 와서……. 은진아 가자."

현보민이 무안하여 은진의 팔을 슬쩍 당겼으나 그녀는 보민의 손을 뿌리치고 환자용 의자에 앉았다.

"어려운 사정이 있어서 원장님께 부탁드리려고 찾아왔어요."

"저한테…… 부탁을요?"

"아빠가 우리 결혼을 반대해요. 살 집이 없다고요. 아파트가 한두 푼 짜리도 아닌데 무작정 오빠더러 1~2년 안에 어디 가서 마련해야 우리 결혼 허락하겠대요. 그래서 임신했다고 거짓말하면 결혼을 허락해주실 줄 알았는데 뜬금없이 산부인과 가서 임신확인증을 받아오라잖아요. 제발 부탁드려요. 원장님, 저흴 좀 도와주세요."

"아, 그런 사정이 있었군요. 그런 걸 전 또 현경사가 불시에 들이닥치니 우리 병원에 무슨 범죄사건에라도 연루된 줄 알고 가슴이 철렁했잖아요."

원장은 그제야 안도의 숨을 내쉬며 긴장된 가슴을 쓸어내렸다.

"원래는 규정상 임신하지 않은 사람에게 임신확인증을 발급하면 불법이지만 치안을 책임진 현경사님이 저렇게 옆에 와 계시니 괜찮겠죠. 나쁜 일에 사용하는 것도 아니고. 그냥 서식번호 없이 형식만 갖춰 발급해드릴게요. 단, 아버님께서 보신 후 폐기해 버리셔야 합니다."

"감사합니다. 원장님. 우리 결혼하면 원장님 은혜 꼭 잊지 않을게요."

은진은 일어나서 허리 굽혀 인사하며 손으로 뒤에 서 있는 현보민을 툭 쳤다.

"감사합니다."

현보민도 얼떨결에 고개를 숙여 인사했다.

"두 분 어떻게 하나 결혼 성사하시기 바랍니다. 현경사님은 언제 이렇게 예쁘고 영리한 아가씨와 연애하셨나요. 호호호."

두 사람은 원장이 만들어준 확인증을 받아들기 바쁘게 다시 집으로 발걸음을 돌렸다. 그런데 삼거리를 벗어나 금방 언덕 위의 오르막길에 접어들었는데 갑자기 하늘에서 장대비가 쏟아지기 시작했다. 그냥 양동이로 퍼붓는 것 같은 호된 물 폭탄에 아스팔트 골목길은 불어난 빗물을 흡수 못해 그대로 냇물처럼 좔좔 흘러내렸다. 신발은 1분도 안 되어 물이 들어 차 걸음을 옮길 때마다 철벅거렸다. 문제는 오르막길에서 흘러내리는 빗물에 낙상의 위험이 있다는 것이었다.

"잠시 커피숍에 내려가 비를 그어 가."

은진이 지나온 지 얼마 안 되는 커피숍으로 내려가려고 돌아서다가 빗물에 발이 미끄러지며 길바닥에 넘어졌다.

"괜찮아?"

"어."

"넘어지면 다치니까 내려가지 말고 임시 저리로 피하자."

현보민이 은진을 부축해 세우며 골목 위쪽을 가리켰다.

"거기 어디 비그을 장소가 있어?"

"바로 앞에 빈 집 한 채가 있잖아."

몇 걸음 앞에 방금 이사나간 듯 대문이 열려 있는 빈 집이 보인다. 그쪽으로 자리를 옮겨 대문 안으로 진입했으나 정작 출입문은 잠겨 있다. 다행히도 건물 본채 옆에 역시 빈 차고가 딸려 있어 둘은 허둥지둥 그 안으로 대피했다. 빗줄기가 어떻게나 굵고 강한지 마당 앞의 콘크리트바닥을 당장이라도 콩가루처럼 부술 듯이 기세 사납다.

"은진아, 우리 다음으로 미루자."

"왜, 또? 확인증까지 손에 넣은 마당에 뭐가 두려워?"

은진이 둘 밖에 없음을 확인하자 현보민의 팔을 껴안으며 교태를 부린다.

"가짜는 언제라도 들통 나는 법이야. 어차피 결혼 전엔 애를 가질 것도 아니잖아."

"걱정도 팔자다. 애를 가지면 되잖아."

"살 집도 없는데 애부터 가지면 뒷감당은 어떻게 하려고 그래?"

"낳으면 되지. 그 표정 뭐야? 내가 기를 테니 보민씬 걱정하지 마."

"낳기만 하면 애가 나무처럼 저절로 커? 요즘 애를 기르는 데 돈이 얼마나 드는데. 천문학적 숫자야."

"돈? 그래 돈이 필요하지. 그런데 우리 손엔 개도 안 먹는 그 돈이 없는 것도 현실이고. 비록 돈은 없지만 실망할 건 없어. 우리한텐 이거 있잖아."

키가 작은 은진이 발레배우처럼 발끝을 한껏 세우며 현보민의 목에 동동 매달리더니 키스를 날린다. 애기처럼 귀여운 은진이를 물끄러미 내려다보던 보민은 손에 들고 있던 우산을 아무 데나 내던지고 그녀를 덥석 품에 그러안았다. 키스 때문에 숨이 차오르자 보민은 입술을 떼고 손으로 은진의 옷섶을 헤집었다. 단추 몇 개를 벗기고 브래지어를 내리자 하얗고 봉긋한 가슴이 금방 드러났다.

"사람이 오면 어쩌려고?"

"몰라. 이미 발동이 걸렸어."

두 사람의 입술과 손은 서둘러 상대방 육체의 익숙한 코스를 따라 분주하게 움직였다. 야외의 개방된 공간에서 사람들의 시선에 노출될 위험이 존재하는데다 폭우까지 퍼부어서인지 흥분의 템포도 재빠르게 가열된다. 현보민의 거친 애무가 한차례 지나가자 이번에는 은진의 몸이 달아오르기 시작했다. 그녀는 벽에 등을 기대고 선 보민의 앞에 무릎을 꿇고 쪼그리고 앉았다. 자연스럽게 바지 지퍼가 내려졌다.

　"어머, 여기서 이렇게 커지면 어쩔 거야?"

　"그게 장소를 알아? 네가 그렇게 만든 거잖아."

　"내 거니까."

　은진의 격렬한 애무가 시작되자 보민의 전신이 흥분으로 부르르 떨렸다.

　"못 참겠어."

　"여기서 할 거야?"

　현보민은 거칠게 그녀를 일으켜 세운 후 우락부락 벽 쪽을 향해 돌려세웠다. 그가 무엇을 시도하려는 걸 알자 은진은 두 손으로 벽을 짚고 상체를 숙였다. 보민이 뒤에서 그녀의 스커트를 들어 올렸다.

　"이러고도 애를 가지지 않을 거라고. 집 사고 애를 가지자면 50살이 돼도 될지 말진데."

　다행히도 세찬 빗소리 때문에 은진의 신음소리가 묻혀버렸다.

　"남들이 보면 우릴 짐승인줄 알겠다. 더 세게. 좋아."

　"밖이라서 그런 거야."

　"이러니까 우리 빨리 결혼하자는 거야. 언제까지 이렇게 여관 아니면 밖에서 할 거야."

"알았어. 길고 짧은 건 대봐야 하니까 일단 들어가자."

절묘하게도 그들의 운우지정이 끝나자 빗줄기도 소강상태에 접어들었다……

비가 그치고 집에 돌아오니 김성봉은 낮술에 취한 듯 거실에 큰대자로 누워 코를 드렁드렁 골고 있었다.

"임신확인증은?"

은진의 모친이 경찰관복을 입은 현보민이 두려운지 그의 시선을 피해 딸을 향해 나직하게 물었다.

"당연하지. 여기 가져왔잖아."

그러자 여인은 안심이 놓이는 듯 혼곤히 잠든 남편을 흔들어 깨웠다.

"여보, 은진이 임신확인증을 받아 왔어요."

김성봉은 짜증을 내며 부스스 자리에서 일어났지만 잠이 덜 깬 듯 손에 확인증을 받아들고서도 눈 등을 한참 비비고 나서야 심드렁하게 들여다본다.

"검사 결과 7주찬데 아기집이 생기고 태아의 심장 박동도 확인되었어. 그러니까 우리 결혼 좀 허락해줘."

"여보, 그래요. 애들이 임신까지 했으니 이젠 별 수 있나요. 양가 부모들이 만나서 상견례를 하고 결혼 날짜를 정해야……"

"씨발, 결혼 날짜 같은 소리 하고 자빠졌네!"

김성봉이 갑자기 버럭 화를 내며 손에 든 확인증을 공중에 대고 마구 흔들어댔다.

"이 따위 확인증이 다 무슨 쓸모 있어. 휴지조각 하나로 집을 살 수 있어, 돈이 생겨? 안 돼. 집 장만하기 전에는 결혼 꿈도 꾸지 마!"

김성봉은 임신확인증을 쓰레기처럼 허공에 내던지고는 다시 벌렁 드러누웠다.

"아빠, 그럼 아가씨로 배가 둥둥 불어서 나다니라는 거예요?"

"낙태하면 되잖아. 이제 고작 7주라며?"

"싫어요. 난 낙태 같은 거 안 해요."

"하든 말든 맘대로 해. 애를 낳으면 남 주거나 입양시키면 되니까. 아무튼 집 없이는 허락 못해."

"아빠, 진짜 너무 잔인해요. 나 친딸 맞아?"

은진이 울면서 막무가내로 대들었다. 은미가 아빠 눈치를 피해 조심조심 바닥에 떨어진 임신확인증을 집어 언니한테 건넸다. 그러나 은진은 인젠 아무 쓸모도 없는 그 종잇장을 발기발기 찢어버렸다.

"좋아. 아빠가 고집부리면 나도 막 나갈 거야. 이 집에서 내가 나가면 될 거잖아."

"그래, 나가라. 당장 꺼져버려. 망할 년 같으니!"

김성봉이 벌떡 일어나 앉으며 딸을 향해 손 삿대질을 해댔다.

현보민은 상황이 험악하게 돌아가자 슬그머니 은진의 옷자락을 밖으로 끌어당겼다.

2

현보민과 은진은 집에서 나와 커피숍으로 들어갔다. 은진은 아빠의 강경한 태도에 몹시 화가 났다. 아니, 그는 현보민 앞에 내던진 자신의 호언장담이 물 먹은 모래성처럼 무너진 데 대해 화가 났다.

"아빠가 인지상정을 헌신짝처럼 버리면 나도 인정사정 안 볼 거야."

"부모가 그런다고 자식이 똑같이 대들면 안 되는 거 아니야?"

현보민은 괜히 화살이 자신에게 날아올까 봐 조심스레 말했다.

"임신했다는 데도 결혼 허락 안 해주는 부모가 어딨어."

"집 한 채 없는 남자한테 출가시켜 딸이 고생할까 봐 그러시겠지."

"내 고생이야. 아빠가 왜 그것까지 걱정해야 되는데."

"부모님이시니까."

"오빠 도대체 누구 편이야? 아빠한테는 한마디도 못하다가 왜 죄 없는 나한테만 염장 질러. 열 받게."

"알았어. 말 안 할게."

주변의 시선이 그들에게 쏠리자 현보민은 함구하고 창밖에 시선을 던졌다. 남들 눈에는 명색이 경찰인데 일반인한테 당하는 모습이 창피했지만 그렇다고 그로서는 은진의 입을 당해낼 수가 없었다.

"우릴 막다른 골목에 몰아넣은 건 아빠야. 개도 궁지에 몰리면 울타리 뛰어넘는다잖아. 그러니 우리가 특단의 대책을 취한다고 뭐라 할 거 없어."

특단의 대책? 삼십육계 줄행랑인가!

현보민은 고개를 돌려 은진을 쳐다보았으나 화가 잔뜩 난 그녀의 표정을 보고는 입을 열 대신 애꿎은 커피만 한 모금 마셨다.

"줄행랑을 놓는 게 가장 화끈한 해결책인데 당장 도망칠 수는 없잖아. 살 곳을 마련하고 여기 직장도 정리해야 되니까. 대신 내일이라도 가능할 방법을 찾아야겠어."

"뭔데?"

현보민은 궁금한 나머지 참지 못하고 한마디 던졌다.

"사글세방을 얻어 동거하는 거야."

"월세방? 동거!"

"왜, 무서워?"

"그게 아니라……."

"친구들만 불러 성당에서 약식 혼례를 올릴 거야."

은진은 마음의 결정을 굳힌 듯 커피잔을 테이블 위에 탁 그루박았다.

"어디 아픈 거 아니지? 이거 몇 개야?"

현보민이 그녀의 정신 상태를 테스트해 보려고 눈앞에 손가락 두 개를 펴들어 보였다.

"나 정신 멀쩡해. 오빤 내 그림자질만 하면 돼. 그럼 책임질 것도 없잖아."

은진이한테 야단맞더라도 더 이상 침묵을 지킬 수만은 없었다. 은진의 계책은 가출이며 종국적으로는 부모와의 이별을 전제로 하기 때문이다. 그것은 도주와 다를 바 없다.

"네가 가족을 떠나면 집에는 어린 은미밖에 없잖아. 아버진 날마다 일하러 가실 테고. 편찮으신 어머님의 병수발은 누가 들고 집안일은 누가 돌봐?"

"내 탓 아니잖아. 내가 가족을 떠난 게 아니라 아빠가 날 쫓아낸 거니까. 오빠도 옆에서 목격했잖아."

"그건 홧김에 하신 말씀 아니었어?"

"이것도 안 된다, 저것도 안 된다. 그럼 도대체 어떡할 건데?"

은진이 언성을 높이며 마시지도 않으면서 괜히 커피잔만 들었다가 탁 내려놓는 바람에 테이블에 커피 방울이 튕겼다.

"우리 나가자. 밖에 나가서 말하자."

현보민이 은진의 팔을 잡고 커피숍에서 나왔다. 그녀도 사람들의 시선을 느꼈는지 아무 말 없이 뒤를 따라 나왔다.

"그러는 오빠는 2년 사이에 아파트를 살 수 있어?"

"그건⋯⋯."

"집을 못 사면 우리 결혼 안할 거야? 늙어죽을 때까지. 이렇게 거지처럼 밖에서 돌 거야?"

"그건 말이 안 되지."

"그럼 내 하자는 대로 해."

두 사람은 약속이나 한 듯이 근처의 놀이터로 걸어갔다.

현보민은 벤치에 앉아 뭔가를 곰곰이 생각하다가 한참만에야 입을 열었다.

"은진아, 우리 이러는 게 어때?"

"뭔데?"

"내가 전에도 말한 적이 있잖아. 내 친구 한태주."

"그래서?"

"그 친구 대학강사이고 박사인데다 또 문학평론가라 나보다 아는 게 많거든. 우리 지금 태주를 불러 어떻게 하는 게 좋은지 조언을 들어보는 게 어때?"

은진은 고개를 숙이고 발끝을 한동안 내려다보더니 현보민의 건의에 동의했다.

"그래. 삼자의 시선으로 우리의 현실을 보는 것도 괜찮을 것 같아. 오빠를 설득하는 데도 효과가 있을 테고."

보민이 자신의 아이디어가 먹혀들자 신이 나서 금방 호주머니에서 휴대폰을 꺼내 태주에게 전화를 걸었다.

한태주는 전화벨 소리에 잠을 깼다. 어제 과음한 탓으로 아침에 도서관에 전화를 걸어 강의를 취소하고 그대로 누워 여태 잠을 자고 있었던 것이다. 11시쯤 혜진이한테서 전화가 와서 한번 깼었다. 혜진의 말이 다요가 백민호네 집에 보내졌다고 했다. 사실 별로 놀랄 일도 아니었다. 다요와 백민호는 약혼한 사이이고 전에도 주말이나 일요일에는 그와 함께 휴일을 보내지 않았던가.

"이번에 자폐증환자네 집에 들어간 건 이전과는 달리 왠지 불안한 느낌이 들어요."

혜진이 혀끝에 올린 '불안'이라는 표현에 실린 부정적인 의미를 태주도 모르진 않았다. 백민호가 육체적으로 다요의 몸을 소유할지도 모른다는 우려가 실려 있을 것이다. 하지만 전에도 대인기피증이 있는 백민호는 특히 젊은 여자를 두려워한다고 했었다. 아마도 그런 특이 현상은 자폐증 환자의 병리증상 중의 하나이기도 할 것이다. 병이 완치되지 않는 한 오늘이라고 갑자기 백민호의 그 병폐가 호전될 리는 없을 것이다. 그래서 그냥 "알았어" 하고 일단 전화를 끊으려고 했다. 졸렸기 때문이다. 그런데 혜진이가 좀처럼 가만 두지 않고 끈질기게 달라붙어 괴롭혔다.

"선생님, 물에 빠진 언닐 그냥 강 건너 불난 집 구경하듯 하실 겁니까? 무슨 방법이라도 강구하셔야죠."

"나더러 뭘 어떻게 하라고?"

"아예 속 시원하게 경찰에 신고해버리는 게 어때요? 본인이 원하지 않는 혼사를 강요하는 건 인권유린 행위가 아닙니까?"

"신고! 그건 너무 하잖아. 아직은 더 기다려보자. 다요가 정리한다고 했으니까 시간을 줘야지."

"모든 걸 언니의 가냘픈 어깨에 떠맡기고 선생님은 사과가 나무에서 저절로 떨어지기만을 기다리고……."

할 말이 없었다. 태주도 마음 같아서는 도와주고 싶었다. 그러나 끼어들 입장이 못 된다.

"신고도 하지 말라면 언닐 저렇게 늑대 굴에 혼자 그냥 내버려둬야 합니까? 방법을 대 언니를 구출해내어 차라리 선생님 댁에 머물게 하시든가."

"말이 되는 소릴 해라. 안 돼."

태주는 혜진의 얼토당토않은 발상을 단호하게 잘라버렸다. 그건 도둑질이다. 그것도 약혼한 남자가 있는 여자를 납치한 것이나 다름없다. 게다가 설령 훔쳐온다고 해도 집에는 이미 고정애가 있다. 두 아가씨가 한 집에 산다고 생각만 해도 정신이 아찔해졌다. "이따 다시 전화할게." 하고 한마디 남기고는 일방적으로 전화를 끊고 다시 잠들었었다.

"어, 현경사."

"뭐해? 잠시 얼굴 빌릴 수 있겠어?"

"어딘데?"

"삼거리 고깃집에서 기다릴게. 점심이나 먹자. 은진이도 함께 있어."

"알았어. 금방 갈게."

태주는 침대에서 일어나 옷장 문을 열었다. 그런데 놀랍게도 항상 지저분하던 옷장 안이 깔끔하게 정리되어 있을 뿐만 아니라 어제 오바이트한 셔츠와 넥타이도 정갈하게 세탁된 채 다림질까지 되어 옷걸이에 정연하게 걸려 있다. 속옷 서랍을 여니 런닝, 팬티도 질서정연하게 개여 있다. 자연스럽게 머릿속에 정애의 얼굴이 떠올랐다.

거실로 내려와 신발장에서 신을 꺼내 보니 구두도 반짝반짝 닦여져 윤택이 알른거린다. 문을 열고 밖에 나오자 고정애는 마당에서 모친을 의자에 앉혀놓고 머리를 빗겨주고 대야에 물을 떠다 발을 씻겨준다. 태주가 나오자 정애는 재빨리 일어나 물 묻은 손을 행주치마에 닦는다.

"일어났어요? 식사해야죠."

"친구 만나러 갑니다. 나가서 먹을 겁니다."

"그럼 다녀와요."

정애가 현숙한 아내처럼 고개를 숙여 배웅한다.

"일찍 들어오너라. 늦게 오면 우리 정애가 널 기다리느라 잠을 못 잔다."

처음에는 시골티 난다고 탐탁하게 여기지 않던 어머니가 며칠 사이에 '우리 정애'라고 부른다. 태주는 고정애가 치는 인정의 그물망이 갈수록 촘촘해짐을 느꼈다. 마치 그 그물망에 포획되지 않으려는 듯 그는 급히 대문 밖으로 빠져나왔다.

삼거리 고깃집은 5분 정도면 도보로 닿는 지근거리에 있었다. 비가 많이 왔는지 아직도 보도는 축축하게 물기에 젖어 있다. 전번에 임신 쇼를 하러 간다고 하더니 또 실패한 모양이다. 은진이까지 대동하고 친구를 불러내는 걸 보니. 나뿐이라면 모를 텐데 보민이까지 현실이 꽉 막혀 열리지 않는다. 현실의 벽을 넘기가 누구도 쉽지 않다. 나는 서다요를, 현보민은 김은진을 원하지만 심술궂은 현실이 허락하지 않는다. 어떡하면 현실이 설치한 벽을 넘어야 되는지 묘책을 들으려고 나를 책사로 불러냈을 것이다. 하지만 아이러니하게도 나 역시 현실의 높은 장벽 앞에서 갈팡질팡할 뿐 속수무책으로 발만 동동 구르고 있다. 아니, 알고는 있지만 그 최후의 비책을 만지작거리기만 할 뿐 감히 현실에 적용하지 못하고 있다.

창가에 앉았던 현보민이 태주가 오는 걸 보자 먼저 손짓한다. 은진은 벌써 일어나서 그가 들어서면 인사할 준비를 하고 있다. 현경사의 말처럼 용모가 아리따운 아가씨다.

"선생님, 처음 뵙겠습니다."

태주가 홀 안에 들어서자 김은진이 배꼽인사를 하며 깍듯이 예의를 갖춘다. 태주도 서둘러 고개를 숙여 답례했다.

자리에 착석하자 미리 주문해 놓은 삼겹살이 곧장 올라왔다.

상투적인 문안을 주고받는 사이 고기가 불판에서 노릇노릇 먹기 좋게 구워지고 술이 두어 순배 오간 후 현보민이 경찰복을 벗고 넥타이를 풀고 셔츠만 입자, 은진이가 상 밑으로 그의 다리를 슬쩍 건드리며 먹지만 말고 본론을 시작하라고 암시를 보냈다.

"은진씨가 말해. 한박사도 우리 사실 대충은 알고 있어. 은진씨 아빠가 임신해도 집을 장만하기 전에는 결혼을 허락하지 않을 거라고 으름장을 놓은 것과 은진씨가 아까 나한테 말한 것만 말하면 돼."

김은진은 현보민이 무거운 총대를 자신의 어깨에 떠넘기자 어쩔 수 없이 본연 성격 그대로 당돌하게 입을 열었다.

"선생님을 이 자리에 모신 이유는 저와 보민씨 사이에 의견충돌이 생겨 조언을 듣고 싶어서였어요. 전 아빠가 인정사정 외면하면 우리도 어쩔 수 없이 극단적 선택을 할 수밖에 없다는 견해인 반면, 보민씨는 반대의견으로 팽팽히 맞서고 있어요."

"은진씨가 집에서 나와 월세를 맡아 동거하자 했잖아. 그러니까 반대한 거지. 어머니도 편찮으신데. 은미도 아직 어려 돌볼 사람도 없으니까."

보민은 말하다가 은진이와 눈길이 마주치자 얼른 시선을 피하며 뒷말을 흐리더니 딴청을 부렸다.

"난 잔을 비웠는데 한박사도 내야지."

태주는 어제 마신 술이 아직 깨지 않아 속에서 잘 받아주지 않았지만 권하는 대로 남은 잔을 비우고 술병을 들었다.

"나도 은진씨한테 한잔 따릅시다. 손이 없는 사람처럼 받아 마실 수만은 없잖아요."

김은진이 자리에서 일어나 허리를 굽히며 두 손으로 잔을 받아 고개를 돌리고 마셨다.

단번에 잔을 비우는 걸 보니 아직도 화가 완전히 풀리지 않은 모양이다.

"그러는 보민씬 2년 사이에 아파트를 살 수 있어요?"

은진은 친구 앞이라서인지 보민의 체면을 살려주려고 말투를 높인다.

"자신은 없지만 그렇다고 어떻게 편찮으신 어머니를 두고 따로 분가해 살 수 있어?"

"누군 그러고 싶어 그래요? 자식들 사정 안 봐주니까 그러죠."

"우리끼리 그만 다투고 한박사 고견이나 들어보자고. 그래서 불러낸 거 아니었어?"

현보민이 다루기 무거운 공을, 아니, 시한폭탄을 태주에게 슬쩍 넘겨버리고 자신은 은진의 공격에서 몸을 뺀다.

상식적으로 말하면 현보민의 주장에 일리가 있다고 해야 할 것이다. 하지만 그 길을 갈 경우 그들은 자신들이 챙겨야 할 몫을 상실할 위험이 뒤따른다. 그렇다고 그들의 이익만을 추구해 은진의 주장을 택할 경우 부모를 내버리는 인륜을 어기게 될 것이다. 그런데 양자의 단점을 모두 생략하고 나니 태주가 택할 '고견'은 절충밖에 없었다. 당사자와 삼자의 입장은 이렇게 다른 것이다. 그도 사실 다요의 문제에 대해 친구의 고견을 듣고 싶었다. 그러나 자존심이 앞을 막아섰다. 그래도 자신은 먹물이 든 지성인이 아닌가.

"현경사의 소신은 인지상정인 것만은 맞지만 해결책으로는 부족한 만큼 나로선 은진씨의 제안에 손을 들어주고 싶어. 하지만 은진씨의 선택에도……."

"자식더러 앓는 부모 나 몰라라 내버리고 딴 살림 하라고?"

"물론 그러면 안 되지. 그러나 지금 당장이 아니라 일정한 완충기간을 가지자는 거야. 은진씨 부친께서 현경사의 경제형편에서는 해결하기 어려운 집을 2년 안에 장만하라고 하셨지만 그렇다고 결혼을 반대하진 않으셨잖아. 그리고 은진씨, 내 소견에는 은진씨도 한 걸음 물러서서 2년 동안 기다려 보자는 겁니다. 2년 동안 무슨 일이 일어날지, 또 그 사이 부친의 고집이 바뀌실지도 모르잖습니까. 그러면 편찮으신 모친도 돌볼 수 있고, 또 2년 뒤엔 은미도 나이가 들어 모친을 돌볼 수 있을 테니까요."

"보민씨는 2년이 지난 뒤에도 집을 장만하지 못하고, 또 아빠는 결혼을 끝내 허락하지 않으신다면요?"

은진은 결국 자신의 성격대로 태주의 어설픈 절충안을 일격에 붕괴시키는 예리한 질문을 내뱉고야 말았다.

퇴로가 막힌 태주도 어쩔 수 없이 그녀에게 백기를 들고 말았다.

"그땐 은진씨 생각대로 할 수밖에 없겠죠. 물론 소 잃고 외양 고치는 격일 테지만. 대신 부모를 내버리고 동거를 하게 된 명분은 얻을 것이고 실리도 챙길 수 있으니까요."

"한 박사가 그러고도 박사야? 그것도 방법이라고 말해? 실망이다. 당연히 은진씨의 부당한 주장을 막아주고 설득시켜야 되는 거 아냐?"

현보민은 친구의 느닷없는 배신에 화가 난 듯 애꿎은 술만 연거푸 마셨다.

"저도 한선생님 견해에 동감이에요. 명분과 실리 두 가지를 다 챙길 수 있는 방법이니까요. 좋은 말씀 감사해요."

은진이 자리에서 일어나 고마움의 표시로 태주에게 술을 따랐다.

태주는 한 손으로 현보민의 너부죽한 잔등을 다독였다. 그리고 마음속으로 말했다.

친구야. 도움이 안 돼 미안해. 나도 내 문제를 해결하지 못하고 있어. 내 코도 못 닦는다고.

3

야간탄력순찰을 할 시간이 되자 현보민은 의자에서 일어났다. 관내 우범지역의 범죄사각지대를 최소화하기 위해 도보 기동순찰을 한두 차례씩 수행했다. 그런데 어제부터 독감에 걸린 파트너 박순경이 의자에 비스듬히 기댄 채 발열증세를 호소하고 있었다.

"박순경, 그렇게 강다짐으로 버티지 말고 안에 들어가 소파에 누워서 휴식해. 내가 혼자 돌고 올 테니."

"경사님, 어제부터 벌써 이틀째나 혼자서 순찰하시고……. 미안합니다."

"괜찮아. 내가 아플 때 박순경도 혼자 순찰하면 되지."

현보민은 소를 나와 군데군데 희미한 방범등밖에 없는 어두운 골목길로 접어들었다. 아직 은진이 퇴근할 시간은 멀었다. 오르막을 오르자 능선 위에 삼성아파트와 한강 건너편 고층건물들이 불야성을 이루고 있다. 눈에 보이는 게 도처에 아파트인데 내가 살 집은 하나도 없다. 아파트는 고사하고 내 소유의 허름한 빌라 한 채 없다. 경찰관의 박봉을 허리띠 졸라매고 애면글면 모아 보았자 10년, 20년 뒤에도 아파트를 구입할 목돈이 마련될지 막연하기만 하다. 집을 사지 못하면 장가도 들 수 없고 총각으로 늙어죽을지도 모르는 자신의 처지가 생각할수록 비참해진다. 가끔씩은 인간의 도리이고 뭐고 다 팽개치고 그냥 은진의 말대로 월세나 얻어 동거하고도 싶었다.

우범지역을 한 바퀴 돌아 골목길을 내려왔다. 관할 구역인 보광로를 건너서 도깨비시장 쪽 은진이네 사는 빌라로 이어진 언덕 위로 올라가 또 한 바퀴 돌아서 내려와야 했다. 골목을 빠져 막 도로에 진입하려는데 중년 남성 두 명이 길가의 노래방에서 나왔다. 키 큰 남자는 술에 취해 비틀거리며 전봇대에 대고 오줌을 갈겼고, 키가 작고 뚱뚱한 남자는 지나가는 택시를 잡으려고 손을 흔들었다.

"그 아가씨 어땠어? 섹스는 만족 돼?"

오줌을 누던 남자가 혀 꼬부라진 소리로 물었다. 아가씨, 섹스라는 말이 성매매와 연관된 단어라 현보민은 민첩하게 어둠에 잠긴 골목 건물 벽에 몸을 숨겼다.

"대박! 그 씨발년, 섹스광이더라고. 젖통도 글래머하고 XX도 대박이었어. 남자를 미치게 하는 섹스전문가."

키 작은 남자가 승차 거부를 하며 그냥 지나치는 택시를 향해 발길질하며 말했다.

"그러니까 내가 뭐랬어. 여기 간판은 노래방이지만 실은 밑을 팔아먹는 성매매업소라 하지 않았어. 아는 사람들만 안다고. 그래서 우리도 점심 전부터 받아준 거잖아. 어떤 놈이 화장실벽에 문이 뚫려 있고 그 안에 매춘부들이 우글거린다고 상상이나 하겠어. 하하하……. 우리만 아는 비밀 아지트니까 내일 또 와."

택시 한 대가 그들 앞에 멈춰 섰다. 그들은 택시를 타고 어디론가 어둠속으로 사라졌다.

골목에서 나온 현보민은 건물벽체에 부착된 네온사인 간판을 쳐다보았다. 노래도우미아가씨들이 들락거리고 술도 판매한다는 신고를 받고 몇 번 급습하여 과태료까지 징수했던 곳이다. 하지만 이곳이 성매매업소일 줄은 금시초문이었다. 화장실벽에 비밀 문이 설치되어 있고 그 문으로 들어가면 암실에 매춘부들이 우글거린다고 했었다. 생각밖에 오늘밤 한 건 잡은 셈이다.

현보민은 어깨에 착용된 휴대용 무전기를 켰다. 그러나 치안업무로서에 회의하러 간 소장한테 할까, 아니면 독감으로 소에 혼자 남아 있는 박순경한테 할지 잠시 망설였다. 다른 동료들은 사건현장 조사 지원차로 모두 밖에 나가고 없었다. 결국 그는 일종의 공명심 같은 것이 꿈틀거려 무전기를 다시 껐다. 먼저 현장을 대충 파악한 다음에 알려도 늦지 않을 것이다. 일단 가파른 계단을 따라 지하로 내려갔다. 안에는 손님들도 있으니 노래방사장 혼자서 그와 대적할 상대도 못되었다.

프런트에 앉아서 텔레비전을 시청하던 김사장은 문이 열리며 딸랑거리는 방울소리를 듣고는 쳐다보지도 않고 "어서오세요" 한다.

"성업이시네요. 김사장님."

현보민이 먼저 인사를 건네자 그제야 고개를 돌리던 김사장은 눈앞에 나타난 사람이 손님이 아니라 악연이 깊은 현경사임을 발견하자 흠칫 놀랐다. 도둑이 발 저리다고 지은 죄가 있으니까 경찰을 보면 당연히 놀라기 마련이다.

"현경사님, 경사님께서 어쩌다가 초라한 저희 업소에 왕림하셨습니까? 노래 부르러 오신 건 아닐 테고. 무슨 용건으로……"

"무슨 일로 왔는지 김사장님께서 더 잘 아실 텐데요."

"제가요? 참, 경사님도 농담도 잘 하셔. 순찰중이신가 본데. 더우시죠? 뭐 시원한 음료라도 드릴까요? 음료수, 커피?"

김사장이 허둥지둥 냉장고문을 열고 이것저것 골라본다.

"됐구요. 저랑 같이 화장실 좀 가봅시다."

"화장실이요? 안쪽으로 들어가시면 됩니다. 현경사님도 아시면서."

"아니, 일이 있어서 그러니까 저랑 같이 갑시다."

"화장실에 무슨 볼일이……"

화장실에 함께 가자는 현경사의 집요한 요구에 불길한 예감이 들었는지 김사장의 얼굴이 금시 새파랗게 질렸다. 그러나 가지 않으면 더구나 의심받을 거라 판단한 모양이다. 될수록 태연한 표정을 짓고 자연스럽게 걸으려고 애쓰며 앞장섰다. 아마 속으로는 '짭새 자식, 개처럼 무슨 냄새를 맡은 게 틀림없어. 씨발새끼!' 하고 욕설을 퍼붓고 있을 것이다. 복도 양 옆 방들에서는 술에 얼근하게 취한 취객들이 부르는 노랫소리와 반주음악이 요란하게 들렸다. 화장실은 현관 맨 끝에 있었다. 남녀로 분리되어 있는데 남자는 왼편, 여자는 오른편이다.

김사장은 서슴없이 왼편 남자 화장실문을 연다. 그의 주저 없는 행동을 보고 현보민은 오른쪽의 여자화장실문을 노크했다. 그러자 김사장이 당황한 표정을 지으며 급히 그를 제지하려 했다.

"현경사님, 남자화장실은 이쪽입니다."

안에 사람이 없음을 확인하고 현보민은 화장실문을 열고 안으로 들어갔다. 김사장이 급히 따라 들어오며 연신 왼쪽을 가리킨다.

"남자 화장실은 저쪽이라니까요."

현보민은 아무 대꾸도 하지 않고 화장실 내부구조를 세심하게 관찰했다. 변기는 맞은편 벽면에 설치되어 있고 세면대는 출입문 옆에 있었다. 왼편 벽 건너편은 남자 화장실이다. 그런데 이상하게도 오른쪽 벽면은 타일로 장식되어 있는데 중간의 거치대에 고무장갑이나 타월 따위들이 빼곡하게 걸려 있었다. 그것들을 벗기려 하자 김사장이 현보민의 팔을 잡았다.

"그건 왜 벗기시려고. 더러운데……"

"다 알고 왔으니까 저리 비키세요. 공무집행방해죄가 될 수도 있으니까요. 아니면 공손하게 문을 여시던가."

"벽뿐인데 뭘 열라고 이러십니까."

수건들과 장갑들을 죄다 벗겨냈으나 여전히 다른 곳과 다를 바 없는 타일벽이다. 현보민은 타일들을 하나하나 손으로 더듬어보았다. 아니나 다를까 그 중 하나가 딸깍, 하고 움직인다. 틈서리에 손가락을 밀어넣고 쳐들자 타일이 뚜껑처럼 쳐들렸다.

"현경사님……."

그 안에서 구리로 된 노란 자물쇠구멍이 정체를 드러냈다.

"김사장님, 문을 따세요."

"여긴 그냥 잡동사니들을 건사해 두는 작은 수납장일 뿐인데……."

"시끄러우니까 잔말 말고 빨리 여시라고요. 용역을 불러 부숴버리기 전에."

현보민이 언성을 높이며 엄한 기색을 짓자 김사장의 얼굴이 금시 흙빛이 되었다.

"현경사님, 죽을죄를 지었습니다. 한번만 봐주세요."

"열지 않으면 용역을 부를 겁니다."

현보민이 뒷주머니에서 휴대폰을 꺼내 통화를 시도하자 김사장은 할 수 없이 주머니에서 절렁거리는 열쇠뭉치를 꺼냈다. 후들후들 떨리는 손으로 키를 고른다.

"빨리 열라고요!"

현보민이 재차 큰소리를 쳐서야 김사장은 자그마한 키 하나를 골라 자물쇠 구멍에 꽂아 넣고 비틀었다. 현보민이 거치대를 잡고 당겼으나 열리지 않는다. 안으로 밀자 드디어 열렸다. 좁고 어두컴컴하며 기다란 현관이 나타났다. 길게 뻗은 현관 오른쪽으로 출입문 여러 개가 총총하게 달려 있다. 바닥이며 벽, 천장 전부가 방음처리가 되어 있었다. 현보민은 증거를 확보하기 위해 휴대폰을 꺼내 내부를 촬영했다.

"현경사님, 제발 한번만 용서해주세요. 먹고 살기가 하도 힘들어서……"

김사장은 그림자처럼 현보민의 뒤를 바싹 따르며 비굴하게 연신 허리를 굽실거리며 애걸했다. 첫 번째 문을 열자 속옷만 걸친 두 아가씨가 베개에 비스듬히 기대어 담배를 피우다가 갑자기 들이닥친 경찰을 보자 혼비백산하여 비명을 지르며 황급히 옷가지를 주어들고 꿩처럼 얼굴만 가린다. 아마 방금 여기서 나간 남자들의 성파트너인 것 같다. 현보민은 증거를 남기려고 휴대폰으로 사진을 찍었다. 방안은 두 사람이 누워 잘 만큼 좁았다.

두 번째 방문을 열자 두 남녀가 정사가 한창이다. 흥분이 고조에 달한 모양 사람이 들어온 것도 모른다. 여자는 무릎을 꿇고 벽을 향해 엎드려 있고 남자는 그 뒤에 코끼리처럼 턱하니 버티고 서서 결승선에 가까워진 백 미터 달리기 선수처럼 두 눈을 지그시 감은 채 천장을 향해 고개를 쳐들고 엉덩이를 세차게 흔들어대며 짐승 같은 신음소리를 내지르고 있다. 현보민은 역시 재빨리 사진 한 컷을 박았다.

"경찰관이 오셨습니다. 손님 옷 입으세요."

김사장이 소리를 질러서야 남녀는 문 쪽으로 고개를 돌렸다. 그러나 이미 불길이 활활 번진 터라 동작은 멈추지 못한 채 무슨 영문인지 몰라 어리둥절한 표정이다. 현보민이 민망해 돌아서 나왔다. 증거도 확보했으니 그 다음 방들은 확인하나마나였다. 안 봐도 비디오다. 돌아서서 현관을 빠져나오는데 오르가즘이 지나가고 나떨어진 사내가 아직도 취중인 듯 주사부리는 소리가 들렸다.

"짭새들도 이런 매음굴에 쏘다니는구나. 하긴 그놈들도 수컷들이니까."

"무슨 소리하세요. 단속 나온 거잖아요. 우리 다 꼼짝달싹 못하고 잡혔어요."

아가씨의 짜증 섞인 탄식도 들렸다.

화장실로 나와 밀실로 통한 비밀 문을 사진 찍은 다음 노래방 통로로 나왔다.

"화장실 문을 잠그세요. 소에 알려서 모두 현행범으로 체포할 거니까요."

김사장은 화들화들 떨리는 손으로 화장실 문을 잠그고는 현보민의 팔소매에 매달리며 다시 통사정했다.

"한 번만 봐주세요. 그럼 제가 매달 오십만 원씩 드릴게요."

오십만 원! 매달! 그럼 1년이면 도대체 얼마야? 600만원, 2년이면 1200만원이다.

현보민은 저도 모르게 무전기를 켜려다가 손가락을 멈추고 잠깐 망설였다. 그것을 눈치 챈 김사장이 그의 팔을 잡아끌고 프런트로 가더니 안쪽의 내실로 유인했다.

"현경사님이 눈만 질끈 감아 주시면……."

현보민은 생각했다. 말도 안 된다. 나는 지역 치안을 관리하는 경찰관이다.

"말도 안 되는 소리 하지 마세요. 성매매는 범죄라는 걸 김사장도 아시잖아요. 소에 알려서 당장……."

현보민이 다시 손을 무전기에 가져가자 김사장이 그의 팔소매를 거머잡았다.

"100만 원 드릴게요. 제발 한 번만 눈감아 주세요."

"사장님, 여기 맥주요."

손님이 노래방에서 소리 지르자 김사장이 얼굴을 문밖에 내밀고 대답했다.

"잠시만요."

그러나 말과는 달리 아예 문을 안으로 닫아걸더니 현보민의 앞에 무릎을 털썩 꿇었다.

"살림살이가 정말이지 퍽퍽합니다. 이거라도 하니까 겨우 입에 풀칠이라도 하는 상황입니다. 집세도 빠듯합니다. 솔직히 말해 저희 가게만 이러는 게 아닙니다. 다들 이런 장사해서 삽니다."

"또 어느 업소에서 성매매를 합니까?"

"저기 길 건너편 오사장네 노래방도 이걸로 먹고 삽니다. 어디 노래방뿐인 줄 아세요. R여관에서도 겉으로만 여관 간판을 걸고는 뒤로는 이거 해서 돈 법니다."

현보민이 뜻밖의 정보 횡재에 반색하며 근무수첩과 볼펜을 꺼냈다.

"오사장 노래방의 성매매 밀실은 어디 있나요?"

"그 양반은 프런트 사무실 안에 비밀통로가 있습니다. 제가 신의를 저버리고 동사자들의 은밀한 비밀정보까지 다 알려드렸는데 제발 사정 좀 봐주세요."

"사정 봐줄 것이 따로 있지 범죄행위를 어떻게 눈감아줘요. 공범자가 되려고요? 이 손 놓으세요. 소에 통보해야 하니까."

현보민은 무전기를 켜지 못하도록 손목을 움켜잡은 김사장의 손아귀를 뿌리쳤다.

"죽어봐 죽습니까, 아예 200만 원 드리겠습니다. 매달 초에 통장에 꼭 넣어드리겠습니다. 이러면 성매매 수입의 절반도 넘어 드리는 겁니다. 제가 현경사님 집안경제 사정이 어렵다는 것도 잘 압니다."

200만 원!

현보민은 무전기를 켜려다가 움찔 손동작을 멈췄다. 자신의 월급보다도 더 많다. 그 액수가 2년이면 무려 4800만 원 돈이다. 게다가 오사장의 노래방과 아래동네 R여관까지……. 저도 모르게 아파트가 눈앞에 떠오르고 그 안에서 웃음 짓는 은진의 얼굴이 보이는 것만 같았다. 더구나 이 사건은 그 말고는 누구도 모른다. 그만 입을 다물면 쥐도 새도 모를 것이다. 그리고 세 업소에 경찰의 단속정보를 제공해주면 탄로 날 위험도 없을 것이다. 하지만 여기서 김사장의 뇌물공세에 노골적으로 타협할 수는 없었다. 일단 시간을 두고 어떻게 해야 할지 곰곰이 생각해보기로 했다. 태주와도 물어보는 것이 좋을 것이다.

"먹고살기가 힘들다니 하는 말인데, 일단 시간을 드릴 테니 2~3일

안에 불법영업을 깨끗이 정리하세요. 일주일 뒤에 다시 와 볼 테니까요."

현보민은 일어나서 문을 열고 프런트로 나왔다.

"감사합니다. 응낙해주신 걸로 알고 있을게요. 휴대폰으로 계좌번호를 보내주시면 월초에 어김없이 넣어드리겠습니다. 대신 우리 가게 안전하게 경사님께서 잘 돌봐주세요."

현보민은 못 들은 척 하고 성큼성큼 노래방에서 나왔다.

술상의 모략

1

아버지 서용수와 백민호의 유모에게 붙잡힌 서다요는 인질처럼 차에 실려 이동했다. 실은 반은 강요였고 반은 자원이었다. 귀가가 싫었지만 백민호와의 어정쩡한 관계를 정리하려면 피할 수 없는 걸음이라고 생각되었다. 이번에는 작심하고, 아버지의 입장이 아닌 자신과 태주의 견지에서 혼사 문제를 해결해야 한다. 더 이상 부녀간의 수직적인 상명하복의 패턴에 끌려다녀서는 안 된다. 그 결과는 그녀가 결코 바라지 않는, 태주씨와의 관계 단절과 직결되기 때문이다.

서용수는 무슨 생각을 하는지 말이 없다. 묵묵히 운전만 한다. 옆에 앉은 유모도 덩달아 침묵을 지킬 뿐이다. 일단 서다요를 수중에 확보했으니 한시름 덜었다는 표정들이다. 차는 양재동의 자택을 향해 주행했다. 서다요는 집에 도착하면 무슨 말부터 꺼내야 할까 고민하며 창밖에 시선을 던져놓고 있었다. 떠나가는 그녀를 망연한 눈길로 바라보던 태주씨의 시선이 떠올랐다. 만류하고 싶었을 것이다. 아무리 자식이라고 해도 본인이 원하지도 않는 혼사를 강요하려 하시면 안 됩니다. 올바른 처사가 아니니 당장 중단하십시오, 하고 아버지와 따지고 싶었을 것이다. 하지만 그러면 난처해지는 쪽은 다요뿐이라는 걸 태주씨는 알고 있었다. 정말 상황이 그렇게 돌아가면 둘 사이에서 그녀는 누구 편을 들어야 할지 난감해졌을 것이다. 태주씨가 아버지와 시비를 따져 가히 이길 만한 능력을 갖췄음에도 개입을 자제하고 선택권을 다요의 자유에 맡긴 건 다름 아닌 그런 이유에서였을 것이다. 타인을 배려하는 태주씨의 아량이 느껴졌다. 어떻게 해서라도 오늘은 이 지긋지긋한 혼사 문제에 대한 담판을 끝장내야 한다. 다요는 자신도 모르게 자그마한 두 주먹을 꼭 움켜쥐었다.

오빠, 너무 걱정 하지 마. 내가 깔끔하게 정리하고 오빠한테로 갈 테니까 조금만 기다려!

그런데 의외에도 아파트 단지에 진입하자 다요네 문 앞에 난데없는 사람들이 떼를 지어 손에 피켓과 플래카드를 들고 데모를 벌이고 있었다. 서용수는 집으로 들어가지 않고 그 앞을 그냥 지나쳐 다시 도로로 나왔다. 차가 시위대 앞을 지날 때 다요는 그들이 들고 있는 피켓에 적힌 표어를 얼핏 보았다.

협력업체 탈락 웬 말이냐! 회사는 망했다!

악덕주 서용수는 밀린 임금을 지급하라!
아파트를 팔아서라도 월급을 지급하라!

사장의 차를 알아본 직원들이 뒤꽁무니를 허겁지겁 쫓아오며 큰 소리로 외쳤다.

밀린 월급 지급해라!
아파트 내놓고 나가라!

차가 도로에 진입하자 서용수가 운전석 백미러로 뒤에 앉은 딸을 보고 말했다.

"봤냐? 네가 가출한 바람에 회사가 협력업체 선정에서 탈락할 거라는 찌라시 소문이 떠돌더니 그 헛소문을 듣고 어제부터 회사 앞에서 직원들이 데모를 시작했어. 그런데 오늘은 집 앞에까지 찾아와서 협박하는구나. 네 엄마가 걱정된다."

다요는 속으로 놀랐다. 자신의 가출이 이렇게 커다란 파장을 몰고 올 줄은 꿈에도 생각지 못했기 때문이다. 아파트를 팔아 밀린 월급을 내라면 우리 가족은 길가에 나앉으라는 말이나 다름없다.

아빠가 엄마한테 전화를 걸더니 안도의 숨을 내쉬었다.

"다행히도 엄마는 박총무가 사람들이 집으로 몰려갈 거라고 전화로 미리 알려줘 외할머니네 집에 피신했단다."

서다요는 상황이 어쩌다가 이 지경으로 돌변했는지 그저 어리둥절할 따름이었다.

"협력업체 선정 사업은 백이사님한테 결정권이 있다고 하셨잖아요. 그런데 어떻게 갑자기 이런 소문이 날 수 있어요? 아직 결정을 발표할 날짜도 멀었잖아요."

다요는 옆에 앉은 유모에게 물었다. 깔끔하게 올림머리를 틀어 올린 유모는 차가운 시선으로 창밖을 내다보며 담담하게 대답했다.

"아가씨가 집에서 나간 뒤 도련님께서 상심이 너무 커 우울해지시자 백이사님께서도 손맥이 풀리신 건지 회사 일을 총괄본부장에게 떠맡기고 며칠 동안 자택에만 계셨어요. 아마 그 사이 본부장한테서 그런 말이 흘러나간 모양이죠."

유모의 쌀쌀맞은 억양이나 표정이 '이게 다 네 탓이야, 몰라서 물어?' 하고 질책하는 것만 같았다.

"백이사님은 아마도 네가 집에서 나갔다니까 아들 혼사가 물거품이 된 거라고 판단하신 것 같다. 그나마 이제라도 네가 돌아왔으니 다행이다. 방금 전 네 눈으로 다 봤을 테니 아빠가 더 말하지는 않겠다. 일단 백이사님 댁으로 가자. 가서 네가 돌아왔다는 걸 알리고 다시는 이런 일이 재발하지 않을 거라고 안심시켜 드려야지. 아빠도 한 번 더 사정하고. 우리 가족이 이번에 가문이 풍비박산 나고 식구들이 밖에 나앉는가 마는가는 다 네 하기에 달렸음을 명심해라."

가족의 파산! 그리고 그 원인제공자는 나란다.

너무 어마어마하고 파괴적인 결과여서 생각만 해도 무서웠다. 일단 발등의 불부터 끄는 게 순서일지도 모른다. 다른 건 그 다음에 생각하고. 태주씨한테는 미안했지만 집안에 불이 났는데 내 욕심만 차리려고 혼사 취소문제를 들고 나올 수도 없었다. 그것은 붙는 불에 기름을 붓는 것과 다름없는 어리석은 짓이 아닐 수 없다. 불부터 끄고 보자. 만일 일이 이 지경에까지 이르지 않았다면 그녀는 백민호네 집으로 향해 달리는 이 차에서 내려달라고 했을 것이다. 죽는 한이 있더라도 다시는 백씨네 집에 들어가지 않을 거리고 선언했을 것이다. 다요가 순순히 아빠를 따라 나선 것은 집에 가서 민호와의 혼사를 거두어달라고, 취소하지 않으면 난 이 혼사에 동의할 수 없다고 확실하게 태도를 표시하고 나오려는 목적에서였다.

차가 백씨네 집 앞에 도착하자 기다렸다는 듯이 대문이 열렸다. 아마도 유모가 미리 문자를 띄운 모양이다. 문을 열어준 사람은 백민호 모친이다. 민호는 엄마 등 뒤에 그림자처럼 영혼 없이 엉거주춤 서 있다. 손에 든 스마트폰에 시선을 떨어뜨린 채 게임에 빠져 있다. 아마도 나오기 싫다는 걸 엄마가 억지로 등을 떠밀고 내려 왔을 것이다.

"아이고, 이게 누구니? 우리 다요 아니냐. 민호가 자지도 못하고 눈이 빠지게 기다렸는데."

그러나 백민호는 다요를 한번 흘끔 쳐다보았을 뿐 금시 휴대폰에 시선을 떨어뜨렸다. 다요가 오든 말든 아무 관심도 없는 표정이다.

"안녕하세요."

다요는 두 사람을 향해 함께 인사를 건넸다.

"그래, 왔으면 됐다. 어서 안으로 들어가자. 아빠도 출근 안 하고 집에서 기다린다. 사장님도 같이 들어가시죠."

"네. 사모님."

서용수는 자기보다 몇 살이나 어린 여자를 향해 상전 모시듯 90도로 허리를 굽힌다.

방안으로 들어가자 거실에 있던 백이사가 뚱뚱한 배를 내밀고 소파에 앉은 채 다요네 부녀 간의 인사를 받는다.

"인제라도 돌아왔으니 다행이구나. 앉아라. 서사장도 앉게."

다요는 죄진 사람처럼 고개를 숙인 채 조심스럽게 맞은 편 소파 끝머리에 걸터앉았다. 서용수도 연신 허리를 굽실거리며 감사하다고 머리를 조아렸다.

"네가 나가자 민호가 실망감에 빠져 우울증 증세까지 나타났었다. 하나밖에 없는 아들이 우울증으로 고통 받는 걸 보고 가슴이 아프지 않을 아비가 어디 있겠냐. 쟤 때문에 나도 손맥이 풀려 모든 일을 총괄본부장한테 떠맡기고 며칠째 이렇게 집에 박혀 있는 중이다."

그 말꼬리를 잡고 서용수가 재빠르게 끼어들었다.

"그래서인지 지금 밖에 이상한 소문이 자자하게 떠돌고 있습니다. 저희 회사가 아닌 D회사가 협력업체로 선정될 거라는 헛소문이 돌고 있습니다. 그 소문 때문에 회사는 물론 저희 집 앞에도 직원들이 몰려들어 난동을 벌이고 있고요. 백이사님께서 빨리 출근하셔서 사무를 보셔야……."

"내가 자리를 비운 사이 그런 일도 생겼나요? 아마 본부장이 자기와 친분이 있는 D회사를 협력업체로 선정하고 싶은 욕심에 슬쩍 말을 흘려 간을 본 모양이군요. 그거야 내가 출근하면 문제가 되지도 않겠지만 집안일이 어수선하여 도저히 발을 뺄 수가 있어야죠."

"다시는 이렇게 진흙탕 되는 일은 없을 겁니다. 제가 담보합니다."

"제발 그렇게 되길 바랄 뿐입니다. 다요도 들어왔고 하니 오늘은 식사나 함께 합시다."

백이사가 남산만한 배를 간신히 쳐들고 일어나 뒤뚱거리며 앞장서서 식당으로 들어갔다. 모두들 그 뒤를 따라 장소를 옮겼다. 다요도 어쩔 수 없이 일행을 따라갔다. 유모가 다요의 손을 잡아 백민호의 옆자리에 앉혔다. 백민호는 예나 다름없이 의자를 옆으로 움직여 다요로부터 한 뼘 정도 거리를 띄어 앉는다. 다요가 온다는 소식을 접하고 미리 준비한 듯 주안상이 금방 차려졌다. 다요의 실종으로 우울증을 앓았다는 민호는 곧 식사가 시작될 터인데도 휴대폰에 매달려 게임에만 정신이 팔려 있다.

"유모, 저쪽 방에 가서 우량예를 가져다 줘요."

유모가 술병을 가져오자 백이사가 손수 포장을 뜯은 후 뚜껑을 따며 말했다.

"이 술은 내가 중국 출장 갔을 때 가져 온 겁니다. 중국에서는 모태주와 어깨를 겨루는 명줍니다. 오늘 다요도 돌아왔으니 기쁜 김에 한 잔씩 합시다. 다요도 한잔 해야지."

"네."

백이사의 신세를 져야만 하는 오늘 같은 분위기에서 순종 말고는 다요가 선택할 또 다른 유효 카드란 없었다.

"우리 민호는 소주는 안 되고 와인만 마시니까, 유모, 저기 와인도 가져와요."

다요는 백이사가 따르는 독한 우량예를 거절할 수가 없어 일어나서 두 손으로 받았다.

"네가 나가고 민호가 스트레스 많이 받았어. 술로나마 민호의 울적했던 마음을 풀어주었으면 고맙겠다."

"지당한 말씀입니다."

서용수가 재빨리 호응하며 다요더러 마시라고 눈짓했다.

"제가 술을 마셔서 민호씨 마음이 풀어진다면 기꺼이 마시겠어요. 술은 주시는 대로 마실 테니 부디 백이사님께서 우리 아빠회사 협력 업체 선정 도와주세요."

"네가 술 마시는 표현 봐서. 민호 마음만 풀어주면 이사님께서 어련히 알아서 밀어주시지 않으시겠냐."

민호 엄마가 와인잔을 손에 들며 다요에게 술을 권했다. 민호의 술잔에는 유모가 따로 와인을 따랐다. 그러나 민호는 한 모금 마시더니 고개를 돌려 의아한 표정으로 유모를 쳐다본다. 유모가 모른 척 하라고 눈짓하는 걸 보고 다요는 그것이 와인이 아니라 음료수임을 알았다. 그것이 맹물이라도 상관없다. 주는 술만 받아 마시면, 아버지 회사의 회생에 도움이 된다면 마시고 죽는 한이 있더라도 마실 것이다. 혼인 요구도 만족시켜 주지 못할 텐데 술이라도 마셔주자.

우량예는 워낙 독주라 잘 넘어가지 않았지만 궁지에 빠진 아버지를 구원하기 위해 다요는 안주도 별로 집지 않고 강술만 마셨다. 음식을 먹고 싶은 생각이 전혀 없었다. 그냥 이 자리가 산적의 소굴처럼 싫었다. 빨리 끝장내고 떠나고 싶었다. 솔직히 이럴 줄 알았더라면 오지도 않았을 것이다.

강술만 마셔서인지 금방 술에 취했다. 배를 탄 것처럼 상반신이 흔들거렸지만 백이사 부부와 유모가 잔이 비기 바쁘게 경쟁이라도 하듯 엇갈아 술을 따른다. 우랑예 두 병 째도 거의 바닥이 났다. 술기운 때문인지 다요는 갑자기 눈물이 났다. 왜 마시기 싫은 술을 마셔야 되는지 하는 생각에 억울했다. 좋아하는 사람의 곁을 떠나 싫어하는 사람들 속에 섞여야 하는 처지가 스스로도 처량해진다. 하지만 그녀는 이 술이 아버지 회사의 협력업체 선정에 도움이 된다니 사약이라도 마실 수밖에 없었다.

"이사님."

다요는 자신도 모르게 비몽사몽간에 자리에서 일어섰다. 비틀거리는 바람에 수저가 몸에 스쳐 방바닥에 떨어졌다. 상관하지 않은 채 술잔을 손에 들었다. 손이 떨려 술이 쏟아졌다.

"이사님, 아빠회사 도와주시는 걸로 믿고 이 술 저랑 건배합시다. 제가 먼저 마실게요."

단모금에 쭉 들이마셨다. 잔을 식탁에 내려놓기 바쁘게 옆에서 대기하고 있던 유모가 또 술을 따른다.

"그리고…… 그리고 제발 우리 아빠회사 살려주세요. 우리 아빠가……."

다요는 뒷말을 끝맺지 못한 채 맥없이 타일 바닥에 주저앉았다. 그러자 이때를 기다렸다는 듯이 민호 모친과 유모가 다요를 부축해 민호의 방으로 데리고 갔다.

"왜 내 방에 데려가?"

백민호가 그 총 중에도 게임을 하다 말고 고개를 들더니 놀란 소리를 질렀다.

"임마, 넌 굿이나 보다가 떡이나 먹어. 오늘은 유모 시키는 대로 하면 돼."

백이사는 아들을 꾸짖으며 둥둥 불어난 배를 이끌고 엉기적거리며 자신의 방으로 들어갔다. 그는 술만 마시면 하늘이 무너져도 한잠 자야 하는 습관이 있다.

서용수는 돌아가는 상황을 눈치 챈 듯 간다는 말도 없이 슬그머니 밖으로 나왔다.

조금 뒤 유모가 거실로 나왔다.

"도련님, 방에 들어가 보세요."

"내가 왜 거기 들어가? 여자가 있는데."

"아가씨가 있으니까 들어가라는 거예요."

"남이 술 취했는데 거기 들어가 뭐하라고……."

"유모가 하라는 대로 해. 낼모레 장가갈 애가 들어가서 뭘 할지도 어른들이 일일이 알려줘야 돼?"

뒤미처 나오던 민호모친이 유모에게 등을 떠밀려 방으로 들어가는 아들을 나무란다. 유모는 들어가지 않으려고 버티는 민호를 억지로 방안에 밀어 넣은 후 문을 닫았다. 돌아서서 몇 걸음 옮기는데 백민호가 금방 다시 방에서 나왔다.

"도련님, 왜 나왔어요?"

"속옷만 입고 누워 자는데 어떻게 들어가."

"이놈아, 속옷만 입고 누워 자니까 들어가라는 거잖아."

민호 모친이 숙맥 노릇하는 아들의 행동에 버럭 짜증을 긁어냈다.

"싫어. 무서워. 그러다가 깨어나면 다요가 화낼 거잖아."

백민호는 아예 거실 소파에 털썩 들어앉아 하던 게임을 계속 이어갔다. 유모가 아무리 팔을 잡아당겨도 뿌리라도 박은 듯 꿈쩍도 안했다.

"이런 바보, 등신 같은 여석. 멍석을 깔아줘도 못하니. 안 되겠어. 유모 들어가서 이사님한테 알려요. 애가 아빠 말은 들으니까."

유모가 2층으로 올라가 백이사의 침실 문을 노크했으나 응대가 없다. 잠이 깊이 든 모양이다. 이 집안에는 백이사가 잠들었을 때는 누구도 깨워서는 안 된다는 불문율이 있었다. 기다릴 수밖에 없었다. 유모와 모친은 다요가 저러다가 잠을 깨기라도 할까 봐 속을 졸였으나 백이사는 태평스럽게 1시간 반이나 지나서야 잠에서 깨어나 거실로 내려왔다.

"얘는 왜 방에 안 들어가고 아직도 여기 있어? 벌써 끝난 거야. 다요는?"

소파에 앉으며 아들을 쳐다보자 모친이 남편에게 자초지종을 전달했다.

"이런 망할 놈! 남자 구실도 못하냐? 회사서 맡겨진 임무도 차질 없이 수행하고 사람들과의 교제도 정상적인데 왜 네놈은 여자만 보면 기가 죽는 거냐? 낼모레 결혼한다는 놈이 그러고서 자식이나 낳겠어?

종아리를 분질러 놓기 전에 냉큼 들어가지 못해!"

아버지가 추상같이 호령해서야 백민호는 마지못해 자리에서 꿈지럭꿈지럭 일어났다. 유모가 방에 들어가는 백민호의 귀가에 대고 나직한 음성으로 "옷을 다 벗겨놨어요. tv에 야동을 틀어놨으니 그걸 보고 따라하면 돼요. 원래 처음에는 잘 몰라서 다 그래요. 두려워하지 말고 남자답게 하세요." 하고 귀띔했다.

"유모, 나 정말 무섭단 말이야."

"화이팅!"

유모는 방안에까지 따라 들어와 뒷걸음질치는 백민호의 등을 다요가 잠든 침대 옆에까지 떠밀어 주고 한 번 더 "화이팅" 하고 나간다.

백민호는 햇빛을 받아 반사되는 보석을 본 듯 눈이 부셔 잠시 두 눈을 감았다. 서다요의 육신은 우윳빛으로 새하얗다. 민호로서는 난생 처음 보는 여자의 나체였다. 어릴 때 욕조에서 유모의 나신을 목격한 것이 전부이다. 그때 유모의 피부는 연갈색이었다. 그는 7살까지 유모의 젖을 먹었다. 유모의 유방은 항상 젖이 꽉 들어차 무슨 물건이 든 자루처럼 아래로 무겁게 축 처져 있었다. 그녀가 두 손으로 유방을 모아 쥐고 젖을 빠는 그의 얼굴을 감싸며 "도련님. 어디 숨었어요?" 하고 익살부리기를 즐겼다. 목욕을 시킬 때면 유모도 옷을 발가벗고 그와 함께 씻었는데 그럴 때마다 어린 그의 성기를 건드리며 "이 고추가 언제 커서 사내구실을 할까요."라고 하며 웃곤 했다. 남자 구실은 어떻게 하냐고 물으면 백민호의 콩알만한 고추를 쥐고 자신의 거기에 가져다 대며 "이게 이런 안에 들어가면 남자 구실 하는 거예요." 하고 장난쳤다.

"왜 그 안에 들어가요?" 하고 물으면 "좋으니까. 남자의 집이니까. 고추가 크면 저절로 알게 돼요." 했다. 처음에 고추를 거기다가 가져다 댔을 때는 상대적으로 거뭇하고 큼지막한 그녀의 성기가 무서워 뒷걸음치며 울기까지 했었다. 대합조개 같은 그 입술에 한번 물리면 '아야!' 하고 영원히 빠져 나오지 못할 것 같은 공포감 때문이었다.

그 뒤로 백민호의 고추가 커지기 시작하고 젖을 떼자 유모도 더는 그와 함께 욕조에 들어가지 않았다. 몸이 성장하며 남자 구실할 만큼 컸으나 실물은 없이 그냥 음란화보나 야동 같은 걸 보고 그때그때 자위로 적당하게 수욕을 해결했었다. 그러니까 백민호가 어른이 되어서 실제 알몸뚱이 여자를 목격한 건 오늘이 처음이었다.

그는 주마등처럼 떠오르는 과거사를 헤매다가 한참만에야 겨우 눈을 떴다. 다요의 몸은 유모는 말할 것도 없고 화보나 어느 야동에 나오는 여자도 비교할 수 없을 만큼 아름답고 관능적이면서도 황홀했다. 평소 입고 다니던 그녀의 옷 안에 이런 귀중한 보물이 숨겨져 있었다는 사실이 놀라울 따름이었다. 그 몸매를 넋을 잃고 보고 있노라니 고추가 드디어 사내 구실을 하려고 꿈틀거리기 시작했다. 그러자 전신을 옥죄이던 두려움도 서서히 사라지기 시작했다. 그는 다요의 가슴에 몸을 숙이고 유모의 젖을 빨 때의 그 옛날의 기억을 되살리며 잊어진 동작을 조심스럽게 흉내 냈다. 유두가 뾰족한 송곳 같다. 그러자 갑자기 다요의 육체가 움찔했다. 백민호는 화들짝 놀라 입술을 뗐다. 그러나 다행스럽게도 그녀는 다시 잠이 들었다. 허둥대던 민호의 시선은 우연하게도 유모의 것을 보고 울었던 그곳에 와서 멈췄다. 이름 할 수 없는, 지금까지 경험해보지 못했던 어떤 참을 수 없는 욕망에 떠밀려 허둥지둥 자신의 바지와 팬티를 벗었다. 밖에 드러난 물건은 이미 다요의 그것에 비해 왜소하지도 않았고, 도리어 충분하게 '남자의 집'으로 들어갈 수 있을 만큼 부풀었다. 마침 맞은 편의 tv화면에서 유모가 미리 방영해 놓았다는 야동 속의 남자도 그 동작을 실행하고 있었다. 민호는 그 남자의 행동을 본 따려고 시도했지만 뜻대로 안 되었다. 그녀의 다리를 좀 더 벌리려고 들어 옮기는 순간 다요가 불현듯 눈을 떴다. 흠칫 하며 물러앉았으나 그녀가 다시 눈을 감는다. 한 번 더 용기를 내어 무릎걸음을 쳐 앞으로 다가가 그녀와의 거리를 조절하는 데 다요가 다시 눈을 번쩍 뜬다. 무슨 상황이 벌어지고 있는지를 그제야 파악한 듯 그녀는 자지러진 비명을 지르며 서둘러 옷가지를 집어 몸부터 가리더니 벌떡 일어나 앉았다.

"뭐하는 거예요? 나가요! 빨리요. 안 나가면 벽에 머리를 부딪쳐 죽을 거예요!"

다요가 성을 내는 모습을 처음 본 민호는 겁이 더럭 났다.

"알았어. 나갈게."

백민호는 혼비백산하여 옷을 입지도 못한 채 부랴부랴 품에 걷어 안고 침대에서 굴러 떨어져 방안에서 나갔다.

2

서다요는 옷을 입으며 생각했다. 이것은 그 무슨 백민호의 스트레스를 풀어주기 위한 것도, 아버지 회사를 협력업체로 선정하기 위한 것도 아닌, 문자 그대로 하나의 비열한 음모이다. 정작 당사자인 백민호는 다요의 가출로 스트레스 같은 걸 받은 적이 없다. 다요가 왔지만 그는 반가워하지도 않았으며 오로지 게임에만 관심이 있었다. 그리고 스트레스를 풀 거면 백민호도 그녀와 함께 술을 마셔야 한다. 그러나 그는 처음부터 음료수만 마셨다. 이런 짓을 하려면 취하면 안 되기 때문일 것이다. 술을 강권해 취하게 만들고 그 틈에 몸을 겁탈함으로써 나를 이 집에 잡아두려고 했던 것이 분명하다. 여기 그냥 있다가는 획책이 깨어진 저들이 또 무슨 더욱 비열한 꿍꿍이를 꾸며낼지 모른다. 그러니 빨리 이 마귀굴에서 탈출해야 한다.

문을 열어보았으나 아니나 다를까 벌써 밖으로 잠겨 있다. 저들이 용렬한 음모를 꾸며 나를 해하려 했다면 내가 계책을 쓴다고 비난할 자격도 없을 것이다. 역으로 백민호의 어리석음을 이용하여 그들을 속여 넘길 수밖에 없다.

다요는 혜진에게 전화를 걸었다. 자초지종을 전달하고 주소를 알려준 다음 지금 곧 이곳으로 오라고 했다. 천만다행으로 혜진은 백민호네 집과 이웃한 동네에 사는 친구집에 놀러와 차로 10분 안에 도착할 수 있다고 했다. 다요는 의자에 앉아 혜진의 전화를 고대했다. 10분이 10년처럼 지루하게 느껴졌다. 어떻게 하나 저들이 새로운 궤계를 꾸미기 전에 와야 한다. 13분이 지나서야 문 앞에 도착했다는 문자가 왔다.

다요는 그제야 일어나 문밖에 대고 백민호를 불렀다. 될수록 목소리를 부드럽게 하려고 애썼다.

"민호씨, 미안해요. 방으로 들어오세요."

유모와 민호 모친은 다요가 마음을 고쳐먹은 줄 알고 급히 문을 열고 백민호를 침실 안으로 들여보냈다.

백민호는 억지로 등을 떠밀려 일단 방안에 들어서긴 했으나 야단맞을 각오를 한 모양 두려운 기색으로 문가에 우두커니 박혀 있었다.

"민호씨, 저런 거 하고 싶으세요?"

다요는 동영상화면을 턱으로 가리켰다. 화면에서는 한 남자가 여자의 몸 위에 올라 타 성행위를 하는 장면이 한창 방영되고 있었다. 백민호는 대답 대신 가만히 고개만 끄덕였다.

"좋아요. 소원이라면 맘대로 해요. 그러나 거실에서 부모님과 유모가 훔쳐보는 여기서는 난 하기 싫어요. 우리 남들이 못 보는 조용한 호텔로 가서 맘 놓고 즐겨요."

"정말?!"

백민호는 그제야 긴장이 얼마간 풀린 듯 얼굴에 엷은 미소를 지었다.

두 사람이 나란히 의좋게 방에서 나오자 거실에 있던 어른들은 모두 놀란 시선으로 그들을 바라보았다.

"어딜 가냐?"

백민호 모친이 소파에서 일어나며 의아한 표정으로 물었다.

"호텔."

백민호가 무슨 장한 일이라도 해낸 듯 히쭉거리며 손으로 창밖을 가리켰다. 다요 앞에 서면 항상 위축되어 있던 백민호가 오랜 만에 미소를 띤 걸 보자 시름을 놓은 모양 어른들은 그들을 막지 않았다.

그들이 어리둥절한 틈을 이용해 요행 집에서 나오자 혜진의 차가 대문 밖에서 기다리고 있다. 다요는 자신의 차를 몰고 나오려고 차고로 가는 백민호를 향해 말했다.

"내가 먼저 혜진이랑 가서 호텔방 잡아놓고 전화로 알리면 그때 출발해요."

"알았어."

백민호는 미심쩍었지만 한 번도 다요의 말을 거스른 적이 없었던 지라 순순히 대문 밖에까지 나와 그들의 차를 눈앞에서 보내주었다. 차가 출발하자 다요는 백미러 속에서 멀어져가는 백민호를 바라보며 말했다.

"미안해요. 속이고 싶진 않았는데 어쩔 수 없었어요."

"미안할 거 뭐 있어. 저것들부터 언닐 속였잖아. 그거 강간이야. 경찰에 신고하지 않은 것만 해도 고맙게 생각해야지."

늑대 굴에서 탈출하자 안도감 때문인지 다시 취기가 올라와 다요는 그대로 잠이 들었다.

시내 중심의 한 모텔 주차장에 도착해 차를 세우고 혜진이 흔들어서야 그녀는 잠에서 깨어났다. 방을 잡고 금방 실내에 들어섰는데 서용수한테서 전화가 왔다.

"너 지금 어디냐? 왜 대답 안 해? 호텔 가자고 민호 속이고 도망갔다며. 백이사가 화가 천둥같이 나서 노발대발한다. 당장 사무실로 나가서 우리 회사를 협력업체에서 탈락시킬 것이라며 으름장을 놓고 있어. 내가 어쩔 수 없어서 결혼 날짜를 이번 주 일요일로 앞당기겠다고 해서야 겨우 노여움을 풀었어. 그러니까 반드시 혼례식 전에 알아서 네발로 집에 들어와라. 나중에 경찰을 불러서 잡아들이기 전에. 나쁜 년!"

다요는 한마디도 안하고 듣기만 했다. 아버지는 성미가 과격한 사람이라 물불을 가리지 않고 말한 대로 행동에 옮기는 스타일이다. 그러니 다요가 반대한다고 뜻을 굽힐 사람이 아니다. 결혼식은 이번 주 일요일로 앞당기고 귀가 안 하면 경찰에 신고해 잡아들인다고 했다.

"큰아빠는 정말 너무 이기적이셔. 경찰에 신고할 사람은 언닌데. 도둑이 매를 든다고. 아무튼 이 여관도 위험해. 스마트폰 위치추적을 하면 금방 탄로 날 테니까. 오늘은 늦었으니까 아침 일찍 장소를 옮기고 휴대폰번호도 변경해야겠어. 그리고 번호를 바꿔도 여관은 안전한 피신처가 못 돼. 경찰이 동원되면 여관부터 조사할 테니까."

혜진이 어딘가로 전화를 걸었다.

"어, 진미냐. 아직도 시골이냐? 그럼 서울 여기 자취방은 비어 있겠네?……. 다른 게 아니고, 내가 지금 딱한 사정이 생겨서 그러는데 잠시 자취방 빌릴 수 없겠어? 음음……. 알았어. 열쇠수리공을 불러 따고 들어갈게. 고마워. 며칠만 있을게. 음, 빠이."

전화를 끊고 다요에게로 다가와 통화 내용을 전한다.

"됐어. 친군데, 방학이 되어 시골 엄마네 집에 내려가 서울 자취방은 비어 있대. 그 집에 가서 일단 며칠 동안만 피신해서 다음 대책을 논의하자."

"네가 알아서 해. 인젠 다시는 집에 들어가지 않을 거야."

"진작 이렇게 나왔어야지. 선생님한테 전화 드려야잖아."

다요가 시계를 보더니 고개를 저었다.

"너무 늦었어. 낼 아침에 하자."

"언닌 항상 선생님 입장만 고려해."

"선생님도 항상 내 입장만 배려하시잖아."

"헐, 아무튼 못 말려. 누가 좋아하는 사이 아니랄까 봐. 그냥 쇼나 해라."

전화벨이 울렸다. 이번에는 엄마 전화다.

"엄마."

"다요야, 너 낼 저녁까지는 꼭 집으로 들어와야 할 것 같다. 아빠가 너무 화나셨어. 당장 경찰에 실종신고하신다는 걸 내가 사정해서 겨우 낼 저녁까지 기다려보기로 했으니까. 경찰이 나서면 동네방네 다 소문날 테고……. 그러면 우리 집안은 패가망신이잖아."

"싫어. 난 인젠 뭐라고 해도 집에 안 들어갈 거야. 그 집에서 뭘 하려 했는지 엄만 몰라서 그래."

"다 들었어. 너들 약혼한 사이잖아. 그리고 곧 결혼할 테고. 그러니 그게 뭐 대수냐. 그럼 끝내 경찰에 잡혀서 죄인처럼 끌려 들어올 거냐?"

"죄진 일도 없는데 경찰이 왜 날 잡아가? 아빠가 강요해서, 아빠 사정이 딱해서 여기까지 끌려온 거지 내가 원해서 응한 거 아니잖아."

"다요야, 네 마음 다 이해해. 하지만 지금은 비상상황이잖아. 저러다가 아빠한테 무슨 불상사라도 일어날지 몰라. 엄만 그게 불안해서 그래. 발등의 불부터……."

옆에서 듣고 있던 혜진이 휴대전화를 냉큼 빼앗아갔다.

"큰엄마, 뭐라고 하셔도 언닌 집에 들어가지 않을 거니까 이만 끊을게요."

혜진은 단호하게 일방적으로 통화를 중단했다.

"하루 종일 통화해도 들어오라는 말뿐일 텐데 왜 그냥 끌려 다녀."

"엄마가 전화하는데 어떻게 먼저 끊어."

"언닌 100년 전 조선시대 양반집 규수 같아. 21세기 신세대 맞아?"

"21세기 신세대는 부모도 없이 하늘에서 뚝 떨어진 거니?"

"부모가 부모 구실을 못하잖아."

"그래도 부모는 부모야. 안 들어가면 되지 전화까지……."

"언닐 보고 있노라면 가슴이 답답해. 큰아빠도 생각하고 선생님도 생각하고……. 힘들어서 어떻게 그렇게 살아."

"됐어. 샤워 좀 해야겠어. 오물 벼락 맞은 것처럼 내 몸이 더러워."

다요는 일어나서 옷을 벗고 욕실로 들어갔다. 지금 생각해도 올챙이처럼 똥똥한 배와 두툼한 입술이 스쳐지나간 피부가 썩어 들어가는 것 같은 불쾌한 느낌이 들었다. 이 몸이 그녀 혼자의 것만은 아니었다. 태주씨의 것이기도 하다. 깨끗하게 씻어내야 한다. 그 침방울, 그 끈적거리는 땀, 그 어리바리하고 게걸스런 시선이 훑고 지나간…….

"그러니까 왜 그 늑대 굴에 들어갔어? 그 도둑들과 뭘 정리한다고……."

혜진은 리모컨을 집어 들고 tv를 켜며 중얼거렸다.

"큰아빠의 그 집요한 성미를 미뤄볼 때 내 친구집, 아니 서울, 아니 대한민국 전체가 안전하지 못할 수도 있어. 인가가 없는 산 속까지 샅샅이 뒤져서라도 언니를 찾아내 웨딩홀로 끌고 갈 것 같은 예감이 들어. 물론 그 명분은 회사를 살리기 위해서겠지."

욕실에 들어가다 말고 문지방에 잠시 멈춰선 채 혜진의 말에 귀를 기울이고 있던 다요가 다시 돌아 나왔다. 희미한 조명 아래 황홀하게 드러난 다요의 빛나는 몸매에 같은 여자인 혜진이도 잠시 넋을 잃고 멍하니 바라보았다. 하늘에서 선녀가 내려온 건가!

"네 예측이 맞아. 가장 안전한 방법은 이 나라를 떠나는 거야."

"그게 어디 말처럼 쉬워."

"안 될 것도 없잖아. 맘먹기에 달렸지. 네가 말하니까 생각난 건데 너 지금 당장 우리 집에 갔다 와."

"밤도 늦었는데 갑자기 집에는 왜? 언니네 집 앞에서 회사 직원들이 데모한다며."

"어두워졌으니 집에 다 돌아갔을 거야. 설령 집에 안 가고 밤샘 시위를 한다 해도 그 사람들이 넌 누군지 모르니까 문제없을 거야. 그 아파트 사는 주민인 줄 알겠지. 엄마, 아빠도 다 외갓집에 가 계셔 지금 집이 비어 있어."

그제야 심드렁하게 텔레비전 화면에 시선을 던진 채 듣는 척만 하던 혜진이 다요한테로 홀짝 돌아앉았다.

"아, 맞다. 대한민국을 떠나려면 여권이 있어야지."

"그래서 다녀오라는 거 아냐. 집에 일본 여행할 때 만든 여권이 있어. 엄마, 아빠가 집에 돌아오면 그것부터 감추려 하실 거잖아. 지금이 가장 좋은 기회야. 아침에는 부모님이 돌아오실지도 몰라."

"굿 아이디어야. 깜놀. 지금 당장 갔다 올게. 출입문 비번이 뭔데?"

다요는 비밀번호를 부르고 혜진은 휴대폰에 메모했다.

"그리고 갔던 김에 내 노트북, 신분증, 운전면허, 직불카드도 함께 챙겨와."

"오케이, 콜."

혜진이 의자에서 일어나 바람처럼 방에서 나갔다.

"참, 졸업장과 학위증서 같은 서류들도 죄다 챙겨. 비자 낼 때 필요한 건 다."

"걱정 마."

혜진이 나가자 다요는 다시 욕실로 들어갔다. 샤워기를 틀어놓고 몸에 비누칠을 했다. 아직 태주씨도 가지지 못한 몸이다. 하마터면 태주씨한테 나설 자격마저 상실할 뻔했다. 백이사와 마누라, 그 늙은 암여우 같은 유모를 믿었던 게 잘못이었다. 그때 조금만 더 혼곤히 잠들었어도 이 몸은 유린되었을 것이고, 그렇게 걸레가 되었으면 그녀는 지금쯤 어딘가에 죽은 시체로 싸늘하게 누워 있을 것이다. 그래서 정신없이 물로 씻어내고, 때밀이로 밀어내고 타월로 비볐다. 백민호의 입안에서 흘러나온 타액은 물론이고 그 체취까지 말끔히 세척해야 한다는 강박관념에 떠밀려 열심히 밀고 닦고 헹궜다. 백민호의 손이, 시선이 피부에 닿았다는 자체가 치욕이었다. 이 육신에 손을 대고 볼 수 있는 사람은 세상에서 태주씨 한 사람뿐이라고 생각했다.

한편 혜진은 양재동 다요네 아파트에 도착했다. 시위대는 이미 철수한 뒤였다. 2층으로 올라가 문을 열고 안으로 들어갔다. 주변에 아무도 없어 순리롭게 잠입할 수 있었다.

거실을 지나 다요의 방에 들어가 재빠른 동작으로 언니가 부탁한 소지품들을 챙겼다. 다요가 말하지 않은, 언니의 명의로 된 은행통장과 팬티, 브라 몇 장도 챙겼다. 물건을 어디다 담아서 들고 나갈까? 방안을 두루 살펴보았으나 마땅한 것이 보이지 않는다. 방문을 열고 거실로 나가보았다. 거실 안을 둘러보는데 갑자기 출입문 밖에서 인기척 소리가 들렸다. 얼핏 큰아빠의 기침소리 같았다. 다급하게 언니의 방으로 돌아들어와 문틈으로 내다보니 출입문이 열리고 이어 큰아빠와 큰엄마가 방안으로 들어섰다.

"여보, 다요가 왔나 봐요."

큰엄마가 기뻐하며 급급히 신을 벗는다.

"신발은 다요 거 아닌데. 누구지?"

큰아빠가 허리를 굽혀 다요보다는 발이 작은 혜진의 신발을 들고 유심히 관찰한다. 혜진은 황망히 안으로 문을 잠갔다.

인젠 어떻게 해? 아무것도 가지고 나갈 수 없게 되었잖아. 하필이면 지금 들어올게 뭐야.

아마도 큰아빠네도 시위대가 철수했다는 소식을 접하고 그 틈에 소지품 챙기러 온 모양이다. 혜진은 어떻게 해야 할지 몰라 발만 동동 구르다가 문득 언니가 생각나 전화를 걸었다.

"언니, 큰아빠가 들어왔어. 독 안에 든 쥐 꼴이 되었어. 어떡해?"

최대한 음성을 낮춰 속삭이듯 말했다.

"물건은?"

"다 챙겼어. 빠져나갈 구멍이 없는데 그게 무슨 소용이야."

"그럼 됐어. 일단 문부터 안으로 잠가."

"잠갔어. 두 분이 이쪽으로 오고 있어."

"다요야, 안에 있니?"

큰엄마가 먼저 방문 앞에 접근해 딸을 불렀다.

"혜진아, 지금부터 아무 말도 하지 말고 내 말만 들어. 물건은 침대 위의 이불에 말아 창밖으로 던져. 소리가 안 나게 살며시 열어야 돼. 그리고 옷장과 서랍에서 내 옷을 꺼내 아무 옷에나 싸. 그걸 들고 거실로 나가면 엄마, 아빠가 일단은 그것만 빼앗고 넌 내보낼 거야. 밖으로 나온 다음엔 재빨리 서둘러야 해. 아빠가 옷을 가지러 온 게 아니란 걸 내 방에 들어가 보면 금방 알고 뒤쫓아 나올 테니까."

"알았어."

혜진은 전화를 끊었다.

"다요야, 문 열어. 안에 있는 거 다 알아."

큰엄마가 집요하게 방문을 노크했다.

"안에 누가 있냐? 신발을 봐서는 혜진이 같은데. 어서 문 열어."

큰아빠는 아예 주먹으로 문을 쾅쾅 두드려댔다.

그러거나 말거나 혜진은 언니가 시킨 대로 물건을 이불에 말아서 창문을 열고 밖으로 내던졌다. 여름 이불이라 얇지만 그래도 이불에 여러 벌 싼 만큼 2층에서 떨어뜨려도 노트북이 파손될 우려는 없을 것이다. 창문을 원래대로 닫고 옷장으로 다가갔다. 문을 열고 손에 잡히는 대로 옷가지 몇 견지를 벗겨 침대 위에 내려놓고 서랍 안에서 속옷들도 잡히는 대로 꺼내 놓은 다음 큰 저고리에 둘둘 말아서 팔소매를 엇갈아 질끈 묶었다. 그리고는 보퉁이를 안고, 문을 열고 거실로 나왔다. 큰아빠와 큰엄마를 지나쳐 그냥 도망치려고 시도했다. 그러자 큰아빠가 금방 뒤를 쫓아와 조카의 품에서 보퉁이를 빼앗았다.

"물건은 놓고 가. 네가 이걸 왜 가져 가?"

"언니가 갈아입을 옷 없다고 가져다 달라고 시켜서 왔어요."

"안 돼. 그냥 나가. 다시 들어오면 가택무단침입죄로 경찰에 신고할 거야."

"여보, 들어오더라도 옷은 갈아입어야 하잖아요."

큰엄마가 말렸지만 큰아빠는 혜진의 등을 강다짐으로 떠밀어 밖으로 내쫓았다. 혜진은 출입문이 닫히자마자 급히 계단을 통해 1층으로 달려 내려왔다. 바닥에 떨어진 이불꾸러미를 찾아들고 단지 내 주차장으로 이동하는데 2층에서 창문이 열리더니 큰아빠가 밖으로 상반신을 불쑥 내밀며 소리쳤다.

"야, 이년아! 그 물건 두고 가."

혜진은 뒤도 돌아보지 않고 차를 주차한 곳으로 달려갔다. 물건을 차에 싣고 시동을 건 다음 주차장을 빠져나오는데 큰아빠가 아파트에서 내려와 혜진의 차를 향해 뛰어왔다. 괜히 신이 난 혜진은 '아싸! 나 잡아 봐라.' 하고 휘파람까지 불어대며 큰아빠 옆을 보란 듯이 지나쳐 아파트 구내를 쏜살같이 달렸다. 그런데 이상하게도 큰아빠가 갑자기 추격을 포기하더니 어딘가에 전화한다.

경비실!

번개처럼 떠오르는 예측에 혜진은 발에 힘을 주어 액셀러레이터를 밟았다. 차가 몸체를 움찔하며 속도를 냈다. 단지 정문에 이르자 전화를 받던 경비실 아저씨가 혜진의 차를 향해 세우라고 손짓을 한다. 혜진은 차단봉이 내리기 전에 아슬아슬하게 정문을 빠져나왔다.

여관에 도착해 방안에 들어서자마자 혜진은 언니를 얼싸 부둥켜안 았다.

"언닌 천재야. 난 머릿속이 새카맸는데 어떻게 그런 기발한 아이디어 가 떠올랐지? 그것도 그렇게 짧은 한순간에."

"부모를 속인 자식이 뭘 잘한 게 있다고 이 야단이야. 태주씨…… 선 생님이 아니었다면 그런 불손한 짓은 생각도 못했을 거야."

다요는 이불을 헤치고 소지품들을 점검하다가 속옷을 발견하고는 방그레 웃었다.

"너도 천재네. 난 생각도 못했는데. 갈아입을 옷까지 챙겼잖아."

"언니 동생이잖아. 본 아가씨도 한 머리 하긴 하지."

혜진은 다요의 칭찬에 잘난 척 으스대며 화장실로 들어갔다. 신난 김에 담배 생각이 났던 것이다. 흡연한다고 말하면 다요한테 제지당할 것이 뻔해 슬그머니 들어갔다.

3

　태주는 다요가 아버지에게 끌려 집으로 돌아간 뒤로 걱정이 되어 밤잠을 설쳤다. 식욕까지 잃어졌다. 그렇다고 전화를 할 수도 없는 막연하고 답답한 처지였다. 마치 자신이 혼사파기를 독촉하는 주범이라도 된 듯한 이 상황이 다요에게는 짐이 될 수도 있기 때문이었다. 그래서 혜진이한테 전화해 상황을 타진하고 싶었지만 수수방관을 일삼는다는 사정 없는 책임추궁이 부담스럽다. 그로서는 혜진이 바라는 적극적인 대처를 도저히 해낼 수 없었기 때문이었다.

　"태주씨, 아침식사해요."

　정애가 방문을 노크했다.

　"생각이 없습니다."

　"태주씨가 좋아하는 함경도순대 만들었어요. 입맛 없을 줄 알고 어제 저녁에 만들었으니 일어나 맛 봐요."

　함경도순대?!

　고정애가 어떻게 내가 함경도순대를 좋아한다는 식성까지 알았지? 그리고 그 함경도순대는 외할머니가 서울 계실 때 어린 손자에게 자주 해주던 별식이다. 외할머니가 월남가족인 함경도 태생의 시어머니한테서 전수받은 요리라고 알고 있다. 노인이 만든 함경도순대는 강원도에 가면 먹을 수 있는 함경도 아바이순대와도 완전히 다른 순수 관북의 전통음식이다. 강원도 아바이순대는 말이 함경도음식이지 이미 남한화된 변종이다. 돼지 창자로 만들어진 속의 내용물은 당면, 돼지

선지, 으깬 두부, 녹말이 전부의 레시피라고 할 수 있다. 하지만 외할머니가 만든 순대는 먹어보면 당면도 녹말도 없었고, 그 식감도 담백하고 구수해 태주가 각별히 좋아하던 특식이었다. 그러나 외할머니가 시골로 내려간 뒤로는 거의 먹어보지 못했다. 오랜 만에 어린 시절 즐겨 먹던 음식이 준비되었다는 말에 저도 모르게 구미가 당겼다. 부스럭부스럭 일어나 옷을 걸치고 방에서 나와 아래층으로 내려갔다.

식당 칸에는 벌써 부모님들이 식탁 앞에 앉아 있었다. 정애는 태주가 들어서는 것을 확인하자 김이 무럭무럭 나는 검고 윤기 흐르는 순대를 솥에서 꺼내 도마에 놓고 먹기 좋게 썰어 접시에 담은 후 식탁 위에 올렸다. 그 빛깔이나 향기가 외할머니가 만든 순대와 조금도 차이가 없었다.

"장모님께서 예전에 만들어주던 순대랑 똑같네. 나이도 어린데 이런 음식은 어디서 배웠어?"

한경훈이 젓가락으로 순대 한 토막을 집어 입안에 넣으며 신기한 표정을 지었다.

"할머니한테서 배웠어요. 맛이 어떨지 모르겠어요."

"환상적이다. 그런데 이 안에 뭐랑 들어간 거야? 아바이순대랑 맛이 완전히 달라."

한경훈은 유난히 입맛이 당기는 듯 순식간에 몇 조각을 게 눈 감추듯 먹어 버렸다.

"돼지 폐랑, 곱이랑, 우거지를 잘게 다져 넣고 된장도 조금 풀어 넣었어요. 식용유도 넣었고요. 그냥 할머니가 가르쳐 주신 대로 해본 겁니다.”

“어쩌다가 이런 걸 만들 궁리를 다 한 거야?”

“태주가 쟤 대학원 입학서류 다 준비해서 접수시켜 줬다고 정애가 감사의 뜻으로 만든 거예요. 태주가 함경도순대를 좋아한다는 할머니의 말을 기억해 두었나 봐요. 내가 어제 저녁 창자에 속을 넣을 때 같이 잡아주고 실로 꿰매주었어요.”

한경훈의 아내가 정애 대신 순대를 만들게 된 경위를 설명했다.

태주는 안 그래도 밥맛이 없던 차에 생각밖에 구미가 당기는 순대를 만나 연신 입안에 집어넣었다. 엉뚱하게도 정애 같은 여자를 아내로 삼으면 살아가는 데는 불편이 없을 거라는 생각이 들었다.

“누나, 고마워요.”

“태주씨가 나 땜에 수고했는데 뭐 해줄 건 없고……”

고정애는 소녀처럼 수줍음을 타며 얼굴을 붉혔다.

“어제 할머니한테서 정애한테 전화가 왔더라. 대학원에는 언제쯤 들어 가냐고?”

“아직은 좀 기다려야 합니다. 서류를 접수시켰으니 이제 서류심사가 있을 테고, 거기서 합격되면 또 면접을 봐야 하니까요.”

그때 전화벨이 울렸다. 혜진의 전화다. 태주는 급히 순대 뒤 조각을 입안에 집어넣고 거실로 나왔다.

“어, 혜진아. 다요한테서 무슨 소식이 있어?”

“지금 여기로 오세요. 주소 찍어 보낼게요. 언니 이번엔 정말 집에서 완전히 나왔습니다.”

"혼사 문제 정리 다 끝났대?"

"그게 아니라, 그 사람들이 언니를 술 먹여 취하게 하고……. 아니, 됐어요. 선생님이 오셔서 언니한테서 직접 들어보세요."

정애가 주방에서 얼굴을 내밀고 거실을 살피자 태주는 "곧 갈게." 하고는 전화를 끊었다.

"학교에 급한 일이 생겨서 다녀올게요. 순대 잘 먹었습니다."

"서다요씨?"

"아니, 아닙니다. 학교일 때문입니다."

태주는 말꼬리를 얼버무리고 문 쪽으로 걸어갔다. 정애가 앞장서 달려가 신발장에서 구두를 내려준다. 태주가 저고리를 입지 않은 걸 알고 2층 계단 쪽으로 향하자 그녀가 먼저 달려 올라가 양복저고리를 들고 내려와 그에게 건넸다.

"일찍 다녀오라. 정애가 늦게까지 기다리게 하지 말고."

어머니가 거실로 나오다가 문을 열고 나가는 아들에게 한마디 던졌다. 온 집 식구가 고정애를 맘에 들어하는 분위기다. 아내도 아닌데 정애가 왜 밤늦게까지 내가 귀가하기를 기다리며, 난 또 무슨 이유로 그녀를 기다리게 하지 말아야 하는지 모르겠다. 솔직히 관심도 없다. 태주는 지금 이런 시시콜콜한 문제로 머리를 썩여할 시간적 여유가 없었다. 한시 바삐 다요를 만나고 싶었다. 다요가 없는 세상은 세상도 아니다. 삶도 아니다. 암흑과 공허, 울적함뿐이다. 지금 다요는 태주의 모든 것이었다. 다요가 태주의 세상이고 삶이었다. 아니, 다요는 태주였다.

"태주씨, 잠시만 기다려요."

정애가 무슨 일인지 다시 주방 안으로 들어갔다. 태주는 영문을 몰라 출입문을 연 채로 기다렸다. 조금 뒤 정애가 손에 도시락 하나를 들고 나와 태주에게 건넸다.

"학교 가서 다른 분들이랑 같이 점심에 먹어요."

태주는 거절하고 그냥 나가려다가 문득 다요 생각이 나 되돌아와 도시락을 받아들었다.

"누나, 잘 먹을게요."

....

출입문을 노크하자 혜진이 문을 열어준다. 뒤에 서 있던 다요가 아무 말 없이 방안에 들어서는 태주의 품에 살포시 안겼다. 그리고는 주먹으로 태주의 가슴을 치며 울기부터 한다. 지금까지 한 번도 혜진이 앞에서 이런 모습을 보이지 않던 다요여서 태주는 물론 혜진이도 웬만큼 당황해졌다. 혜진은 태주에게 손가락으로 자신의 얼굴을 가리킨 다음 출입문 쪽을 가리켜 보인 후 서둘러 자리를 피해 나갔다. 그제야 태주는 다요의 얼굴을 품에서 파내 두 손으로 받쳐 들고 손가락으로 발그레한 뺨을 적신 눈물을 닦아주었다. 한 송이의 꽃 같다. 울어도 예쁘다. 아니, 더 예쁘다.

"어떻게 된 거야? 갔던 일은?"

"들어간 내가 어리석었어."

"집에 가야 혼사 문제를 정리한다고 들어갔던 거잖아."

"그랬는데 그 집 어른들이 모여 들어 날 술에 취하게 한 다음 백민호를 시켜 자고 있는 나를……. 하마터면 몸을 더럽혀 오빠를 다시는 못 볼 뻔했어.”

다요가 제비새끼처럼 귀여운 입을 쫑긋거리며 자초지종을 전달했다. 종알대는 다요를 지켜보고 있으려니 아기 같아 꽉 깨물어주고 싶어졌다.

“저런, 우리 다요 큰일 날 뻔했네. 당했으면 어쩔 뻔했어.”

태주는 다요를 얼싸 안고 입에 뽀뽀했다.

“어쩌긴 자살했지. 그 더러운 몸 오빠한테 줄 순 없잖아.”

“요행 화는 피해 이렇게 탈출엔 성공했는데 이젠 어떻게 할 거야? 이렇게 남의 집에 그냥 숨어 지낼 수도 없고.”

다요가 태주의 품에서 나와 그의 손목을 잡고 침대 위에 나란히 앉았다. 그리고는 태주의 턱밑까지 바싹 다가와 수정같이 반짝이는 눈동자로 그를 빤히 쳐다본다.

“아빠가 결혼 날짜를 이번 주 일요일로 앞당겼어. 안 들어오면 경찰에 신고해 잡아들인대. 그래서 일단 전화번호도 변경하고 여관에서 나와 혜진이 친구네 집으로 장소도 옮겼어. 한동안은 안전할 거야.”

“정작 경찰을 풀면 여기라고 안전하겠어? 아버지께서 딸이 조카랑 같이 있는 건 알 터이고, 그러면 그 인맥을 추적해 조사할 거잖아.”

“그래서 혜진이 말이, 우리 둘이 대한민국 국토를 떠나야 한대. 일단 만일의 경우를 대비해 여권이랑 출국에 필요한 서류는 집에 가서 다 빼내 왔어. 당분간 해외로 은신했다가 여기서 혼사를 단념한 다음 들어오면 어때?”

"해외 도피 시나리오라? 그런데 어딜 가야지?"

태주는 고개를 들고 천장을 쳐다보았다. 일전에 중국베이징대에 유학 간 여동생 금주가 지방대에 유학하는 친구가 그 대학 한국학과에서 원어민교사가 필요하니 지인을 소개해 달라던 말이 기억났다. 오빠가 올 생각이 있으면 알려달라고 전화가 왔었다. 대학도 괜찮고, 봉급이나 대우도 양질이라고 했었다.

"오빠가 언제 나하고 중국베이징대에 여동생이 유학 갔다고 하지 않았어? 거기 좀 알아보면 안 돼? 원어민교사 자리 같은 거 없나."

다요는 정말 부당하게 짊어진 혼사의 멍에를 벗어던지기로 작심한 모양이다. 그러나 아버지를 눈앞에 두고는 차마 어려움에 봉착한 부친을 모른 척 할 수 없으니 보이지 않는 곳으로 훌쩍 떠나기로 마음먹은 것이리라.

"요 귀염둥이. 예쁘기만 한 게 아니라 센스도 반짝인다니까. 안 그래도 지금 금주 생각을 하던 참인데."

태주는 손으로 아기 피부처럼 보송보송한 다요의 두 볼을 가볍게 비틀었다.

"으응– 오빵. 다요 아포, 아야 해."

다요는 두 볼에 탁구공처럼 입김을 볼록하니 불어넣으며 두 눈을 꼭 감더니 고개를 살래살래 흔든다. 천진난만한 모습에 얼이 빠진 태주는 정신이 어질어질해진다. 그대로 들어서 가슴속에 확 집어넣고 싶다.

"그런데 원어민교사로 나가려면 서류신청도 해야 하고 대학 측의 심사와 면접, 결론이 난 후 요청서류가 도착해서 비자신청을 하고 발급 나기를 기다리자면 시간이 꽤나 걸릴 텐데."

"그럼 어떡해? 결혼 날짜는 당금인데. 그 전에 이곳을 피하려면 며칠 내에 손을 써야잖아."

"나한테 방법이 하나 있긴 한데……."

"무슨 아이디언데? 뜸들이지 말고 어서 말해 봐."

다요가 아침에 급히 나오느라 미처 다듬지 못한 태주의 턱수염을 손가락으로 만지작거리며 재촉한다.

"여행 비자를 신청하면 빠르면 2~3일, 늦어도 일주일 안에 비자를 발급받을 수 있어."

"그래? 그럼 그거 하자. 아직 방학도 한 달 넘게 남았잖아."

다요가 그 중 긴 수염 한 가닥을 골라잡고 살짝 당겼다.

"태주도 아포."

"아포? 아포라고 한 거임. 이거 다 내거잖아. 다요 삐짐."

"쏘리. 맘대로 해. 그래서 말인데, 여행비자도 단기는 30일이지만 장기여행은 90일짜리도 있어. 일단 여행비자로 이곳을 떠나 급한 불부터 끄고 보자. 그때까지도 이곳 상황이 호전되지 않으면 중국에 남아서 금주가 소개하던 대학에 직접 방문해서 면접보고 거기 주저앉으면 되잖아."

"오빠랑, 나랑 대륙관광도 하고. 낭만적이다. 그거 지금 당장 신청해야잖아."

다요가 생각밖에 일이 쉽게 풀리자 태주의 목을 껴안고 그의 입술에 키스했다.

"내가 아는 여행사가 있는데 그쪽으로 가면 돼. 사장이 구면이니까 부탁하면 이틀이면 비자가 나올지도 몰라."

"그럼 여기서 시간 허비하지 말고 빨리 가자."

다요가 먼저 신을 신었다. 그러나 어제 과음 후유증 때문인지 현기증 발작을 호소하며 손으로 이마를 짚고 몸을 비틀거렸다. 태주가 그녀의 어깨를 잡아 자신의 가슴에 품었다.

"괜찮겠어? 힘들면 오전엔 쉬고 오후에 가든지."

"괜찮아. 시간이 없어. 아빠가 언제 내 뒤를 추적해 올지 모르잖아."

"아, 참. 내가 집에서 먹을 걸 가지고 왔어. 순댄데 맛있어. 일단 그거라도 몇 조각 먹으면 기운이 날 거야."

태주는 가방 안에서 도시락을 꺼냈다. 고정애가 점심에 동료들과 같이 먹으라며 정성스레 싸준 것이다. 받아오기 잘했다.

4

도시락 뚜껑을 열자 향기로운 냄새가 방안에 은은하게 퍼졌다.

"어머, 뭔 순대가 이렇게 예쁘게 생겼어!"

다요는 윤기가 자르르한 순대를 보고 환성을 질렀다.

태주는 일회용 젓가락으로 순대 하나를 집어 다요의 입에 넣어주었다. 다요는 발그레한 입술을 뾰족하니 내밀며 그걸 받아 물었다. 그리고는 어린애처럼 호물호물 씹는다.

"대박! 이런 순대 맛 난생처음이야. 무슨 순댄데 이런 맛이 나? 여태 본 적이 없는 순대 같은데. 어디서 샀어?"

찬탄을 연발하며 또 집어달라고 가는 손가락으로 순대조각을 가리킨다.

"산 거 아니라 집에서 만든 거야."

"집에서. 누가?"

"고정애……"

태주는 자신도 모르게 혀끝으로 굴러 나온 단어에 흠칫 놀랐다. 그 이름이 하필이면 다요 앞에서 그렇게 거침없이 나오다니. 그녀 앞에서는 절대로 튀어나와서는 안 되는 이름이다. 그래서 급히 임기응변으로 이름 끝에 '여사님'이라고 호칭을 달았다.

"고정애여사님이 누구야?"

태주를 말끄러미 쳐다보는 다요의 눈동자는 샘물 속에서 금방 건져 낸 진주 같다.

"어, 우리 외할머니 존함이야. 내가 외할머니와 너무 절친이라 평소 그냥 우리 고정애여사님이라고 부르거든."

"호호호. 외할머니와 그렇게 친해?"

다요는 입을 막고 깔깔댄다. 그 웃음소리가 가을바람처럼 맑고 청신하다. 태주는 불현듯 순대를 받아온 것이 후회되었다. 그 순대로 인해 다요와 정애가 이토록 용이하게 이어지고 두 이름이 평행선에 나란히 고정될 줄은 미처 몰랐었다.

"난 음식솜씨가 없어 걱정돼. 오빠도 정애여사님처럼 이렇게 음식
솜씨가 출중한 아내를 만나야 행복할 텐데."

"난 이 순대 싫어해. 맛없어서 안 먹어."

"외할머니와 친하다며. 그런데도 고정애여사님이 해준 순대를 싫어
한다니 말이 돼?"

다요는 의아하다는 듯 초롱초롱한 눈을 깜빡거린다.

"순대만 싫어해. 다른 음식은 다 좋아하는데."

"난 이 순대 너무 맛있어. 그래서 갑자기 고정애여사님이 뵙고 싶어
져. 어떤 분이시기에 순대를 이렇게 맛있게 만드실 수 있지? 그러지 말
고 오빠도 하나 먹어봐. 정말 대박이라니까. 임금님 수라상에나 오를
그런 맛이야."

다요가 다른 젓가락으로 순대 한 조각을 집어 기어이 태주의 입가
에 가져다 댄다.

"싫다니까."

태주는 고개를 틀어버렸다. 정애가 만든 순대를 다요가 집어주는
걸 차마 먹을 수가 없었다. 그것은 순대가 아니라 다요가 정애의 등을
그에게 떠미는 것처럼 느껴졌기 때문이다. 웬일인지 순대로 인해 벌어
진 이 상황이 불길했다. 어떻게 다요가 이렇게 쉽게 순대 몇 조각 때문
에 정애에게 호감을 가질 수 있는가.

"오빠 안 먹으면 나도 안 먹을 거야. 다요 삐짐!"

다요는 젓가락을 도시락 위에 달그락 내려놓더니 팔짱을 끼고 홀랑
돌아앉는다.

"알았어. 먹을게. 아~"

태주는 고개를 다요 앞으로 쑥 내밀며 입을 크게 벌렸다.

"입도 크다. 도시락채로 다 들어가겠다."

그제야 다요가 몸을 돌이키며 배시시 웃는다.

"다요까지 다 먹어버릴 거야."

"차라리 그러는 게 좋겠어. 아예 한 몸이 되게. 다요 지금 들어간다. 야앗!"

다요가 몸을 날려 들어갈 것처럼 태주의 입에 머리를 불쑥 들이민다. 그러고는 두 사람은 웃고 말았다.

간단한 식사가 끝나자 그들은 여행사로 이동했다.

김사장은 태주와 막역지우인 듯 반갑게 맞아주었다. 태주가 부탁하기 바쁘게 될수록 2~3일 안에 비자발급이 되도록 방법을 강구하겠다고 장담했다. 사실 태주의 여권도 이 김사장이 보관하고 있었다.

"한박사, 걱정 마. 내가 밥 먹고 하는 일이 이거잖아. 자네가 아니라 천사같이 아름다운 이 아가씰 봐서라도 약속할 수 있어."

사실 김사장은 말은 태주를 상대로 했지만 시선은 아까부터 이 핑계, 저 구실 다 들이대어 다요에게로 향해 있었다. 여행비자는 신청서류도 간단했다. 여권, 신청서에 붙일 증명사진 1매, 인적사항기재신청서와 인장이 전부였다. 모든 서류는 잠깐 사이에 김사장이 손수 작성해주었다. 사진도 여행사에서 찍었다.

"고마워. 될 수 있는 한 장기체류가 가능한 90일 비자로 뽑아줘. 그리고 이번 주 토요일 항공권도 함께 예약해줘."

"아예 중국 가서 살림을 차릴 예산이냐? 하긴 이렇게 예쁜 아가씨라면 나라도 대한민국을 떠나 사막밖에 없는 아프리카에 가서 살자고 해도 기꺼이 떠날 거야. 한박사는 재간도 좋아. 그동안 아무 소식도 없더니 언제 이런 선녀와 사귀었대."

김사장뿐만 아니라 여행사의 남녀 직원들과 볼일이 있어 내방한 방문객들까지도 모두 다요에게 시선이 집중되어 있었다. 다요는 태주 옆에 다소곳이 붙어 앉아 있을 뿐 묻는 말 외에는 아무 말도 하지 않았다. 아마도 그녀는 주변 사람들의 이런 과잉 시선에 습관이 되어 있을 것이 틀림없다. 그 시선을 조금이라도 완화해보려고 평소 옷차림도 수수하게, 화장도 옅게 하고 다녔지만 별 효과는 없었다.

"김사장, 그럼 잘 부탁해. 우린 다른 일이 있어서 오늘은 이만 가봐야겠어. 인사는 나중에 할게."

"왜, 좀 더 앉아 얘기나 하다 가지. 오랜 만에 만났는데. 점심은 내가 대접할 테니."

다요가 눈앞에서 사라지는 게 너무 아쉬운 표정이다.

"쏘리. 밥은 다음에 내가 살게."

"그래 그럼. 모레쯤 와 봐. 아가씨도 함께 오실 거죠?"

"네. 사장님, 안녕히 계세요."

다요가 허리를 굽혀 배꼽인사를 하자 김사장도 허리를 굽혀 정중하게 답례한다. 다요가 사람들의 경탄의 시선을 모으며 그의 팔을 끼자 태주는 괜히 어깨가 으쓱해졌다. 다요가 나 같은 남자랑 함께 다니는 게 창피할지는 몰라도, 적어도 백민호보다는 내가 나을 거라는 생각에 자신감 같은 것도 생겼다.

예약을 끝내자 그들은 다시 혜진의 친구 자취방으로 돌아왔다. 도중에 아무 식당에나 들러 점심식사라도 하려고 했으나 다요가 거절했다. 순대를 많이 먹어 배가 고프지 않다고 했다. 시장기가 들면 집에 가서 남은 순대로 요기하면 된다고도 했다. 적어도 며칠 동안은 그 순대 맛을 간직하기 위해 식당요리를 먹을 것 같지 않다고도 했다. 고정애의 존재감이 하찮은 순대 하나 때문에 다요를 일격에 정복할 줄은 꿈에도 생각 못했던 일이다. 태주는 도로변의 아무 쓰레기통에라도 그 순대를 도시락 채로 버리고 싶었다. 그러나 그러면 도리어 다요의 불필요한 의심만 불러일으킬 것이다.

다요는 방에 들어서자 지친 듯 침대에 올라가 눕는다. 그리고는 태주더러 침대 위 옆자리로 올라오라고 손짓한다. 태주가 침대 위로 올라오자 다요는 그의 무릎을 베고 누웠다.

"피곤해."

"어제 술 과음해서 그럴 거야. 누워서 눈 좀 붙여."

"오빠가 재워줘."

태주는 손으로 그녀의 등을 가볍게 다독여주었다. 그녀의 가슴이 한껏 부풀어 오른 산 봉오리처럼 높다.

"다요 더워용."

"더워? 들어오자마자 에어컨을 켰는데. 강으로 올릴까?"

"바보."

"왜, 덥다며?"

"몸이 아니라 이 안이 더워. 벌렁벌렁 끓는 것 같아."

"가만 있어 봐. 그럼 팥빙수 가져다줄게."

태주가 냉장고 쪽으로 가려고 그녀의 머리를 무릎에서 내리려고 하자 다요가 살며시 손으로 태주의 바짓가랑이를 잡아당긴다.

"정말 바보야, 아니면 바본 것처럼 쇼하는 거야?"

태주는 도로 주저앉았다.

"내가 바본 줄 인제야 알았어? 그러는 다요도 바보."

태주는 손가락으로 다요의 조각 같은 콧등을 살짝 눌렀다. 성형을 하지 않은 자연산이라 금방 오뚝 일어선다. 사실 태주는 이 방에 들어서기 전부터 다요가 무엇을 하리란 걸 짐작하고 있었다. 그녀는 바로 어제 백민호에게 유린당할 뻔한 몸을 간신히 보존하여 이곳으로 탈출했다. 그녀는 진작 자신의 몸이 유린되기 전에 순수함 그대로 나에게 주지 못한 것을 뼈저리게 후회했을 것이다. 상식에만 얽매여 전전긍긍하는 나한테 주도권을 양도하고서는 혼사 문제가 해결되기 전에는 자신을 내 것으로 만들어줄 수 없다는 것을 느꼈을 것이다. 그렇다면 그녀가 오늘 행하려고 할 일은 묻지 않아도 명약관화이다. 그렇지만 태주는 아직도 그 마지막 한 걸음을 내딛기가 두려웠다. 지금도 태주의 육신은 다요 못지않게 본능적으로 그것을 향해 가동되고 있었다. 이대로 방치한다면 곧바로 그 예고된 접속 신체사고는 현실로 될 것이다. 그래서 될 수 있으면 그녀가 유도하는 궤도에 오르지 않으려고 딴전을 피워 댄 것이다.

"목이 답답해?"

"거기 말고 여기."

다요가 턱으로 자신의 가슴을 가리킨다.

"어디?"

"그걸 꼭 내 입으로 말해야 돼? 그래. 오늘은 내가 나쁜 여자 역할 맡을게. 답답하니까 셔츠 단추 좀 벗겨줘."

여자의 입장에서 남자를 리드까지 하는데 더 이상 모른 척 할 수도 없었다. 그녀는 한차례 위기를 겪더니 오늘은 부끄러움이고, 여자에게 주어진 소극적인 입장이고 모두 버리기로 작심한 것 같다. 부푼 가슴의 성숙한 탄력 때문에 셔츠가 팽팽하게 조여들어 단추가 잘 벗겨지지 않아 태주는 한참이나 어물거렸다. 될수록 가슴에 손이 닿지 않게 하려고 애쓰느라 더 어려웠다.

"이렇게 하면 되잖아. 박사라며 단추 벗길 줄도 몰라?"

다요가 기다리다 못해 스스로 단추를 풀었다. 하얀 브래지어가 드러나자 태주는 고개를 돌렸다. 그것을 보면 밑바닥 어딘가에서 눈을 빠끔히 뜰 욕망을 자제할 수 없을 것 같아서였다. 빨리 잠들라고 기계적인 동작으로 그녀의 어깨만 열심히 다독였다.

"어깨가 아니라 가슴을 다독여."

"거길……."

"오빠 거잖아. 다른 사람이 훔칠 뻔했잖아. 도둑맞을까 봐 두렵지도 않아? 내가 싫어?"

태주는 평소 차분하고 수줍음을 잘 타던 다요가 전혀 다른 사람으로 돌변하자 당황해졌다. 백민호에게 얼마나 놀랐으면…….

"싫긴. 나야 죽고 싶도록 좋지."

"그럼 가져. 오늘 다 가져. 안 그러면 남이 먼저 빼앗아 가."

다요가 돌아누워 등을 보인다. 브래지어를 벗기라는 뜻이다. 태주가 어쩔 수 없이 호크를 벗기자 다요가 다시 몸을 돌렸다. 바나나 껍질처럼 브래지어가 저절로 벗겨진다. 순간 태주는 그녀의 가슴에서 발산하는 새하얀 광채에 눈이 머는 착각이 들었다. 처음 보는 것도 아니건만 그녀의 가슴은 단숨에 태주의 가슴에 욕정의 불길을 지폈다. 그는 혼신을 다해 버티고 있던 이성의 견고한 옹벽이 모래성처럼 와르르 붕괴됨을 느꼈다. 그 옹벽 뒤 구석에 유폐되었던 강렬한 욕념이 허물어진 담장을 넘어 홍수처럼 밖으로 쏟아져 나왔다. 그는 걸신들린 사람처럼 허리를 굽혀 그녀의 가슴에 머리를 숙였다. 태주의 입술은 날선 강철 쇠 보습처럼 손이 더듬어 개척한 곳들을 깊숙이 갈아엎기 시작했다. 농부의 부지런한 괭이질에 다요의 몸부림도 서서히 그 강도가 높아졌고 입으로는 신음소리가 새어나왔다.

두 사람의 애무와 호응으로 모든 사전준비가 끝나고 가열과정도 충족되어 바야흐로 혼연일체를 향해 한껏 달아올랐을 때 태주는 그 계곡 앞에서 또 발걸음을 멈췄다. 거기서 뜨거운 정염의 향연을 지독한 의지력으로 중단하려고 했다. 그러자 다요가 팔을 벌려 그의 허리를 가슴에 꼭 그러안았다.

"왜 또 여기서 스톱이야?"

"우리 아직 아무 것도 해결된 거 없잖아."

"그 혼사 내가 싫으면 끝난 거 아니야? 그래서 대한민국을 떠나기로 했잖아. 본인이 원하지 않는 결혼 무효라며."

밑에 누운 다요가 애원의 눈빛으로 태주를 쳐다본다.

"그건 그렇다 쳐도 우리 아직 결혼 전이잖아."

"결혼이 뭐가 중요해? 그거 그냥 형식에 불과한 건데. 내가 원하잖아."

"혹시라도 너한테 부담을 주는 실수가 될까 봐 그러는 거야. 그리고 난 널 결혼식 날 정정당당하게 신혼방에서 동방화촉을 밝혀놓고 축복을 받으며 가지고 싶어. 나한테 넌 그만큼 소중해."

"우리 둘만 원하면 그게 정정당당이고, 그곳이 어디든 다 신혼방이야."

"콘돔도 없잖아."

"그딴 거 다 필요 없어. 난 오빠랑 나 사이에 그 어떤 것도 끼어드는 거 싫어."

다요가 태주를 받아들일 자세를 취하며 손으로 그를 인도했다. '혼자만 도덕적인 척 하지 마. 아직도 도덕군자질 할 거야.' 귓전에서 강바람의 목소리가 들리는 것만 같았다. 태주는 머릿속의 모든 잡념을 버렸다. 오로지 육체의 욕망만을 따라 불타오르는 그 최후의 붉은 언덕을 향해 톺아 올라갔다. 숨이 차올라 헐떡거렸고 폭발적인 에너지가 소모되며 땀이 흘러내렸다. 두 사람의 육신은 한 덩이가 된 채 침대 위에서 파도처럼 출렁거렸고 철썩거렸다. 다요의 눈에서 무한한 행복에 겨운 감격의 이슬이 주르륵 흘러내려 베갯잇을 적셨다.

"내 태주. 넌 내 거야!"

태주는 드디어 그 높은 언덕 위에 우뚝 올라섰다. 뜨거운 햇빛이 쏟아지고 훈훈한 바람이 불어왔다. 이제 그는 저 가파른 언덕 아래로 썰매처럼 미끄러져 내려갈 일만 남았다……

그러나 태주는 바로 그 순간 단호하게 자신의 몸을 다요의 몸에서 분리시켰다.

"오빠, 왜 그래?"

"이것만은 안 돼. 결혼한 다음에……."

그 진한 땀과 눈물로 빚어진 하얀 액체가 떨어져 자신의 몸을 흥건히 적시는 것을 보며 다요는 일어나 태주를 와락 그러안았다.

"오빠 바보야. 다요밖에 모르는 바보."

태주도 그녀를 으스러지게 껴안았다. 그녀는 쳐다보기도 아까운 존재였다.

백일몽

1

서다요는 아침식사 하러 김밥집에 와서도 혼자서 정애가 만든 순대를 렌지에 데워 먹었다.

"순대만 먹지 말고 김밥 좀 먹어 봐. 별맛이야."

"으으응. 난 이 순대 맛에 꽂혔어. 오빠 외할머닌 정말 대단하셔. 순대를 이렇게 감칠맛 나게 만드신 걸 보면 틀림없이 손재간이 좋으실 뿐만 아니라 심성도 착하시고 얼굴도 예쁘실 거야. 나 이 순대 하나 때문에 단번에 외할머니 팬이 됐어."

순대를 만든 이가 고정애이니 다요가 존경하는 대상은 두말할 것도 없이 정애이다. 태주는 한낱 순대 하나로 인해 다요의 마음이 너무 쉽게 정애에게로 향한다는 사실에 은근히 불안해졌다. 왜냐하면 서다요와 고정애는 어떤 식으로도 한데 엮여서는 안 되기 때문이다. 정애는 단순히 순대를 만든 사람을 넘어서 태주에게는 부담을 지우는 카츄샤이기도 했다.

"결혼하면 할머니를 스승으로 모시고 순대 만드는 비결을 배워 오빠한테 만들어줄 거야."

"난 순대 싫어한다 했잖아."

"내가 좋아하면 오빠도 좋아하게 돼 있어. 여기 맛들이면 아마 다른 음식에는 손도 대지 않을 걸. 나랑 내기 해."

다요가 불쑥 손을 내민다. 또 뭐 도장 찍고, 카피하고 그런 걸 거다. 태주는 그게 설령 장난이라고 하더라도 응할 수가 없었다. 그건 순대 문제가 아니라 다요의 경쟁자인 '카츄샤'의 문제이기도 했기 때문이다.

"다 먹었으면 일어나자."

"다요 개무시 당함. 삐짐!"

다요는 또 두 볼을 탁구공처럼 불리며 먼저 김밥집에서 나갔다. 그러나 태주가 계산하고 뒤따라 나오자 해죽해죽 웃으며 다가와 팔짱을 낀다. 그리고는 유치원 가는 어린애들처럼 걸음을 옮길 때마다 갈지자로 다리를 꼬며 춤을 추듯 몸을 좌우로 살랑살랑 흔든다.

"오빠랑 이렇게 다니니까 너무 좋다. 하늘도 파랗고 공기도 맑고……."

태주는 손으로 다요의 소담한 머리를 쓰다듬었다. 몸의 율동에 따라 출렁출렁 파도친다.

"오전엔 잠깐 다녀올 곳이 있어. 집에 혼자 있어. 점심에는 올게."

"무슨 일인데? 같이 가. 인젠 오빠 곁에서 1초도 떨어지지 않을 거야."

"도서관. 중국 가면 문학강의 취소해야잖아. 그리고 그곳은 부친도, 아시잖아."

"전화하면 안 돼? 오빠 없으면 불안해서 그래. 태양이 사라진 기분이야. 암흑천지 같아."

"공주님, 금방 온다잖아."

"싫어. 다요 혼자는 무서워용."

"오케이. 그럼 이렇게 하면 어때? 혜진을 오라고 해서 오전에만 같이 있어."

"혜진이가 오빠를 대신할 수 있다고 생각해?"

"잠시라잖아."

"알았어. 단, 정말 오전까지 만이야. 그러나 집에 올라갔다가 혜진이 온 다음에 가."

안 그래도 이쪽 일이 궁금하던 차에 혜진은 전화하자마자 차를 몰고 달려왔다.

그녀는 방에 들어서자마자 새로운 특대 뉴스를 쏟아냈다.

"큰아빠한테서 전화가 왔는데, 언니 오늘 저녁 여섯 시까지 집에 들어오지 않으면 경찰에 실종신고하신대."

"예상했던 거잖아."

다요는 일어서는 태주의 셔츠에 넥타이를 매주며 심드렁한 반응을 보였다.

"예상이 빗나간 건 단순한 실종사건이 아니라 납치사건으로 신고하겠다는 거야. 그럼 범죄사건인데 경찰이 언니는 물론 선생님까지 납치 혐의로 추적할 거잖아."

"그럴 줄 알고 어제 벌써 해외로 출국할 준비를 다해 놨어. 여행비잔데 2~3일 내에 발급 가능하대."

"선생님, 언니 말이 정말이에요?"

"그렇게 됐어."

태주는 눈을 감고 다요가 빗으로 머리를 빗겨주도록 얼굴을 들이민 채 대답했다.

"그럼 우리 선생님께서 드디어 그 위험천만하다는 '유리언덕'을 넘으신 거예요? 축하합니다."

"유리언덕?!"

태주와 다요가 동시에 그 말을 되뇌며 혜진을 돌아보았다.

"아, 쏘리. 미안해요. 제가 실수했네요. 언니가 아직은 약혼한 남자가 있기에……. 아무튼 잘 됐습니다. 어차피 한번은 지나야 할 가시덤불이잖아요."

혜진이 자신의 일처럼 기뻐하며 깔깔 댄다.

태주는 바닥에 내려와 다요가 내려주는 신을 신었다. 그녀가 갑자기 태주의 목을 껴안고 이마에 키스했다.

"아유, 징그러. 언닌 인젠 동생 앞에서도 부끄러운 줄 몰라."

"선생님한테는 아무 것도 부끄럽지 않아."

"언니가 그러니까 벌써부터 선생님한테서 형부 냄새가 폴폴 풍겨요."

태주는 다요의 머리를 쓰다듬어주고 싶었지만 제자 앞이라 참고 그냥 밖으로 나왔다. 혜진이 느닷없이 내던진 '유리언덕'이라는 말이 무슨 종양처럼 머릿속에 찰싹 달라붙었다. 사실 그것 때문에 태주도 여태껏 그 경계를 넘지 않으려고 나름 무진 애를 썼지만 결국 어제를 기점으로 와해되고 말았다. 하지만 따지고 보면 그의 행동이 자신이 발명한 신조어인 '유리언덕'을 넘었다고 할 만큼 부도덕한 것도 아니었다. 부당한 것이 있다면 그것은 도리어 다요의 혼사 자체이다. 그리고 당사자인 다요는 지금 그 혼사를 결사 거부하고 있다. 그러니 그것은 그냥 혜진의 말실수일 따름이다.

도서관 문학강좌 관련 협의는 생각 밖으로 순조롭게 해결되었다. 사실 주최 측에서도 전번 날 청강생 부모가 딸을 데려가는 소동에 대해 파악하고 있는 눈치였다. 태주가 말을 꺼내자 금방 허락했다. 다만 이미 정해진 관내 이벤트는 취소할 수 없으니 강의를 대신할 강사만 소개해달라고 요청해 왔다. 태주가 H대학에서 현대문학을 강의하는 대학원 동기생에게 전화해 사정을 얘기했더니, "알았어. 어려울 때 서로 도와주는 게 친구잖아." 하고 선선히 응해주었다. 까놓고 말해 요즘처럼 물질지상주의 세상에 한가하게 소설 창작 강의 같은 걸 듣고 싶어 하는 사람도 얼마 되지 않는다. 한창 뜨는 만화·웹툰이나 드라마창작 강의라면 몰라도.

일을 마무리하고 도서관에서 나오자 아직 점심시간까지는 한 시간이나 남아 있다. 아무리 생각해도 강바람 아니, 윤하늘을 만나 떠나게 된 경위를 전해야 될 것 같았다. 쥐도 새도 모르게 슬그머니 도망간다면 그녀가 서운해 할 것이기 때문이다. 윤하늘은 그와 다요가 여기까지 오도록 길을 닦아준 공신 중의 한 사람이 아닌가. 차를 대학로 쪽으로 향해 운전하며 전화를 걸었다.

"어, 수영씨."

"시간 괜찮아? 커피나 한잔 하고 싶어서."

"다요씨와 일이 잘 풀리나 봐, 커피 마실 여유를 다 부리고. 오케이. 왜어라유?"

"지금 대학로로 가는 중이야."

"내가 대학로에 있는 건 하우 디쥬 너우?"

"그냥. 느낌이 그랬어. 좋은 커피숍 알면 문자 보내줘. 그리로 갈게."

조금 후 태주가 커피숍에 들어서자 먼저 도착해 기다리던 윤하늘이 최근 상황을 탐색하느라 그의 표정을 유심히 관찰한다.

"기색을 보아하니 고민은 없는 것 같고. 와이 아유 얼론. 다요씨는?"

"시간이 없어. 점심식사는 가서 먹기로 했어."

태주가 서두르자 윤하늘이 눈치 빠르게 프런트에 주문하러 간다. 알림 벨을 들고와 태주와 마주앉으며 윤하늘이 턱을 고이고 그를 바라본다.

"와류 루킹 앳. 얼굴에 뭐가 묻었어?"

"다요씨한테 완전 빠졌구나. 나이스 굿. 이제야 사람을 제대로 만난 것 같아. 그런데 저쪽 혼사 문제는 어떻게 됐어? 다요씨 부모님들은……."

"또 가출했어. 그 집 식구들이 모여들어 다요를 술 먹이고 민호침실로 밀어 넣었대. 그래서 탈출했더니 다요 부친은 결혼 날짜를 이번 주 일요일로 앞당기고 딸을 경찰에 실종신고까지 한 상황이야."

"서우 왓?"

"그래서 지금은 임시 사촌동생 친구집에 숨어 지내."

"하우 메니 데이즈 두 유 와너 엔더얼?"

"그 때문에 어제 갑자기 중국여행비자 신청했어. 2~3일이면 나온다 니까 일단 잠시 피해 있으려고. 그래서 떠나기 전에 작별인사 하러 온 거야."

태주는 말하는 와중에도 여러 번 시간을 확인했다. 점심시간이 되 었지만 다요는 문자도, 전화도 하지 않는다. 남자의 체면을 생각해서 일 것이다.

"웨리 굳! 인제야 남자다워. 그러나 우먼즈 마인즈 체인즈 오펀하잖 아. 워낙 효심이 지극하니까 혹시 어느 날 다요씨의 결심이 흔들리더라 도 수영씬 절대 동요해선 안 돼. 유 너우? 이번엔 이 사랑 열차를 이끄 는 확실한 견인차 역할을 수행해야 된다고. 튼튼한 말뚝이 되어 다요 의 마음을 흔들리지 않도록 사랑의 부두에 단단히 묶어두어야 해. 대 레즈 너우 챈스 어겐. 할캔유 두엣?"

"잘 모르겠어. 현실은 욕망과 항상 엇서잖아."

"오늘 이 시간부터 도덕군자 역할은 종료야. 욕망을 따라 좌고우면하 지 말고 견정하게 전진할 것. 화이팅!"

윤하늘이 손바닥을 펴고 들이대자 태주가 손을 들어 하이파이브를 했다.

"아오 바이 디널. 떠나기 전에 이별주나……"

"그만 둬. 모든 일이 정리되면 그때 내가 살게……"

그때 태주의 전화 진동음이 울렸다. 십중팔구는 다요의 전화일 거라 생각하고 커피숍에서 서둘러 나왔다. 그런데 뜻밖에도 여동생 금주의 전화이다.

"오빠, 나 금주야."

"너 지금 어딘데. 중국 아니야?"

"인천공항이야."

"인천공항. 무슨 일로 갑자기?"

"친구 결혼식 때문에. 엄마랑, 아빠도 보고 싶고. 당연히 오빠도 보고 싶지."

"알았어. 나도 좀 있다 집에 갈게, 이따 봐."

태주는 전화를 끊고 다요에게 걸었다. 아무래도 점심 같이 먹자던 약속은 지키지 못할 것 같다.

"네, 선생님."

혜진이만 옆에 있으면 아직도 꼬박꼬박 경어를 쓴다. 그것은 그녀의 무의식 속에도 둘의 관계에 아직 뭔가가 석연하게 풀리지 않고 있음을 느끼고 있기 때문일 것이다. 물론 그 문제란 단순히 형식상의 절차일 따름이다. 그럼에도 그 사소한, 문제랄 것도 없는 문제 때문에 혜진이도 '유리언덕'이라는 표현을 사용했을 것이다.

"점심식사는 함께 못할 것 같아. 갑자기 금주가 친구 결혼식 때문에 귀국했대. 지금 인천공항에서 출발해 오고 있는 중이야. 아무래도 집에 가봐야 될 것 같아서. 오늘 점심만 혜진이랑 같이 먹으면 안 돼?"

"괜찮아요, 선생님. 혜진이랑 먹을게요. 마침 잘됐네요. 중국 쪽 원어민강사 일도 알아볼 수 있잖아요. 전 걱정하지 말고 다녀오세요."

"쏘리."

혜진이가 옆에 있는 것 같아서 애정표현은 생략할 수밖에 없었다.

"왓츠 앞?"

윤하늘이 따라 나오며 호기심을 보인다.

"중국 유학 간 여동생이 왔대. 다요랑 점심 먹으려고 했는데 먼저 집에부터 가 봐야겠어."

"야, 거우어 헤드."

윤하늘이 태주의 어깨를 툭 쳤다.

"태주씨, 잘해 봐."

태주는 주차장으로 가다 말고 흠칫 놀라 몸을 돌이켰다.

"태주? 내 실명은 어떻게 알았어?"

"한태주. 문학박사이자 소설비평가. S대 문학강사. 정보 출처는 서다요씨."

"그럼 나도 한마디 할까. 윤하늘. 연극배우. '로미오와 줄리엣' 연극의 줄리엣 주연배우. H대 영문학과 졸업."

"수영씬 왜얼 디드유 너우엣?"

"대학로극장에서 연극을 봤어. 그런데 윤하늘씨가 박봉에 시달리는 연극배우라면서 어떻게 고급 외제차인 포르쉐를 타고 다니는지에 대해서는 아직도 미스터리야."

"다운 너우. 우리 원래 상대방의 프라이버시 묻지 않기로 했잖아. 서로간에 이만큼 안다는 것만으로 브레이크 밟자. 비커즈 위얼 히얼."

"오케이. 알았어. 그럼 중국 갔다 와서 보자."

태주는 차를 댄 곳으로 총총 걸음을 쳤다.

"다운 미쓰 헐 데스 타임. 놓치면 태주씬 바보야."

강바람의 당부를 등 뒤에 흘려버린 채 태주는 골목길로 꺾어들었다. 느닷없이 뒤에 서서 골목으로 사라지는 자신을 바라보고 섰을 강바람을 생각하니 저도 모르게 콧날이 시큰해졌다. 아무 책임도 지지 않기로 약정하고 시작된 어정쩡한 관계이긴 하지만 이제는 그녀와 다시는 한 침대 위에 오를 수 없다고 생각하니 마음이 쓸쓸해졌다. 그리고 이제야 오늘 그녀가 그가 평소 좋아했던 그 회색 투피스 정장을 입고 있었다는 사실도 깨달았다. 예쁘다고 한 마디 칭찬이라도 해줬어야 했다. 지금 그는 다요 한 사람한테만 완전히 빠져 있었다.

2

차에 시동을 건 한태주는 문득 머릿속에 현보민의 얼굴이 떠올랐다. 온다간다 말 한마디 없이 사라질 만큼 시시한 친구가 아니다. 게다가 금주가 집에 도착하려면 적어도 1시간은 넘게 걸릴 것이다. 간다고 한마디하고 떠나야 할 것 같았다. 오늘 아니면 따로 시간이 없다.

전화를 걸자 근무 중이라 오래는 안 되고 점심시간을 이용해 잠깐 만날 수는 있다고 했다.

동네 커피숍에서 커피를 사들고 근처의 놀이터에 올라가 벤치에 나란히 앉았다.

"무슨 일인데 이렇게 갑자기 만나자는 거야?"

현보민은 손수건을 꺼내 이마의 땀을 훔치며 물었다. 몸집이 비대한 사람들은 살기 힘든 여름의 폭염이 계속되고 있었다.

"며칠 뒤 중국 가게 됐어. 한 달일지, 두 달일지 몰라서."

"갑자기 중국엔 왜? 소설강좌는 어쩌고?"

현보민은 찜통더위에 가열된 체온을 식히려는 듯 커피 속의 얼음조각만 골라 입안에 넣고 사탕처럼 씹어 먹으며 의아한 표정을 지었다.

"다른 사람한테 넘겼어."

"한박사, 도대체 무슨 일인데 그래? 소설강좌까지 취소할 만큼 급한 일 같은데. 나와도 말 못할 비밀이야?"

"현경사와는 진작 말했어야 하는데. 확실한 결론이 나온 다음에 말하려고 차일피일 밀루다보니. 서다요라는 아가씨가 있는데 우리 서로를 좋아해."

"그래, 그걸 왜 인제야 말해? 한박사 내 친구 맞아?"

"쏘리. 그런데 문제가 좀 있어. 다요 아빠가 소규모 회사를 운영하는데 부도 위기에 처했대. 살아남으려면 대형회사의 협력업체로 선정되는 건데 경쟁이 치열한가 봐. 마침 그 선정프로젝트를 총괄하는 이사 아들이 자폐증 때문에 결혼을 못한 모양이야. 그래서 다요 부친이 그 아들과 딸을 정략 결혼시키는 조건으로 협력업체 선정을 담보 받은 거지. 이미 약혼도 하고 결혼 날짜도 정했으나 정작 다요 본인은 반대해."

"그렇다고 중국으로 원정결혼가려고? 부모 동의도 없이?"

현보민이 경악하며 두 눈을 커다랗게 뜨고 태주를 쳐다보았다.

"부모가 결혼을 강박하니까 일단 잠시 피신해 발등의 불부터 끄고 상황이 호전되는 걸 보아서 다시 거취를 결정하려고."

"말도 안 돼. 막장드라마도 아니고 어떻게 그런 생각을……. 한박사 도덕군자잖아. 부모 동의도 없이 남의 딸을 데리고 해외로 도망갈 수 있어? 세상이 정말 이 정도로 타락한 거야?"

현보민이 친구의 도주시나리오에 충격을 받은 듯 경찰이라는 신분 조차 잊고 큰소리로 마구 떠들어댔다.

"그렇다고 다요가 부모가 강요하는 부당한 정략결혼의 억울한 제물 이 되도록 수수방관할 수도 없잖아. 내가 좋아하는 사람이잖아. 나도 이런 결정을 내리기까지는 나름 진지하게 고민했어."

"좋아한다는 거 뭘 설명해? 그건 어디까지나 한박사와 그 아가씨의 일방적인 입장일 뿐이잖아. 부모님의 입장은 배제되고."

"됐어. 나도 시간이 없어. 오늘 현경사와 그 문제에 대한 시시비비를 가르려고 온 게 아니야. 그냥 해외로 출국한다고 인사하러 온 거지. 나 바빠서 먼저 가봐야겠어."

태주는 커피는 다 마시고 얼음조각만 남은 컵을 쓰레기통에 버리고 놀이터에서 나왔다.

"한박사, 나도 할 말이 있어. 중국 가면 언제 올지 모른다며."

"은진씨 문제는 현경사가 알아서 결정해. 내 코도 못 닦는데 누굴 도와줄 자격 없어.”

태주는 그냥 떠나려고 했으나 현보민의 손에 끌려 다시 벤치에 앉았다. 현보민은 땀이 흘러 눈을 제대로 뜰 수 없자 그냥 팔소매로 쓱 문지른 후 입을 열었다.

“원래는 한박사와도 비밀에 부치려고 했는데……. 도덕군자니까 또 질책이나 당할 줄 알았지. 그런데 오늘 보니까 한박사도 도덕군자만은 아니라는 느낌이 들어 용기가 생겼어.”

“짧은 밤에 긴 노래 부를 거야? 뜸 들이지 말고 본론만 말해.”

“그게 그러니까 저……. 내가 노래방과 여관에서 불법 성매매하는 장소를 색출했는데…….”

현보민이 웬일인지 문득 말끝을 얼버무린다.

“그거 공 세운 거잖아. 뭐 눈감아주고 뇌물이라도 받아 챙긴 건 아니겠지.”

“아리송해. 눈감아주면 한 달에 200만 원씩, 세 곳에서 돈을 준다는 말에 귀가 솔깃해 소에 보고하지 않았어. 은진이도 아직 이 사실을 몰라. 어떻게 했으면 좋을지 모르겠어…….”

“야, 현경사. 지금 무슨 말을 횡설수설하는 거야? 그게 어떻게 심리적으로 갈등거리가 될 수 있어? 그거 범죄잖아. 금품을 받으면 공범이라고.”

태주가 벤치에서 벌떡 일어나며 현보민을 손가락질 했다. 현보민이 주변의 살림집들을 둘러보며 목청을 낮추라고 쉬쉬 한다.

“아파트를 사자면 돈이 필요하잖아. 집을 사야 은진이와 결혼도 할 거고."

"안 돼. 당장 소에 보고해. 돈은 받았어?"

"아직은. 나만 입 다물면 다음 달부터는 통장에 들어올 거야."

"절대 준다고 덥석 삼키면 안 돼. 그거 독약이야. 내가 바빠서 가봐야 되는데. 다시 한 번 경고하지만 당장 소에 보고해. 이건 도덕적 문제가 아니라 법적 문제야. 인생 망치고 싶지 않으면 내 말 명심해."

태주는 놀이터에서 나와 차에로 걸어갔다. 현보민이야말로 문자 그대로 '유리언덕'을 넘으려고 한다. 그 돈만 받으면 모든 것이 끝장이다. 물론 결혼조차도 물거품이 될 것이다. 후회해도 소용없을 것이다.

미친 자식! 부녀 간의 인지상정을 지키려고 범법행위를 선택하다니. 인생 망치려고 환장했어! 도덕이 법보다 중요하다고 생각하는 거야 뭐야. 그러고도 시인이야.

집에 돌아오니 거실 소파에서 모친 옆에 앉아 소설을 읽어주던 정애가 책을 내려놓고 달려와 태주의 가방부터 받아든다.

"넌 요즘 무슨 일이 그리 바빠 툭 하면 외박이냐? 정애는 널 기다리다가 여기 소파에 누워 쪽잠만 자는데."

"누나, 왜 그래요? 그냥 편하게 자지."

"아무래도 넌 네흘류도프이고 정애는 카츄샤인지 싶다."

모친이 느닷없이 소설 속 등장인물의 이름을 끄집어내는 바람에 태주는 놀랐다.

"아니에요. 그냥 잠이 안 와서 티비를 시청하다가 깜박 잠 든 것뿐이에요."

고정애가 책을 집어 들고 자신의 방으로 들어가며 급히 궁색한 구실을 만들어냈다. 눈결에 얼핏 잡힌 책은 설마 했는데 역시 '부활'이다.

"엄마가 통증이 심하다고 책을 읽어줘 잠을 재운 후엔 그냥 혼자 거실로 나와 네가 오기를 기다린단다. 아침부터 일어나 조반 짓고, 엄마를 세수시켜 주고 눈코 뜰 새 없이 분망하다. 외할머니 말이 맞아. 최고 며느리 감이야. 맘씨 착하고 살림살이 잘하지. 거기다가 얼굴도 예쁘장하고. 금주가 유학 간 다음 정애가 왔으니 내가 산다."

"통증이 심하시면 진통제 드셔야죠."

"자식이 무슨 쓸 데 있냐. 아프면 '병원 가라, 약 먹어라' 하면 그만이니."

그때 초인종소리가 울렸다.

"아가씨가 도착했나 봐요."

마침 자신의 방에서 나오던 정애가 달려가 문을 열어준다. 금주가 들어서자 캐리어부터 받았다.

"엄마!"

금주는 캐리어와 가방은 정애한테 내맡기고 달려 올라와 엄마를 부둥켜안고 울음부터 터뜨린다. 한 주 한 번 꼴로 화상전화를 하면서도 10년 동안 아무 소식을 모르고 지내다가 오랜 만에 상봉한 모녀간처럼 얼싸안고 놓을 줄 모른다. 그렇게 실컷 회포를 풀고 나서야 떨어지더니 이번에는 돌아서서 오빠의 목에 매달린다.

"오빠, 잘 지냈어?"

"나야 항상 그렇지. 넌?"

"나도 여전해."

금주는 볼 때마다 더 예뻐지고 성숙되는 것 같다. 청바지에 티셔츠만 입었는데 단발머리 때문인지 지적인 이미지가 물씬 풍긴다. 벌써 박사 냄새가 나는 것 같다.

"엄마, 아픈 건 좀 어때? 내가 없어서 누가 병수발 들어? 아빠나 오빠는 아닐 테고?"

"괜찮아, 너 없어도 아무 걱정 없이 편하게 지낸다. 정애가 와서⋯⋯. 참, 정애는 어디 갔어?"

모친이 주변을 둘러보았지만 정애는 보이지 않는다.

"얘가 벌써 네가 왔다고 식사 준비하러 주방으로 들어갔나 보다."

"정애가 누군데? 아, 아까 그 여자. 가사도우미 들였어?"

"가정부 아냐."

"그럼 누군데 주방엘 들어가?"

"외할머니네 동네에 사는 아가씬데 읍내에서 초등학교 교사였대. 그 학교가 폐교돼 서울로 대학원 공부하러 왔단다. 입학하기 전에 잠시 우리 집에 머물며 집안일을 돌보는데 어찌나 살림을 잘하는지 너보다 훨씬 낫다. 애, 정애야. 이리 나와 봐. 금주랑 인사해야지."

정애가 밥상을 차리다 말고 물에 젖은 손을 행주치마에 닦으며 거실로 나왔다.

"우리 딸 금주다."

"안녕하세요. 고정애라고 해요."

"안녕하세요. 한금주예요."

"애기 나누세요. 저 얼른 들어가 밥상을 차릴 테니. 식사해야죠."

그녀는 다시 주방으로 들어갔다.

"네가 온다는 말을 듣고 벌써 마트 가서 장을 봐와 준비를 다해 놓았단다. 네가 갈비, 감자탕을 좋아한다는 말을 듣고 그걸 준비했나 봐."

"그렇게 엄마 맘에 들면 며느리 삼으면 되겠네."

"나뿐이 아니다. 할머니도 같은 생각이지만 네 오빠 속내가 어떤지 모르겠다."

"오빠 어때?"

"장난 해……. 참, 전번에 말하던 그 대학에서 원어민교사는 구했대?"

태주는 난감한 화제를 슬쩍 돌려버렸다.

"왜, 생각 있어?"

"며칠 뒤 중국 갈 일이 생겨서."

"중국?!"

모녀가 동시에 의아한 시선으로 태주를 쳐다본다.

"중국엔 갑자기 왜 가냐? 엄마하고는 한마디도 없더니."

"대학에 무슨 일이 생겼어? 원어민교사 할 생각 다 하고 그래."

모녀간의 질문이 연달아 쏟아졌다.

"그냥 물어본 거야."

태주는 말끝을 얼버무렸다. 거실에서 하는 말이 주방에서도 죄다 들리기 때문이다. 분명 정애가 듣고 있을 테니 다요의 말은 꺼낼 수 없었다.

"원어민교사 용건으로 출국한다면 내가 친구한테 전화하면 어려울 것도 없어. 그리고 당분간은 내가 맡은 셋방에 묵어도 돼. 방이 두 개라서……."

"그건 나중에 얘기하자."

태주는 주방에 있는 정애가 자꾸만 신경이 쓰였다.

"무슨 일로 가는지 엄마가 들으면 안 되냐?"

모친은 당신만 화제에서 제외당한 듯한 분위기에 섭섭한 표정을 지었다.

"어머니한테는 나중에 말씀드릴게요. 좀 그런 사정이 있어서 그럽니다."

그때 정애가 주방에서 나와 그들을 향해 공손히 말했다.

"모두들 들어오셔서 식사하세요."

밥상은 갈비찜, 감자탕을 중심으로 풍성하게 차려졌다. 그런데 식탁에 앉자마자 금주가 한쪽 옆에 놓인 순대를 발견하고 환성을 질렀다.

"헐, 깜놀! 이 순대 어디서 났어? 외할머니가 해 오신 거야?"

"아니야. 정애가 외할머니한테서 배워서 직접 만든 거야. 맛있어. 먹어 봐."

또 그놈의 순대가 화제를 독점하자 태주는 저도 모르게 불안해졌다. 이 순대 때문에 다요도 정애한테 호감을 가졌었다. 금주는 한 조각 집어 입 안에 넣고 먹어 보더니 다시 한 번 탄성을 질렀다.

"마이 갓! 판타스틱이야. 할머니가 옛날에 만들었던 순대와 맛이 똑같아. 언니 용모만 예쁜가 했더니 요리솜씨도 짱이네요."

"그냥 한 번 해본 거예요. 맛있다니 다행이네요. 많이 드세요."

정애가 수줍음을 타며 순대 그릇을 금주 앞에 밀어놓았다.

"난 오늘 순대 맛에 언니한테 반했어. 올케 삼았으면 좋겠다. 오빠, 언니 올케 삼아주라."

금주가 옆에 앉은 태주의 어깨를 툭 쳤다.

"장난 그만 하고 밥이나 먹어."

"오빠, 나보다 순대 더 좋아했잖아."

태주는 못 들은 척 하고 짐짓 평소 즐기지도 않던 갈비를 집었다. 하지만 정애가 화제의 중심이 되자 부담스러워 몇 술 뜨다 말고 일어나 2층으로 올라왔다. 그런데 조금 뒤 노크소리가 났다. 문을 열자 뜻밖에도 문 앞에 정애가 서 있다.

"누나, 무슨 일로?"

"나 때문에 중국 가는 거 아닌가 해서요."

"아닙니다."

"나 때문이라면 말해요. 내가 여기서 나가든지, 그래도 부담스러우면 아예 시골로 내려가도 되니까……."

"아니라니까요. 그냥 여행 가는 겁니다. 누나랑은 아무 상관도 없으니 부담스러워할 거 없습니다."

이 말이 무슨 뜻이지? 정애랑 아무 상관도 없다니. 내가 네흘류도프라면 정애는 카츄샤가 아닌가. 아니, 나는 단지 참회하지 않는 네흘류도프일 따름이다.

"내가 불편하면 아무 때라도 말해요."

정애는 돌아서서 층계를 내려갔다. 웬일인지 그녀의 뒷모습이 쓸쓸해 보인다.

3

한태주는 갈아입을 겉옷과 속옷들을 골라 캐리어에 담았다. 정애가 옷을 빨아 종류별로 차곡차곡 개켜나 쉽게 챙길 수 있었다. 그녀가 오기 전에는 태주의 옷장 안은 항상 난장판이었다. 금주가 가끔씩 들어와 정리해주었지만 그 역시 데면데면한 성미여서 정애처럼 깔끔하지는 못했다.

태주가 캐리어를 들고 층계를 내려오자 식구들도 식사를 마치고 소파에 나와 앉아 있었다.

"벌써 출발하려고? 아직 비자도 안 나왔다며?"

금주가 커피를 마시다 말고 오빠를 쳐다본다.

"동행할 친구랑 만나야 돼. 비자가 나오는 대로 내일 떠나려고. 어머니, 이번에 가면 한두 달 정도 걸릴 듯싶습니다. 그동안 부디 건강 조심하세요."

"정애가 있는 한 엄마 걱정은 안 해도 된다. 너나 해외에 나가서 조심해라. 뭐 하러 그곳에 가는지 늙은 엄마는 잘 모르겠다만."

간다는 말을 귀동냥한 듯 주방에서 혼자 설거지하던 정애가 허리에 행주치마를 두른 채 거실로 나왔다. 그러나 아무 말도 없이 문가로 가 태주의 구두를 솔로 닦는다.

"일단 내 셋방에 가 있어. 나도 화요일쯤에 들어갈 거야. 키 갖고 가. 차는 정원 아파트 단지 내 주차장에 있어."

"정애가 고생하는 걸 생각해서라도 될 수 있으면 일찍 돌아오너라."

태주는 지금에 와서야 여자 때문에 병환에 계신 모친을 두고 해외로 나간다는 사실을 깨달았다. 불효막심한 놈이라는 생각이 들며 갑자기 눈시울이 젖어들었다. 어머니를 마주 보기가 미안해 그냥 돌아서서 나왔다.

금주와 정애가 나란히 대문 밖에까지 배웅 나왔다. 차를 집에 두고 택시를 잡으려고 집 앞 골목을 빠져 거리로 나섰다. 택시에 올라앉는데 눈결에 정애가 홀로 골목 어귀에 그린 듯이 서 있는 모습이 보였다. 그녀는 떠나는 택시 꽁무니를 향해 조용히 손을 젓고 있었다. 태주는 달리는 택시 백미러 안에서 멀어져 가는 정애가 행주치마를 들어 눈물을 닦고 있는 모습을 보았다. 느닷없이 머릿속에 네흘류도프가 탄 열차가 발차하자 플랫폼을 따라 뒤따라 달리는 카츄샤를 묘사한 '부활'의 한 장면이 떠올랐다. 그때 외할머니네 집에서 서울로 올라오던 날 버스정류장에서 그를 배웅하던 정애의 모습은 버스 뒷꽁무니에서 일어나는 먼지에 가려 보이지 않았었다.

왜 저래, 나만 자꾸 죄책감이 들잖아.

어머니 때문에도 그랬고, 이래저래 눈앞이 뽀얗게 흐려졌다.

누나, 플리즈 헬프 미. 아무 것도 요구하지 않는다 했잖아. 맘 편하게 다요한테 가게 좀 날 놓아달라고. 누나가 그렇게 징징대니까 내 발걸음이 무겁잖아. 누나도 내가 다요 없인 못 산다는 걸 잘 알잖아. 제발 좀.

태주는 속으로 가만히 중얼거렸다.

저녁식사를 마치고 막 방에 들어서는데 전화가 왔다.

"태주씨, 윤하늘이야."

"강바람씨."

"인젠 태주씨라고 불러야겠지. 다요씨의 태주씨잖아. 원수영과 강바람은 사라졌으니까."

"나한텐 영원한 강바람이야."

"너우. 웨이껍 프롬 욜 드림즈. 그건 바람일 뿐이야……. 지나가면 없어져. 물건 보내줄게."

"물건?"

"다요씨가 문득 집에서 나왔으니 아무것도 못 가지고 나왔을 거잖아. 해외로 가는데 갈아입을 옷, 화장품 같은 거 필요할 것 같아서. 주소 알려주면 인편에 보낼게."

"강바람씨, 날 끝끝내 나쁜 남자 만들려고."

"윤하늘이야."

"중국 다녀와서 보자."

"와류 루킹 앳. 나한텐 신경 끄고 다요씨한테나 잘해."

강바람이 먼저 전화를 끊었다. 위치정보를 문자로 보내며 태주는 콧날이 시큰해짐을 느꼈다. 오늘은 웬일인지 미안한 사람이 한둘이 아니다. 강바람에게조차 죄책감이 들었다.

물건은 한 시간이 좀 지나서 연극단 직원이 직접 차로 전달해 주었다. 전에 사다리를 가지고 와서 다요를 집에서 구출해 준 적이 있는 청년이다. 젊은이는 옷과 화장품이 담긴 박스를 전달한 후 따로 주머니에서 자그마한 종이쪽지 하나를 꺼내 태주에게 건넸다.

"지금은 아니고요. 공항에서 풀어보시라 했습니다. 누나가 아무 일도 없으면 풀지 마시고 긴급 상황이 발생했을 때만 풀어보시라고 신신당부하셨습니다."

태주는 감사 인사를 전하고 쪽지를 양복 안주머니에 따로 간수했다.

집에 들어와 박스를 열어보니 포르쉐를 몰고 다니는 재력가의 신분에 어울리게 고급 브랜드의 여성 의복과 럭셔리한 화장품 세트가 들어 있었다. 태주로서는 알 수 없는 브랜드의 옷들이고 화장품들이다.

"대박! 난 이런 옷 태어나서 지금까지 구경만 했지 한 번도 입어본 적이 없어. 그 언니 어떤 분이야? 회장님 따님이신가 봐."

혜진이 옷과 화장품을 손에 들고 부러운 나머지 놓을 줄 모른다.

"연극배우야."

다요가 담담한 어조로 말했다.

"헐, 가난한 연극배우가 어디 돈이 있어 이렇게 비싼 옷과 화장품들을……."

"나 아무래도 연기자가 돼야 할까 봐. 이 옷 입고 이 화장품으로 화장하면 그대로 배우잖아. 언니 정말 고마워요."

다요는 감격한 나머지 눈에 눈물까지 글썽해진다.

그걸 보고 있노라니 태주는 다요한테마저 미안한 생각이 들었다. 강바람과 나와의 특별한 관계를 그녀에게 비밀에 붙일 수밖에 없다는 자책감도 없지 않았다. 그런 각별한 사이가 아니었다면 이런 귀한 선물을 구입해 보내줄 이유가 없을 것이다. 순대처럼 말이다. 그 순대 역시 정애와의 남다른 관계로 인해 다요가 먹을 수 있었던 것이 아닌가.

토요일 오후.

태주네 일행이 인천공항 대기실에 들어서자 예기치 못한 자그마한 소란이 일어났다. 서다요의 등장에 사람들이 영화배우나 유명연예인이 나타난 줄로 착각하고 일제히 그들을 에워쌌기 때문이다. 스마트폰 카메라를 들이대며 촬영하는 사람들까지 생기자 혜진이 그들을 막아나서며 혼란한 인파를 제지했다.

"촬영하지 마세요. 우리 언니는 배우도 연예인도 아닙니다. 그냥 일반인이라고요. 저기 뒤에 분, 그냥 촬영하시면 경찰을 부를 겁니다."

혜진이 사람들 뒤쪽의 경찰을 불러서야 모두들 눈치를 살피며 슬금슬금 헤쳐졌다. 태주는 오늘에야 다요가 평소에 왜 옷차림을 수수하게 하고 기초화장만 하고 다녔는지 그 이유를 알게 되었다. 지금 다요는 그냥 윤하늘이 사준 원피스 한 장에 선글라스만 걸었다. 물론 아까운 화장품 버릴 거냐는 혜진의 짓궂은 성화에 처음 화장을 제대로 했다. 속눈썹까지 붙였다. 그러지 않아도 아름다운 다요는 그렇게 단장하고 나서자 문자 그대로 태양처럼 눈부셨다. 원피스, 선글라스, 화장…… 이것들은 젊은 여자라면 누구나 다 하는 것들인데도 그녀만 유난히 튄다.

예약한 항공티켓을 찾고도 탑승수속까지는 시간이 많아 일단 커피숍으로 들어갔다. 인젠 탑승만 하면 대한민국 국토를 벗어난다. 다요의 부친이 아니라 아무리 날고뛰는 경찰이라고 해도 해외로 종적을 감춘 그들을 추적해 잡을 수가 없을 것이다. 그렇다고 출국금지를 시킬 만큼 엄중한 사건도 아니다.

"아빠, 엄마한테 작별인사라도 하고 떠나고 싶어요."

"그래도 괜찮겠어?"

혜진은 여전히 불안감에서 벗어나지 못해 전전긍긍한다.

"선생님?"

다요는 태주의 허락을 기다렸다.

"당연히 부모님께 인사는 하고 가야겠지. 미안하다고 말 한마디 하고 가는 게 자식 된 도리잖아."

"언니, 한 번 더 생각해 봐. 선생님 입장에서는 그렇게 말할 수밖에 없잖아."

혜진이 재삼 만류했지만 다요는 태주가 응낙하자 곧바로 문자를 발송했다.

이제는 모든 것이 끝났다. 천천히 커피나 즐기다가 시간이 되면 여객기에 탑승만 하면 그만이다.

시간이 되어 커피숍에서 일어나 탑승수속을 하는 입구로 이동하는데 갑자기 다요의 전화벨이 울렸다. 그녀의 전화번호는 태주와 혜진이밖에 모른다. 그리고 방금 전 문자를 보냈으니 그녀의 부모가 알 것이다. 그러니 십중팔구는 부모님 전화일 것이다.

"전화 받지 마."

혜진이 다급히 제지했다.

"왜?"

"느낌이 불길해."

"선생님, 저 전화 받고 싶어요. 이제 비행기에 오르면 그만인데 전화

받는다고 아빠가 뭘 어떻게 하시겠어요."

"그래. 받고 싶으면 받아."

"선생님, 안 돼요. 언니, 그 전화 받으면 안 돼. 좋은 일이면 전화할 리가 없잖아."

그러나 다요는 이미 통화버튼을 눌렀다. 귀에 대자마자 수화기에서 어머니의 다급한 목소리가 들려왔다.

"다요야, 큰일 났다. 아빠가 피를 토하고 쓰러지셨어!"

"뭐라고요? 아빠가 각혈을! 무슨 일로……."

일행은 일제히 발걸음을 멈추고 전화소리에 귀를 기울였다. 혜진이만 일이 잘못 돌아간다는 표정을 짓고 뒤통수를 잡으며 천장을 쳐다본다.

"네가 중국 간다는 말을 들으신 다음 그렇게 되신 거다. 지금 119에서 와서 병원으로 이송하는 중이다. 엄마가 보기에는 희망이 없어 보이는구나. 얼굴이 완전히 흙빛이 됐어. 구급대원들이 차 안에서 산소호흡기를 달았다만 어째 가망이 없어 보인다."

그녀의 음성이 119가 울리는 요란한 사이렌소리가 울릴 때마다 묻혔다가 다시 살아난다.

"엄마, 나 지금 집에 갈게. 어느 병원이야?"

"S대학병원."

"알았어. 당장 갈게. 아빠, 제발 죽지 마!"

다요는 울면서 무작정 밖으로 향해 달음박질쳤다.

"언니, 가지 마. 가면 안 돼!"

혜진이 뒤쫓아가 다요의 옷자락을 잡아 세웠다.

"이거 놔. 아빠가 죽는다는데 어떻게 모른 척 해."

"언니를 돌아오게 하려는 속임수일 수도 있잖아."

"넌 수화기 안에서 들리는 사이렌 소리도 못 들었어?"

"큰아빠가 정말 토혈하고 실신했다고 쳐. 그래서 언니가 간다고 뭐
가 달라지는 거 있어? 죽는 사람이 살아나기라도 해? 어차피 치료는
병원에서 하는 거야. 언니는 달려가 보았자 다시 늑대 굴에 갇히는 거
말고는 할 거라곤 없잖아. 그러니 제발 가지 마. 선생님, 그렇게 우두커
니 서서 구경만 하지 마시고 언니 좀 말리세요."

혜진은 몸부림치는 다요를 제지하는 데 혼자서는 역부족임을 느끼
자 이번에는 태주의 도움을 청했다.

"선생님, 혼자서 먼저 중국에 가세요. 전 아빠 정신만 개복되면 곧 뒤
따라갈게요. 절 믿으시죠?"

"물론이지."

"그럼 난 바빠서 이만 먼저……."

다요는 혜진의 팔을 뿌리치고 주차장으로 달려갔다. 원피스자락이
깃발처럼 바람에 펄럭였다. 사람들의 시선이 일제히 그림자처럼 그녀
를 따라 움직였다.

주차장에 당도하자 혜진이 마지막으로 제동을 걸었다.

"난 운전 안 해. 내 손으로 운전해서 언니를 늑대 굴로 데려갈 수는
없어."

"알았어. 네가 싫으면 내가 운전할게. 빨리 문 열어. 아빠, 미안해요.

내가 갈 때까지 제발 죽으면 안 돼요."

"언닌 더 안 돼. 눈에 눈물이 가려서 운전하면 사고 난다고."

두 자매가 티격태격 실랑이질 할 때 태주는 문득 강바람이 준 쪽지가 생각났다. 어쩌면 그녀는 이런 긴급 상황이 발생할 걸 미리 예측하고 대책을 적어준 것인지도 모른다. 태주는 다급하게 양복주머니에서 쪽지를 꺼내어 풀어보았다.

한태주씨.

어떤 상황이 발생하더라도 서다요씨를 집에 보내면 안 돼.

이번에 보내면 다시는 못 나온다는 걸 명심해.

다요씨는 누구보다 효심이 지극하다는 걸 태주씨도 알잖아.

사람이 죽는대도 보내지 마. 다요씰 보낸다고 살아날 수 없으니까.

잃는 것이 없으면 얻는 것도 없어.

기회는 이번뿐이야!

도덕의 노예가 되지 말고 욕망의 주인이 돼야 해.

그제야 뒤늦게 정신을 차리고 다요를 말리려고 했으나 그녀는 이미 택시를 잡으러 다른 곳으로 달려가고 있었다. 순간 태주는 지금으로서는 그 누구도 다요를 제지할 수 없음을 깨달았다. 그녀의 눈에는 죽음의 문턱에서 헤매는 아빠의 모습 외에는 아무것도 보이지 않을 것이다.

"다요야, 차 타. 내가 운전할게."

태주의 말에 다요가 다시 이쪽으로 달려왔다. 태주는 혜진의 손에서 차키를 빼앗아 문을 열었다.

"정말요?"

"정말."

그러나 혜진은 자신의 몸으로 차문 앞을 막아섰다.

"선생님, 지금 운전해 언니를 실어다주면 평생 후회하실 겁니다."

"걱정 마. 후회 안 해. 다요가 원하잖아. 다요가 원하는 걸 해주는데 왜 후회해. 비켜."

"선생님."

다요가 등뒤에서 태주의 허리를 와락 그러안았다.

"시간이 급해. 어서 타."

다요는 차 앞을 에돌아 반대편으로 탔다. 혜진이도 어쩔 수 없는 모양 뒷자리에 승차한다.

"모두들 배운 사람들 맞아? 한 분은 박사, 한 사람은 석사. 어쩌면 가면 안 된다는 이 간단한 도리도 몰라? 그곳으로 들어가면 모든 꿈이 물거품이 된다는 걸."

혜진의 권고는 귓등으로 흘리며 다요는 다시 휴대폰을 꺼내 들었다.

태주의 귀에는 아무 말도 들리지 않았다. 그냥 차를 몰고 꽃길을 버리고 바다를 향해 달려가는 처참한 기분만 들 뿐이었다. 자살을 시도하는 사람의 그런 절망적인 기분! 이 차에는 사랑, 효도, 꿈, 도덕, 기회, 욕망…… 태주의 모든 것이 실려 있다. 하지만 분통하게도 그것들은 잠시 뒤면 바닷물에 처박혀 죄다 물고기 밥이 되고 말 것이다.

메마른 비바람

1

S대학병원 응급실 앞에 당도하자 서다요는 차가 완전히 정차하기도 전에 문부터 연다.

"언니, 마지막으로 한 번만 더 신중하게 고려해 봐. 지금 들어가면 다시는 못 나와."

들었는지, 말았는지 아무 응대도 없이 하차하여 출입문을 향해 무작정 달려갔다. 태주와 혜진이도 뒤따라 차에서 내렸으나 그녀는 연신 "아빠"를 부르며 뒤도 돌아보지 않는다. 그러나 출입문을 열고 안으로 들어가려던 다요가 홀연 발길을 돌이켜 이쪽으로 달려왔다.

"언니, 생각 바뀐 거야? 잘했어!"

혜진이 반가운 김에 그녀의 손을 잡으려고 마주 달려갔으나 동생을 지나쳐 곧장 태주에게로 다가왔다. 혜진은 물론 주변 사람들도 전혀 의식하지 않은 채 달려와 태주의 목을 와락 그러안았다.

"다요, 오빠 거 맞지?"

눈물범벅이 된 얼굴로 태주의 눈을 똑바로 들여다본다.

"몰라서 물어?"

"그럼 오빠도 내 거야. 아빠 정신만 차리면 곧 돌아올게. 기다려."

다요는 혜진이 앞에서 "오빠"라고 부르는데 그치지 않고 태주의 입술에 진한 키스까지 날린 다음 다시 돌아서서 응급실로 달려갔다.

"언니, 미쳤어! 돌아와."

하지만 그녀는 혜진의 만류를 등 뒤에 버려둔 채 문을 열고 안으로 들어가 버렸다.

"선생님, 저도 들어가 보고 오겠습니다. 차 좀 주차해주세요."

"맞은편 커피숍에 있을게."

혜진은 다요를 따라 안으로 들어갔다. 복도에서 신원확인을 한 후 응급실로 들어가자 병상 하나를 에워싸고 의사·간호사·보호자들이 빙 둘러서 있었다. 방금 전에 들어온 다요가 병상 머리에 서서 고개를 숙인 채 '아빠'를 부르고 있다.

"아빠, 눈 떠 보세요. 다요가 왔어요. 왜 이러세요? 다요 무서워요."

"보호자분, 이러시면 안 됩니다. 환자분은 금방 구급이 끝나 안정이 필요합니다."

담당의사가 울고 있는 다요를 제지했다. 다요는 병상에서 한 걸음 물러나 낮은 목소리로 말했다.

"아빠, 제발 정신 차려요."

"여보, 다요가 왔어요. 중국 안 가고 공항에서 돌아왔다고요."

큰엄마가 허리를 굽히고 남편의 귓전에 대고 가만히 속삭였다. 그러자 거짓말처럼 죽은 듯이 꼼짝 않고 누워 있던 서용수가 천천히 눈을 떴다.

"아빠, 저예요. 다요."

다요가 부친의 손을 잡으며 고개를 숙였다.

"올 줄 알았다. 내 딸이니까. 아빠 죽으라고 내버려두지는 않을 테니까."

"아빠, 제발 이러지 마세요. 정신 차리시고 집에 돌아가요. 왜 여기 누워 계세요."

다요는 아버지의 가슴에 얼굴을 묻고 어깨를 들먹였다.

"보호자님, 환자분은 아직 완쾌되지 않으셔서 이러시면……."

간호사가 다요의 어깨를 다독이며 상냥하게 설득한다.

"결혼 취소되면 협력업체에서 탈락하는 건 너도 알잖니. 회사 망하고 아빠가 살아서 뭐하겠냐. 차라리 여기서 죽어버리는 게 낫지."

서용수는 다시 눈을 감고 고개를 비틀었다.

"안 돼요. 다요는 아빠 없인 못 살아요. 아빠의 뜻에 따를 테니 죽으면 안 돼요. 아빠가 날 죽으라면 죽을게요."

"아빠도 우리 다요 없인 못 살아."

"그럼 어서 일어나 집으로 가요."

"싫다. 네가 내일 계획대로 결혼식에 임한다고 대답하기 전엔 난 여기서 한 발작도 안 나갈란다. 벌써 청첩장 다 띄웠거늘 아빠와 말도 없이 중국 도망가면 아빨 죽으라는 핍박이나 뭐가 다르냐."

서용수는 흥분 때문인지 다시 심장박동수가 올라가고 호흡곤란으로 숨을 헐떡거리기 시작했다. 의사가 다요의 어깨를 잡아 병상에서 분리시켰다.

"보호자분, 진정하세요. 환자분은 안정을 취하셔야 합니다."

다요는 한 걸음 물러섰으나 이번에는 아예 바닥에 털썩 무릎을 꿇었다.

"아빠, 한 번만 다요를 살려주세요. 제발 결혼만은 못해요. 결혼 말고 다른 건 뭐든지 다할게요."

"이 못된 것이 아직도! 네가 끝끝내 이 애비가 죽는 꼴을 보고야 포기할 작정이냐. 아이쿠, 내 가슴이……."

서용수가 분노가 치밀어 상반신을 벌떡 일으키려다가 맥없이 뒤로 벌렁 넘어지며 다시 의식을 잃었다. 대기하던 의료팀이 신속하게 대응하며 구급조치를 취했다.

"보호자분, 이러시면 안 된다고 하셨잖아요. 안 그래도 아버님께서 원래 심장에 문제가 있으신데. 무슨 사연인지는 모르겠지만 환자분께 정신적으로 충격을 드리면 정말 심 정지 사태도 발생할 수 있습니다. 나중에 다시 의논하시더라도 지금은 아버님의 생명이 위중한 만큼 환자분 요구를 들어주시는 게 현명한 선택인 줄로 생각합니다."

젊은 의사는 아주 불쾌한 기색을 지으며 다요를 나무랐다.

"심장박동이 위험수위 아래로 급격하게 떨어지고 있습니다."

간호사가 의사에게 다급한 목소리로 상황을 보고했다.

"심장충격소생기."

의사와 간호사들이 긴박하게 움직였다.

"다요야, 이러다가 아빠가 정말 잘못될 것 같아. 빨리 대답해라. 결혼하겠다고."

다요 모친이 겁이 더럭 난 표정을 짓고 다요를 다그쳤다. 서용수의 얼굴색이 밀가루를 뿌린 듯 점점 백지장처럼 하얗게 변해 갔다. 다요도 엄습하는 두려움에 전율했다.

"아빠, 알았어. 결혼할게. 결혼한다고. 그러니까 제발 죽지 마."

그러자 기적 같이 서용수의 심장박동이 다시 정상수치를 향해 재빨리 회복되기 시작했다.

"다행입니다. 정말 위험했습니다. 인제는 고비를 넘겼으니 안정을 취하셔야 하니까 환자분을 정신적으로 자극하는 말씀은 삼가 주시기 바랍니다."

서용수가 진정되자 다요는 자신이 무슨 일을 저질렀는가를 비로소 깨닫고 실의에 빠져 바닥에 털썩 주저앉았다.

내가 지금 무슨 실수를 한 거야. 미치지 않고서야 어떻게 결혼한다고 대답할 수 있어.

그냥 야구방망이에 뒤통수를 강타당한 것처럼 머릿속이 어리벙벙해났다.

혜진이 다가와 다요를 부축해 세웠다.

"일어나. 이러다가 언니가 먼저 죽어."

"혜진아, 나 화장실."

"안 돼요. 아가씨는 비키세요. 내가 데리고 갈게요."

어느새 나타났는지 백민호의 유모가 혜진을 다요한테서 떼어내고 자기가 대신 다요의 팔을 잡았다.

"아가씨, 스마트폰은 저한테 맡기세요."

"왜요?"

"아버님한테 결혼한다고 약속하셨잖아요."

사실 다요의 휴대폰은 병상 위에 있었다. 혜진이 챙기려고 했으나 근처에 있던 큰엄마가 먼저 집어서 유모에게 건넸다. 다요는 그렇게 혼자서 혜진이도, 휴대폰도 없이 화장실로 들어갔다. 본격적인 단속과 제재가 시작된 것이다. 유모는 문밖의 복도에서 보초병처럼 그녀를 감시하고 있었다. 다요가 다른 사람과 만나지도, 연락하지도 못하게 차단하려는 의도다.

다요는 변기에 앉아서 병원에 들어온 것을 뒤늦게 후회했다. 혜진이 말대로 그녀가 와서 할 일은 아무 것도 없었다. 그러나 이미 엎지른 물이었다. 아버지의 병세를 보아선 내일 결혼식에 나가지 않을 수도 없었다. 아~ 하늘이 무너지는 것 같았다. 이 사실을 오빠한테 알려야 하지만 인젠 혜진이와도 만날 수 없다. 결혼한다고 대답했지만 그건 단순히 아빠를 구하기 위한 것이지 내 진심이 아님을 오빠에게 알려야 했다. 그러나 신변에는 아무것도 없고, 밖에서는 유모가 혜진이를 못 들어오게 가로막고 있다.

그때 누군가 화장실로 들어왔다. 다요는 급히 문을 열고 나왔다. 젊은 간호사다. 다요는 일단 손가락을 입술에 대고 말을 하지 말라고 주의를 준 다음 그녀의 가운 포켓에 꽂힌 볼펜과 손에 든 근무일지를 가리켰다. 간호사는 처음에는 다요의 이상한 행동에 놀랐지만 손에 흉기도 없고, 예쁜 그녀의 얼굴을 보자 두려움이 가신 듯 다시 손가락으로 자신의 볼펜과 근무일지를 가리켰다. 아마 벙어리인 줄로 여긴 모양이다. 다요가 고개를 끄덕이자 간호사는 볼펜과 근무일지를 그녀에게 내주었다. 다요는 볼펜으로 종이에 이렇게 썼다.

미안해요. 부모의 강제결혼을 거역했다고 아빠가 홧김에 실신하셨어요. 아빠를 구하려고 결혼에 동의했지만, 이게 제 진심이 아니라는 걸 남자친구한테 알리려고 하는데 휴대폰도 압수당하고 사람도 못 만나게 해서요. 밖에서 아줌마가 절 감시해요.

간호사가 종이를 받아 글줄을 훑어보더니 금방 상황을 파악하고 어서 글을 쓰라고 했다. 다요는 일단 간호사의 손목을 잡고 변기 칸으로 들어가 안으로 문을 잠갔다. 종잇장을 찢어내고 새로운 장에 급하게 글을 써 내려갔다.

오빠, 아빠가 결혼 안한다고 했더니 또 졸도하셨어. 의사선생님이 심 정지 위험도 있다고 해서 일단 위험한 고비는 넘겨야겠기에 내일 결혼식에 나간다고 대답했어. 이거 내 진심이 아닌 거 오빠도 알지? 일단 위장결혼 했다가 아빠 건강이 회복되고 협력업체로 선정되면 그날로 오빠한테로 돌아갈 거야. 내 신변은 걱정 안 해도 돼. 오빠 거니까 깨끗하게 잘 지킬게. 혹여 더럽혀 지면……. 오빠도 내가 어떻게 할지 알잖아. 그러니 조금만 기다려 줘.

오빠의 다요가.

다 쓰고 종이를 찢어 내는데 누군가 안으로 들어왔다.

"아가씨, 아직도 멀었어요?"

백년 묵은 여우귀신 같은 유모다. 문까지 당겨본다. 안으로 잠겨 있자 헛기침을 한다.

"다 됐어요. 속탈이 나서……."

"빨리 나오세요."

유모가 나가자 다요는 다음 장에 재빨리 몇 글자 더 적었다.

간호사님. 이 쪽지를 밖의 응급환자 병상 옆에 있는 키가 작고 뚱뚱한 20대 아가씨한테 몰래 전해주세요. 이름은 혜진이예요. 잘 부탁드려요. 감사합니다.

간호사는 고개를 끄덕이며 그녀가 접어 주는 쪽지를 받아 가운 포켓에 건사한 후 나갔다. 간호사는 옆 칸의 변기로 옮겨가고 다요는 아무 일도 없었던 것처럼 의연한 표정으로 화장실에서 나왔다. 유모가 노련한 탐정처럼 다요의 표정이나 몸 아래위를 간간히 훑어본다.

"아빠는 좀 어떠세요?"

"사장님께서는 아가씨가 결혼에 동의하시자 시름을 놓으시고 잠드셨어요."

한편 간호사는 화장실에서 나오자 다른 사람들이 모르게 혜진에게 눈짓했다. 혜진이도 다요의 계략을 이미 짐작한 모양 간호사만 주시하다가 눈짓을 보자마자 슬그머니 응급실에서 빠져 복도로 나왔다.

"혹시 혜진씨?"

"네. 제가 혜진입니다. 다요는 제 언니고요."

"저 예쁜 아가씨가 이름이 다요군요. 이름도 예쁘네요."

간호사는 포켓에서 쪽지를 꺼내 혜진에게 전했다.

"다요씨가 혜진씨에게 전하라고 하셨어요. 어쩌다가 부모님들이 딸을 강제결혼까지 시키는 불행한 일이 생겼어요?"

"말씀 드리자면 길어요. 미안하지만 이 쪽지를 애타게 기다리는 사람이 있어서 이만 실례해야겠어요. 도와주셔서 감사합니다."

혜진은 고개를 숙여 인사를 하고는 부랴부랴 병원에서 나왔다. 선생님은 지금 커피숍에서 언니의 소식을 몰라 속이 타 재가 되었을 것이다. 그녀는 마당을 지나 거리에 나서자 녹색불이 켜지기를 기다릴 사이도 없이 무작정 횡단했다. 마침 마주오던 화물차 운전기사가 깜짝 놀라 브레이크를 밟고 정차하더니 창밖으로 험상궂은 얼굴을 불쑥 내밀고 걸쭉한 욕설을 퍼부었다.

"씨발년, 죽고 싶어 환장했나!"

"환장한 건 내가 아니라 언니야."

여기저기서 경적소리가 요란하게 울렸지만 아랑곳하지 않고 맞은편 스타벅스 안으로 달려 들어갔다.

혜진이 커피숍 안에 들어서기 전부터, 아니 그녀가 거리를 무단 횡단할 때부터 태주는 혜진을 발견하고 자리에서 일어나 있었다. 허둥지둥대는 혜진의 행동을 보고 태주는 십중팔구는 불길한 소식일 거라고 예상하고 있었다. 강바람이 다요를 놓아주지 말라고 우려했던 그 결과가 초래된 것이 틀림없다.

"선생님, 큰일 났어요."

혜진은 헐레벌떡거리며 태주 앞에 와 의자에 털썩 주저앉았다.

"급해 말고 천천히 말해 봐."

"선생님, 스스로 보세요. 언니가 천신만고로 암암리에 보낸 쪽지예요."

태주는 침착함을 유지하려고 애썼으나 쪽지를 펼치는 손이 저도 모르게 후들후들 떨렸다. 가벼운 종잇장에서 집채만한 바윗돌 같은 무게감이 느껴졌다. 이 종이 한 장에 그들 사랑의 미래가 결정되어 있기 때문일 것이다. 운명의 판결서……

태주는 한동안 장승처럼 굳어진 채 종잇장에서 눈길을 떼지 못했다.

"뭐라고 좀 말씀해보세요. 언니가 낼 결혼식에 나간다죠?"

혜진이 태주의 침묵에 답답한 나머지 버럭 언성을 높였다. 그녀의 질책에도 태주는 할 말이 없었다. 그로서는 이 상황을 종료할 자격도, 입장도 아니었다. 그냥 사태의 추이를 묵묵히 주시하고 하회를 기다릴 수밖에 없는 처지였다. 다요를 위해 아무것도 해줄 수 없다는 무능함 때문에 태주는 하늘이 무너지는 것 같은 절망감에 하염없이 빠져들었다.

태주는 무거운 침묵만 한 아름 걷어안고 커피숍에서 나왔다. 걸음이 비틀거렸다.

"선생님, 어디 가세요?"

"……"

"그냥 가시면 어떡해요. 다요 언니는 그냥 저렇게 사지에 내버려두실 겁니까?"

태주는 얼빠진 사람처럼 발길이 닿는 대로 목적 없이 거리를 터벅터벅 걸어갔다.

2

어느 골목길로 꺾어들자 느닷없이 눈에 띄는 간판이 있었다.

베이징 판점.

베이징.

불의의 사건이 없었더라면 그와 다요는 지금쯤 바로 저 베이징 어느 거리에 있을 것이다. 그런데 심술궂은 운명은 아이러니하게도 서울 한복판에서 약 올리듯 그 명칭을 버젓이 보여주고 있다. 태주는 운명의 희롱에 허탈한 웃음을 짓고는 그냥 지나치려다가 문득 되돌아섰다. 그리고는 출입문에 온통 붉은 색깔로 장식한 중국집 식당 안으로 불쑥 들어갔다. 기구한 운명으로 베이징에 날아가지는 못했지만 서울에서일 망정 이국의 분위기라도 느껴보고 싶었다. 서빙이 가져다주는 메뉴판을 들어다보던 태주의 눈에 '우량예'라는 낯익은 세 글자가 잡혔다. 백민호네 식구들이 모의하여 다요를 취하게 했다던 그 술이어서 무심하게 지나칠 수 없었다. 중국 분위기를 느끼려면 중국의 대표적인 술, 그것도 다요가 마셨던 술을 마셔야 한다. 안주로는 류싼셜 하나만 시켰다.

술과 요리가 올라오자 혼술임에도 첫잔부터 원샷했다. 오늘 그가 할 수 있는 일은 취하는 것 말고는 없다. 알코올이라도 빌어야 가슴속을 짓누르는 쓰라린 아픔과 괴로움을 조금이라도 잊을 수 있을지 하는 기대감에서였다. 그렇게 잠깐 사이에 반병을 비웠지만 맹물을 마신듯 혈관에 아무 기별도 없다. 가슴만 그냥 아리고 고통스러웠다. 한국 소주에 비하면 목이 타들어가는 것처럼 독한 술인데도, 다요가 취해서 하마터면 백민호에게 유린당할 뻔한 술인데도 웬일인지 취하지 않는다. 속도를 더 빨리했다. 오늘은 무조건 취해야만 한다.

하지만 술 한 병을 10분도 안 되는 사이에 다 마셨는데도 멀쩡하다. 강바람이 생각났다. 그녀를 불러내 더 마셔야겠다. 그리고 이태원 경리단길의 그 수제맥주집이 머릿속에 떠올랐다. 다요랑 함께 갔던 곳이다.

강바람은 공연 리허설 중인지 한참 지나서야 전화를 받았다. 토요일은 주간공연은 없고 저녁 8시 공연만 한 차례 있다. 그때까지는 아직 시간이 좀 있다. 그리고 태주는 타인의 사정을 일일이 고려할 심리적 여유도 없었다.

"강바람씨."

"한태주씨, 아이 너우엣 워우드 비 라이크 데스. 다요 서울 돌아왔지? 와이 디던유 헐더온. 잡으라고 했잖아."

"시간 돼? 만나서 얘기해."

"웨이러 모멘트."

누군가를 불러 무슨 말인가를 주고받는 듯 했고, 잠시 후 다시 그녀의 말소리가 들렸다.

"웨라유?"

"이태원 경리단길로 와. 문자 찍어 보낼게."

태주는 전화를 끊고 결산한 다음 밖으로 나와 택시를 잡았다.

택시에서 내려 남산케미스트리 수제맥주집을 쳐다보니 다요랑 이곳에 왔던 추억이 생생하게 되살아난다. 아래층에서 그날 그녀와 마셨던 도수가 높은 9번, 4번 맥주 네 컵과 소시지플래터, 오리지널윙을 안주로 주문한 후 3층 루프탑으로 바로 올라갔다. 부서지고 무너진 벽 너머로 남산타워가 선명하게 조망되었고, 시원한 산바람이 불어왔다. 디제이가 틀어주는 팝음악이 귀청을 요란하게 들쑤셨다. 어두컴컴한 조명 아래에 설치된 의자를 찾아 앉았다. 그날 다요와 앉았던 그 자리다. 바로 여기서 술을 마시고 아래로 내려간 후 택시 안에서 다요가 그의 귓전에 대고 처음으로 "오빠"라고 불렀었다. 자기랑 해수욕장에 놀러 가자고도 했었다.

조금 후 맥주와 안주 가지러 1층으로 내려갔는데, 마침 강바람이 막 도착해 술집 안으로 들어섰다. 태주는 말없이 맥주를 들고 층계를 올라왔다. 강바람이 알아서 테이블의 안주를 들고 그의 뒤를 따라 올라왔다.

"와이 아유 히얼?"

"다요랑 왔었어."

"서우, 다요씨 벌써 추억으로만 남은 거야?"

태주는 그제야 아까 마신 우량예의 주기가 슬슬 올라오기 시작함을 느꼈다. 얼굴이 벌겋게 달아오르며 스토브 앞에 앉은 것처럼 화끈화끈해졌다.

"괜찮겠지?"

태주는 강바람 앞에 맥주컵을 밀어놓으며 의향을 타진했다.

"술 마시자고 부른 거잖아. 두 낫 워리 어보렛. 택시 타고 왔어."

"공연은?"

"친구가 사경에서 헤매는데 까짓 공연이 중요해? 다 환불하라고 시켜놓고 왔으니까 폭음하고 죽을 준비나 해."

"강바람 아니, 윤하늘씨. 마이 프렌드!"

"오프코스. 디쥬 너우댓 나우? 섭섭하다. 어떻게 된 일인지 알고나 마시자."

"술부터 마셔. 건배."

태주는 술잔을 들고 짱 소리 나게 강바람의 잔에 부딪친 후 꿀떡꿀떡 단번에 굽을 비웠다.

"주링크 슬러우리. 호랑이한테 쫓기는 것도 아니고. 벌써 거나하구만. 도대체 어떻게 된 영문이야?"

"여객기에 탑승하기 전에 다요가 부모님께 작별인사를 한 전화가 화근이었어."

"왓? 중국 가서 해도 되잖아. 그래서?"

"그 전화 받은 다요의 부친이 토혈하고 졸도해 병원으로 실려 간다는 말에 다요가 출국을 포기했던 거야. 막을 수가 없었어. 넌 돌려보내지 말라고 했지만, 혜진이도 이미 엎질러진 물인데 돌아간들 무슨 소용이냐며 말렸지만 누구 말도 듣지 않았어. 나 역시 부모가 쓰러져 가보겠다는 자식한테 할 말이 없었고."

"대츠 삼딩 아이 네벌 엑스펙티드. 내가 우려했던 건 공항에 도착해 정작 탑승할 시간이 되면 효녀인 다요씨가 어려움에 봉착한 부모를 버리고 간다는 죄책감 때문에 마음이 동요될 가능성도 없지 않아 있을 거라는 추측 정도였어. 부모가 사경에 처했다는데 나 몰라라 할 자식이 어디 있어? 나라도 제지하지 못했을 거야."

"거 봐. 강바람이고야 이 원수영의 마음의 고충을 이해한다니까. 또 마시자."

두 사람은 컵을 들고 또 잔을 비웠다. 네 컵을 더 시켰다. 태주의 눈앞에서 멀리 어둠 속에 불을 밝힌 남산타워가 넘어질 것처럼 기우뚱거렸다.

"국경을 넘어 베이징에 도착했다고 해도 다요씨는 부모님이 쓰러지셨다는 소식을 접하면 귀국했을 거야."

"그러니까. 그녀의 귀가는 내 힘으로 막을 수 있는 일이 아니었어. 다 하늘의 뜻이 아니겠어? 다요의 입장을 무시하면 몰라도 난 다요의 입장이 충분히 이해돼."

"하지만 태주씨의 입장도 무시해서는 안 되지. 이제 와서 보면 하늘이 무너져도 태주씨는 공항에서 그녀의 귀가를 막았어야 했어. 태주

씬 숙명적으로 도덕군자의 기질을 타고 났어. 와레즈더 레졸트. 억압
당하고 폐기처분된 건 태주씨 욕망뿐이잖아."

"윤하늘씨, 그럼 그대의 말인즉 다요를 내 욕망의 제물로 삼으라는
거야?"

"나댓 웨이. 상실의 허무에서 탈피하려면 태주씨의 입장에서도 생
각해 보란 말이지. 도덕이 소중한 가치인 것만은 틀림없지만 그렇다고
인생의 전부는 아니잖아."

"하지만 도덕이 배제된 인생은 짐승과 다를 바 없겠지."

두 사람은 서로 목청이 높아지자 분위기를 가라앉히기 위해 한동안
침묵을 공유한 채 술만 덤덤하게 축냈다. 태주는 무심결에 고개를 들
고 남산타워를 바라보았다. 갑자기 남산타워가 두 개로 겹쳐 보인다.
하나는 나고, 다른 하나는 다요일까.

"도덕과 양심은 지켰는데 남은 건 폐허뿐이고. 의미가 사라진 상실
의 공간에서 당신이 할 일이 뭔데?"

윤하늘이 처음보다는 퍽 부드러워진 억양으로 두꺼운 침묵을 두드
렸다.

"타자가 상실된 욕망을 부리는 거."

"그게 부린다고 부려져? 에레즈 더 새러우 옵더 할트."

"마음의 그림자니까 지워야지. 다요가 백민호와 결혼하면 우리 사
이가 파국에 이를 거라는 사실 나도 알아. 다요는 아빠의 건강이 회복
되고 회사가 협력업체에 선정되면 돌아오겠다며 나더러 기다리라고
했지만 그게 말처럼 쉬운 일이 아니라는 것도 알아. 약혼은 가족 간의

약속이지만, 결혼은 법적 구속력을 가지기에 우리들 관계의 지속은 불륜일 수밖에 없을 테고. 그러니 불륜에 오염된 욕망을 어떻게 내려놓지 않을 수 있겠어."

"예쓰 대츠 라이트. 다요씨 마음은 돌아오고 싶을 테지만 그게 뜻대로 되겠어? 이혼이라는 법적 절차를 밟아야 할 테니까. 남자 측에서는 이혼을 막기 위해 태주씨와의 관계에 불륜의 굴레를 덮어씌워 어떻게 해서라도 저지하려고 할 거잖아. 이런 과정은 결혼 후 신랑과의 육체적 관계에 의한 결과에 대해서는 언급하지도 않았음에도 그것만으로도 그녀가 태주씨한테 돌아온다는 건 사실 하늘의 별을 따기보다 더어려운 일이겠지."

"내가 단념하려는 이유도 바로 그 점 때문이야."

"단념이 아니라, 내 말은 태주씨는 사태가 그쪽으로 유턴하도록 방관만 해서는 안 된다는 뜻이야."

"그럼 나더러 어떻게 하라고? 지금 내가 할 수 있는 일은 술이나 억수로 퍼마시는 것밖엔 달리 아무것도 없잖아."

태주는 거의 쉴 새도 없이 술을 마셨다. 화장실에 들락날락하며 배가 부르면 소변으로 배출하고는 또 들이켰다.

"하늘이 무너져도 솟아날 구멍이 있다고 하잖아. 치열하게 고민하면 기적같이 묘책이 떠오를지도 모르지."

"강바람씨. 아니, 윤하늘씨. 아가씨 두뇌가 베어링처럼 잘 회전한다는 건 나도 알지만, 꽉 막힌 이 난제마저 풀 수 있을 만큼 비상한 건 아니잖아. 운명에 순종하고 술이나 마셔. 우리가 능력이 부족해 이러는 거 아니잖아. 이건 윤리와 양심이 걸린 문제라고.”

윤하늘이 고개를 젖히고 가슴에 드리운 긴 머리채를 손으로 쓸어 내려 한 손으로 묶어 등 뒤로 넘기며 의미심장한 미소를 지었다. 그 가슴! 얼마 전까지도 태주의 눈길을 현혹했던 하얀 가슴의 절반이 희미한 조명 아래 요염하게 드러났다.

“태주씨, 사람 잘못 봤어. 내 아이디어는 마를 줄 모른다는 사실을 벌써 망각했어?”

“잘난 척 하지 말고 무슨 일말의 술수라도 있으면 내놔 봐.”

“내가 태주씨와 다요씨한테 궁지에 몰린 이 상황에서 한 번 더 탈출할 수 있는 기회를 마련해줄 테니 이번엔 놓치지 않을 자신이 있어?”

“당장 내일이 혼례식인데 무슨 묘수가 있다는 거야? 제갈량이 절망에 빠진 주유를 위해 동풍을 불러들였던 기우제 같은 거라도 지낸다는 거야?”

태주가 두 눈을 커다랗게 뜨고 놀라운 시선으로 의기양양한 표정을 짓고 있는 그녀를 바라보았다.

“잇 스티얼러 시크릿. 하지만 담보할게. 결혼 전에 다요씰 만나게 해줄 테니 둘이서 제주도로 피신 가서 그곳에서 다시 베이징으로 떠나.”

“차라리 굿판이나 벌여라. 부모님은 물론 양가 친척들과 수백 명의 하객들이 욱실거리는 예식장에서 신부가 어떻게 몸을 뺄 수 있어? 또 설사 만난다고 하더라도 다요가 동의하겠어?”

“내 예측엔 아마도 결혼식 날 다요씨 부친이 예식장에 참석하실 거야. 아직은 환자니까 의료진의 대동 하에. 밖에는 119가 대기하고 있을 가능성이 많아. 그러니까 다요씨가 예식장에서 사라진다고 해도 신속하게 응급이 이루어질 테니 생명의 위험은 없을 거잖아. 아마 심박조율기, 페이스메이컬도 착용한 채 참석할 테고……."

"꿈보다 해석이 좋다. 갑자기 프로이드가 되고 싶어? 당신 멋대로 짜놓은 시나리오대로 다요가 나오겠냐고?"

"확신하는데, 아마 다요씨 쪽에서 먼저 나한테 태주씰 마지막으로 한번만 만나게 해달라고 연락이 올 거야."

"강바람씨, 차라리 점집을 차리지 그래. 역술인이 되고 싶은 거야? 아님 귀신이 되고 싶은 거야? 독심술이라도 부릴 거야? 네가 그걸 어떻게 알아? 다요의 맘속에 들어가 본 것도 아니고."

"독심술은 무슨. 태주씨만 모르지 여자라면 누구나 다 알아."

"아예 네가 박사해라. 난 학위 반납할게. 그리고 네 말이 현실로 되어 제주도로 가더라도 베이징 가자는 말은 네가 다요와 말해. 난 자신이 없어."

"노우. 내 입으로 말하면 다요씬 나오지도 않을 거야. 부담스러우니까. 난 그냥 태주씰 만나게만 해줄 뿐이야. 나머진 당사자인 당신이 굿을 하든, 염불을 하든 알아서 해. 내가 될수록 시간을 오래 끌 테니까. 그동안 필요한 소지품만 챙기고 제주도로 먼저 내려가."

"이게 무슨 소설인지, 드라만지 들으면서도 어리벙벙하다."

"만난 다음 구체적인 후속 조치는 네가 알아서 강구해. 다만 이게 태주씨한테 주어진 마지막 기회라는 사실만 명심해. 그땐 내 아이디어도 바닥 날 테니까."

"나도 도리는 아는데 다요만 앞에 있으면 신심이 없어져."

"그건 태주씨가 다요씨를 너무 사랑해서 그래. 그나마 아직은 다요씨가 효도와 애정 사이에서 흔들리고 있을 때 태주씨가 확실히 중심을 잡아줘야잖아. 사랑 쪽에 확고하게 기댈 수 있도록."

태주는 또 애꿎은 맥주잔을 비우고 무망중에 남산을 쳐다보았다. 남산타워가 인제는 두 개가 아니라 수도 없이 많아 보인다.

"다요더러 부모님에 대한 효도를 포기하고 사랑을 선택하게 유도할 명분이 뭐냐고? 그거 혹시 나 자신의 욕망에 대한 만족이라면 난 못해. 다요한테 부담을 지우고 싶지 않아. 그녀가 원한다면 모를까……. 아, 이 벽이 무너지려고 나를 향해 기울고 있어……."

태주는 두 팔을 쳐들어 얼굴을 방어하며 주춤주춤 뒤로 물러앉았다.

"왓? 벽이 무너진다고? 태주씨 취했구나. 레츠 두엣 투데이."

"노우. 아오 즈링크 모얼. 날이 샐 때까지. 여기서 끝나면 포장마차 가자. 당신이 그따위 천박하고 구질구질한 장소를 싫어하는 줄 알지만 오늘만은 내가 하는 대로 따라줘."

태주는 맥주컵을 잡으려고 했으나 몇 번이나 헛손질만 했다. 윤하늘이 컵을 들어 그의 손에 건네주었다. 태주는 그 잔도 단번에 굽을 냈다. 그리고는 술이 역류해 허리를 굽히고 웩웩거렸다. 윤하늘이 자리에서 일어나 태주의 등을 손으로 두드렸다.

"아유 오케이?"

"취하려면 아직도 멀었어."

태주는 고개를 쳐드는 순간 의식의 등불이 꺼지는 듯 정신이 아뜩해졌다. 그 부서지고 허물어진 벽체가 그를 향해 통째로 넘어지고 있었다.

"이봐. 벽이 무너지잖아……."

태주는 급히 상체를 젖히며 뒤로 피하려다가 바닥에 허망 나뒹굴었다.

"안 되겠다. 웨이 껍. 오늘은 여기까지임. 거우 홈."

"난 안 취했어. 정신이 멀쩡하다고……."

그러면서도 태주는 윤하늘의 팔에 의지해 층계를 내려왔다. 밖으로 나오자 거리가 강물처럼 출렁거리고 간판들과 네온사인들이 도깨비불처럼 껌벅거린다. 지나가는 택시를 잡아 탄 후 윤하늘이 물었다.

"왜레이즈 더 하우스?"

"우리 사생활 묻지 않기로 했잖아."

"이 판에 그런 말이 나와? 테어우 미 퀴이클리."

그랬다. 이 판국에 프라이버시 같은 게 다 뭔가. 모든 것이 물거품이 된 깽판에.

태주는 가까스로 집주소를 알려주고는 뒷좌석에 길게 뻐드러져 그대로 잠이 들었다.

3

고정애는 소설을 읽다가 태주 모친이 잠든 걸 보자 책을 덮었다. 이불 섶을 꽁꽁 여며주고 창문을 닫았다. 에어컨도 리모컨으로 '약'으로 하향 조절했다. 기저질환으로 몸이 허약한 탓인지 사모님은 며칠 동안 열대야가 지속되는 데도 밤이 되면 추워했다. 나오면서 전등을 끄기 전에 잠든 노인을 다시 돌아보았다. 편안한 모습이다. 아까 발을 씻겨드릴 때 사모님은 정애의 머리를 쓰다듬으며 이렇게 말했다.

"내 며느리라면 좋겠다. 네가 이렇게 예쁘고, 착하고, 알뜰하고, 어른을 지극히 공경하니 태주도 아마 속으로 널 맘에 들어 할 것이다."

"과찬이세요, 사모님."

정애는 겸연쩍기도 하고 안쓰럽기도 했다. "차마 아드님이 다요씨랑 같이 중국 갔어요."라는 말을 실토할 수가 없어서였다. 태주 할머니도, 어머니도 모두 당신들 좋은 생각만 하고 있는 셈이다.

실내등을 끄고 살며시 방문을 닫은 후 거실로 나왔다. 거실은 텅 비어 있다. 오늘따라 극장처럼 휑뎅그렁하니 커만 보인다. 사장님은 한남동 고깃집 야간 육부가 초상집에 가서 대신 주방 일을 맡아 오늘 밤은 귀가하지 않을 것이다. 태주 여동생 금주도 내일 결혼식 하는 친구집이 고양에 있어 오후에 아버지의 차를 운전하고 미리 떠나가고 집에는 그와 태주 모친 둘만 남았다.

정애는 습관처럼 침실이 아닌 거실 소파에 와 앉았다. 그러나 금시 아무도 기다릴 사람이 없다는 사실을 깨닫고 허탈한 웃음을 짓고는 일어섰다. 여태까지 자신이 왜 태주가 오기를 밤을 새며 기다려야 했는지 이유를 알지 못했다. 그냥 그가 들어오지 않으면 제대로 잠을 이룰 수기 없었다. 그리고 그를 기다리는 시간이 지루하기는커녕 도리어 행복하기까지 했다. 하지만 오늘부터는 그런 일은 없을 것이다. 이제부터 그녀가 할 일은 사모님이 잠들면 곧장 침실로 들어가 잠자는 것뿐이다. 태주가 사라지자 그를 기다리며 밤을 새워 보던 텔레비전 드라마도 관심이 없어졌다. 태주한테는 나 말고도 서다요가 있다. 어차피 그녀 곁에서 떠날 사람이다.

침실로 들어온 그녀는 한동안 그 자리에 우두커니 굳어져버렸다.

내가 왜 여기 있지?

문득 떠오른 생각에 느닷없이 가슴 깊은 곳에서 설움이 울컥 북받쳤다. 그녀는 침대로 다가가 그대로 풀썩 시트 위에 엎드렸다. 그리고는 영문도 없는 슬픔에 떠밀려 흑흑 흐느끼기 시작했다.

난 카츄샤의 운명보다도 더 불행해.

정애는 울면서 생각했다. 카츄샤는 뒤늦게나마 네흘류도프의 사랑을 받았다. 그러나 태주는 네흘류도프가 아니었다. 카츄샤는 사실 어떻게 보면 네흘류도프의 사랑을 받을 자격조차 없는 여자다. 그녀는 네흘류도프의 사랑을 받은 몸을 지켜내지 못하고 타락하여 매춘부가 되지 않았던가. 하지만 나는 태주씨에 대한 티 없이 깨끗한 처녀의 순정을 고스란히 간직해 왔다. 그럼에도 태주의 '참회'는 고사하고 동정조차 받지 못했다.

사실 정애도 카츄샤처럼 체념하려면 진작 다른 남자를 만나 시집이라도 갔을 것이다. 그녀에게 호감을 가지고 추파를 던지며 접근하는 총각들도 많았고, 여러 곳에서 중매도 끊이지 않고 들어왔었다. 그중에는 정애한테 사랑을 고백한 젊은이들도 있다. 같은 학교 교사인 민철이라는 청년은 그녀의 미모에 홀딱 반해 그림자처럼 뒤를 졸졸 따라다녔다. 하지만 정애는 단호하게 거절했다. 어느 날 상사병을 앓던 청년은 정애에게 자신의 사랑을 받아주지 않으면 차라리 이 의미 없는 세상을 떠나버릴 거라고 최후통첩까지 보내왔지만 정애는 태주를 향한 일편단심을 굽히지 않았다. 태주 외할머니네 집에만 가면 노인은 버선발로 달려 나와 그녀를 얼싸 안으며 "어이구, 우리 손부 왔구나." 하고 반갑게 맞아주곤 했다. "태주란 놈은 제 어미가 장사하느라 눈코 뜰 새 없어 내가 다 똥오줌을 받아내 길렀어. 그러니 내 한마디면 다야." 하고 가슴을 치며 장담하곤 했다. 물론 정애도 할머니의 언질 때문에 태주에 대한 사모를 고수한 것은 아니었다. 은빛 달이 구름 속에 숨었다, 나타났다 술래잡기하던 그 밤에 치렀던 태주와의 정사는 만리장성처럼 그녀의 가슴에 깊이 아로새겨졌었다. 태주는 처음이자 마지막으로 그녀의 모든 것을 가진 남자이다.

그날 불안감 때문에 민철이네 집에 갔을 때, 청년은 정말 술을 마시고 자신의 팔 동맥을 칼로 자르고 핏물 속에 혼절해 있었다. 정애는 일단 서랍에서 눈에 보이는 아무 끈이나 꺼내어 상처에 둘둘 감고 젓가락을 사용하여 첩약을 짜듯 비틀어서 지혈시킨 후 119에 신고했다. 조금만 늦었더라면 염라대왕을 만날 뻔했었다. 민철은 병원에서 응급처치를 받고 완쾌되자 굴함 없이 다시 그녀한테 구애를 해 왔지만 여전히 거절했다. 그녀의 가슴속에는 오로지 한 사람, 태주뿐이었다.

그러나 야속하게도 그 태주는 다른 여자랑 함께 해외 애정행각에 나선 것이다. 정애는 할머니를 따라 이 집에 올라올 때부터 그날 달밤의 인연을 빌미로 태주에게 책임 같은 걸 강요할 의도는 털끝만큼도 없었다. 그런데도 할머니가 가자고 하니 금방 따라나서고 싶었다. 지금도 태주에게 책임감을 일깨워 다요한테서 떼 내어 자신의 사람으로 만들려는 생각은 추호도 없었다. 그런데도 괴롭고, 슬프고, 눈물만 나온다.

여기서 박사공부 마칠 때까지 사모님을 캐어하며 비혼주의자가 될거야. 사모님이 타계하시면 그때 이 집에서 나가 방을 얻어 혼자 살 거야. 태주씨, 다요씨랑 중국 가서 부디 행복하게 살아.

정애는 눈물을 삼키며 일어나 앉았다. 거울을 보니 두 눈이 퉁퉁 부었다. 세수하고 잠을 자야겠다. 정애는 화장실로 가려고 거실로 나왔다. 거실을 지나 세면실로 향하는데 문득 초인종소리가 울렸다. 그녀는 주춤 발길을 멈췄다.

누구지? 사장님이신가. 아니야. 사장님은 비번을 알고 계셔.

그럼…….

출입문가로 다가가 인터폰에 대고 물었다. 낯선 사람의 얼굴이 비쳤다.

"누구세요?"

"네. 택시기삽니다. 이 집이 한태주씨 댁이 맞으시죠?"

"네. 그런데요."

"지금 이 집 주인이 취해서 제가 업고 왔습니다. 문 좀 열어주실래요."

"태주씨가요? 그 분은 오늘 해외로 출국하셨는데……."

정애는 반신반의하며 두 눈이 휘둥그레졌다. 나쁜 사람이라도 아닐까…….

"그런 건 전 모르겠고. 무거우니까 어서 문 열어봐요."

정애는 어쩔 수 없이 버튼을 눌러 대문을 열어주었다.

운전기사 등에 업힌 사람은 분명 태주였다.

"아니……. 이게 어떻게 된 일이예요?"

"경리단길에서 탔습니다."

기사는 태주를 소파에 내려놓고는 정애가 건네는 음료를 받아 벌컥 벌컥 마신 후 그대로 돌아서 나갔다.

"택시비 드릴게요."

"차 안에 아가씨가 있어요. 그 분이 계산한답니다."

"아가씨? 다요씬가……. 안녕히 가세요."

기사를 보내고 소파로 돌아오자 태주는 아예 인사불성이 된 채 큰 대자로 쓰러져 있다.

"태주씨, 간다던 중국은 안 가고 술은 어디서 이렇게 많이 마셨어요?"

대답이 없다. 정애가 신을 벗기고 저고리를 벗기려는데 태주가 벌떡 일어섰다. 주변을 한번 휘익 둘러보더니 톱날에 밑둥이 잘린 나무처럼 다시 소파에 맥없이 넘어진다.

"강바람, 여기가 어디야? 집이야? 집에 왔으면 내 방에 가야지……. 2층으로……."

다시 일어나서 휘청거리며 걸어가다가 몇 걸음 옮기지 못하고 바닥에 주저앉았다. 정애가 다가가 부축해 세웠다.

"그냥 소파에서 좀 휴식해요."

"안 돼. 내 방에 올라갈 거야."

태주는 손사래를 치며 한사코 계단으로 올라갔다. 정애가 태주의 한 팔을 자신의 목에 걸쳐놓고 부축했다. 방에 들어가 침대에 눕히자 죽은 사람처럼 네 활개를 활짝 뻗어버린다. 한동안 잠자코 그러고 있더니 홀연 허공에 한손을 쳐들고 허우적거렸다.

"오줌, 오줌 마려워!"

정애는 어쩔 줄을 몰라 망설이기만 했다. 화장실은 2층에도 있지만 여자가 어떻게…….

태주가 스스로 일어나 침대에서 내려오다가 그대로 아래로 떨어져 바닥에 나뒹굴었다. 정애가 부축해서야 간신히 몸을 일으켰다. 태풍에 홀로 선 나무처럼 이리저리 흔들거린다.

"화장실, 빨리! 오줌 나온다고……."

정애는 일단 태주를 부축해 화장실로 들어갔다. 태주의 손을 벽을 짚도록 해주고는 밖으로 나왔다.

"벨트가 안 풀려. 지퍼가 왜 이래? 거기 누가 없어? 오줌 나온다고."

정애는 문 앞에서 발만 동동 구르다가 결국은 다시 안으로 들어가서 벨트를 풀어주고 지퍼를 내려주었다.

"이거 깨내 줘야지. 팬티에 누라는 거야? 나간다 이거……."

팬티가 액체에 젖기 시작하자 정애는 일단 눈을 딱 감았다. 그리고 팬티를 아래로 내렸다. 무언가 단단한 것이 그 안에서 스프링처럼 강하게 불쑥 퉁겨 나오는 바람에 정애는 깜짝 놀랐다. 그리고는 쏴~ 소리가 났다. 몸이 흔들리면서 내두르는 호수처럼 물줄기가 사방으로 퉁겼다. 정애는 저도 모르게 그것을 잡아 변기를 향하도록 고정했다. 가슴이 벌렁벌렁 뛴다. 결코 생소한 건 아니었다. 그날 달빛 흐르는 시골의 오솔길 옆 풀밭에서 이미 경험했던 것이었다. 그런데도 낯이 화끈거리고 심장이 북을 쳤다.

오줌을 다 누자 옷을 입히고 태주를 부축하여 침대에 데려다 눕혔다. 그러나 이번에는 목이 마르니 물을 달라고 소리친다. 정애는 1층으로 달려 내려가 컵에 빙수를 담아들고 올라왔다. 태주는 비스듬히 일어나 앉더니 눈을 감은 채 물 한 컵을 다 마셔버린다. 그리고는 통나무처럼 또다시 침대 위에 넘어졌다. 그러나 조금 후 다시 일어났다.

"다요야, 백민호랑 결혼하지 마. 너 내 거잖아."

갑자기 팔을 벌리더니 침대 옆에 서 있는 정애의 팔목을 거머쥐고 확 끌어당겼다. 어찌나 힘주어 잡아챘는지 정애는 그만 균형을 잃고 태주의 옆에 쓰러졌다. 그러자 태주는 옆에 누운 정애의 허리를 두 팔로 와락 껴안았다.

"태주씨, 이러지 말아요. 난 다요씨가 아니에요. 정애예요."

"정애? 정애가 누구야? 장난하지 마. 으음— 내 입술 어디 있어?"

태주가 익살맞게도 입을 비주룩이 내밀고 정애의 입술을 찾았다. 정애는 피하려고 버둥거렸으나 어느새 태주의 입술이 그녀의 입술을 덥석 덮쳐버렸다.

"야, 태주야. 정신 차려. 나, 다요 아니라고. 앵두누나야."

소리쳤으나 태주의 입 안에 삼켜진 그녀의 입술에서 나간 말은 그저 으으음 하는 신음소리뿐이었다. 태주는 거기서 멈추지 않았다. 이번엔 그의 손이 정애의 가슴을 더듬기 시작했다.

"태주야, 나, 누나라고. 이러지 마."

그럴수록 태주는 더 기세 사납게 그녀의 입술을 깊숙이 자신의 입 안으로 빨아들였다. 태주의 손길이 옷 속을 파고들어 그녀의 부푼 가슴을 움켜쥐는 순간 정애는 숨이 멎고 심장이 터지는 것만 같아 입을 다물었다. 어차피 입을 열어도 말이 만들어지지 않았다. 그의 광기를 제지하고 뿌리칠 털끝만한 에너지도 없었다. 예전에 있었던 그 달밤의 상황과 너무나 흡사했다. 다만 다른 점이 있다면 태주가 취중에 그녀를 앵두누나가 아니라 서다요로 착각하고 있다는 사실뿐이었다. 정애는 지금에 와서야 자신이 태주에게 바랐던 그 희미하고 형체조차 없던 무언가가 다름 아닌 바로 이것이었음을 깨닫고, 가슴을 활짝 열고 그에게 아낌없이 내주었다. 그것은 그날 밤 풀밭에서 경험했던 바로 그 손길이었다. 그 손길! 아, 얼마나 오랫동안 갈망해 왔던가. 그녀는 이 손길 앞에서만 자신이 여자임을 절감했다.

그러다가 어느 순간 문득 태주의 움직임이 고장 난 로봇처럼 덜컥 멈췄다. 그는 마치도 엄마 품에 안긴 아기처럼 그녀의 입술을 문 채, 손으로 그녀의 유방을 움켜쥔 채 거짓말처럼 잠이 들어 버린 것이다. 그는 그야말로 인사불성이 될 정도로 대취 상태였다.

　이 상황이 과연 잘 된 일인지, 아쉬운 결말인지는 정애도 알 수 없었다. 하지만 그녀로서는 정지된 이 상황을 견인할 용기도, 명분도 없었기에 망연한 표정을 지은 채 잠든 태주의 얼굴만 멍하니 들여다볼 따름이었다. 태풍도, 파도도 순식간에 꿈처럼 사라져버렸다……

　이튿날. 11시가 넘어서야 태주는 목이 말라 잠에서 깨어났다. 머리맡에 앉아 손가락으로 땀에 엉겨 붙은 그의 머리카락을 건드리던 정애가 그가 눈을 뜨자 흠칫 놀라며 저만큼 물러앉았다.

　"깼어? 꿀물 마시고 정신을 추슬러."

　정애는 미리 준비해둔 꿀물 컵을 건넸다. 그녀가 왜 갑자기 야자하며 말을 놓는지 궁금했지만 태주는 그냥 평소처럼 경어를 썼다.

　"네."

　꿀물 반 컵을 마시자 원기가 회복되고 정신이 나는 것 같다. 느닷없이 지난밤 다요를 안고 키스하고 가슴을 애무했던 기억이 어렴풋이 재생되었다. 꿈인가? 그런데 눈앞에 다요는 없다. 정애뿐이다. 혹시 그게 꿈이 아니라면. 내가 취중에 정애를 다요로 착각하고……

　"누나, 혹시 지난밤 내가 술에 취해서 누나한테 실수라도 하지 않았어?"

　"실수 없어. 그런데 정말 지난밤 일이 하나도 기억 안 나?"

　그냥 반말이다. 그렇게 봐서 그런지 이상하게도 그녀의 두 볼이 갑자기 빨갛게 상기되어 있었다.

　"아무것도요. 실수하지 않았다니 다행입니다."

그렇다면 아마도 내가 다요의 꿈을 꾼 모양이다. 그런데 정애가 왜 부끄러워하지? 아무래도 미심쩍다.

그때 휴대폰 전화벨이 울렸다. 정애가 자신의 동석을 부담스러워 할 것 같아 스스로 밖으로 피해준다. 윤하늘이다.

"아유 오케이? 완전 인사불성이 됐던데."

"두통과 속 쓰림이 심하지만 견딜 만 해."

"그런데 집에 있다는 아가씨는 누구야? 택시기사가 그러던데."

태주는 문밖에 시선을 던졌다. 보나마나 정애는 문 앞에 있을 것이다.

"어, 친척이야."

"친척? 그건 그렇고. 빨리 옷 입고 나와."

"왜? 연극 다 끝난 거 아냐?"

"다요씨한테서 태주씨 만나게 해달라고 전화가 왔어."

"리얼리! 하늘씨 예측이 맞았다는 거야? 정말 귀신이 아니야?"

"감탄은 뒤로 미루고, 시간이 없으니까 서둘러. 1시 전에 도착해야 돼."

"어딜 가야 되는데?"

"펠리스서울 호텔인데 방은 내가 사전에 미리 예약해 놨어. 이름만 대면 안내해 줄 거야. 자가용이나 버스 타지 말고 지하철 타고 와. 막힐 염려 없잖아. 내가 시간을 최대한 마련해 줄 테니까 다요씰 어떻게 하나 설득해서 제주도로 내려가. 두 사람의 운명은 오늘 태주씨 손에 달렸어."

"자신감은 없지만 시도는 해 볼게. 하늘씨 노고를 봐서라도."

"내가 아니라 태주씨와 다요씨를 위해서야. 스타트 퀴이클리."

"오케이."

전화를 끊자 태주는 세수를 하려고 침대에서 내려왔다. 마침 정애가 들어왔다.

"결혼식에 가?"

"누나가 결혼식 하는 거 어떻게 알아요?"

"지난밤 다요씨더러 오늘 백민호와 결혼하지 말라고 온밤 잠꼬대했잖아."

태주는 비로소 지난밤 기억이 꿈이 아니었음을 알았다…….

태주는 지하철을 타려고 이태원역으로 가면서 정애에게 문자를 보냈다.

난 누나가 나더러 네흘류도프가 되기를 바라는 마음 알아. 하지만 누나는 너무 바르고 정직하게 살았어. 카츄샤가 네흘류도프의 참회를 유도했던 건 그녀가 비참하게 타락했기 때문이었어. 망가진 그녀의 누추한 삶에 네흘류도프는 양심의 가책과 책임감을 느꼈고, 그 책임감이 참회로 이어진 거잖아. 내가 누나의 네흘류도프가 되어 주지 못한 막연한 이유라고나 할까. 내가 네흘류도프가 아닌 것처럼 누나도 카츄샤가 아니야. 대신 고정애씬 영원힌 내 누나야.

지하철에 승차해 전동차가 금방 발차했는데 답장이 왔다.

난 네가 네흘류도프가 되기를 원하지 않아. 그냥 한태주인 것만으로도 만족해.

무슨 뜻인가?!

You Raise Me up

1

 한태주가 도착한 곳은 강남의 5성급호텔 임피리얼펠리스서울이었다. 처음 와 본다. 강바람은 만나던 첫날부터 어디서 생긴 돈인지 이런 고급호텔에 아낌없이 뿌리고 다닌다. 고풍스러우면서도 우아하고 예술적 감성미가 충만한 호텔 로비에 들어서서 프런트 직원에게 실명을 대자 친절하게 예약된 룸으로 안내했다.

 객실에 들어와 가방을 벗고 럭셔리한 소파에 앉았다. 무료로 제공되는 커피 한 잔을 타 탁자 위에 놓고 창문 커튼을 열어젖혔다. 강바람에게 전화를 걸어 도착했다고 알렸다.

 "다운트 거우 에니웨얼 앤 웨잇 인 더 룸. 다요씨가 곧 도착할 거야. 호텔 근처에 있는 웨딩홀이라 차로 5분도 안 걸려."

"오케이. 그런데……."

윤하늘이 일방적으로 전화를 끊었다. 목소리도 겨우 알아들을 만큼 낮았었다. 아마도 통화가 불편한 장소인 모양이다. 휴대폰을 유리탁자 위에 내려놓고 커피를 마셨다. 마시면서 속으로 오늘은 꼭 제주도로 내려가서 그곳에서 다시 중국으로 가자고 다요를 설득해야겠다고 다짐했다. 이 마지막 카드까지 무효화되면 영원히 다요와 이별할거라는 사실을 태주는 잘 알고 있었다. 그리고 더 불안한 것은 다요 쪽이 흔들리자 상대적으로 정애 쪽이 더 가까워진다는 느낌이었다. 정애와의 관계가 이전과 아무것도 달라진 것이 없음에도 그랬다. 비몽사몽 같은 지난밤의 몽롱한 기억이 꿈이 아니었다면 그는 정애를 껴안고다요에게 했던 동작들을 그대로 되풀이했을 것이 틀림없다.

말도 안 돼. 안 그래도 정애를 볼 때마다 마주볼 용기가 없었는데…….

태주는 못난 자신을 원망하며 소파에 기대어 두 손으로 머리를 감싸 쥐었다. 엎친 데 덮친 격으로 더구나 불길한 것은 정애가 외할머니는 물론이고 부모님을 넘어 인제는 여동생 금주의 마음까지 선점했다는 사실이었다. 어디 그뿐인가. 다요까지 그 재수 없는 도시락 하나 때문에 정애의 열혈 팬이 되었다.

안 되겠어. 내가 집에서 나오든지, 아니면 무슨 술수라도 꾸며 정애를 집에서 내보내든지 해야겠어. 이대로는 너무 불안해. 다요 한 사람만으로 내 삶의 전부를 삼을 거야. 태주는 어떤 중대한 결심이라도 내린 듯 소파에서 벌떡 일어났다. 그리고는 꽃무늬가 그려진 주단 위를 서성거렸다.

그때 누군가 문을 노크하는 소리가 들렸다. 급히 출입문으로 다가가 문을 열어주었다. 호텔보이가 안내해 온 사람은 고대하던 다요가 아니라 낯선 여자다. 머리에는 채양이 큰 모자를 이마 위에 푹 눌러썼고 눈에는 얼굴 절반을 가리는 선글라스를 꼈으며 입에는 마스크를 막았다. 몸에는 무릎까지 내려오는 블랙 원피스를 입고 있다. 태주는 어안이 벙벙하여 아무 말도 못한 채 방안에 들어서는 신비한 여자를 바라보고만 있었다. 보이가 문을 닫고 복도로 사라지자마자 그 여자가 다짜고짜 태주의 목에 매달렸다.

"오빠!"

목소리는 분명 다요의 음성이다. 그러나 세상에 음성이 유사한 사람은 많고 많다.

"아가씬 누구신지……."

"나도 몰라? 다요 삐짐."

그러더니 모자며, 선글라스며, 마스크며를 하나하나 벗어 소파 위에 내던진다. 드디어 그녀의 진면모가 드러났다.

다요다! 태주의 앞에 분명 서다요가 서 있다. 그러나 그녀 몸에는 아직도 윤하늘이 즐겨 입는 블랙 원피스가 걸쳐져 있다. 전에 없이 하얀 가슴이 절반이나 드러나 마치 활짝 피어난 다리야 꽃송이를 방불케 했다. 이번에는 태주가 감격에 목이 메어 그녀를 와락 품에 껴안았다.

"널 다시는 못 볼 줄 알았잖아. 내거라며?"

"오프코스. 그러니까 이렇게 달려왔잖아."

태주는 손으로 자신의 가슴에 파묻은 다요의 얼굴을 받쳐 들었다. 엄지손가락으로 볼에 흐르는 눈물을 닦아주었다. 울어도 예쁜 다요다. 아마 죽어도 이 아름다움은 변함없이 죽지 않을 것이다.

"오늘 결혼식이잖아. 어떻게 나왔어?"

"오빠 보고 싶어서임."

"신부가 사라지면 결혼식은 어떻게 해?"

"금방 돌아가야 돼."

"금방 갈 거면 왜 왔어?"

"오빠랑 할 일이 있어서. 시간이 없으니까 빨리 서둘러야 돼."

"무슨 일?"

태주는 원피스를 벗으려고 서두르는 다요를 보며 의아한 표정으로 물었다.

"바보. 그러고도 박사야? 여자들은 다 아는 일 있잖아."

강바람도 이 말을 했었다. 자기 앞으로 와 등을 돌려대는 다요의 원피스 지퍼를 열어주다가 문득 태주는 그 말의 의미를 깨달았다. 옷을 벗고 할 일이 무엇이겠는가. 그리고 이 마당에 성욕만족을 위해 그 일을 하러 달려오지는 않았을 것이다. 그렇다면 이 일을 통해 얻을 수 있는 것, 여자들만 알 수 있는 일—그것인즉 수태요, 임신일 것이다.

"다요 잠시 위장 결혼하지만 여기까지 나를 강박한 아빠한테 내 식의 복수를 할 거임. 시한부 결혼이지만 그마저도 몸과 마음을 모두 오빠한테 맡기고 그림자만 그곳에 가 있을 거라고. 내 말 무슨 뜻인지 알겠지?"

"알 것 같아. 그런데 꼭 돌아가야 돼?"

"우리한테 허용된 건 겨우 한 시간뿐이야. 지금 언니가 나 대신 드레스를 입고 신부대기실에 있어. 만일 이 위장 쇼가 들통 나거나, 결혼식이 파탄나면 아빠가 이번엔 정말 생명이 위험해질 거야."

다요는 원피스를 벗더니 또 등을 돌려댄다. 브래지어를 벗겨달라는 암시다. 태주는 바야흐로 속살을 드러내는 그녀의 나신을 보자 벌써부터 가슴이 요동치기 시작했다.

"아빠는 편찮으시다며, 예식장에 오신 거야?"

"오늘은 하늘이 무너져도 결혼식을 하고야 말 거래. 휠체어 타고 심박조율기까지 휴대하고 간호사랑 대동하고 오셨어. 밖에는 비상상황을 대비해 119까지 대기하고 있어. 그러니 내가 어떻게 안 가? 일단 아빠부터 구하고 봐야잖아. 딸로서 아빠를 속이는 거 불경스러운 일이지만 오빠를 위해서는 다요는 못할 것이 없어."

브래지어가 풀어지자 다요는 몸을 돌려 태주를 향해 정면으로 마주섰다. 그녀의 가슴에서 뿜겨 나오는 광채에 눈이 부셨다. 다요가 턱짓과 눈짓으로 자신의 아래를 가리켰다. 태주는 손이 떨렸지만 참고 그녀의 팬티를 벗겼다. 그리고는 그대로 바닥에 주저앉아 무릎을 꿇었다.

"넌 사람이 아니야. 미의 여신이야. 아니 여신도 너랑은 비교가 안 돼."

"이거 다 오빠 거야. 가져."

태주는 지금 시간이 촉박하다 하니 제주도 가는 문제를 빨리 꺼내야 할 텐데 하는 생각을 하고 있었다. 태주가 아무런 반응이 없자 다요가 저돌적으로 태주의 옷을 벗기기 시작했다. 어차피 벗겨질 옷이었다. 태주는 자진하여 단추며, 벨트를 풀었다. 다요가 손가락으로 팬티를 가리켰다. 어쩔 수 없이 그것도 벗었다.

"탈의하는 데만 십 분이 지나갔어. 서둘러야 해."

태주가 자신의 제주도 도주 얘기를 먼저 할지, 다요의 요구에 먼저 응할지 몰라 멍하니 서 있자 다요의 손이 대담하게 아래로 향했다. 태주는 그녀의 부드러운 손길이 민감한 부위를 스치자 저도 모르게 근육의 경련을 느꼈다.

"얘가 내 건데 왜 내 말을 안 들어? 오빠, 뭘 생각해? 여기 좀 집중해. 나 시간 없다잖아."

다요가 그 일을 다그쳐서인지, 아니면 제주도 가는 문제를 어느 타이밍에 어떻게 서두를 떼야 할지 하는 고민 때문인지 육신이 도리어 홀쭉하게 위축된다. 그럴수록 급해지는 다요는 아예 태주 앞에 무릎을 꿇고 앉았다. 그녀는 제한된 시간에 맞춰 방만한 스킨십 과정을 줄이고 템포와 온도를 압축하여 신속한 결과를 얻으려고 서두르고 있었다. 다요의 부드러운 입술이 터치하자 태주는 돌연 심장이 폭발하는 감촉에 빠져들었다. 숨이 덜컥 막혀 고개를 젖히고 눈을 감았다. 여자는 좋아하는 남자 앞에서는 부끄러움을 모른다. 모든 것을 내준다. 그 금덩이 같고, 보석 같고, 태양 같은 아름다움과 부드러움과 탄력들을……

금광을 앞에 둔 태주는 피가 끓어올랐다. 제주도라는 화제 같은 건

홍수처럼 밀려드는 고도의 흥분 앞에서는 그냥 가랑잎처럼 용암의 물결에 휩쓸려갔다. 그는 꿇어앉은 다요를 덥석 안아 침대 위에 내던졌다. 온몸이 활활 타오르는 불길에 도가니처럼 뜨거워졌다.

"오빠, 그래 그렇게. 차라리 이참에 날 죽여. 그럼 진저리나는 결혼 같은 건 없을 거잖아."

태주는 지금 이 순간에야 비로소 자신의 몸 속 어딘가에 늑대 같은 야성이 내흉하게 도사리고 있었음을 감지했다. 그는 포효하는 짐승 같은 괴력이 넘쳐 바다라도 뒤집어엎고 산이라도 뿌리 뽑아 내던질 기세로 다요에게 덮쳐들었다. 그리고 번쩍이는 황금을 캐려고 선들거리는 곡괭이를 쳐들었다.

"짐승, 짐승! 오빠 짐승이야! 내 짐승이야. 내가 기르는 짐승이라고. 아~"

다요는 소리 지르고, 몸부림치고 흐느꼈다. 두 사람 사이에 벼락이 치고, 우레가 울고, 파도가 치솟았다. 태주는 이 일을 하며 처음으로 콘돔 같은 거 까맣게 잊고 있었다. 오로지 그 일에만 집중했다.

하지만 하늘이 터지고 천지개벽이 일어날 그 순간 태주는 말도 안되게 머릿속에 콘돔이 떠올랐다. 그녀는 오늘 결혼할 신부다. 그녀가 자신을 찾아온 의도가 수태라는 것도 안다. 하지만 그건 어디까지나 다요의 헌신일 따름이다. 태주는 그게 다요의 결혼생활을 불행의 수렁에 빠뜨리는 화근이 되기를 원치 않는다.

태주는 전신이 박살나고 육체가 발기발기 찢기는 듯한 환희가 눈앞에 박두해 오는 순간 그녀한테서 민첩하게 몸을 분리시켰다. 그러나 웬일인지 굵은 동아줄에 묶이기라도 한 것처럼 분리가 안 된다. 시간은 없고 이제 한 번 더 분리를 시도하려는 순간 태주는 다요가 그의 의도를 미리 짐작하고 진작 두 다리로 자신의 허리를 집게처럼 꽉 집고 있음을 느꼈다. 두 팔로도 일어나지 못하도록 필사적으로 그의 목을 그러안았다.

"오빠, 안 돼. 나 오빠 애기 가질 거란 말이야. 그래서 온 거잖아."

이미 그때는 불가항력이었다. 댐은 이미 터졌고 물줄기는 콸콸 쏟아져 나가고 있었다.

"다요야, 이러면 너만 힘들어져."

"싫어. 오빠 내 거라며? 그럼 당연히 이것도 내 거잖아."

그녀는 태주가 더 말을 못하게 자신의 입으로 태주의 입술을 막았다.

모든 것이 막을 내리고 폭풍은 잦아들었다. 태주는 천장을 쳐다보며 말했다.

"결국 우리는 그 위험천만한 '유리언덕'을 넘어서 버렸어."

"우리 상간도, 불륜도 아니야. 그러니까 우리 사이엔 당연히 '유리언덕' 같은 건 없어."

다요가 돌아누워 손가락으로 태주의 코끝을 만지작거리며 말했다.

"곧 예식장에 내려가 백민호랑 결혼하는데도 아니야?"

"그건 아빠를 구하기 위해 가짜로 하는 쇼일 뿐이야."

"그럼 백민호는 뭐야?"

"내가 그걸 어떻게 알아. 백민호는 백민호지. 나랑은 아무 상관도 없어. 원망하려면 내가 아니라 자기 부모를 해야지."

지금은 어떤 말을 해도 아무 소용이 없다. 이미 그 무슨 '언덕' 같은 건 없었다. 돌아올 수 없는 강을 건넌 바엔 늦었지만 제주도행 화제나 꺼내야겠다.

"다요야, 나 요긴하게 너랑 할 말이 있어."

태주는 금방 울어서 풀잎에 맺힌 새벽이슬처럼 반짝이는 그녀의 눈동자를 들여다보며 말했다. 그런데 다요가 버들가지같이 날씬한 손가락을 태주의 입술에 가져다 대며 쉿― 한다.

"오늘은 아무 말도 하지 마. 다요 이뻐?"

"이뻐."

"그럼 이쁜 다요 하자는 대로 따라줘용."

다요가 몸을 일으켰다. 침대에서 바닥으로 내려가더니 알몸으로 전기주전자에 물을 끓여 커피를 탄다. 그 모습을 보고 있으려니 태주는 또 몸속의 그 짐승이 벌떡 일어나 앉는 것을 느꼈다. 보고만 있을 수 없을 만큼 요염한 몸매가 그의 시선을 현혹했다.

다요가 컵을 가져다준다. 태주는 컵을 받지 않고 그녀를 안으려고 하자 다요가 손으로 가로막는다.

"일단 한 잔 마셔. 에너지를 충전해야 2차 갈 거잖아."

"2차까지 계산한 거야?"

"당연하지. 한 번으로는 미심하니까."

권유대로 일단 커피부터 마셨다. 뜨거웠다. 그리고 다요뿐만 아니라 태주도 2차부터 소화한 다음이고야 무슨 말이든 할 것처럼 그것이 절박했다……

2차까지 끝내자 약속된 1시간 30분에서 12분이나 더 지나갔다.

"어머, 시간이 지났어. 가봐야 돼. 언니 욕하겠다."

"그 언니 윤하늘이잖아."

"맞아. 오빠 누나. 줄리엣."

"줄리엣은 널 예식장으로 다시 귀환하라고 위험을 감수하면서까지 역할 바꿔준 거 아니야. 나랑 같이 이곳을……"

"다 알아. 걱정 마. 내 안엔 오빠가 있어. 그러니 걱정 말고 기다려."

다요는 부랴부랴 옷을 주어 입는다. 여자들은 이상하다. 말하지 않아도 다 안다. 그런데도 아는 것과 행동은 다르다. 남자들은 말하지 않으면 아무 것도 모르지만 알기만 하면 행동에 옮긴다.

다요는 선글라스를 끼고 모자까지 쓴 다음 태주를 껴안고 작별 키스를 했다.

"호텔에 있지 말고 예식장에 와. 나처럼 모자와 마스크를 쓰고, 선글라스 끼고 맨 뒤에 서 있어. 다요 확인할 거임. 간다."

다요는 마치 회사에 출근했다가 직장 일을 마치고 칼퇴근하는 직원처럼 룸에서 유령처럼 사라져버렸다. 어쩌면 지금 그녀는 제 정신이 아닐 것이다. 아빠도 구해야 하고 태주도 챙겨야 하니 말이다. 그러니까 그처럼 차분하고 온화하던 다요가 저렇게 허둥댈 것이다.

한차례 태풍이라도 휩쓸고 지나간 것 같은 황량한 분위기다.

정말 다요가 결혼하는 예식장에 가야 하나?

신부대기실에서는 자그마한 소동이 벌어졌다. 신부인 다요가 대기실에 들어서면서부터 울면서 눈물만 흘려 메이크업이 다 지워지고 친척·친지와 하객들의 방문을 영접할 수 없었기 때문이다. 웨딩헬퍼가 휴지로 눈물을 닦아주고 분첩을 다시 두드렸지만 역부족이었다. 스냅작가들은 부케와 결혼반지와 함께 여러 가지 스케치샷과 연출샷을 촬영하려고 열심히 시도했지만 한 컷도 건지지 못한 채 오열하는 신부를 안쓰러운 시선으로 지켜봐야만 했다.

웨딩플래너는 어찌할 바를 모르고 들락날락하며 손만 비벼댔다. 그래도 경험이 풍부한 웨딩헬퍼가 자처하여 난처한 상황을 수습했다.

"신부께서 지금 심경이 불안하여 촬영이나, 손님 영접이 불가능한 만큼 친척 분들과 내빈들께서는 잠시 신부대기실에서 나가주시기 바랍니다. 신부님이 안정이 필요하기 때문입니다. 신부님께서도 혼자 있고 싶다고 하시네요. 협조 부탁드립니다."

모두들 상황의 심각함을 깨달은 듯 말없이 신부대기실에서 나갔다. 그러자 웨딩헬퍼는 문을 닫고 신부에게 다가와 나직하게 속삭였다.

"잠시 양가 부모님 뵙고 올게요."

말을 남기고는 웨딩헬퍼도 밖으로 나갔다.

다요는 신부대기실에 혼자 남았다. 지난밤 집으로 오자 그녀는 윤하늘에게 전화했었다. 이번에 결혼하면 무슨 뜻밖의 상황이 발생할지 모른다는 불안감 때문이었다. 스스로는 어떤 경우에도 순정을 지키겠다고 다짐했지만 전번 우량예사건을 미뤄볼 때 백민호네가 또 어떤 음모를 꾸밀지 모른다는 우려심이 들었던 것이다. 결혼 전에 어떻게 해서라도 오빠를 만나서 오빠의 혈육을 몸 안에 품어야만 조금이라도 시름이 놓일 것 같았다. 하지만 날이 밝으면 혼례를 올릴 텐데 무슨 수로 태주를 만나 그의 씨앗을 몸 안에 받아들인단 말인가. 그녀의 머릿속에는 자연스럽게 윤하늘의 얼굴이 떠올랐다. 언니라면 방법이 있을 것이다. 그녀는 줄리엣이 아니던가.

"언니, 다요예요. 내일 결혼식 전에 선생님을 만나고 싶어요. 꼭 만나야 해요."

모든 인사말은 생략했다. 거실에는 백민호의 유모가 자지도 않고 소파에 앉아 그녀를 면밀하게 감시하고 있었다. 이불 속에서 남몰래 통화했다. 다요의 딱한 사정을 아는지 윤하늘도 인사말 같은 군더더기는 생략하고 간단명료하게 대답했다.

"알았어요. 웨딩홀 위치를 문자로 보내주세요."

다요는 훼딩홀주소를 문자로 발송했다. 거절하지 않아 천만다행이다. 윤하늘에게는 불가능이란 없는 모양이다. 줄리엣이니까.

10분도 안 되어 문자가 날아왔다. 아주 간단하다.

내일 신부대기실에서 웨딩헬퍼가 시키는 대로만 하시면 돼요. 다요씬 그냥 울기만 하세요.

윤하늘이 시키지 않아도 신부대기실에서 다요가 할 수 있는 일은 울고 눈물 흘리는 것뿐이었다. 요구가 그거라면 저절로 되는 것이다.

문밖에서 웨딩헬퍼가 부모님과 대화하는 소리가 들렸다.

"따님께서 자꾸만 우셔서 화장이 다 지워졌어요. 무엇보다 심리적 안정이 필요한 것 같아요. 메이크업도 다시 해야 할 것 같습니다. 근처 미용실에 아는 언니가 있는데 제가 오라고 불렀어요. 심리상담도 겸하신 분이에요. 금방 올 거예요."

"아가씨가 알아서 해요. 오늘은 식만 올리면 되니까 그까짓 촬영, 친척영접 이벤트 같은 건 안 해도 상관없어. 여보, 당신 사람 시켜서 혜진이만 잘 감시하면 돼. 이 년이 또 무슨 꿍꿍이를 꾸밀지 모르니까."

"안 그래도 민호 유모가 전문 혜진이만 감시하고 있어요."

"그럼 됐어."

웨딩헬퍼가 다시 대기실로 들어왔다.

"신부님, 곧 미용실에서 사람이 올 거예요."

다요는 그 한마디에 모든 걸 알아차렸다. 온다는 그 사람은 틀림없이 윤하늘일 것이다. 언니는 어제 웨딩홀에 전화해 웨딩헬퍼의 연락처를 알아냈을 것이고, 다시 웨딩헬퍼와의 통화를 통해 다요의 불행에 대해 알리고 도움을 청했을 것이다. 아무튼 대단한 언니다. 당연하지. 태주씨의 누나잖아.

5분 정도 지났을까? 미용사는 금방 도착했다. 그런데 대기실에 나타난 여자는 윤하늘이 아니다. 머리에는 채양이 큰 모자를 눌러쓰고, 눈에는 선글라스를 걸고, 얼굴에는 마스크까지 쓰고 있다. 게다가 몸에는 무릎까지 드리운 원피스까지 걸치고 있다. 물론 어깨에는 화장도

구를 넣은 박스를 메고 있었다.

미용사가 모자를 벗고 마스크를 벗는 순간 다요는 그 여자가 다름 아닌 윤하늘임을 알아보았다.

"언니……."

"쉿— 밖에서 들어요. 시간이 없으니 얼른 옷부터 바꿔 입어요."

두 여자는 말없이 옷을 바꿔 입었다. 다요가 앉았던 소파엔 윤하늘이 웨딩드레스를 입은 다음 손에 부케를 들고 앉았고, 다요는 윤하늘의 옷으로 변장했다. 윤하늘은 아무 말도 없이 시간을 확인했다. 10여 분이 지나자 다요에게 말했다.

"아무 말 하지 말고 웨딩헬퍼의 뒤를 따라 나가세요. 문밖에서 차가 기다리고 있을 거예요."

다요는 웨딩헬퍼의 뒤를 따라 신부대기실에서 나왔다. 사람들의 눈길이 일제히 그녀에게 집중되었지만 방금 전 안으로 들어갔던 아가씨인 줄로만 알았는지 말없이 지나보냈다. 다요는 휠체어에 앉아 그를 유심히 쳐다보고 있는 부친의 옆을 재빠르게 지나갔다. 부친의 뒤에서 휠체어를 잡고 있는 사람은 병원에서 동행 나온 간호사였다. 서용수가 그녀가 눈앞을 지나가자 곧바로 문을 열고 대기실 안을 확인해보았다. 딸은 그냥 소파에 앉은 채 고개를 숙이고 있었다.

"아버님, 아직은 들어오시면 안 돼요. 또 눈물을 흘리면 다시 수정해야 되니까요. 좀 더 안정을 취하셔야 합니다."

"알았어요. 다요만 있으면 되니까. 까짓 시간이 좀 늦어도 상관없어."

다요가 밖으로 나와 보니 대문 앞에 아버지 때문에 앰뷸런스가 대기하고 있다. 앰뷸런스 옆에 정차한 승용차에서 한 남자가 내리더니 고개를 숙여 인사한다. 낯이 익었다. 그때 양재동 자택 2층에서 사다리를 놓고 그녀를 부축해 탈출을 도와준 바로 그 총각이다. 말없이 차에 올랐다……

다요는 호텔에서 태주가 무슨 말인가를 하려고 줄곧 타이밍을 찾는 걸 보고 그가 또 한 번 해외피신계획을 세우고 있음을 짐작했다. 하지만 그녀는 일부러 태주의 말을 회피했다. 태주의 입에서 막상 그 말이 나오면 그녀부터 거부할 자신이 없었기 때문이었다. 이미 하객들도 다 모였고, 아버지는 휠체어를 타고 앰뷸런스까지 대동하고 혼례식에 참석했다. 여기서 다요가 사라지고 혼례가 파탄된다면 필연코 아버지는 치명적인 충격에 쓰러지고 말 것이다. 오빠와 같이 해외로 도피하더라도 그건 아버지를 구한 다음의 일이 되어야 한다.

소기의 목적을 이루자 다요는 부리나케 호텔에서 나왔다. 차에 타자 윤하늘에게 웨딩홀에 곧 도착할 거라고 문자를 띄웠다. 이제 웨딩헬퍼는 이미 시간이 지체되어 화가 나 있을 아버지에게 마지막으로 한 번 더 메이크업 수정을 요구한 다음 곧 신부가 예식장에 입장할 것을 확약할 것이다.

웨딩홀에 도착하자 서용수가 문이 닫힌 신부대기실 앞에서 한창 목청을 높여 불만을 토로하고 있었다.

"벌써 시간이 20분이나 지났어. 미용사는 도대체 언제 오는 거예요? 그리고 다시 올 사람이 가긴 왜 갔지……. 아, 다행히도 도착했군. 제발 좀 빨리 서둘러줘요."

다요는 그러마고 연신 고개를 끄덕이며 총총 걸음으로 서용수의 앞을 지나갔다. 대기실에 들어서자 윤하늘은 고개를 숙인 채 손으로 얼굴을 가리고 우는 연기를 하고 있는 중이었다. 두 사람은 아무 말도 없이 재빨리 옷부터 갈아입었다. 다요가 웨딩드레스를 입고 화장대 앞에 앉은 다음에야 윤하늘이 메이크업을 교정해주며 한마디 물었다.

"태주가 아무 말도 없이 보냈나요?"

"네. 언니 고마워요."

잠시 뒤 문 밖에서 또 서용수의 독촉소리가 들려왔다.

"아직도 멀었어? 해가 지겠어."

"다 됐습니다. 지금 나갑니다."

웨딩헬퍼가 소란을 갈무리한 후 비로소 대기실문을 열었다. 먼저 윤하늘이 나오며 고개를 숙이고 "늦어서 미안합니다." 하고 한마디 남기고는 사람들 속을 총망하게 지나갔다……

드디어 신부가 예식장 입구에 나타났다. 오랫동안 기다리던 하객들이 일제히 일어서서 박수를 치며 신부를 격려했다. 팡파르가 울리자 다요는 휠체어를 탄 부친의 손을 잡고 예식장 단상을 향해 입장하기 시작했다. 아버지의 휠체어는 간호사 대신 웨딩홀 도우미가 밀고 드레스는 웨딩헬퍼가 뒤에서 들어준다. 눈부신 조명과 카메라플래시가 일제히 다요의 모습을 비추자 객석에서 그녀의 미모에 감탄한 내빈들의 탄성이 터져 나왔다.

그러나 다요는 자신이 무인도의 좁고 텅 빈 백사장을 홀로 걷고 있는 착각에 빠졌다. 주변에는 망망대해뿐이고 앞에는 바위들과 노송 몇 그루가 서 있을 따름이다. 가끔씩 바닷물이 출렁이고 파도소리가 들렸을 뿐 어디에도 사람은 보이지 않았다. 다요는 좌우를 둘러보았다. 그녀는 태주를 찾고 있었다. 아무도 없는 이 섬에 홀로 있기가 무서웠다. 그러나 모자와 마스크를 쓰고 선글라스를 건 남자의 모습은 보이지 않았다.

"신부님, 앞을 보셔야 합니다."

뒤에서 웨딩헬퍼가 나직하게 귀띔했지만 다요는 듣지 못했다. 또다시 밀려드는 고독과 외로움 때문에 눈앞이 안개처럼 흐려왔다. 스텝이 꼬여 몸이 비틀거렸다. 뒤를 따르던 웨딩헬퍼가 급히 다가와 다요의 팔을 잡아 통로 가운데로 세워준다.

다요는 누군가의 손에 이끌려(아버지였지만 그녀는 깨닫지 못했다.) 바위돌이 널려 있고 소나무들이 드문드문 서 있는 단상에 올랐다. 예식 순서가 신랑신부맞절 행사였지만 그녀는 무릎을 굽히지 않고 그냥 그대로 서 있었다. 객석 뒤 쪽만 이따금 살폈을 뿐이다. 하지만 자꾸만 눈물이 흘러내려 아무것도 보이지 않았다. 웨딩헬퍼가 신부 옆으로 접근해 귀가에 대고 속삭였다.

"신부님, 맞절을 하셔야 합니다."

내가 왜 절을 해? 누구한테!

백민호가 먼저 엎드려 절을 했지만 다요는 끝내 무릎을 꿇지 않았다. 윤하늘에게서 이 결혼에 대해 내막을 알고 있는 웨딩헬퍼가 다요를 도와주었다.

"신부님이 무릎이 불편하시답니다."

"그냥 한 걸로 치고 넘어 갑시다. 그게 뭐 중요한 것도 아니잖아요."

신부 측 부모 자리에 앉은 서용수가 큰소리로 말하자 이 순서는 마친 것으로 치고 혼인서약 순서로 넘어갔다. 신랑에게 먼저 묻고 이번엔 신부에게 물을 차례가 되었다. 웨딩헬퍼가 연신 다요의 얼굴에서 흐르는 눈물을 닦아주었지만 소용없었다. 그냥 눈물샘이 파열되기라도 한 듯 끊임없이 줄줄 흘러내렸다.

오빠, 너무해. 꼭 오라 했잖아!

다요는 속으로 그 생각만 했다.

그녀는 미련을 버리지 못하고 자주 뒤를 돌아보았다. 웨딩헬퍼가 금방 눈물을 닦아주어 앞이 보이긴 했지만 여전히 태주의 모습은 찾을 수 없었다.

"신부 서다요양은 백민호군을 영원히 사랑할 것을 맹세합니까?"

주례가 질문을 세 번이나 반복해서야 다요는 그가 무슨 말을 하는지 알아들었다. 내가 왜 이 남자를 영원히 사랑해야지? 난 백민호를 사랑한 적이 없는데 왜 맹세해야 되냐고? 난 이 남자와 제대로 된 대화 한 번 나눠본 적도 없다. 아빠를 구원하려고 쇼를 하기 위해 나섰지만 이런 거추장스런 절차가 있을 줄은 미처 몰랐었다. 웨딩헬퍼는 다요의 마음을 알았는지 아무 말도 하지 않았다. 객석이 술렁거리기 시작했다. 그러자 당황한 주례가 기발한 아이디어로 이 위기를 모면했다.

"서다요양이 오늘의 감격에 목이 메어 대답을 못하고 대신 고개를 끄덕였습니다. 얼마나 신랑을 사랑하는지 말하지 않아도 알 수 있습니다. 여러분, 두 젊은이의 사랑을 축복하여 뜨거운 박수를 보내주세요."

박수와 환성이 터졌다.

축가 순서가 되어 신랑 측에서 초대한 가수가 무슨 노래인가를 부르기 시작했을 때, 다요는 그제야 객석의 맨 뒤 문가에 서 있는 태주를 발견했다. 선글라스만 낀 채로 먼발치에서 다요를 바라보고 있었다. 다요는 너무 기뻐 활짝 웃으며 저도 모르게 앞으로 걸어 나가려고 했다. 그러나 웨딩헬퍼가 그녀의 팔을 잡아 세웠다. 그녀의 표정이 "딱한 사정은 알겠지만 지금은 안 돼요." 하는 것만 같았다.

신랑 측 축가가 끝나자 신부 측 축가 순서가 되었다. 다요는 축가 같은 거 불러달라고 누구한테도 부탁한 적이 없었다. 친구들한테도 청첩장을 띄우지 않았다. 축하할 일이 아니었다. 그런데 자진하여 축가를 부르겠다는 사람이 나타났다. 마이크 앞에 나선 사람은 뜻밖에도 윤하늘이다. 그녀는 어느새 가슴이 노출된 섹시한 원피스를 갈아입고 있었다. 사람들은 시상식 진행자 김혜수를 연상시키는 그녀의 가슴에 일제히 시선을 보냈다.

"전 서다요씨의 친구입니다. 축가라기보다는 다요씨의 오늘의 슬픔을 위로하기 위한 애가 한 곡을 불러드리려고 합니다."

그녀의 노래가 시작되자 사람들의 관심은 백지영을 연상시키는 그녀의 가슴을 파내는 목소리에 집중되었다.

내 영혼이 힘들고 지칠 때
괴로움이 밀려와 내 마음을 무겁게 할 때

당신이 내 옆에 앉을 때까지

나는 여기서 조용히 당신을 기다립니다.

You Raise Me up.

저 노래는 오빠와 함께 하얏트호텔 커피숍에서 들었던 바로 그 노래다. 다요는 또다시 두 눈에서 눈물이 하염없이 쏟아졌다. 갑자기 예식장 안이 믹서기처럼 빙글빙글 돌아가기 시작했다. 홀 전체가 거대한 파도에 흔들리는 돛배 같았다. 다요는 모든 것을 잊은 채 태주가 서 있는 문 쪽을 향해 달려갔다. 하지만 두 걸음도 옮기지 못한 채 맥없이 단상 위에 푹 고꾸라졌다.

3

"다요야, 안 돼!"

다요가 자신을 발견하고 달려오다가 단상에 쓰러지자 태주는 저도 모르게 다급한 소리를 질렀다. 다행히도 그의 외침소리는 신부가 넘어지자 일제히 자리에서 일어서며 내지르는 하객들의 놀란 비명소리에 가뭇없이 묻혀버렸다. 사람들이 보거나 말거나 태주는 백사불구하고 통로에 쓸어 나와 길을 막은 사람들의 울창한 숲을 헤집으며 다요를 향해 앞으로 이동했다. 간신히 단상 앞에 이르렀을 때는 이미 다요는 신랑 백민호가 품에 안고 옆문을 통과하고 있었다. 마침 문 앞에는 서용수가 타고 온 앰뷸런스가 대기 중이었다.

다요한텐 신랑이 있다!

불현듯 이 생각이 무쇠해머처럼 태주의 뇌리를 강타했다. 그는 그 자리에 장승처럼 우뚝 박혀버리고 말았다. 전신이 삽시에 콘크리트처럼 굳어졌다.

"자자, 모두들 진정하세요. 결혼식은 이미 원만하게 끝났습니다. 우리 딸이 피곤해서 그런 것이니 좀 휴식을 취하면 괜찮아질 겁니다. 그러니 인젠 모두들 뷔페로 가서서 식사들 하세요."

서용수가 목청을 돋우어 벌집을 쑤셔놓은 듯 혼란해진 객석에 대고 말했다. 신랑신부도 홀에서 나간 지라 사람들은 끼리끼리 어울려 갑론을박하며 예식장에서 빠져나가기 시작했다. 하객들이 다 나가고 텅 빈 홀에 혼자 남았지만 태주는 그런 줄도 모르고 다요가 사라진 옆문만 얼빠진 듯 멍하니 바라보고 서 있었다.

누군가 그의 어깨를 툭 쳐서야 태주는 천천히 고개를 돌렸다. 윤하늘이다. 그녀를 대하자 갑자기 가슴속에서 무언가가 울컥 치밀어 목구멍을 가로막았다. 태주는 음식이 목에 걸린 사람처럼 숨을 내쉬지 못하고 어~어~ 하기만 했다. 윤하늘이 눈치 빠르게 옆 테이블에서 생수병을 집어 뚜껑을 열고 그의 입에 들이댔다. 태주는 갈증 들린 사람처럼 반병이나 벌컥벌컥 마셨다. 그제야 숨이 활 나왔다. 호흡이 막혔던 탓인지 태주의 얼굴이 흙빛으로 변했다. 눈만 멀거니 부릅뜬 채 아무 말도 하지 못했다. 윤하늘이 그러는 태주의 어깨를 살포시 껴안았다.

"울고 싶으면 울어. 너우 완 이즈 히얼."

태주는 울고 싶었지만 울음이 나오지 않았다. 물에 빠졌다가 구사일생으로 구원받은 사람처럼 아무 생각도 없이 그냥 어리벙벙했다.

"레츠 거우 투더 호테어우. 다요씬 병원으로 이송됐어."

윤하늘이 태주의 손을 잡고 홀에서 나왔다.

밖에서 기다리고 있던 젊은이의 차를 탔다. 윤하늘은 태주와 함께 뒷좌석에 나란히 앉았다. 태주의 입술은 녹슨 철문처럼 굳게 닫혀버렸다. 목석처럼 굳어져 있을 뿐이었다. 윤하늘이 손바닥을 들어 태주의 눈앞에 대고 흔들어 보았다. 청동조각상처럼 눈 하나 깜빡이지 않았고 눈동자조차도 움직이지 않는다. 얼굴은 사색이 되었고 두 눈은 천 년 이끼가 돋은 바위구멍처럼 휑하니 굳어져 있다. 윤하늘은 무슨 넝쿨처럼 아래로 축 늘어뜨려진 태주의 손을 가만히 잡았다. 얼음덩이처럼 싸늘하다. 저체온증에 걸린 환자처럼 전신을 후들후들 떨고 있었다. 윤하늘은 옆에서 태주의 어깨를 보듬어 안았다.

"태주씨, 왓 두유 두?!"

그녀의 눈앞에 안개가 서렸다.

호텔에 내리자 로비에 있는 커피숍에 들어가 아메리카노 두 잔을 시켰다. 두 사람은 탁자를 사이 두고 마주 앉았으나 누구도 입을 열지 않았다. 태주의 눈길에는 초점이 상실되었다. 윤하늘은 턱을 고이고 그런 태주의 얼굴을 빤히 들여다보았다. 태주의 표정은 이렇게 말하고 있었다.

"다요는 영영 사라진 거야?"

윤하늘은 커피빨대를 입에 물고 태주의 눈을 마주보며 시선으로 대답했다.

"써우, 와이 디던 유 거우러 더 제주도? 왜 다요씰 예식장에 못 가도록 막지 않았냐고? 뒤처리는 내가 다 알아서 할 거라 했잖아."

태주는 천년 바윗돌처럼 들어올 때 앉은 자세 그대로 손가락 하나 까딱하지 않고 고정되어 있다. 커피에는 입도 대지 않았다. 빛이 꺼진 시선으로 윤하늘의 얼굴만 멀거니 마주볼 뿐이다. 그 표정은 이렇게 말했다.

"뭐라고? 강바람. 너 방금 뭐라고 했어?"

윤하늘은 그 반문을 읽었으나 벌써 지나간 과거의 잘못을 놓고 초등학교 선생님처럼 "와이 디쥬 두댓?" 이러며 시시콜콜 훈계하고 싶지 않았다. 배운 것도, 아는 것도 자신보다 더 많은 지성인이다. 하지만 지식과 총명이 반드시 인간의 마음을 지배할 수 있는 건 아니다. 이치를 말하자면 윤하늘은 저리 가라 할 사람이지만 그 타고난 도덕군자 스타일의 선량함은 지식으로도 컨트롤할 수 없는 것이었다.

"아프겠지만 테이키래즈 뤼아오리디."

윤하늘은 눈길로 자신의 의향을 전했다.

"뭘?"

태주의 표정이다. 윤하늘은 깨달았다. 오늘은 태주가 대화 같은 걸 할 상황이 아니라는 걸. 일단 휴식을 취하고 정신적 충격이 조금이라도 가셔진 다음에나 시도할 일이라고 느꼈다.

"게르 앞. 거우 압 투 더 룸 앤 테이꺼 브뤠이크."

태주는 로봇처럼 말없이 그녀의 권유에 순종했다. 엘리베이터를 타고 룸에 도착해 문을 열었다. 실내에 들어서자마자 태주가 갑자기 우욱— 하며 화장실로 들어가더니 연거푸 마른 구역질을 한다. 윤하늘이 따라 들어가 손으로 등을 두드렸다. 그러자 태주가 입으로 뭔가를 왈칵 변기에 토해냈다. 윤하늘은 그게 붉은 핏덩이임을 발견하고 가슴이 뭉클했다.

이 남자가 여자 때문에!

말없이 태주의 어깨를 안아주었다.

"괜찮아. 시간이 지나면 다 잊어지게 돼 있어. 어운리 빌리 빈 타임."

태주는 그래도 아무 반응이 없다.

윤하늘은 태주를 부축해 침대로 데려가 눕혔다. 구두와 양말을 벗겨주었다.

"일단 다운 딩커봇 에니싱 한 잠 푹 자. 난 저녁에 공연 때문에 가봐야 돼. 아오 캄 인 더 모닝."

태주는 망연한 눈길로 룸에서 나가는 윤하늘을 바라본다. 윤하늘은 나가다 말고 돌아와 그의 머리에 뽀뽀 하고 다시 밖으로 나갔다. 문을 닫자마자 그녀는 황급히 두 손으로 입을 틀어막았다. 터져 나오는 울음을 막아야만 했다. 그녀는 눈물을 흘리며 엘리베이터를 향해 달음박질쳤다. 남자 때문에 감동을 받아 눈물을 흘려보기는 오늘이 처음이다.

오우 마이 갓! 어떻게 피를 토해, 토혈을!! ……

엘리베이터를 타고서도 눈물은 걷잡을 수 없이 흘러내렸다. '축가'를 부르려고 차려입은 원피스의 드러난 가슴이 흘러내린 눈물에 흠뻑 젖어버렸다. 얼마 전까지도 저 남자, 태주가 애무하던 가슴이다. 그래도 유일한 내 남자라고 생각한 적은 없었다. 그냥 바람처럼 스쳐 지나가는 남자려니 했다. 그런데 오늘은……

한태주는 이튿날 아침 혜진의 전화벨소리에 혼곤한 잠에서 깨어났다. 다요의 소식이 절박했지만 태주는 아무 말도 하지 않았다. 자신에게는 다요의 안부를 물을 자격조차 없다고 생각했다. 지금 눈을 뜨고서야 태주는 다요가 겪는 저 불행과 고통이 자신의 우유부단함에서 비롯된 것임을 깨닫고 후회와 자책감에 젖어들었다. 윤하늘의 권고를 들었어야 했다.

"선생님은 언니가 걱정되지도 않으세요?"

혜진의 책임추궁에 태주는 여전히 함묵했다. 혜진의 질책은 너무도 당연했기 때문이다. 사실 태주 쪽에서 먼저 혜진에게 다요 문안 전화를 했어야만 한다.

"전 언니가 왜 선생님을 사랑하는지 이해가 안 돼요. 그 위험하다는 '유리언덕'을 넘어서면서까지 순정파가 되려는지. 그 피해는 고스란히 언니 혼자서 감당하면서……"

그래 실컷 욕해라! 원래 어제 윤하늘부터 날 타매하고 뺨이라도 때렸어야 하는데……

"아무튼 그건 그렇고. 언니 일은 너무 걱정하지 마세요. 정신도 추슬렀고 지금은 안정을 취하고 있으니까요. 제가 의사선생님과 조용한 곳에서 언니가 왜 예식장에서 쓰러졌는지 그간의 사정을 소상하게 말씀드렸어요. 남자 집에서 본인이 원하지도 않는데 독주를 먹여 취하게 하고 언니를 겁탈하려 한 사건 때문에 정신적 충격과 공포감에 빠져 있으니 심리 상담이 필요한 상황이라고 말씀드렸습니다. 그랬더니 의사선생님이 신경과 교수님과 얘기했나 봐요. 교수님이 내려오시더니 환자가 정신적 충격과 극도의 스트레스 때문에 신경이 몹시 쇠약해진 만큼 한주간은 입원치료를 받아야 한다고 말씀하셨어요. 아마도 언니가 어쩔 수 없어 결혼은 했지만 한집에서 부부간의 신혼생활만은 어떻게 해서라도 회피하려고 교수님께 입원시켜 달라고 사정한 것 같아요. 아무튼 교수님께서 결정하신 거라 양가 어른들도 할 말이 없는지 입원에 동의하고 말았습니다. 8시 넘어서는 병원 측에서 요청한 심리상담사도 가족과 보호자들 없이 언니와 단독면담을 했어요. 당분간은 별문제 없을 테니 걱정하지 않으셔도 됩니다."

　혜진의 장황한 경과보고를 태주는 한마디도 끼어들지 않은 채 인내심을 가지고 끝까지 들어주었다. 대부분 자화자찬이긴 하지만 쓰러진 다요를 눈앞에 두고 아무 일도 할 수 없었던 그 자신에 비하면 충분히 자랑할 만 했다. 그보다도 태주를 놀라게 한 건 결혼에 의해 궁지에 몰리게 된 불리한 상황을 서다요가 교수를 설득시켜 입원이라는 카드로 모면하며 일단 한숨 돌렸다는 사실이었다. 아니, 숨고르기를 넘어 어쩌면 예상을 뒤집는 이 변화가 사태의 전반 흐름의 물줄기를 바꿔놓을지도 모른다는 예감마저 불러일으켰다. 입원 기한이 길어지는 경우 아주 멀지만 이혼소송이라는 단어까지 희미하게 윤곽을 드러내서 그랬다.

"애썼다."

일단 시간을 벌어준 혜진의 수고에 인사는 해야 할 것 같았다. 물론 입원과 같은 저런 소극적인 대치상황으로 꽉 막힌 태주와 다요의 근본문제를 타개할 수 있는지는 두고 봐야 알 일이다. 신경과 교수가 혜진과 다요의 말을 믿고 공감을 느껴 조건도 안 되는 입원을 허락하고 심리상담사까지 붙여준 목적은 아마도 한동안은 신랑과의 사이를 격리시킬 의도에서였을 것이다. 환자가 그 번의 사건으로 정신적 충격을 받고 극도의 공포감에 시달리고 있는 만큼 정신상담 치료를 통해 안정이 회복될 때까지는 신랑과 격리시킬 수밖에 없다는 의료전문 상식에 따른 것이기도 하다. 그것은 다요의 목적이기도 하기에 그녀는 심리상담사의 면담에 적극적으로 호응함으로써 수단과 방법을 다 동원해 입원이라는 이 비상상황을 연장하면서 궁극적으로는 이혼으로까지 유도해 나갈 것이 틀림없다.

그런데 과연 그런 심리 전략이 결혼을 무화시키고 태주와 다요의 관계를 정상궤도에로 정착시키는 지름길이 될 수 있을까. 두말할 것도 없이 입원 쇼가 이혼소송까지 간다면 병원 측과 심리상담사의 진료 팩트가 다요에게 유리한 증거로 제시될 수도 있을 것이다.

"그럼 선생님. 들어가세요. 새로운 소식 있으면 또 전화 드릴게요."

혜진이 전화를 끊었으나 태주의 생각은 중단 없이 상상과 예측의 미로에서 배회했다.

하지만 신랑 측에서도 부친이 대형회사 이사까지 하는 사람이니 유명한 변호사를 찾아 쉽게 백기를 들려 하지는 않을 것이다. 물론 법정

소송이 진행되면 태주는 두말할 것도 없이 확고하게 다요의 편에 설 것이다. 그러나 만일 패소한다면 그 후유증은 고스란히 다요 혼자서 떠안고 살아가야만 한다. 그것은 두말할 것도 없이 다요에게는 불행일 것이다……

노크소리가 들렸다. 태주는 말없이 일어나 문을 열어주었다.

"아유 오케이?"

윤하늘이 문안에 들어서며 손으로 태주의 어깨를 툭 쳤다.

"배고파."

"유 알 어라이브. 난 아침부터 죽은 송장 치워야 될 줄 알았는데. 다요씨 소식은?"

"나가서 밥이나 먹으며 말하자."

두 사람은 룸에서 나와 호텔레스토랑으로 내려갔다. 원래 아침식사는 간단히 해도 되지만 윤하늘은 태주의 몸 상태가 허약한 걸 감안해 보양식인 통전복찜을 곁들인 보양찜을 주문했다.

"플리즈 렛 미 너우 하우 씨 이즈 게링 온."

"혜진의 전화에 의하면 일주일 간 입원했대."

"입원? 두 유 완 어 비 호스피토우라이즈드? 그럼 첫날밤은 물거품이 된 거잖아."

"혜진이가 신경과 교수를 설득했나 봐. 다요도 심리상담사가 교수의 입원 결정을 유도하도록 사정한 결과 같아."

"와레이젯. 그럼, 입원모드만 지속되면 조건이 무르익는 대로 이혼소송까지 간다는 거잖아. 그게 다요씨가 입원쇼를 고안해낸 의도였을 테고.”

“맞아. 가능성이 없는 건 아니지만 먼저 협력업체 선정 전제조건이 확실시 돼야겠지.”

“결국 다요씨의 지략이 싸늘한 잿더미가 되었던 두 사람의 애정에 희망의 불씨를 살렸어.”

“하지만 그 불씨 보슬비에도 꺼질 만큼 미약한 거잖아.”

“프론 언 앰브렐라 앤 쎄랍 어 텐트 투 커벌 더 스너우 앤 뢰인.”

우산, 텐트로 눈과 비를 가린다고? 둘은 말없이 한동안 침묵을 지켰다. 희비가 모호해서였다. 윤하늘은 아마도 뜻밖의 상황변화가 가져다 줄 후과에 대해 저울질하는 듯 묵묵히 천장만 쳐다보고 있었다.

요리가 올라와서도 둘은 여전히 대화를 생략한 채 식사를 시작했다.

“결혼 첫날밤이 물거품이 됐다는 사실은 분명 다행스러운 일이야. 일단 한숨 돌렸잖아. 그런데 느닷없는 입원이 정말 두 사람한테 유리한 조건이 될지는 아이 두 낫 너우.”

태주는 동감이라는 듯 음식물을 씹으며 어깨만 으쓱했다.

“에니웨이, 디 아럴 싸이드 에즈 거우잉 투 해브 어 라우열. 다요씨는 당연히 상담사의 증언을 이혼 사유의 조건으로 제시할 테지. 하지만 협력업체에 선정되기 위해 한 정략결혼이라고 하면 부친 회사의 선정이 취소될 수도 있으니까 조건으로 제시하지 않을 거야.”

“물론이지. 반대로 신랑 측에서는 도리어 무조건 이 점을 강조할 거야. 다요 부친이 회사를 구하기 위해 소송을 포기하도록 압박하려고.”

“또 태주씨가 다요씨를 유혹해 불륜을 일삼았고 그걸 방지하기 위해 어쩔 수 없이 그녀를 겁탈했다고 주장할 테고. 결국 그들의 관계는 약혼자 사이의 합법적 관계인 반면, 태주씨와 다요씨의 관계는 자연스럽게 불륜으로 낙인찍힐 것이고."

"바로 그거야. 그래서 패소라도 하면 다요가 짊어져야 하는 부담이 너무 클 수밖에 없어."

"대츠 나로오. 우리가 예상하지 못한 전혀 엉뚱한 변수가 어딘가에 숨어 있는지도 몰라. 그런 걸 전문 파내는 게 변호사의 직업이잖아. 그것까지 감안하면 결코 태주씨한테 유리한 것만은 아닐 수도 있지."

"박사는 너구나. 난 연극배우나 할까보다."

"먼저 다 통찰하고서도 모르는 척 하며 내 어수룩함을 미봉할 기회를 주기 위한 배려라는 걸 누가 모를까 봐. 인젠 남만 생각하지 말고, 테이크 캐어럽 요세오푸."

태주는 벌써 웃고는 수저만 기계적으로 움직였다.

"그렇게 되면 다요씨만 불리한 게 아니라 태주씨도 일격에 매장될 수 있어."

"난 매장돼도 대수롭지 않아. 다요만 무사하다면 죽어도 괜찮아."

"안 그러면 누가 도덕군자가 아니랄까 봐."

대화가 오가는 사이 식사도 끝났다.

"왓츠 욜 쎄컨 플랜?"

"몰라. 머릿속이 산만해. 집에 가서 좀 더 자야겠어."

"오케이. 당분간은 뭐 할 것도 없잖아. 다요씨 부친의 건강이 회복되고 협력업체에 선정될 때까지는. 슈두 아이 테이크 유 투 마이 카."

"됐어. 택시 타고 갈래."

둘은 레스토랑에서 나와 호텔 앞에서 갈라졌다.

암초

1

한태주는 지난간 13일 동안 무슨 정신으로 서다요가 없는 시간의 적막함과 무료함을 버텨냈는지 모른다. 겉으로는 다가오는 신학기 강의 준비를 한다고 컴퓨터 앞에 멀쩡하게 마주앉아 있었으나 머릿속은 온통 헝클어진 실타래처럼 뒤죽박죽이었다. '현대소설의 갈등 해결'이라는 표제만 타자해 놓고는 한글자도 더 써내려가지 못했다. 고정애가 하루 세 번 만들어 올려오는 아이스커피를 마시지 않으면 베란다에 나가 하릴없이 흡연하거나, 아니면 영혼 없이 책을 뒤적거리는 일이 전부였다. 독서도 머리에 들어오지 않았다. 눈을 감아도 다요, 책장을 펼쳐도 다요, 컴퓨터에 마주 앉아도 다요의 모습만 환영된다. 이대로라면 아무래도 알량한 강사 노릇 때려치워야 될 것 같다. 뒤숭숭한 다요의 문제를 해결하지 않고서는 아무 일도 손에 잡히지 않을 것이기 때문이다.

엄밀하게 말해 서다요와의 관계는 이미 끝난 것이나 다름없다고 해야 할 것이다. 성혼하여 지아비까지 있는 유부녀와 더 엮일 뭐가 있는가. 그것은 도덕을 넘어 법적인 측면에서도 애정관계로 발전할 수 있는 가능성이 차단된 막다른 골목이다. 그런데도 그녀와의 관계는 칼로 물을 자르듯 단절되지 않고 끈질기게 연명하고 있었다. 단지 부친의 건강회복과 협력업체 선정만 결정되면 그에게로 다시 돌아온다던 다요의 약속 때문만도 아니었다. 혜진을 통해 전해 듣는 소식들은 그들의 관계가 아직도 그 명맥이 현재진행형임을 암시하고 있기 때문이었다.

서다요가 병원에 입원한 지 닷새 만에 혜진은 신경과 교수와 심리상담사의 건의에 따라 퇴원하되 상담치료를 통해 공포증세가 안정될 때까지는 신랑과 격리된 독립적인 주거공간에서 생활하기로 시댁과 타협되었다는 소식이 전해 왔다. 환자와 친숙한 혜진이 한동안 사돈댁에서 다요와 한방에 지내도록 조치를 취했다는 것이었다. 그러나 상담치료를 받으러 갈 때에는 유모도 동행한다는 조건부로 허락된 것이었다. 결국 다요가 확약한 태주에 대한 육체적 순결은 확보된 셈이다. 그것은 다요가 태주에게로 돌아오기 위한 최저한도의 명분이기도 할 것이다.

여드레 만에는 다요 부친 서용수의 회사가 백이사네 회사의 협력업체로 선정되었다는 희소식도 날아왔다. 혜진의 말에 따르면 결혼으로 인해 시름을 덜던 백이사가 선정일자를 앞당겨 결정하고 계약을 체결했다고 한다. 그리고 보면 서다요가 위장결혼을 통해 얻으려던 목적은 모두 이룬 셈이다. 이제는 자연스럽게 이혼 절차만 남았을 뿐이다. 그런데도 태주는 기쁨이나 환희를 느낄 대신 영문도 모르는 불안감에 시달려야만 했다. 아마도 그것은 백민호네 쪽에서 병원진단서나 심리상담사의 진료 팩트가 있다고 하여 그렇게 쉽게 합의이혼에 동의해주지 않을 거라는 우려감에서 비롯된 것이리라. 결국 이혼은 쌍방의 법정 다툼을 전제로 할 수밖에 없을 것이며, 상대방의 강력한 반발을 예상할 때 승소도 소원대로 호락호락하지는 않을 것이다.

마침 이 날을 미리 예견이라도 한 듯 윤하늘은 며칠 전에 벌써 자신이 잘 아는 변호사까지 선임해두었다. 윤하늘의 소개로 태주도 정변호사를 만나보았다. 정변은 지금 자신이 파악한 팩트만으로 볼 때 조심스럽긴 하지만 승소가 가능해 보인다며 자신감을 드러냈다. 병원과 심리상담사가 제공하는 자료와 증언이 원고 측에 유리하기 때문이라고 한다. 하지만 그는 이런 승소 가능성은 돌발적인 변수를 배제한 상황에서의 일방적인 예측치라며 부정적인 측면도 동시에 내비쳤다. 그리고 애매한 것은 당연히 이 결혼의 당사자인 서다요씨의 본의와는 상관없는 강제적, 정략적 혼인이라는 점을 부각해야 결혼 무효 주장에 명분이 실릴 텐데, 그러면 다요씨 부친 회사의 협력업체 선정과정에 비리가 존재함을 스스로 자인하는 꼴이 될 것이고, 결과적으로 재판에 부정적인 영향을 미칠 수 있어 회피해야만 된다는 점이 아쉽다고 했다. 하지만 서다요씨와 태주씨의 사정도 딱하고 윤하늘의 부탁도 있고 하여 일단 접수하기로 했다고 한다. 그러니까 한마디로 모든 소송준비는 끝났다고 할 수 있다. 이제는 다요한테서 이혼소송을 시작할 거라는 소식만 기다리면 된다. 아마도 며칠 사이에 혜진을 통해 만나자는 전갈이 올 것이다……

"태주씨, 내려와 아침 식사해."

아래층에서 고정애가 부르는 소리가 들렸다. 금주는 친구 결혼식이 끝나자 이튿날로 베이징으로 귀환했다.

"오빠, 무슨 일인지 대강 짐작은 돼. 그래서 말인데 딴 여자 보지 말고 집안의 보배나 놓치지 마."

금주는 공항에서 헤어지며 이런 말을 남기고 떠나갔다. 지금 그 '집안의 보배'가 그를 부르고 있다. 그러나 금주는 정애가 그 무슨 보배가 아니라 오빠에게는 카츄샤라는 사실을 모른다.

식탁 위에는 하얀 모두부가 김을 모락모락 뿜어내고 있었다.

"글쎄, 정애가 할머니한테서 배운 거라며 손수 손두부를 만들었구나. 네가 좋아한다고. 맷돌이 없어 믹서기에 콩을 갈고, 쇠솥이 없으니 큰 들통에 콩물을 끓여서 어렵게 만들었단다. 애가 예쁜데다가 손재주까지 많아."

태주는 손두부를 마주하고 앉으니 또다시 시골의 그 달밤이 문득 기억 속에 떠올랐다. 그날도 정애는 뜨끈뜨끈한 순두부와 백숙을 그릇에 담아들고 태주의 자전거 뒤에 앉았다가 내리막길에서 길 옆 풀숲에 나뒹굴었었다. 그런 다음 그녀의……

정애가 왜 자꾸만 과거의 추억을 소환하는지 그 숨은 의도를 모르겠다. 의도적인지, 아니면 무심한 행동인지, 그도 아니면 그냥 호의에서인지……

"누나, 고마워. 잘 먹을게."

일단 사의는 표해야 했다. 손두부 만들기가 여간 성가신 게 아니다. 그것도 아무런 옛날 설비도 없는 도심 한복판에서 말이다. 그렇다고 해서 그런지 태주의 해외 출국이 무산되고 다요가 결혼한 뒤부터 정애는 그에게 더 신경 쓰고 공력을 들이는 것만 같았다. 그래도 태주는 모른 척 했다. 둘의 관계는 여기서 한걸음도 더 나가면 안 되기 때문이다. 전번 날 취중에 실수한 뒤부터 술을 마시면 외박을 할지언정 아예 귀가하지 않았다.

식사를 마치고 2층으로 올라오는데 전화벨이 울렸다. 보지 않아도 혜진의 전화일 것이다. 그러나 액정에는 현보민의 이름이 뜬다. 그하고 통화한 지도, 만난 지도 한참 된다. 사정에 의해 중국에 못 가게 되었다는 문자만 간단하게 보낸 게 전부이다. 현보민 역시 "잘 될 거야."라고 애매한 답장만 보내왔다. 그가 은진이와의 결혼을 위해 아파트를 장만하려고 노래방 불법 성매매를 눈감아주고 뇌물을 받으려 한 일에 대해서도 다요 문제 때문에 까맣게 잊고 있었다. 사람은 살다보면 자기 코 닦는 일에만도 정신없을 때가 많다.

"현경사, 오랜만이다. 잘 지냈어?"

"매일 거기서 거기야. 한박사는 어때? 다요씨랑 잘 돼 가?"

"다요 결혼했어. 그때 말한 그 남자랑."

현보민은 충격을 받은 듯 잠시 말을 비웠다. 뭐라고 적당한 위로의 말이 떠오르지 않는 모양이다.

"완전 끝난 건 아니야. 아버지 회사가 협력업체에 선정되면 그 남자와 이혼한다니까."

"그럼 또 협력업체에서 취소될 거잖아. 그리고 저쪽에서 순순히 이혼해준대?"

"모든 게 미지수야. 두고 봐야지. 그런데 현경사, 노래방 사건은 어떻게 처리됐어? 소에 보고했어?"

"아니."

"왜, 무슨 사고 내려고?"

"이번 달 약속대로 세 곳 모두 내 통장에 600만원 입금했어."

"왓! 현경사. 콩밥 먹고 싶어 환장했어? 당장 보고하고 받은 돈 토해내."

"아파트 구매할 자금만 마련되면 스톱할 거야. 그거 아니면 나 은진이랑 뭐로 결혼해?"

"결혼 같은 소리 하고 있네. 정신 좀 차려. 당신 경찰이야. 그리고 그건 범죄고. 그리고……."

그때 혜진이한테서 전화가 왔다.

"잠시만. 다요한테서 소식이 왔어. 이따 다시 할게."

전화를 바꿨다.

"선생님, 지금 여기 커피숍으로 나오세요. 11시쯤 언니가 심리상담치료 차 상담소에 들렀다가 이곳으로 올 거예요. 주소 찍어 보내드릴게요."

"그래도 돼? 그 집에서 뭐라 안 해?"

"암암리에 하는 거라 쥐도 새도 모르니까 걱정하지 마세요."

"알았어."

일단 대답은 했으나 태주는 불안했다. 약혼 때 만나는 거랑 완전히 다르기 때문일 것이다. 이제부터 다요와의 밀회는 불륜일 수밖에 없다. 일반적인 용건으로 만나는 게 아니라 남편과의 이혼 문제를 상의하려고 만나니 말이다. 하지만 이 발걸음이 불륜을 향한 길이라고 해도 태주는 스톱할 수 없음을 자각했다. 다요가 없는 삶은 상상조차 할 수 없기 때문이다. 그녀는 태주의 전부였다.

태주가 11시에 맞춰 커피숍에 도착했을 때는 다요가 먼저 와서 기다리고 있었다. 태주가 홀 안에 들어서자 다요가 문 앞까지 달려 나와 어린애처럼 목에 매달려 키스했다.

"사람들이 보잖아."

"몰라. 다요 눈엔 오빠밖에 안 보여."

다행히도 커피숍에는 그들 말고는 단 세 사람뿐이다. 모두 여자들이다. 셋이서 수다를 떨며 웃어대느라 그들에게는 별로 관심을 두지 않았다.

자리에 앉자 다요는 두 손으로 턱을 고이고 태주의 얼굴만 말끄러미 쳐다본다. 도자기 인형처럼 눈 하나 깜빡하지 않는다.

태주가 먼저 입을 열었다.

"얼굴 구멍 나겠다."

"보고 싶어 죽는 줄 알았어."

"나도. 그런데 우리 이렇게 몰래 미팅하는 거 위험해. 이전에는 그냥 담장을 넘었다면 지금이야말로 '유리언덕'을 넘는 거나 마찬가지라고 할 수 있지."

두 사람은 서로의 손을 꼭 맞잡았다.

"어떻게 나왔어? 유모가 감시한다며? 혹시 지금도 누가 훔쳐보고 있는 거 아냐?"

태주는 창밖으로 오가는 행인들을 유심히 내다보았다.

"걱정하지 마. 유모가 따라오긴 했지만 심리상담사 선생님이 도와줘서 치료 중인 줄로 알아."

"그래도 방심은 금물이야. 그 유모 음흉해 보이더라. 그건 그렇고. 협력업체에 선정됐다는 소식, 혜진이한테서 들었어. 아버지도 건강이 회복돼 회사에 정상 출근한다며?"

"그래서 오빠 만난 거야. 모든 일이 성사됐으니 이혼만 남았잖아."

태주는 시종 거리의 동정에 시선을 던진 채 말했다.

"이혼소송 해야지. 윤하늘…… 아니, 누나가 진작 인맥을 동원해 변호사까지 선임했어."

"언닌 정말 구세주야. 세상일을 죄다 손바닥에 훤히 꿰고 있는 것 같아."

"변호사가 병원진료와 심리상담기록이 소송에서 원고 측에 유리하다고 했어. 변수만 없다면 충분히 승소 가능성도 있다는 거야. 다만 강제결혼이 부각되면 이혼의 명분이 될 수 있는데, 그걸 주장하면 협력업체 선정 조건이라는 내막이 노출되며 선정 취소 위험 때문에 고소장에 적시하지 못하는 게 아쉽다고 했어."

"무슨 변수? 뭐가 또 문젠데?"

"백민호 측에서 예상 밖에 이 혼사가 정략결혼임을 강조할 수도 있잖아. 그러면 협력업체도 당연히 무효로 되겠지."

다요가 커피 빨대를 입에 문 채 한동안 태주를 말끄러미 쳐다본다. 태주가 손가락으로 그녀의 상큼한 콧마루를 꼭 눌렀다.

"무효! 왜? 이미 선정된 거잖아. 회사 직인도 찍힌 3년짜리 계약서가 법적 효력을 가지는 거 아냐?"

"재판부에서 계약이 부당한 뒷거래에 의해 체결된 것이라고 판결날 경우 무효가 될 가능성이 충분해."

"그래? 그럼 우리는 역으로 정략결혼이 아니라고 반론을 펴면 되잖아."

다요가 장난기가 발동한 모양 빨대를 태주의 입에 물려주고 입안의 커피를 불어넣었다. 태주는 그걸 꼴깍꼴깍 받아 마신다. 옆 테이블에 앉은 여자들이 시샘 어린 시선으로 그들을 흘겨본다. '몹쓸 병이라도 콱 옮아서 둘 다 죽어버려라!' 그런 심술궂은 표정들이다.

"저들이 정략결혼이라고 주장할 만한 증거라도 있어?"

다요가 커피를 다 뿜어내고 입에서 빨대를 뽑으며 말했다.

"아직은 없지. 그러나 그건 현재 상황일 뿐이야. 우리가 알지 못하는 돌발 상황이 발생할지도 모르잖아. 정략결혼을 입증하는, 숨겨두었던 비장의 카드 같은 거. 증거만 나오면 협력업체 선정도 위기에 봉착할 우려가 많아."

다요는 눈을 감고 입술을 쏙 내민다. 커피 먹여달라는 신호다. 태주가 아까 다요가 했던 것처럼 빨대로 그녀의 입에 커피를 먹여주었다.

"취소된다 하더라도 이혼할 거임."

"부친 회사 구하려고 모든 걸 희생했잖아. 중국 가는 것도 포기하고 백민호와 결혼까지 했고. 이제 와서 나 몰라라 하면 그런 노력이 모두 물거품이 될 거잖아."

"아빠 한 번 도와주면 됐어. 나도 인젠 내 삶을 도모해야겠어."

"그건 지금 마음이고. 그때 가선 또 달라질 거야. 다요가 누구야. 부모님께 효심이 남달리 지극한 딸이잖아."

"그럼, 있지도 않은 변수 미리 예단하며 소송을 포기할 거야? 다요 삐짐."

다요가 빨대를 커피 잔에 탁 꽂아 넣었다.

"그런 뜻이 아니잖아. 모든 경우를 다 대비해야 소송에서 이길 거 아냐. 화 풀어."

태주가 고개를 숙이고 발끝으로 톡톡 바닥을 차는 다요의 머리를 쓰다듬었다. 그러나 그 순간 태주는 문 옆에 혼자 앉아 있는 낯익은 얼굴의 여자를 발견했다. 백민호의 유모이다. 태주는 상 밑으로 다요의 발을 톡 건드렸다. 다요는 화해 제스처인 줄 알고 으음— 하며 어깨를 흔든다.

"뒤돌아봐. 유모."

태주가 다요를 향해 상반신을 숙이며 가까이 다가가 나직하게 속삭였다. 그 말에 다요가 몸을 흠칫 하며 고개를 들고 출입문 쪽을 돌아보았다. 아줌마가 거기 앉아 있는 것을 보자 다요는 의자에서 일어섰다.

"유모, 왜 여기 계세요?"

"아가씨, 그만 집으로 돌아가요."

다요는 태주를 돌아보았다.

"가 봐. 할 말은 다 했잖아. 소송은 내가 알아서 진행할 테니까 걱정하지 말고."

태주는 표정으로 전했다.

"알았어."

다요도 눈길로 대답한 후 자리에서 일어났지만 그대로 유모 곁을 지나 밖으로 나갔다. 유모는 뒤따라 나가다 말고 몸을 돌이키더니 태주를 향해 의미심장한 미소를 지으며 깍듯이 목례를 하고 나갔다. 밖에 나가서는 오만하게 턱을 번쩍 쳐들고 다요의 뒤를 따라갔다. 풍만한 힙을 팽팽하게 감싼 그녀의 스커트가 늙은 나이에 어울리지 않게 섹시해 보인다. 그 표정, 그 자태는 이렇게 말하고 있었다.

"한선생님, 우리 누가 이기나 한번 겨뤄봅시다."

태주는 자리에 앉은 채 멍하니 커피를 홀짝였다. 웬일인지 느낌이 이번 소송이 쉽지만은 않을 것 같았다. 저 의뭉스러운 유모가 저기 문가에 앉아 있었다면 진작 그와 다요가 함께하는 데이트현장을 휴대폰에 증거로 담았을 것이다. 그리고 어쩌면 그들의 은밀한 대화도 엿들었는지 모른다. 빨대로 상호 커피를 먹여주는 바람에 주변 상황을 체크하지 못했으니 그 이후에 오고간 대화는 엿들었을 가능성도 배제할 수 없다. 엉큼하고 주도면밀한 여자라면 스마트폰으로 대화 내용을 녹음했을 가능성도 배제할 수 없다. 그래서 불안감은 생각할수록 눈덩이 굴리듯이 커져만 갔다.

그때 어딘가에서 혜진이 불쑥 나타났다.

"왜, 선생님 혼자세요. 언니는요?"

"집에 갔어."

"하실 말씀은 다 나눈 겁니까?"

혜진이 프런트로 가 커피를 주문하고 안내벨을 손에 들고 테이블로 돌아오며 물었다.

"할 말은 다 했는데 유모가 우리를 봤어."

"리얼리! 아니, 그 늙은 여우같은 년은 점심 먹으러 가자고 해도 안 가고 복도에서 심리상담실 문만 뚫어져라 지켜보더니 언제 여기까지 개처럼 냄새 맡고 기어든 거예요?"

"나도 몰라."

"그럼, 선생님과 언니가 나눈 소송관련 대화도 다 엿들은 겁니까?"

"그것도 모르겠어."

"좀 주변 체크하시지. 안 그래도 '유리언덕'을 넘는 아슬아슬한 판에······."

혜진은 저도 모르게 입 밖으로 굴러 나온 불길한 단어를 깨닫고 뒤늦게 손으로 자신의 입을 틀어막았다.

"놀랄 거 없어. 사실이잖아."

"그러니까 각별히 조심하셨어야죠."

빨대로 서로 커피를 먹여주느라고 주변 상황 체크에 소홀했다고 이실직고할 수도 없는 노릇이라 그냥 함구하고 말았다. 커피도 바닥나 얼음 조각 하나만 골라 입 안에 넣었다. 녹일까 하다가 그냥 야생 짐승처럼 와작와작 씹어 먹었다.

"커피 더 시킬까요?"

커피를 받아오며 혜진이 물었다.

"됐어. 집에 가봐야 돼. 할일이 있어서. 혼자서 천천히 마셔."

태주가 일어나자 혜진이도 그냥 커피를 들고 따라 나왔다.

"저도 빨리 언니 따라 늑대 굴로 들어가 봐야겠어요. 그 구미호가 또 무슨 궤계를 꾸밀지 관찰해야 하니까요."

둘은 밖에서 갈라졌다.

2

한태주는 정변호사의 사무소 간판을 확인하고 안으로 들어갔다. 안에는 정변과 강바람이 먼저 와서 그를 기다리고 있었다. 정변과 악수를 나누고 자리에 앉았다.

서다요와 커피숍에서 밀회한 지도 벌써 열흘이 지나갔다. 그동안 정변은 소장을 작성하기 위해 대학병원 신경과 교수를 탐방, 면담하고 진료기록을 샅샅이 검토했다. 뿐만 아니라 상담실에서 은밀하게 서다요와 접촉해 '우량예사건' 경과에 대해 요해했다.

"한선생님을 오시라고 한 건 그동안 사건관련 증거 서류들을 검토하고 고소인과 일부 관련자들을 만나 파악한 데이터를 토대로 작성한 소장을 법원에 제출하기 전에 의견을 듣고 최종 조율하기 위해서입니다."

"제가 법에 대해서 뭘 안다고. 정변께서 알아서 결정하시면 될 텐데요."

태주는 정변이 건네는 커피잔을 받으며 겸손하게 말했다.

"정변이 사건을 검토하고 일부 관련자들을 면담했지만 소장을 제출하기에는 아직 부족한 점이 많은가 봐. 그래서 태주씨와 상의하고 싶대."

강바람이 두 사람의 대화에 한마디 얹었다.

"부족한 점?"

드디어 올 것이 왔다. 우려했던 검은 구름이 나타난 것이다. 태주는 커피잔을 입가로 옮겨가다 말고 테이블에 도로 내려놓으며 정변을 바라보았다. 시작부터 불길한 소식이다. 제발 그것이 먹구름은 아니었으면 싶다. 소나기가 퍼부으면 불씨는 꺼지기 마련이다. 우산이나 텐트를 준비할 시간도 없이 갑작스럽다……. 정변이 자꾸만 콧등 아래로 흘러내려오는 근시안경을 연신 식지로 밀어 올리며 앞에 수북이 쌓인 서류 뭉치들을 이리저리 뒤적거렸다. 마치도 비를 차단할 우산이나 텐트를 찾기라도 하는 듯이.

"우리한테 유리하다고 예견했던 진료기록과 심리상담기록을 보면 서다요씨의 심리적 공포증의 원인은 '심각한 정신적 충격'이라고 적시되어 있습니다. 그 '정신적 충격'과 그로 인한 우울증이 우리가 이혼 사유로 제시할 '우량예사건', 즉 본인 동의를 무시한 백민호의 겁탈사건입니다. 그런데 조사 중에 알게 된 것이지만, 그 겁간사건은 고소인의 일방적인 진술일 뿐 객관적으로는 아무런 물증도 없다는 사실입니다. 다시 말씀드리면 피고 측에서는 겁탈 또는 겁간, 성폭행사건 같은 건 근본 존재하지도 않는다고 주장하면 저희로서는 속수무책일 수밖에 없다는 겁니다. 이런 수준에서 소장을 제출하면 승소 가능성이 희박……."

정변이 머리를 저으며 다시 안경을 추스른다.

"그렇다면 정조유린사건의 증거 확보가 우선이겠네요."

태주는 첫 번째 단추부터 어긋나는 느낌이 들었다.

"그게 사다리를 타고 하늘의 별따기입니다. 목격자도 부재, 방안엔 CCTV도 없다니까요."

"목격자는 있지요. 백이사 부부와 백민호 그리고 유모도 목격자가 아닙니까. 물론 부모는 자식에게 불리한 증언은 할리 만무하지만……."

윤하늘이 커피잔을 두 손으로 받쳐 든 채 두 눈을 깜박거린다.

"백민호는 설령 잘 구슬려서 얼마간 유익한 진술을 받아낸다 해도 자폐증환자라는 이유로 법정에서 증거로 채택되기는 어려울 거야. 나머지는 유모인데……. 사람이 워낙 까다롭고 음흉한 면이 많아서 어려울 겁니다."

태주는 앞부분은 윤하늘을 상대로, 뒷부분은 정변을 향해 말했다.

"한박사가 정확하게 보셨습니다. 그래서 저도 백민호와는 아예 접근조차 시도하지 않았습니다. 그런데 그 유모라는 아줌마는 예상 외로 전화를 하자마자 선뜻이 면담청구에 응했습니다."

"뜻밖이네요. 그래 뭐라 하던가요?"

"서다요씨가 우량예를 폭음한 건 아버지 회사를 협력업체로 선정해 주십사 사정하는 차원에서 스스로 자청한 것이라고 하더군요. 서다요씨가 취하니까 자신이 부축해서 침실에 데려다 눕힌 것 말고는 아무 일도 없었다고 진술했습니다."

"결국 성폭행사건은 부인하고 협력업체 부정거래사건만 부각시킨 거네요."

"그렇습니다. 협력업체 선정 거래사건은 우리 쪽에서 부각시켜야 이혼판결에 유리한 겁니다. 서용수의 회사를 살리기 위한 실리와, 백이사의 며느리를 삼기 위한 실리가 결탁하면 당사자의 의사를 무시하고 강행된 결혼임을 입증할 수 있어 무효 판결을 유도할 수 있기 때문입니다. 그런데 서다요씬 그 문제는 일절 언급하지 말아 줄 것과 상대편에서 주장하더라도 정략결혼이 아니라고 부인해 주기를 저한테 간곡하게 당부해 온 만큼 소장에 적시할 수도 없고……. 사정이 좀 딱하게 되었습니다."

정변은 연신 안경을 밀어 올리며 가볍게 한숨을 내쉬었다. 태주는 망연한 눈길로 창밖만 내다보고, 윤하늘은 손가락으로 탁자를 똑똑 두드리기만 한다.

"그러니까 소장 제출은 잠시 보류해두고 일단 그 분야의 증거를 확보하는 데 주력할 수밖에 없겠어요. 왓 두유 딩크 태주씨?"

윤하늘이 탁자에 놓인 태주의 손등을 손가락으로 톡 건드렸다.

"글쎄, 그 증거 어디서 확보하지? 만들어 낼 수도 없고……."

태주의 휴대폰 벨이 울렸다. 집 전화다.

"실례합니다."

태주는 자리에서 일어나 사무실에서 나왔다.

"태주냐?"

"네, 어머니."

"외할머니가 좀 있다가 강남터미널에 도착하신단다. 네가 마중 나가야 할 것 같다."

"무슨 일로요?"

"모르겠다. 나하고도 연락 없이 올라오신다."

"알았습니다. 곧 갈게요."

태주는 다시 사무실 안으로 들어왔다.

"미안하지만 집에 사정이 생겨서 먼저 나가 봐야겠습니다. 고소 건은 잠시 보류하고 좀 더 고민해 보기로 합시다."

"네, 그럼 들어가세요."

정변은 일어나서 인사하고, 윤하늘은 밖에까지 따라 나왔다.

"다요씨 전화야?"

"아니, 시골서 외할머니가 상경하신대. 마중 가야 해서. 이따 보자."

할머니가 갑자기 왜 상경하시지? 외할머니의 등장은 항상 정애와 연관되어 불안감을 준다. 엎친 데 덮치고, 설상가상인 셈이다. 다요의 이혼 문제로 암초에 부딪쳤는데 고정애 문제까지 얽힌다.

할머니는 아니나 다를까 고속버스에서 내려 손자를 보자마자 정애 이름부터 혀끝에 올린다.

"정애가 대학원에 합격됐다며? 그래서 축하하러 올라왔다."

"대학원에 합격됐다고요? 전 금시초문인데. 누가 그래요?"

"어제 저녁 정애한테서 전화 왔더라. 합격통지를 받았다고."

다요의 이혼 문제에만 골몰하다 보니 정애의 대학원 입학 문제는 그동안 까맣게 잊고 있었다. 그런데 정애가 대학원에 합격되었다 하더라도 굳이 이 먼 곳까지 노인이 몸소 올라올 필요까지는 없잖은가. 전화로 축하해도 될 일이다.

"그 일은 그 일이고. 이참에 미적거리던 네 혼사 문제도 매듭지을 겸 겸사겸사 올라왔다."

차가 출발하자 노인은 끝끝내 결혼 화제를 꺼낸다. 그러나 모른 척 되물었다.

"무슨 혼사요?"

"너랑, 정애 혼사지 뭐긴 뭐겠니."

"제가 언제 정애누나랑 결혼한다 했어요?"

"넌 아무 말도 하지 말고 가만 있어라. 글공부 많이 해서 먹물은 나보다 더 들었겠지만 현실생활에서는 소금을 더 먹은 이 할미가 너보다 더 박살 거다."

태주는 더 이상의 입씨름은 아무 의미도 없음을 알았다. 결혼 안하면 그만이다. 그냥 듣는 척 하고 다요의 이혼 문제 해결책에 대해서만 궁리했다……

점심식사가 끝나자 2층으로 올라가려는데 아버지가 태주를 불렀다.

"여기 와서 잠시 앉아봐라."

그러자 외할머니와 어머니도 모두 거실 소파에 나와 줄지어 앉는다. 엄숙한 분위기가 심상치 않다. 그런데 태주는 한 번도 할머니는 물론 아버지의 말을 거스른 적이 없다.

"정애가 대학원에 합격된 김에 아예 네 혼사 문제도 오늘 매듭짓는 게 좋을 듯싶다. 장모님의 의견도 그러시고, 네 엄마도 같은 생각이다. 금주도 전번에 왔을 때 나랑 말한 적이 있고. 나 역시 정애를 며느리로 받아들이는 데 동의한다. 온 집 식구가 찬성하는 만큼 태주 너도 반대 하지는 않을 거라 생각한다. 정애만 동의하면 양가 부모들이 만나 상 견례라도 하고 결혼 날짜를 정하려고 하는데 네 생각은 어떠냐?"

"사장님, 전 아직 결혼 생각이 없습니다. 공부해야 하니까요."

정애가 고개를 숙인 채 태주 눈치를 살피며 몸 둘 바를 몰라 했다.

"넌 가만 있어라. 네 마음 다 알고 있다. 굿이나 보다가 떡이나 먹으면 된다."

외할머니가 끼어들어 정애의 입을 막아버린다.

태주는 갑자기 마른벼락이라도 맞은 듯 머릿속이 캄캄해졌다. 그야 말로 청천벽력이다. 어느 한 사람의 말도 거스를 수 없는 할머니와 아 버지가 다 한 편이다. 그는 일말의 기대를 품고 어머니를 쳐다보았다. 어머니라도 제발 내 편이 되어 주십사 속으로 빌었다.

"엄마는 누구보다 먼저 마음속으로 정애를 며느리로 받아 들였다."

어머니까지 정애 편이다. 광야에 내던져진 태주는 절망에 빠져들며 얼굴이 새카매졌다. 이제는 궁지에 몰린 자신을 구원할 사람은 오로 지 자신뿐이었다. 한 번도 거역한 적이 없는 두 분의 말씀에 무모한 도

전이라는 불경을 시도해서라도 반드시 흐름을 끊어버려야만 했다.

"아버지, 저한테 좀 생각할 기회라도 주십시오."

하지만 태주가 할 수 있는 불경의 수위는 여기까지였다. '내 결혼 내가 알아서 합니다.' 그런 말은 차마 입 밖에 발설할 용기가 없었다.

"생각할 기회? 당연히 줘야지. 필요하다면. 그래 얼마면 되겠냐? 일주일?"

일주일이란다. 이건 나더러 죽으라는 사형선고이다. 한 달도 아니고……

"사장님, 태주씨한테 몇 개월은 시간을 주셔야……."

뜻밖에도 정애가 불경을 무릅쓰고 전면에 나서 태주를 생매장된 무덤 속에서 꺼내준다.

"그래 그럼. 3개월 시간 주마. 그동안 생각 잘 하고 아버지한테 알려라."

일단 발등에 떨어진 불은 끈 셈이다. 태주는 누군가에게 등을 떠밀려 우물 속에 거꾸로 처박혔다가 구사일생으로 회생한 사람처럼 비틀거리며 2층으로 올라갔다. "전 서다요랑 결혼할 겁니다." 그렇게 당당하게 요구할 수도 없었다. 아직은 다요의 이혼소송 승패 여부도 불투명하니 말이다. 이혼만 보장되었다고 해도 목숨 걸고 아버지한테 결혼할 상대는 서다요라고 고백했을 것이다.

"할머니나 아버지, 어머니가 말하면 따르면 될 일을 뭘 석 달씩이나 생각하고 말고가 있냐. 늙은 할미가 이 먼 길을 또 와야겠니? 온 김에 알고 가도록 오늘, 낼 사이에 결정해라."

외할머니의 불만 섞인 목소리가 꼬리처럼 2층까지 따라 올라왔다.

전화벨이 울렸다. 생소한 번호여서 꺼버렸다. 옷을 입은 채로 그냥 침대 위에 벌렁 드러누웠다. 10년은 수면을 취하지 못한 사람처럼 피곤하고 졸린다. 만사를 제치고 일단 한잠 자야겠다. 그런데 짜증나게도 노크소리가 난다. 정애일 것이다. 부담되면 이 집에서 나가겠다는 말을 하러 왔을 것이다. 하지만 그녀는 이미 이 집에서 나갈 수 없었다. 식구들은 그녀를 암묵적으로 가족 구성원으로 받아들이고 있었다. 차라리 태주가 나가면 나갔지 그녀가 나가면 안 될 분위기이다. 그녀가 나가면 집안 살림은 누가 하는가. 어머니 병수발은 그녀 말고는 아무도 대체할 수 없다. 금주도 그녀에 비하면 한참 뒤진다. 그녀는 이미 집안의 일상을 독점해버렸다.

문을 열어주지 않자 도로 계단을 내려가는 정애의 발자국 소리를 들으며 태주는 어슴푸레 잠이 들었다. 또다시 전화벨이 울렸지만 눈을 감은 채 아예 한 손으로 전화를 꺼버렸다.

얼마나 잤을까? 독사들이 우글거리는 구덩이 속에서 벗어나려고 몸부림치는 악몽을 꾸다가 가까스로 깨어났다. 새벽 2시가 넘었다. 휴대폰을 켜니 5분도 안 되는 간격으로 걸려온 부재중전화의 통화기록이 뜬다. 역시 그 정체불명의 번호이다. 누군지 모를 발신자의 지독한 집요함에 태주는 저도 모르게 소름이 돋았다. 누구지? 저도 모르게 꿈속에서 보았던 징그러운 뱀이 연상된다. 하도 궁금해서 통화버튼을 눌렀다.

"한선생님, 아니, 한박사님이라고 불러야겠죠?"

전혀 생소한 목청을 가진 나이든 부녀자의 음성이다.

"누구신지? ······"

"한박사님도 잘 알고 계실 백민호 유모예요. 뭐가 찔리셔서 전화를 안 받으시죠?"

백민호의 유모! 그 이름부터 불길하여 몸서리가 쳐진다. 그래서 독사 꿈을 꾼 모양이다.

"무슨 용건으로······"

"이혼소송 준비는 잘돼 가나 궁금해서요. 그쪽 변호사 양반과 면담도 했었는데······"

"그래서요? 성폭행사건 같은 건 없다고 이미 발뺌했다면서요."

"발뺌이 아니라 진실이에요. 그리고 저한텐 서다요 아가씨가 백이사님께 협력업체에 선정해 달라고 무릎 꿇고 손이야 발이야 빌던 동영상도 있거든요. 언젠가 이혼하겠다고 소송할 걸 대비해 증거를 남겨둔 거죠."

"이것 보세요. 당신. 그게 지금 사람으로 생겨 할 짓입니까!"

"왜요, 사람이 하지 그럼 짐승이 사실을 말해요? 지금 동영상을 보내드릴 테니 한번 느긋하게 감상해 보세요. 한박사님이 법관이라면 이 혼사 정략결혼이니 이혼해야 하고, 동시에 부정으로 선정된 협력업체 계약도 무효 판결 내릴 만한 증거로는 충분할지. 호호호. 그뿐이 아니에요. 한박사님이 커피숍에서 아가씨와 밀담하는 사진과 비밀대화내용도 녹음해 두었어요. 함께 보내드릴게요. 우리가 선임한 변호사께서 커피숍CCTV에서 두 분이 키스하는 장면도 확보했는데 그것도 보내드리죠. 기념으로······"

"나쁜 여자! 당신은 사람이 아니라 늙은 여우라고요!"

"어차피 패소한 날 분통이 터질 텐데 지금이라도 속 시원하게 절 욕하세요. 정말 박사님이 맞으시다면 승산도 없는 소송 애초에 포기하는 게 현명한 처사가 아니겠어요. 괜히 소송에서도 지고 선생님 이미지만 망가질 테니까요. 그런 걸 두고 머리에 호박 쓰고 돼지 굴로 들어간다고 그러죠. 호호호……. 우리 백이사님은 소송에서 져서 아드님이 이혼해도 좋으나 서용수의 회사와 체결한 협력업체 계약은 반드시 무효화시킬 거라고 하셨어요. 변호사님도 그 조건을 수락하셨고요. 물증도 충분하고……. 좋은 꿈 꾸는데 잠을 설치게 해서 죄송해요. 그럼 나중에 법정에서 뵐게요."

전화가 일방적으로 툭 끊겨졌다. 몇 분 후 동영상과 포토 몇 장이 전송되어 왔다. 우량예를 마시고 취해 백민호에게 겁간당할 뻔한 날 백이사 앞에 무릎을 꿇고 아버지 회사 협력업체로 선정되게 도와달라고 울면서 애걸하는 다요의 모습이 담긴 동영상과, 커피숍에서 빨대로 서로 커피를 먹여주던 사진, CCTV화면에서 추출해 낸 키스사진이다. 게다가 결혼식 날 윤하늘이 심리상담사로 가장하고 차에서 내리고 오르는 사진까지 곁들여 있다. 그 밑에는 이런 글발이 적혀 있다. "연극단 무대설치기사가 두 분이 혼례식 날 호텔에서 잔 거 다 실토했어요. 이전에 신라호텔과 친구집에서 만난 사실도 불었어요. 정말 불륜박사시네요."

조금 간격을 두고 녹음파일도 전송되어 왔다. 길거리와 실내의 소음 때문에 말소리가 불분명했지만 무슨 내용인지 식별할 수는 있었다.

이혼소송을 두고 다요와 주고받은 대화 내용 중의 일부였다. 특히 정략결혼이 아니라고 부인하자는 다요의 말이 선명하게 들렸다.

미친 년! 물귀신 같은 년! 백민호가 네 년의 친자식도 아닌데 왜 불쌍한 다요를 해치려고 날뛰는 거야.

태주는 치미는 분노를 참을 수 없어 애꿎은 스마트폰을 방구석에 홱 내동댕이쳤다.

3

그렇게 옷을 입은 채로 다시 잠든 태주는 이튿날 아침 10시가 넘어서야 깨어났다. 피로가 적치된 탓인지 눈 등이 퉁퉁 부어 앞이 잘 보이지도 않는다. 양말과 저고리가 벗겨지고 베개까지 벤 걸 보니 정애의 손길이 스쳐갔음을 알 수 있다. 하지만 태주는 잠에서 깬 것을 금방 후회했다. 현실은 도저히 풀리지 않는 혹독한 난제들을 한 아름이나 걸어안고 그가 깨어나기를 기다리고 있었기 때문이다. 서다요의 이혼소송 문제, 고정애와의 결혼 여부 문제, 신학기 강의 준비…….

일단 그는 어제 백민호의 유모가 보내온 동영상, 포토파일과 문자메시지를 전부 윤하늘에게 전송했다. 그녀의 의견을 듣고 싶어서였다. 과연 승산이 없는 소송을 계속해야 되는지 고견을 묻고 싶었다. 혹시 아이큐가 높은 윤하늘에게 이 난국을 타개할 만한 기적 같은 묘책이 있을지도 모른다. 가능성은 거의 제로지만 물에 빠진 사람은 아무 도움도 안 되는 지푸라기라도 잡는다는 심정이 바로 이런 것이리라. 협력업체 선정 무효를 예시하는 이 증거물들을 다요한테 보내서는 안 된다. 그녀가 실망할 것이기 때문이다. 그녀는 지금 하루라도 빨리 백민호와 헤어져 태주에게로 돌아오고 싶을 것이다.

노크소리가 들렸다. 정애 말고 누구겠는가.

"들어와요."

그녀는 손에 꿀물이 든 유리컵을 들고 조심스러운 걸음으로 침실로 들어왔다.

"이거 마셔. 할머니가 그러시는데 피로회복에는 꿀물이 최고래."

"고마워요."

태주는 컵을 받아 한 모금 마셨다. 그런데 정애가 나가지 않은 채 무슨 말인가를 하려고 망설인다. 그러나 아래층에서 외할머니가 "정애야." 하고 부르자 "네." 하고 금시 내려갔다. 오늘 따라 그녀가 예뻐 보인다. 순박하면서도 진심이 배인 청초한 매력이 있다. 다요의 미모에는 비길 바가 못 되지만 그녀 나름대로의 소박한 이미지가 돋보였다.

그래. 정애와 결혼하자!

느닷없이 머릿속에 떠오른 생각에 태주 스스로 소스라칠 만큼 경악했다.

내가 미친 거 아냐? 다요를 두고 어떻게 이런 허황한 망상이 떠오를 수 있지? 하지만 지금으로서는 협력업체 선정을 유지하려면 이혼소송 패소는 이미 결정된 거나 진배없다. 부친의 회사가 망하고 나랑 결혼한다면 다요는 결코 행복하지 않을 것이다. 다요가 승산이 없는 이혼소송을 포기하게 하려면, 그리고 그녀가 오매불망 바라마지 않던 부친의 협력업체 선정을 고수하려면 내가 다른 여자와 결혼하는 것이 가장 좋은 방법일 것이다.

태주는 윤하늘에게 문자를 보냈다.

봤지? 이혼소송은 아무래도 가망이 없는 것 같아. 유모가 보낸 증거들에 근거하면 다요의 결혼이 협력업체 선정을 위한 정략결혼이라는 사실이 확실해질 것이고, 그러면 협력업체 계약도 무효될 거잖아. 그건 다요가 바라지 않는 결과야. 그러니까 이번 소송은 취소할 수밖에 없다고 생각해. 물론 다요는 포기하지 않을 거야. 다요를 포기하도록 하려면 내가 다른 여자와 결혼하는 수밖에 없어. 전번에 우리 집에 있던 그 여자, 외할머니가 나랑 결혼시키려고 일부러 시골에서 데리고 올라온 여자야. 그 여자랑 결혼할 거야.

아무런 답장도 없다. 태주는 하늘이 무너지는 것 같은 절망감이 들어 침대 위에 엎드려 베개에 얼굴을 파묻었다.

서다요! 내 모든 것!

세상의 전부를 이렇게 어이없이 내 손으로 버려야만 하는가. 그러면 나더러는 어떻게 살라고. 차라리 죽어버릴까. 한강 나가서 반포대교에 올라가⋯⋯.

전화벨이 울렸다. 윤하늘이다.

"지금 신라호텔로 나와. 아오 웨 대얼."

대답도 기다리지 않고 전화를 끊어 버린다.

신라호텔?!

갑자기 왜 신라호텔이야? 다요가 사다리를 타고 2층에서 탈출하여 신라호텔로 와 그를 만난 후로는 윤하늘과 그곳에서 재회한 적이 한 번도 없다. 그리고 신라호텔은 미팅날짜를 정하고 그녀와 정사를 나누던 장소다.

아무튼, 상황이 이 지경에까지 이른 막판에 장소 따위를 따질 경황도 못되었다. 태주는 옷을 입고 아래층으로 내려왔다.

"어딜 가냐?"

할머니가 뒤를 쫓아 나오며 짓궂게 캐물었다.

"볼일이 있어서 잠깐 밖에 좀 다녀오려고요."

"정애하고 결혼 문제는 결정했냐?"

"저녁에 와서 말할게요."

태주는 벌써 출타를 예견하고 정애가 미리 닦아 놓은 구두를 신고 밖으로 나왔다. 정애가 그림자처럼 따라 나왔다.

"할머니와 사장님 말씀 내 뜻이 아니야. 강요하신다고 섣불리 수락하지 마. 그리고 대학원 입학하면 기숙사로 나갈게. 사모님은 주말마다 와서 돌보면 되니까."

"그 일은 나중에 말해요."

태주는 차의 시동을 건 후 정애가 셔터를 열어주기를 기다려 골목으로 나왔다.

윤하늘은 벌써 음식을 다 주문해 놓고 레스토랑에서 태주가 도착하기를 기다리고 있었다. 솔직히 지금 태주는 음식 같은 데 관심 가질 여유가 없었다. 아침에 정애가 타준 꿀물 한 컵으로 하루를 거뜬히 버틸 것 같다. 그래도 뭔가를 이것저것 집어먹었다. 그러는 태주를 말없이 물끄러미 지켜보던 윤하늘이 입을 열었다.

"디쥬 딩크 캐어플리 앤 메이커 데씨젼? 다른 여자와 결혼한다는 거."

"처음엔 앞길이 꽉 막힌 나머지 고민 없이 문득 든 생각이었어. 그러나 차 운전하고 오며 다시 심사숙고해 보니 그게 내가 선택할 유일한 길이라는 확신이 굳어졌어."

"캔 아이 너우 헐 네임?"

"고정애."

"왓 카이넙 우먼 에이젯? 언제부터 사귄 거야?"

"외할머니네 시골 사는 여자야. 초등학교 교사. 대학 다닐 때 방학에 할머니네 집에 놀러갔다가 알게 됐어. 그 뒤로는 줄곧 만난 적이 없었는데 얼마 전에 할머니가 느닷없이 데리고 올라왔어. 이유는 시골학교 폐교로 실직해 서울로 올라와 대학원에서 공부하겠다는 건데, 실은 나랑 결혼시키자는 거였어. 집 식구들은 모두 정애를 좋아해."

"태주씨는, 두유 라이켓 투?"

"결혼 같은 건 꿈에도 생각한 적 없어."

"나우 이즈?"

"지금도."

"밧 와이 아 유 매어링 헐. 그거 자해잖아."

윤하늘이 수저를 식탁 위에 탁 내려놓으며 갑자기 언성을 높이는 바람에 주변 손님들의 시선이 그들한테로 쏠렸다. 그녀는 금시 목소리를 낮췄다.

"그 사람들이 정략결혼, 부정 혼사 증거를 확보하면 어때서? 우리 소송 목적이 이혼 아냐? 이혼판결에 유리한 조건이잖아. 왜 다요씨가 아닌 정애와 결혼하겠다는 건데?"

"법정에서 그 증거들이 제시되면 협력업체 계약 무효될 거잖아. 그건 다요가 바라지 않아. 난 다요가 바라지 않는 일은 하고 싶지 않으니까. 그런데 안타깝게도 이 사실을 다요한테 알릴 수도 없잖아. 실망할 테니까. 바라지는 않는데 아이러니하게도 이 이혼소송을 포기할 수도 없는 진퇴양난에 빠져들겠지. 이 소송을 단념하게 하는 방법, 다요 부친 회사 협력업체로 존속시키는 방법은 오로지 하나, 내가 다른 여자와 결혼하는 것뿐이야."

"오우 마이 갓! 다요, 다요, 다요. 태주씨한테는 세상 천지에 다요씨밖에 없어? 태주씨, 왜라유 요셀프. 좀 사적인 이익도 가끔씩은 챙겨. 어차피 욕망을 가진 인간이잖아. 욕망이 없는 인간이 죽은 것이나 뭐가 달라? 협력업체 무효화되면 안 돼? 자기 회사 살리겠다고 딸의 인생을 언제까지고 볼모로 삼는 부친이 너무 비정하다고 생각해 본 적은 없어? 망하든, 흥하든 그분이 알아서 할 일이잖아. 유 해브 투 테이 캐어 럽 요얼 라이프. 한 번쯤은 자기 인생의 주인된 입장에서 딩크 어보 레게인."

"노우! 아이 캔 두댓. 욕망만 넘치는 인간은 짐승이야. 내 욕망의 상자 속에 다요를 가두고 싶지 않아. 다요 인생의 절반은 부모님한테 속하니까. 다요더러 부친에게 등을 돌리고 나만 바라보라고 하는 건 그녀를 무시하는 거야. 난 결정했어."

"푸오우. 다요밖에 모르는 바보! 사랑에 미친 그 황소고집을 누가 꺾겠어. 여자 하나 때문에 아까운 남자가 죽는구나. 운명이다. 아이 오우 써우 뤠이드 보우스 핸드."

윤하늘이 손가락으로 태주의 이마를 따끔하게 찌르며 측은한 시선으로 흘겨본다.

레스토랑에서 나와 커피숍으로 이동하던 중 윤하늘이 태주에게 말했다.

"거우 인 펄스트. 화장실 잠깐 다녀올게."

커피가 나오고서도 한참 더 기다려서야 그녀가 나타났다. 태주는 커피숍에 들어서는 그녀를 보고 두 눈이 휘둥그레졌다. 다요를 사귀기 전 그녀와 데이트할 때면 입던 섹시한 옷으로 갈아입었기 때문이다. 샹들리에의 불빛을 반사하며 광택이 반짝이는 몸매를 완벽하게 드러내는 팽팽한 원피스는 가슴이 깊이 파여져 하얀 유방이 절반이나 노출되었다.

"갑자기 뭐야? 과거로 회귀하기라도 한 거야. 놀랐잖아?"

태주가 커피 잔을 그녀 쪽으로 밀어놓으며 말했다.

"원수영씨."

그녀가 의자에 앉으며 실명 대신 과거 호칭을 사용해 태주는 한 번 더 놀랐다.

"대츠 롸이트. 과거 소환. 레츠 거우 백 투 더 파숫 쨔스트 폴 투데이. 넌 원수영, 난 강바람. 우리 관계 다요씨 때문에 끝냈었잖아. 인젠 다요씨도 남이 됐고, 또 수영씬 정애씨와 결혼할 거니까. 마지막으로 딱 한 번만 과거로 돌아가자. 나 인젠 공연도 끝나고 할일도 없거든."

태주는 강바람의 느닷없는 몽니에 뭐라고 말해야 될지 몰라 그녀의 얼굴만 물끄러미 쳐다보았다.

"와이, 유 해르미?"

"낫 라이크 댓. 네가 갑자기 왜 이러는지 영문을 몰라서 그래."

"그러니까 바보라지. 사랑 바보. 와이 앰 아이 두잉 데스. 왜 이 옷 입고 강바람으로 돌아갔겠어?"

정사?! 운우지정?!

그 말이 혀끝까지 굴러 나왔으나 뱉어낼 수 없어 그냥 삼켜버리고 말았다. 다요와 사귄 뒤부터 강바람은 한 번도 그에게 정사를 요구한 적이 없었다. 솔직히 그녀가 갈망했다면 태주로서는 옛정 때문에라도 차마 거절하지는 못했을 것이다. 물론 다요한테는 죄책감이 들었겠지만 다요를 알기 전부터 밥 먹듯 해 오던 일이다. 그런데 오랫동안 폐기처분되었던 과거의 관계를 다시 부활시키려 하자 태주는 웬만큼 당황스러웠다.

"알았으면 됐어. 오늘 하루만 태주씨를 빌릴게. 옛정을 봐서 마지막으로 봉사하는 셈 쳐. 일어나. 레츠 거우 업 투 더 룸."

태주는 잠시 주저했다. 다요의 얼굴이 떠올랐기 때문이다. 하지만 이제 정애와 결혼하면 다요와는 남남이 될 것이다. 굳이 의미를 붙이자면 옛 정인, 상간 연인······.

에라, 모르겠다. 옛정을 봐서라도. 그동안 진 빚을 갚는 셈 치자.

태주는 체념하고 그녀의 뒤를 따라 커피숍에서 나갔다.

"왜 도살장에 끌려 나가는 황소 표정이야?"

"누가? 나 너 싫어한 적 없어."

"다행이다."

엘리베이터에서 내려 미리 예약한 룸으로 들어왔다. 다요의 그림자도 함께 들어왔다. 윤하늘 아니, 강바람이 손으로 태주의 어깨를 잡더니 뜬금없는 질문을 들이댄다.

"루킨 마이 아이즈. 내 눈 똑바로 봐봐. 지금부터 내가 묻는 말에 거짓말 하면 안 돼."

"뭔데 이렇게 뜸을 들여. 자자며?"

"딴소리 말고 잘 들어. 수영씨, 다요씨 알기 전에 내가 결혼하자고 청혼했으면 결혼했을 거야?"

"네가 나더러 결혼 같은 거 생각도 하지 말랬잖아."

"아스크 어게인. 내가 그때 청혼했으면 결혼했을 거냐고?"

"오프코스. 열 번도 했지. 나 너 좋아하는 거 너도 알잖아. 그랬으면 다요와도 만나지 않았을 테고. 다만 지금은······."

"오케이. 그 대답이면 충분해."

강바람은 태주의 어깨를 놓더니 그를 향해 등을 돌려댔다. 원피스 지퍼 열어달라는 뜻이다.

"지금부터 우리는 옛날로 돌아가는 거야. 어운리 완스 트데이. 이후로는 깨끗하게 사라져줄게."

원피스를 벗더니 브래지어까지 풀어버린다. 팬티까지 벗자 그처럼 익숙한 몸매가 태주 앞에 드러났다.

"다요씨보다 못해 부끄럽지만……."

"충분히 예뻐."

강바람이 피식 웃으며 태주의 옷을 벗겨주기 시작했다. 셔츠가 벗겨지고 그녀의 손이 팬티를 터치할 즈음 태주는 과거의 기억이 생생하게 되살아났고, 그 기억이 흥분의 도화선에 불을 지피며 육신이 달아오르기 시작했다. 그는 강바람의 허리를 와락 그러안았다. 그리고는 그녀를 번쩍 안아 침대 위에 눕혔다. 그 다음의 동작들은 컴퓨터에 입력된 시스템과 다를 바 없었다. 자동적으로 호흡이 맞춰지며 작동하기 시작했다. 절주 있는 침대의 요동소리와 액체를 머금은 피부의 마찰음만 강바람의 신음소리를 반주로 육체가 파도치기 시작할 때, 태주는 문득 한 가지 생각이 머릿속에 떠올랐다.

콘돔!

"안 되겠어. 콘돔이 없잖아."

태주는 탄력 받은 격렬한 몸짓을 멈추려했다. 그러나 강바람이 그의 허리를 꽉 부둥켜안았다.

"아이 단 니드 에니싱 라이크 댓. 계속 해."

"네가 항상 체크하던 거잖아."

"바보. 여자들 다 아는 그거 있잖아. 다요씨랑 하던 거."

"야, 너!……"

태주가 소극적이 되자 이번에는 강바람이 대신 밑에서 적극적으로 박차를 가했다.

"너도 그럼 그거 원하는 거야? 그래서 오늘……"

"알았으면 됐어. 다요씨도, 나도 당신을 사랑하지만 가질 수 없잖아. 뭐라도 가져야 우리도 상실감을 달래며 살 거잖아."

강바람의 필사적인 노력이 안쓰러웠다. 한 남자를 좋아했지만 그 사내에게서 아무것도 가지지 못한 여자들!

"이게 뭐야, 사는 거 왜 이래? 난 아무것도 모르겠어. 에라, 될 대로 되라지."

태주는 모든 걸 체념했다. 그리고는 강바람이 일으킨 물결에 태풍을 불어넣어 파도를 일으키기 시작했다.

다요가 생각났다.

다요야, 너 내 거잖아. 그런데 도대체 누가 우리를 갈라놓은 거야? 분통이 터지고 슬펐다. 저도 모르게 눈물이 흘러 내렸다.

"수영아!"

"바람아!"

두 사람은 정상에 올라 서로를 으스러지게 부둥켜안았다.

상처

1

한태주는 이미 술이 거나하게 되어 목청도 자연스럽게 높아졌다. 타인의 눈치를 보지 않고 자유자재로 수다를 떨 수 있는 서민적인 장소를 찾아 일부러 호텔에서 나와 뒷골목의 허름한 대폿집을 택했던 것이다. 태주가 저녁에는 할머니가 기다려서 집으로 가야 한다니까 윤하늘은 옷까지 캐주얼 차림으로 갈아입고 내려왔다. 어쩌면 이것이 그들의 마지막 술자리가 될지도 모른다는 예감이 들기는 두 사람 다 마찬가지였다.

"너무 취하면 안 돼. 집에 어른들이 계시니까."

태주가 손에 소주병을 들고 자작자음하려다 말고 도로 테이블 위에 내려놓았다. 그의 얼굴이 다요와 갈라져야 한다는 생각 때문인지 죽은 사람처럼 시커멓다. 금방 낙루라도 할 울적한 기색이다.

"유모가 확보한 증거물들을 봤을 때, 공연한 말인 줄 알지만 대레즈 스티오우러 웨이 아웃. 딩크 완 모얼 타임. 정말 정애씨와 결혼해야 하는지?"

"막다른 골목이잖아. 출구 같은 건 없어. 지금 집에서 어른들이 내 대답을 기다리고 계셔."

"수영씨가 정애씨랑 결혼하면 다요씬 정신적 충격이 얼마나 크겠어?"

윤하늘이 술상을 뿌리치고 집에 가려고 일어서는 태주의 팔목을 잡아 도로 의자에 주저앉혔다.

"충격이 크겠지. 그래도 다요가 부친과 나 두 개의 짐을 어깨에 떠메는 것보다 내가 짐 하나를 덜어주면 나을 거잖아. 양쪽 부담을 지고 가려면 어차피 다요만 지쳐서 쓰러지게 돼 있어. 나라도 물러서면 숨이라도 쉴 거니까."

태주는 고집을 부리며 다시 의자에서 일어났다.

"다요씨와 말도 안 하고 결혼하려고?"

"내 입으로 그걸 어떻게 말해. 차라리 내가 한강에 뛰어들고 말지."

태주는 말끝을 흐리며 뒤를 잇지 못한 채 그냥 식당에서 나와 버렸다.

윤하늘은 진액이 빠져 시든 풀대처럼 후줄근한 태주의 뒷모습을 동정어린 시선으로 바라보았다. 말이 산 사람이지 벌써 죽음의 그늘이 짙게 드리운 산송장이다. 오늘로 태주와의 관계는 모두 끝내려고 했는데 자신이 할 일이 아직도 한 가지 더 남았음을 깨달았다. 그러면서 속으로 다요씨가 정말 행복한 여자라는 부러운 생각이 들었다. 어떻게 세상에 저런 남자가 있을 수 있는가. 남자는 다 여자를 일회용 젓가락처럼 소홀하게 여기는 욕망의 동물이라고 생각했는데 태주는 다르다. 여자한테 인생 전부를 건다.

나도 태주의 여자가 될 수 있었는데…….

윤하늘은 후회가 담긴 회심의 미소를 지으며 씁쓸하게 자리에서 일어났다.

한태주가 집안에 들어서니 식구들은 모두 거실에 모여앉아 그가 오기를 기다리고 있었다. 문께로 달려와 가방을 받아드는 정애의 기색에만 민망함이 역력하다.

"왜 인제야 오냐? 기다린 지 오랜데. 전화도 꺼져 있고."

외할머니가 몸소 불편한 몸을 움직여 소파에서 일어나더니 손자의 손을 잡아 자리에 안내한다. 한경훈은 아무 말도 없이 술에 취해 얼굴이 시뻘건 아들을 지켜보며 그가 입을 열기를 기다렸다.

"어머, 이 술 냄새. 어디서 이렇게 많이 마셨어?"

어머니가 손을 코앞에 대고 부채질을 한다.

"할머니, 아버지, 어머니 저 정애누나와 결혼하기로 마음을 정했습니다."

"아이구, 내 새끼! 내 이럴 줄 알았다."

할머니가 남 먼저 반색하며 대견한 듯 손자의 어깨를 쓰다듬는다.

"잘 생각했다. 정애 같은 여자 만나면 복덩이가 집안에 굴러들어온 것이나 마찬가진데 당연히 그래야지."

모친도 덩달아 기쁜 안색을 짓는다.

"음. 그럼 다음 순서는 상견례를 하는 거겠지."

한경훈은 한 술 더 떠 아예 이참에 본격적으로 결혼절차를 밟아나갈 예산이다.

"그런데 저 피곤해서 오늘은 이만 올라가 휴식해야겠습니다. 구체적인 건 내일 다시 얘기하기로 합시다."

"그래. 어서 올라가 한 잠 푹 자라. 내가 보기에도 네가 당금이라도 쓰러질 것 같다."

할머니가 소파에서 일어나는 손자의 등을 2층으로 떠밀었다. 태주는 무슨 정신에 층계를 올라왔는지 모른다. 아스라한 하늘공중에 닿은 위태로운 구름사다리를 휘청휘청 오르는 기분이었다. 간신히 계단을 올라와 침실로 들어왔다.

내가 지금 무슨 짓을 한 거야. 그 말 한 번 입 밖에 내던지면 다시는 걷어 들일 수 없잖아. 다요한테는 알리지도 않았는데⋯⋯. 오~ 마이 갓. 내가 미쳤어!

금시 후회되었다. 하늘이 와르르 무너져 내리는 것만 같았다. 바윗돌처럼 침대 위에 털썩 엎드렸다 그리고는 저도 모르게 어깨를 들먹이기 시작했다. 세상을 고스란히 잃어버린 바닥 없는 상실감이 파도처럼 가슴속으로 밀려들었다. 협력업체계약이 취소되어 회사가 망해서 감수해야 할 서용수의 절망이 과연 이보다 컸을까 싶었다. 넓디넓은 세상에 나만 홀로 내쳐진 듯한 고독감과 상실감 그리고 지독한 괴로움이 뼛속까지 파고들었다.

"태주야."

누군가 그를 불렀다. 정애다. 태주는 일어나지 않았다. 그녀와 결혼한다고 말을 하고는 우는 모습을 보이기 싫었다.

"울지 마."

정애가 들어와 조용히 태주의 침대머리에 걸터앉았다. 그녀의 손이 가볍게 그의 어깨를 쓰다듬었다. 이제는 다요는 아득한 곳으로 사라지고 그녀 대신 내 옆에서 나를 위로하고 동반해줄 아내가 될 여자다. 그런데도 태주의 머릿속엔 오로지 다요뿐이다. 다요는 태산처럼 그의 가슴속에 우뚝 솟아 있다. 정애가 들어올 자리는 그 어디에도 없다. 그런데도 다요는 태주의 여자가 아니고 정애가 그의 여자가 될 것이다.

"너무 상심하지 마. 걱정 안 해도 돼. 나랑 결혼 안 해도 된다고."

정애의 말끝에 태주는 침대에서 벌떡 일어나 앉았다. 그리고 손등으로 얼굴의 액체를 훔쳤다. 정애가 휴지를 뽑아 두 볼에 번진 흥건한 물기를 닦아주었다.

"결혼 안 해도 돼. 그러니까 너무 상심하지 마."

"아니야. 나 누나랑 결혼할 거야. 거짓말 아니라고. 내 말 믿어도 돼."

태주는 정애가 자신을 다요의 대체품으로 느낄까 봐 두려웠다. 사실은 그랬지만 그런 인상을 주고 싶지는 않았다.

"널 믿어. 솔직히 나도 너랑 결혼하고 싶어. 그러나 너 다요씨랑 아직 끝난 거 아니잖아."

그녀의 말은 면바로 태주가 우려했던 정곡을 찔렀다.

"나 비록 톨스토이의 '부활'의 네흘류도프와 비길 순 없어도, 그처럼 참회는 못했어도 누나에 대한 책임감은 느끼고 있어. 물론 그 책임감 때문에 결혼하려는 건 아니야. 내가 누나를 시골 갔을 때부터 좋아한 거 알잖아."

태주는 자신이 어디로 가는지 파악이 안 되었다. 이미 손에서 핸들을 놓쳐버렸다. 남은 건 단지 정애의 일말의 자존심이나마 지켜주고 인격을 존중해줘야겠다는 생각이 손 대신 핸들을 조종했지만 갈수록 심산이라고 점점 더 다요와 멀어지는 느낌이 들어 은근히 당황해졌다. 하지만 어차피 정애와 결혼하기로 마음을 정한 마당에 그녀를 불쾌하게 할 수는 없었다.

"알아. 그리고 나도 카츄샤 아니잖아. 너 때문에 내가 타락한 거 없는데 네가 왜 자책감을 느끼고 참회해야 돼. 그런 생각하지 마. 태주씬 나한테 아무 것도 빚 진 것이 없어. 그러니까 나랑 결혼 안 해도 난, 널 원망 안 해."

태주는 갑자기 자신이 네흘류도프가 된 것 같은 착각이 들어 카츄샤 아닌 카츄샤의 손을 잡았다.

"그런 거 다 이유가 아니야. 누나가 좋아서 결혼하려는 거야."

정애가 다른 손을 태주의 손등에 올려놓았다.

"그래. 알았어. 네 결정에 따를게. 그러나 서두르지는 말자. 천천히 준비해도 되잖아. 일단 다요씨 이혼소송 결과가 나오는 걸 기다려 보자. 패소하면 그때 해도 늦지 않아. 우리 이미 둘 다 혼기 다 지났는데 좀 더 기다린다고 뭐가 달라질 거 있어?"

"누나, 이혼소송 한다는 사실 어떻게 알아?"

"태주씨가 잠든 사이 휴대폰 봤어. 너무 안타까워 하길래 나도 마음이 아파서."

"그거랑 상관없이 우리 결혼해. 보나마나 패소는 기정사실이잖아. 말이 난 김에 빨리 해버리자. 그럼 다요도 빨리 이 고충에서 벗어날 거잖아."

또 다요다. 태주는 자신의 본심이 저도 모르게 다요에게로 고개를 틀자 급히 뒷말을 삼켜 버렸다. 지금은 정애와 대화 중임에도 다요에 미쳐 깜빡할 뻔했다. 그래도 정애는 그냥 담담한 표정을 유지한 채 대화에 임했다.

"패소한다고 쳐. 그럼 다요씨 부친이 홀로서기에 성공하고 독립적인 회사 운영이 가능해질 때까지 기다리면 되잖아. 정 안 되면 그때 결혼해도……."

"그게 언젠데? 기약도 없잖아. 말도 안 돼."

그때를 기다려 서용수가 부활에 성공하면 다요는 나랑 결혼할 것이다. 그러면 그때까지 기다린 정애는 뭐가 되는가. 그건 정애를 제물로 바치는 거나 다름없다. 태주는 정애가 태주와 다요의 입장에서만 고려하지 말고 자신의 견지에 섰으면 싶었다. 그래서 안 그래도 동요하는 자신의 마음을 확실하게 잡아주었으면 싶었다.

"아무튼. 우리 결혼은 현실로 됐으니까 걱정할 것 없잖아. 일단 시간 좀 가지고 조금만 더 사태 추이를 지켜보자. 내가 아침에 할머니와 사장님께 천천히 준비하자고 말씀드릴게. 우리가 서두르면 자칫 다요씨한테 상처를 줄까 봐 그래. 다요씨의 아픔을 딛고 우리가 산다고 한들 마음이 편하겠어?"

"누나, 차라리 부처님이 되지 그랬어."

태주는 정애의 고집에 두 손 번쩍 들고 말았다.

아침 식사하러 식구들이 식탁 앞에 모두 모였을 때 외할머니가 먼저 입을 열었다.

"우리 태주와 정애 혼사 문제가 정해졌으니까 오늘 내가 집에 내려 가면 정애할머니와 부모들과 만나 얘기하고 상견례날짜 잡으련다."

태주가 "네. 그렇게 하세요."라고 대답하려고 입안의 밥을 부지런히 씹어 넘기는 사이 정애가 먼저 끼어들었다.

"할머니, 그리고 사장님과 사모님, 저희 결혼 허락해주셔서 감사합 니다. 그래서 저희 할머니와 부모님께는 제가 직접 알리고 싶습니다."

식구들은 정애의 속뜻을 몰라 서로를 쳐다보기만 했다.

"어차피 개학 전에 집에 한 번 다녀와야 하니 그때 부모님께 알려 드리려고요. 결혼은 이미 기정사실로 된 만큼 급해할 거 없다고 생 각됩니다. 개학이 당금인데 결혼부터 하면 공부에도 지장이 될 것 같 고……. 그래서 제 생각에는 이번 학기가 끝나고 방학에 상견례도 하 고 혼례도 올리는 게 좋지 않을까 싶습니다. 공부 때문에……."

한경훈이 고개를 숙이고 밥만 먹다가 드디어 한마디 했다.

"듣고 보니 정애 말에도 일리가 있구나. 장모님, 정애 말대로 합시다. 여보, 당신 생각은 어때? 정애 말마따나 결혼은 정해진 거잖아. 낼모레 당금 개학인데 혼례식까지 치른다는 것도 그렇잖아."

"글쎄요. 당신이 알아서 결정하세요."

태주 모친은 언제나처럼 남편의 말에 토를 달지 않았다. 그녀 마음은 한시 바삐 혼례를 올려 정애를 며느리로 들이고 싶을 것이다.

"한서방이 좋다면 그렇게 하게나."

할머니도 한걸음 물러섰다. 결국 태주는 당사자임에도 불구하고 다른 사람들의 결정에 순종하는 수밖에 없었다. 이게 잘된 일인지, 잘못된 일인지 그로서도 판단이 안 되었다. 다요가 이혼소송을 취소할지 고수할지, 다요 부친의 회사가 협력업체계약이 무효가 된 다음에도 회생 가능할지 현재로선 아무 것도 단정할 수 없기 때문이다. 그렇다고 이 자리에서 혼자만 결혼 강행을 우길 수도 없는 처지였다. 왜냐하면 그렇게 하는 것이 과연 다요한테 유리한지 가늠이 안 되기 때문이다.

태주가 어떻게 대응해야 할지 몰라 망설이고 있는 사이 식사를 끝낸 식구들은 모두 거실로 나가버렸다. 외할머니가 아침 식사 후 시골로 내려가신다고 하니 차로 고속터미널까지 모셔다 드려야 하기에 자리에서 일어났다. 거실로 나오는데 혜진이한테서 전화가 왔다. 바로 꺼버렸다. 정애와 결혼까지 하기로 한 마당에 더 이상 혜진이랑, 다요와 할 말은 없었다. 전화번호를 바꿔야겠다는 생각마저 들었다.

그러자 이번에는 문자가 날아왔다.

선생님, 고소장은 법원에 제출했습니까? 언니가 알아보라고 해서요.

태주의 현재 상황에서는 오로지 침묵밖에 없었다. 다요 앞에서 깨끗하게 사라져야 한다. 아침 안개처럼. 그러자 문자가 연달아 전송되어 왔다.

언니가 목마르게 기다립니다. 제출했으면 알려주세요. 정변한테 전화했더니 검토 중이라고만 하고. 소장 준비 그렇게 오랜 시간이 걸립니까? 언니는 하루를 십년같이 힘들게 보내는데⋯⋯. 좀 빨리 진행해 주세요.

역시 하루라도 빨리 결혼해야만 한다. 그래야 다요를 이혼소송에서 손을 뗄 수 있게 할 수 있다. 결국 아침에 자신의 견해를 주장하지 못한 것이 뒤늦게 후회되었다. 그렇다고 짐을 싸서 시골로 내려가는 외할머니를 붙잡고 다시 이 문제를 꺼낼 수도 없었다. 별 수 없다. 인젠 정애를 설득하는 수밖에.

언니, 또 울고 있어요. 불쌍해서 못 보겠어요. 빨리 선생님한테 가야지 저러다가 무슨 불상사라도 생길까 봐 겁나요.

할머니의 짐을 들고 문밖으로 나오며 태주는 혜진의 문자를 확인했다. 지금도 운다는데 내가 정애와 결혼하기로 한 사실을 알기라도 하면. 생각만 해도 눈앞이 캄캄해졌다. 어떻게 해야 진정으로 다요를 위하는 결정인지 종잡을 수 없다.
"다요씨한테서 새로운 소식 온 거야?"

정애가 다른 짐을 들고 뒤를 묻어나오며 물었다. 외할머니는 벌써 골목길에 나가서 차가 나오기를 기다리고 있다.

"아니야. 광고문자야."

"다요씬 빨리 이혼하기를 고대할 텐데."

그녀가 마치도 혜진의 문자를 훔쳐보기라도 한 듯이 말한다.

차가 골목으로 나오자 정애가 허리를 굽혀 인사했다.

"할머니, 잘 다녀가세요."

"그래. 시골 내려올 때 미리 전화해라."

할머니가 창밖으로 손을 흔들었다.

2

윤하늘은 어제부터 오늘 오전까지 이사준비 하느라 바삐 돌아쳤다. 연극단에 가서 공연계획 중인 '사랑손님과 어머니' 배역을 반납하고 스탭과 작별인사를 했다. 타던 포르쉐와 아파트는 중고매장과 부동산에 급매물로 내놓았다. 다만 아직 강남의 가게 두 개만은 잠시 그대로 두기로 했다. 어디로 가든 수입은 있어야 살아갈 수 있기 때문이었다.

이삿짐이라고는 캐리어 두 개뿐이었다. 그것들을 택시에 싣고 서울역으로 가 KTX를 타면 그만이다. 지방도시에 내려 다시 버스를 갈아타고 시골로 들어가 자취를 감출 예정이다. 거기서 조건이 성숙되기를 기다렸다가 이 나라를 떠나면 된다. 캐리어를 들고 집을 나서려는데 전화가 왔다. 모를 전화다.

"여보세요."

"언니, 저에요. 다요."

"네, 다요씨."

"이혼소송 준비 어떻게 진행되고 있는지 궁금해서 전화 드렸어요. 오빠가 웬일인지 전화를 받지 않아서요."

윤하늘은 그제야 언뜻 생각났다. 태주의 결혼소식을 서다요에게 전할 사람은 그밖에 없다는 사실을. 서울을 떠날 준비에만 골몰하다 보니 그만 까맣게 까먹었던 것이다. 이제라도 만나서 서다요한테 소식을 전해야 한다.

"그게 그러니까……. 문제가 좀 생겨서……."

"무슨 문제요?"

"전화상으로 얘기하기에는 그렇고……. 어디서 잠깐 만날 수 없을까요?"

한동안 말이 없다. 누군가와 뭐라고 몇 마디 상의하는 듯한 말소리가 들린 후 다시 그녀의 음성이 들려왔다.

"심리상담소에서 만나요. 제가 지금 상담소 앞의 커피숍으로 갈게요. 위치는 문자로 보내드리겠어요."

심리치료는 오전에 이미 끝났을 텐데 아마도 상담사한테 부탁하여 재차 치료받으러 나가기로 약정할 모양이다.

"오케이. 저도 지금 그쪽으로 갈게요. 이따 뵐게요."

윤하늘은 캐리어를 도로 집에 두고 아파트에서 내려와 택시를 잡았다. 달리는 택시 안에서 그녀는 뭐라고 말문을 열어야 할지 잠시 생각했다. 어차피 알게 될 일이다. 이리저리 에두를 것 없이 유모가 보낸 증거물들을 모두 보여주고 말자. 그러면 소송을 계속하면 어렵게 따낸 부친 회사의 협력업체 계약이 취소될 것이라는 사실을 금방 이해할 것이다. 태주씨는 다요씨가 그렇게 되는 것을 원하지 않기 때문에……. 이 부분에 와서 걸린다. 뭐라고 전달해야 그녀가 감수해야 할 정신적 충격을 조금이라도 덜어 줄 수 있을까. 아무리 생각해도 좋은 아이디어가 떠오르지 않는다. 고민이 풀리지도 않았는데 택시는 어느새 약속 지점에 도착했다.

문 밖에서 유모의 밀행을 감시하던 혜진이가 그녀를 보자 인사하며 안으로 안내했다.

서다요가 의자에서 일어나 허리 굽혀 인사하며 맞이했다. 윤하늘도 답례하고 자리에 앉았다. 혜진이 커피를 받아 탁자에 놓아주고 다시 망을 보러 밖으로 나갔다.

"망볼 필요 없어요. 그쪽에서 이미 자기들한테 유리한 증거물들을 다 확보하고 있으니까요."

윤하늘은 서두를 생략하고 아예 본론 뚜껑을 열었다. 휴대폰을 꺼내 유모가 보내온 동영상과 사진 증거물들을 다요에게 보여줬다.

"유모가 태주씨한테 보낸 거예요."

다요는 '태주씨'라는 뜬금없는 호칭에 잠깐 의아한 표정을 지었지만 증거물을 확인하느라 이내 휴대폰 화면에 눈길을 떨어뜨렸다. 동영상과 사진들을 하나하나 확인하던 다요의 두 눈은 휘둥그레졌다.

"밑에 부언 문자도 있어요. 저들의 불순한 의도는 불 보듯 뻔해요. 이혼하는 한이 있더라도 협력업체 계약은 무효화시키겠다는 거예요. 다요씨가 그걸 바라지 않는다는 걸 잘 알고 역으로 악용하려는 심보죠. 계약 무효라는 카드로 다요씨를 협박하여 소송을 포기하게 하자는 목적에서 미리 보낸 거예요. 그래서 정변과 태주씨도 계약무효는 다요씨가 바라지 않는 결과이기에 소장 제출을 보류하고 고민하던 중이었어요. 사실 이 증거는 이혼판결에는 결정적으로 유리하지만 문제는 다요씨가 부친 회사가 부도나는 걸 원하지 않기 때문에 도리어 불리한 영향을 미치게 된 겁니다."

누나라면서 동생의 이름 뒤에 '씨'를 붙이는 것에 평소 같으면 이상한 생각이 들었을 테지만 다요는 문제의 심각성 때문에 오늘은 그런데 신경 쓸 여유가 없었다. 지금 저쪽에서는 다요의 아픈 상처를 겨누어 고춧가루를 뿌리고 있다.

"아빠 회사가 협력업체 계약이 무효 되면 안 돼요. 아빠 도우려고 오빠랑 중국 가는 것도 포기했어요. 뿐만 아니라 아무런 감정도 없는 백민호와 결혼까지 했어요. 그런데 이제 와서 무효로 판결이 나면 그동안 치른 대가와 희생이 죄다 물거품이 될 거잖아요. 그리고 회사가 망하면 아빠가 정말 극단적 선택을 할지도 몰라요. 회사는 아빠 인생의 전부이니까요. 뿐만 아니라 회사는 우리 가족의 명줄이기도 해요. 회사가 망한다는 건 비단 아빠가 절망하는 걸 넘어 가정의 결딴으로 이어질 거니까 그것만은 절대 안 돼요."

"그럼, 어떡하겠다는 건데? 큰아빠 회사만 지키고 선생님이랑은 갈라질 거야?"

밖에서 실내의 동정을 살피던 혜진이 참다못해 들어와 언니를 나무란다.

"내가 왜 오빠랑 갈라져. 난 이혼하고 반드시 오빠한테로 돌아갈 거야."

다요는 다시 밖으로 나가는 혜진의 등에 대고 결연한 어조로 말했다. 혜진은 밖에서 창유리에 얼굴을 대고 혀를 홀랑 내민다. '두 가지를 다 얻으려고? 꿈 깨!' 하는 표정이다.

"하지만 저쪽에서는 한사코 협력업체 계약이 정략결혼을 조건으로 맞교환된 불법적인 결과물임을 부각시켜 다요씨를 위협하고 있잖아요. 그리고 우리가 부인할 수도 없는 확실한 증거까지 손에 쥐고 있고요. 이 증거물이면 협력업체 무효 판결은 확실시되잖아요. 그런 결과를 막으려면 소송을 포기하는 수밖에 없어요. 계속해 보았자 협력업체는 물 건너가고 태주씨만 불륜으로 낙인찍히고 말 거에요. 약혼했을 때부터 혼례식 날, 결혼 후에까지도 밀회와 불륜을 일삼았다는 증거까지 이렇게 있잖아요. 결국 태주씨의 이미지만 망가지고 대학 강사직은 물론 사회적으로도 도덕적인 매장을 당하고 말 거에요."

"안 돼요. 그건 더구나 안 돼요. 전 그런 결과를 원하지 않아요."

윤하늘의 냉정한 분석에 다요는 급한 나머지 울먹거리기 시작했다.

"현재로선 이 불리한 상황을 타개할 아무런 방법도 없어요. 대레즈 노우 웨이."

"언니, 절 도와주세요. 언닌 언제나 남들이 풀지 못하는 난제를 척척 풀어내는 만능 해결사잖아요. 제가 이혼하고 오빠한테로 돌아갈 수 있도록 도와주세요."

다요는 테이블 위에 놓인 윤하늘의 손을 잡고 간절한 눈빛으로 바라보았다. 눈에 이슬이 찰랑찰랑 고였다. 윤하늘은 안타까웠지만 뾰족한 묘책이 도무지 떠오르지 않았다.

"이혼하려면 협력업체를 포기하는 것 말고는 다른 방법이 없어요. 그런데 역설적이게도 다요씬 또 그건 반대하잖아요."

"언니, 그럼 전 어떻게 해야 돼요?"

"아빠 회사를 구하려면 이혼 소송을 포기해야 해요."

"이혼이 불발되면 오빠한테는 어떻게 돌아가요?"

"그래서 태주씨도 하는 수 없이 독한 마음을 먹은 것 같아요."

"독한 마음이라니요?"

"다요씨의 부담을 덜어주기 위해, 다요씨 부친의 회사를 살리기 위해 자신을 희생하는 거죠."

"희생! 무슨 희생요?"

"다요씨 말고…… 그게 그러니까…… 매어링 어나딜 우먼 같은……."

"뭐라고요! 오빠가 다른 여자와 결혼한다고요? 언니, 제발 그런 말 하지 마세요. 저 무서워요. 언닌 현명하시니까 좋은 아이디어 있으실 거예요. 저한테 아빠회사도 살리고 오빠랑도 만날 수 있는 아이디어 알려주세요."

"양자를 다 얻는다는 건 불가능해요. 하나를 얻으려면 다른 하나를 버려야 하니까요. 그래서 태주씨가 자진하여 스스로를 버린 거예요.

사실 오늘은 태주씨가 다른 여자랑 결혼하기로 부모님이랑 결정했다는 소식 다요씨한테 전하러 왔어요."

윤하늘은 아까부터 가시처럼 목구멍에 걸렸던 말을 끝끝내 뱉어내고야 말았다.

"언니, 그게 무슨 말씀이세요? 거짓말이에요. 오빠 절 버리지 않아요. 오빠 내 거니까요. 난 오빠 거고요. 우린 하나예요. 거짓말, 거짓말이에요. 언니, 지금 절 속이고 계시는 거죠? 그렇다고 말씀 좀 해주세요."

다요가 갑자기 바닥에 무릎을 털썩 꿇었다. 실내의 사람들이 의아한 시선으로 그들을 흘끔거린다. 그때 안의 동정이 이상하게 돌아감을 눈치 챈 혜진이 급히 안으로 달려 들어왔다.

"언니, 왜 이래? 일어나. 그게 뭐 그렇게 어려워. 이 언니와 사정할 게 아니라 회사 망하겠으면 망하고 단호하게 버려. 그럼 지금 당장이라도 선생님한테로 돌아갈 수 있어."

윤하늘은 자리에서 일어났다. 그녀로서는 더 할 말이 없었다. 무거운 사명은 나름대로 완수한 셈이다.

"그럼 난 이만……."

깍듯이 허리를 굽혀 배꼽인사를 한 후 울고 있는 다요를 남겨 두고 발길을 돌렸다. 그리고 손에 쥔 휴지로 눈에서 흘러내리는 눈물을 닦았다.

"언니, 이렇게 냉정하게 절 버리고 가시면 전 어떡하라고요."

등 뒤에서 다요의 절규가 뒤쫓아왔다.

"다요씨, 아이 앰 쏘리!"

어차피 혜진이가 그녀를 심리치료사한테로 데리고 갈 것이다. 이 정도로 마무리 지은 것도 다행이다. 지금은 하늘이 무너지고, 땅이 꺼지고, 태양이 굴러 떨어진 것 같을 것이지만 시간이 지나면 아무리 깊은 상처도 아물기 마련이다. 왜 인생에는, 이 세상에는 눈물을 흘려야 할 일이 이렇게도 많은가……

다시 집으로 돌아온 윤하늘은 캐리어를 밀고 아파트를 내려와 택시를 잡았다. 그리고는 곧장 서울역으로 향했다. 아무 시간대나 하행선 기차를 타면 된다. 역에 도착하여 저녁 9시 KTX승차권을 끊었다. 열차가 출발할 시간까지는 두 시간도 넘게 남아 있다. 일단 역 구내식당에서 간단하게 저녁식사를 해결하기로 했다. 아무 곳이나 음식점 간판이 보이는 첫 식당으로 들어갔다. 국밥을 시키고 음식이 나오기 전에 태주에게 문자를 보냈다. 이 문자를 마지막으로 전화번호도 새로 변경할 것이다.

태주씨, 다요씨한테 소식 전했어.

식사를 끝내고 다시 대기실로 나올 때에야 답장이 왔다.

어.

단 한 글자뿐이다. 뭐라던가 묻지도 않는다. 이 판에 그걸 알아서 뭐 하랴. 모든 것이 깨졌다. 연극은 끝났고 막은 내려졌다. 이제 배우들도 뿔뿔이 흩어져 제 갈 곳으로 가버릴 것이다. 그들이 머물렀던 자리엔 타고 남은 한 줌의 재만 바람에 풀풀 날릴 테지. 인생은 이렇게 허망하고 무상한 것이다. 지나가면 아무 것도 없다. 그 한 글자가 태주가 토해낸 하나의 핏덩이 같았다. 벌겋고 뜨겁고 헐떡거린다.

승객들이 플랫폼으로 나가고 있었다. 윤하늘은 캐리어 때문에 일찌감치 벤치에서 일어나 플랫폼으로 내려갔다. 기차에 올라 캐리어를 선반에 얹고 좌석에 앉은 그녀는 의자 등받이에 기대여 눈을 사르르 감았다. 그리고 손으로 자신의 배를 만져 보았다. 아마도, 느낌이 복중에 작은 태주가 들어 있을 것으로 짐작된다. 이제 이 씨앗은 핏덩이로 변하고 10달이 지나면 세상에 나와 그녀의 유일한 혈육으로 인생을 마감할 때까지 천륜을 누릴 것이다. 그러자 서울을 떠나야만 하는 이별의 슬픔이 얼마만큼은 위안이 되는 것 같았다.

열차가 곧 출발할 거라는 객실 안내방송이 울릴 때 휴대폰이 붕붕 진동했다. 기차에서 내리면 번호를 변경하려던 참이라 원래 번호로는 마지막 전화인지도 모른다.

화면을 터치하니 모를 전화번호이다. 그러나 일단 받았다.

"여보세요."

"언니, 저 다요 사촌동생 혜진이예요."

"아~ 네. 아까 그 커피숍에서 만났던 아가씨군요."

"네. 그런데 큰일 났어요. 언니한테만은 알려야 될 것 같아서요."

"혹시 다요씨한테 무슨 불민한 일이라도……."

"네. 칼로 팔목 혈관을 자르고 피 못에 쓰러졌어요."

"아니, 어쩌다가?"

"커피숍에서 나와 집에 왔는데 언니가 속이 답답하다며 저더러 치맥 사오라고 시켜서 밖에 나간 사이에…… 유모한테서 전화가 왔는데 언니가 안으로 사잇문을 잠근 채 불러도 대답이 없다는 거예요. 전 터질 게 터지고야 말았구나 하고 일단 119에 전화하고……"

"서우 나우?"

"망치로 문을 부수고 들어가 대충 지혈한 후 지금은 대학병원 응급실에 옮겼어요. 위급한 상황은 넘겼으나 워낙 유혈이 심해 아직은 의식을 잃은 상태예요. 제발 죽지는 말아야 할 텐데…… 선생님도 연락이 안 되고……"

"아이 너우. 어느 병원이에요? 오케이. 아오 거우 롸잇 나우."

윤하늘은 혜진이 알려주는 병원을 기억한 다음 전화를 끊었다. 부랴부랴 선반에서 캐리어를 끄집어 내렸다. 캐리어를 앞뒤로 갈라 쥐고 밀고 끌며 가까스로 출입문까지 나왔으나 공교롭게도 열차는 이미 서서히 발차하고 있었다.

"플리즈 스탑 더 추뢰인. 사람 목숨이 위급해요. 플리 스땐드!"

하지만 운수 사납게도 승무원은 아무 데도 보이지 않았다. 열차는 잠깐 새에 속도를 내기 시작했다. 그녀는 포기하지 않고 한사코 다음 정착역인 영등포에서 하차했다. 사경에서 헤매는 서다요를 홀로 버려두고는 차마 발길이 떨어지지 않았다. 태주도 전화번호를 변경해 연락이 안 될 것이다. 역 광장에 나오자마자 택시를 잡았다. 캐리어를 그대로 차 트렁크에 싣고 곧바로 병원을 향해 질주했다.

병원에 도착하자 택시기사더러 기다려 달라는 말만 남기고 곧장 응급실로 달려 들어갔다. 병상 주위에는 백민호네 식구들과 의료진뿐이다. 서다요는 혈액병을 달아매고 수혈을 하고 있다. 두 눈을 꼭 감은 채 미동도 하지 않는다. 얼굴이 백지장처럼 창백했다. 그런데도 고요하게 잠든 선녀처럼 아름답다.

"조금만 지체했어도 잘못되었어요. 다행히도 제때에 응급처치를 한 덕분에 맥박도 회복되고 호흡도 정상적인데 아직 의식이 돌아오지 않고 있어요."

어딘가에 있던 혜진이 먼저 그녀를 알아보고 가까이 다가와 사건 경과를 알려주었다.

"제발 무사해야 될 텐데. 큰아빠가 그렇게 고집하시더니 결국은 딸이 먼저 죽게 되었어요. 회사가 자식보다 더 중한가요."

다행히도 다요네 식구는 뒤늦게야 소식을 접하고 지금 병원으로 오고 있는 중이란다.

윤하늘은 잠이 든 것 같은, 다요의 천사 같은 얼굴을 내려다보며 깊은 생각에 잠겼다. 그녀의 얼굴에는 뭔가 중요한 결단을 내렸을 때의 그런 비장한 표정이 역력했다.

"혜진씨, 언니를 잘 보살펴드려요. 아오 비 백 쑨."

혜진에게 이 한마디를 남기고 윤하늘은 총총걸음으로 응급실에서 나왔다.

3

택시는 이태원 해밀턴호텔 뒤편 남산기슭의 가파른 비탈길을 따라 구불구불 에돌아서 올라갔다. 윤하늘은 그 익숙한, 그러나 오랫동안 발길을 끊었던 3층 양옥 앞에 이르러 택시에서 내렸다. 오는 길에 집에 들러 캐리어는 두고 왔기에 택시는 그냥 돌려 보냈다. 남산비탈에 거만하게 자리를 틀고 앉은 양옥 외곽에는 높고도 견고한 담장이 고대의 성벽처럼 둘러 막혀 있었다. 옹벽 위로 높이 솟아오른 사철 조경수가 우아한 자태를 드러내고 있다.

윤하늘은 검은 철제대문 옆에 부착된 초인종을 눌렀다. 저도 모르게 손이 떨렸다. 대학교 1학년 때 이 대문에서 나온 지 어언 10년도 넘는 세월이 흐르는 동안 그녀는 이 집에 한 번도 발길을 돌리지 않았다. 눈에 흙이 덮일 때까지 이 대문 앞에 서지 않을 거라고 맹세했었는데…….

"누구세요?"

인터폰에 낯익은 얼굴이 나타나더니 이어 귀에 익은 목소리가 들렸다. 집안 일를 돌보던 가사도우미인데 윤하늘은 그냥 '이모'라고 불렀었다.

"이모, 저예요. 하늘이."

"어머! 이게 누구에요? 아가씨잖아요."

이모는 금시 젊은 주인의 목소리를 알아듣고 문을 열어준다.

대문을 열고 안으로 진입하니 정원의 모습은 옛날 그대로이다. 조경수들과 잔디, 화단과 가로등, 조경석들……. 개들이 쇠사슬을 부술 듯 기세 사납게 짖어대며 날뛴다. 그때 이모가 슬리퍼를 끌고 집안에서 달려 나오며 개들을 말렸다. 그런데 그 중 사슬에 매이지 않은 늙은 개 한 마리는 짖지도, 으르렁거리지도 않고 그녀에게로 다가와 꼬리를 설 레설레 흔든다. 너무 늙어서인지 걸음걸이도 비틀거렸다. 윤하늘의 손 바닥을 핥아주는 개의 맥없이 풀려버린 눈에서 두 줄기의 액체가 주 르륵 흘러내렸다.

"어머, '폐하'가 아가씨를 알아보네요. 아가씨가 집에서 나갈 때에는 강아지였잖아요."

"그럼, 얘가 털색깔이 노래서 '황제폐하'라고 부르던 그 강아지에 요?"

윤하늘은 10년도 넘게 헤어졌던 주인을 알아보는 '황제폐하'의 충성 에 감동된 나머지 꿇어앉아 두 팔을 벌려 개의 목을 껴안았다. 늙은 '황 제폐하'도 힘없이 그녀의 볼을 핥는다. 짐승도 가족의 정을 잊지 않는 데 내가 엄마한테 너무 격조했던 게 아닌가 하는 자괴감마저 들었다.

"엄마는 집에 계세요?"

"회장님께서는 지금 보톡스시술을 받고 계세요. 어서 안으로 들어 가요."

이모의 얼굴에도 세월이 핥고 지나간 흔적이 진하다. 희미한 가로등 불빛 아래 40대의 한창 나이던 그녀의 얼굴에는 60고개를 바라보는 여자의 주름살들이 얼기설기 드러나 까칠해 보였다. 엄마도 저만큼 노쇠했을 것이다.

집안으로 들어서자 엄마는 거실 한편에 전문 설치한 침대에 누워 출장간호사에게서 보톡스시술을 받고 있는 중이라 이쪽을 돌아보지도 않았다. 이모는 눈짓으로 윤하늘에게 소파를 가리켰다. 앉아서 시술이 끝나기를 기다리라는 뜻이다. 회장님이 수면 중이거나, 화장을 하거나, 뭔가를 할 때면 누구도 말을 걸거나 방해해서는 안 되는 게 이전부터 지켜 온 이 집안의 불문율이다. 이모가 주방으로 들어가더니 조금 후 커피를 들고 나왔다. 유럽풍의 가구들과 고가 미술품, 고풍스러운 예술품들로 장식된 거실은 여전히 귀족적이고 우아했다.

커피를 절반쯤 마셨을 때에야 시술이 끝나고 출장간호사가 좌중을 향해 인사를 한 다음 방에서 나갔다. 회장님은 이모의 부축을 받으며 침대에서 천천히 일어났다. 보톡스 덕분인지, 아들 같은 젊은 남편이랑 살아서인지 그녀는 예상보다 덜 늙었다. 60이 넘은 노인임에도 아직 40대 중반쯤으로 보일 정도로 살갗이 풋풋하다.

"회장님, 아가씨가 돌아오셨어요!"

이모가 나직한 음성으로 고지했으나 그녀는 길가는 생면부지의 행인을 보듯 딸을 한번 흘깃 쳐다보았을 뿐 금방 시선을 다른 곳에 둔다.

"내 허락도 없이 누가 맘대로 사람을 집에 들이라고 했어."

못마땅한 듯 이모를 책망하며 소파로 건너와 유유하게 앉았다. 그리고는 발꿈치를 졸랑졸랑 뒤따라온 애완견을 품에 안아들더니 입을 쪽 맞추며 이모를 건너다본다. 이모는 제꺽 눈치 채고 자리를 피해 자신의 방으로 들어갔다.

"엄마, 그간 잘 지냈어?"

윤하늘은 무슨 말부터 해야 할지 몰라 생각나는 대로 아무 말이나 내던졌다. 엄마랑 다시 말을 섞는다는 건 생각조차 해본 적이 없기 때문이다. 다만 이전에 집에 있을 때처럼 영어 사용은 애써 자제했다. 엄마가 싫어하기 때문이다.

"왜 왔어? 나한테 무슨 볼 일이라도 있어? 돈 때문이야?"

"아니, 엄마한테 부탁할 게 있어서."

"부탁? 그런 말이 네 입에서 어떻게 나오냐. 너 모녀관계 끊는다고 나갔잖아. 호적까지 파갔잖아. 그리고 나도 너한테 충분히 먹고 살 만큼 줄 거 다 줬고."

여전히 시선은 강아지한테서 떼지 않았다. "음~ 내 새끼. 네가 제일 이뻐." 하며 강아지와 대화한다.

"그땐 내가 잘못했어. 사과할게."

윤하늘은 눈을 감았다. 어떻게 내 입에서 이 말이 나올 수 있지. 내가 뭘 잘못했어? 금방 후회되었다. 고고하던 자존심이 순식간에 걸레가 된다.

"사과한다고! 이제 와서? 그리고 그걸 왜 나한테 말해? 아빠한테 말해야지. 상처 받은 건 아빠잖아. 그리고 그따위 입술에 발린 말하지 말고 용건이나 말해 봐."

노인은 딸이 사과할 줄은 꿈에도 예상 못했던 터라 음성이 처음보다 좀 부드러워졌다. 그제야 경계를 풀며 개를 품에서 내려놓고 눈길을 딸에게 주며 커피를 마셨다.

윤하늘은 모친의 강경한 태도가 누그러든 걸 보고 인제는 용건을 말할 때가 되었다고 생각했다. 지금까지 엄마 소식은 미국에 유학 간 남동생한테서 가끔씩 동냥하듯 대충 요해하고 있었다. 몇 달 전 동생이 전화로 모친의 '대한의류'가 온라인 대형 홈쇼핑몰을 인수해 사업을 확장하는 중이라는 정보를 입수한 적이 있었다. 그러나 엄마가 뭘 하든 그녀는 아무런 관심도 없었다. 그래서 그때는 그냥 귓등으로 흘려들었지만 이번에 태주 이혼 문제 때문에 갑자기 기억났던 것이다. 홈쇼핑몰을 인수했다면 백이사네처럼 박스협력업체와의 제휴가 필요할 것이라는 생각이 들었던 것이다. 하지만 엄마와는 오래전에 불민한 사건으로 모녀관계를 단절하고 지내온 터라 찾아올 엄두조차 낼 수 없었다. 그런데 서다요가 극단적 선택을 하는 걸 목격하자 사람부터 구해야겠다는 생각에서 자존심도 버리고 천근 발걸음을 뗀 것이다.

"친구 아빠가 박스회사를 운영하는 데 거래회사인 제약회사가 부도나 덩달아 문을 닫게 되었어. 엄마네 의류계열사에서 홈쇼핑몰을 인수했다는 말을 동생한테서 들었어. 박스협력업체로 받아주면 안 돼? 엄마 좀 도와줘."

"바쁠 땐 엄마고, 싫으면 남이고……. 잘한다!"

"잘못했다잖아. 어떡하면 돼? 무릎이라도 꿇어?"

"됐어. 홈쇼핑몰 인수사업은 나랑 말해 소용없어. 그 사업은 아빠가 총괄하거든."

"오너는 엄마잖아. 그리고 엄마도 알잖아. 내가 거길 어떻게 만나."

"거기라니. 거기가 누군데? 이게 청탁하러 온 사람이냐? 이게 사과냐고?"

"그쪽이랑 말하기 싫어. 그러니까 엄마가 좀 말해줘."

"그쪽? 아빠라고 부르면 죽냐? 싫으면 말고. 어쨌든 난 몰라. 내 소관이 아니니까."

엄마는 면담이 끝났다는 듯 소파에서 일어나더니 쌀쌀맞게 침실로 들어가 버린다.

아빠?!

아니야, 그 놈이야. 꿈속에서 몇 번이나 칼로 찔러 죽여 버렸던 인간이다. 실제로도 손에 칼을 움켜쥐고 그 놈이 자는 침실 앞에까지 접근한 적도 있었다. 그러나 안에는 항상 엄마가 함께 있었기에 치미는 분노를 억누르며 돌아설 수밖에 없었다.

안 돼! 그놈을 보면 눈에서 불이 날 거야. 도와달라는 말이 나가기 전에 뭐라도 손에 쥐고 그놈을 향해 던지지 않으면 다행이다.

윤하늘은 소파에서 일어났다. 어떤 일이 있어도 그 개자식을 아빠라고 부르고 도와달라고 비굴하게 간청할 수는 없다. 결연하게 돌아서서 나왔다. 지금까지 방안에서 숨죽이고 거실의 동정을 살피고 있던 이모가 늙은 고양이처럼 재빠른 동작으로 그녀의 뒤를 뒤쫓아 나왔다. 가까이 다가오더니 회장님이 듣지 못하도록 귀가에 대고 나직하게 속삭였다.

"아가씨, 그냥 가시려고요? 사장님은 2층 서재에 계세요. 오신 김에 화해하시고……."

윤하늘이 몸을 홱 돌이켜 무서운 눈길로 쏘아보자 이모는 흠칫 놀라며 손으로 자신의 입을 틀어막았다. 윤하늘은 신을 신고 문을 연 후

정원으로 나왔다. 늙은 '황제폐하'가 다시 그녀에게로 다가와 다리에 칭칭 휘감겼고 이모는 슬리퍼를 끌며 뒤를 묻어온다. 그래도 뒤도 돌아보지 않은 채 대문을 열고 골목으로 나왔다. 비탈길을 따라 거의 달음박질쳤다.

바보, 멍청이! 내가 왜 여기 왔어? 더럽고 치사한 개굴에.

그러나 굽이를 도는 순간 문득 다요의 얼굴이 떠올랐다. 무릎을 꿇고 도와달라고 눈물을 흘리던 처량한 모습, 응급실에 창백한 얼굴로 죽은 듯이 누워 있던 모습⋯⋯. 거기에 각혈하던 태주의 사색이 된 모습까지 오버랩 된다. 자존심이, 개인적 원한이 아무리 크다 한들 사람의 생명보다 더 크랴. 이대로 돌아가면 자존심은 지킬지 몰라도 서다요는 어떤 수단을 써서라도 극단적 선택을 하고야 말 것이다. 그러면 태주라고 살아갈 의미가 있겠는가. 뭐니 뭐니 해도 사람의 목숨이 우선이다.

여기까지 생각이 미친 윤하늘은 서둘러 발걸음을 돌렸다. 급 코너를 돌아 다시 비탈길에 접어들었다. 다행히도 저만큼 위의 대문 앞에 이모가 아직도 들어가지 않고 서있었다. 어쩌면 그녀가 마음을 돌려 다시 돌아올 것을 미리 짐작하고 있었을지도 모른다⋯⋯.

이모가 윤하늘을 2층으로 안내한 후 서재 문을 가볍게 노크했다.

"사장님, 아가씨가 뵙겠다고 오셨습니다."

"아가씨? 들어와요."

윤하늘은 이모의 뒤를 따라 서재 안으로 들어갔다. 전에는 본 적 없는 서재다. 3면벽에는 천장까지 닿는 서가에 크고 작은 규격의 책들이 질서 있게 가득 진열되어 있다. 벽 전체를 차지한 거대하고 높은 창문을 등진 대형 테이블에는 서류 뭉치들과 책자 그리고 전화기와 컴퓨터가 놓여 있고 그 가운데 셔츠에 넥타이만 맨 '사장님', 김승호가 앉아 있었다. 뭔가를 타자하며 모니터에만 시선을 집중한 채 들어온 사람은 거들떠보지도 않는다.

"아가씨가 뵙자고 합니다."

이모 뒤에서 김승호의 그 기름져 유들유들한 상판을 일견하는 순간 윤하늘은 하마터면 토할 뻔했다. 10여 년간 가까스로 억누르고 있던 분노가 화산처럼 터져 올라왔다. 그러나 그녀는 초인간적인 인내력으로 참아야만 했다.

"아가씨라니 누구……."

그제야 고개를 쳐들던 김승호의 시선이 윤하늘의 얼굴에 닿는 순간 뒷말이 끊어졌다. 두 사람만의 대화공간을 마련해주느라 이모는 연기처럼 조용히 서재에서 사라졌다.

"아니, 네가……. 하늘이 아니야. 네가 여긴 웬 일이야?"

눈에서 불이 나 윤하늘은 잠시 눈을 감고 부글부글 끓어오르는 분을 삭여야만 했다. 한동안 분노를 가라앉힌 다음 가까스로 입을 열었다.

"부탁할 일이 좀 있어서요……."

"나한테? 네가 뭔데? 아니, 내가 너한테 무슨 사람인데 나한테 부탁하러 온 거야? 난, 너 누군지 몰라. 우리 아무 관계도 없잖아. 당장 나가!"

벌떡 일어나 창가로 돌아선다. 그 곰처럼 너부죽한 등짝에 침을 탁 뱉고 싶었다.

"엄마 남편이잖아요."

"엄마 남편? 그게 너랑 무슨 상관이야."

윤하늘은 피가 나도록 입술을 깨물었다. 저 짐승 같은 새끼가 집요하게 '아빠'라는 말을 하도록 유도하고 있음을 알자 메스꺼웠다. 네가 내 아빠라고? 넌 짐승이고 야만이야.

"알지도 못하는 사람이 왜 날 찾아 왔어? 나 그렇게 한가한 사람 아니야. 나가 줄래."

김승호가 창가에서 돌아서며 출입문을 향해 손가락질 한다. 무릎 꿇고 빌어도 용서가 안 될 자식이 도리어 기회 만났다고 도둑이 매를 든다. 그래도 참아야 한다. 서다요와 한태주를 위해.

"도와줘요. 쇼핑몰 인수사업 총괄한다는 말 엄마한테서 들었어요. 불경기에 부도난 내 친구 박스회사 협력업체로 받아줘요."

"내가 왜 널 도와줘? 네가 누군데? 날 알아? 비켜. 네가 안 나가면 내가 나갈 테니."

김승호가 커다란 테이블을 빙 에돌아 나오더니 문 앞을 막아선 윤하늘을 밀치고 나가려고 했다. 이대로 내보내면 자존심만 구기고 모든 걸 허탕치고 말 것이다. 이 방안에 들어온 그 순간에 자존심은 이미 땅바닥에 떨어져 더러운 똥물에 오염된 지 오래다.

"아빠."

윤하늘은 정신이 아찔해짐을 느끼며 목구멍에 걸려 있던 그 더러운 호칭을 뱉어냈다. 그녀는 고개를 숙이고 울컥 치솟는 구토를 가까스로 참았다.

"너 방금 뭐라 했어? 못 들었어. 다시 말해봐."

김승호가 문을 열다 말고 걸음을 멈추더니 능청스럽게 고개를 돌렸다.

개새끼!

윤하늘은 숨이 턱 막혔지만 심호흡을 했다.

"아빠."

"더 큰 소리로. 굵었어?"

"아빠, 좀 도와줘요."

윤하늘은 목이 터져라 큰 소리로 외치고는 지친 듯 바닥에 무릎을 털썩 꿇었다. 원래 이 구저분한 역할은 김승호가 맡아야 할 몫이다. 분노, 증오, 후회 등 여러 가지 감정들이 북받쳐 윤하늘은 울기 시작했다.

"마이 갓! 누군가 했더니 내 딸이었네. 그러면 문제가 다르지."

김승호는 테이블을 돌아가 다시 고급 회전의자에 앉았다.

"진작 그랬더라면 얼마나 좋아. 내가 회사에서 너한테 중책도 맡겼을 거잖아. 그까짓 친구 박스회사 협력업체 선정 같은 건 구태여 내가 나설 것도 없이 딸내미가 직접 결정했을 거잖아. 아무튼 됐어. 일어나서 거기 앉아 봐."

윤하늘은 바닥에서 일어나 테이블 앞으로 걸어가 옆에 놓은 소파에 앉았다.

"말해 봐. 어떤 회산데? 사장은 누구야?"

윤하늘은 일단 자신이 알고 있는 관련 정보를 대강 알려주었다. 구체적인 건 돌아가서 문자로 보내고 신청서류도 작성해서 보내주겠다고 말했다.

"알았어. 걱정하지 말고 가서 서류나 보내. 그리고 언제 시간이 되면 전화할 테니까 밥이나 같이 먹자. 아빠가 됐으니까 아빠 구실은 해야 할 거잖아. 내 딸 나이가 들면서 더 예뻐졌어."

"감사합니다."

윤하늘은 일어나서 경례를 하고 서재에서 나왔다. 구역이 나서 빨리 이곳을 떠나고 싶었다. 1층으로 내려오기 바쁘게 화장실로 달려갔다. 세면대에 얼굴을 들이밀자마자 속에 든 걸 죄다 토해냈다. 그리고는 냉수를 손에 받아 얼굴을 씻었다. 어느새 뒤따라온 이모가 수건을 내민다.

"아가씨, 잘하셨어요. 회장님을 봐서라도. 어차피 한 가족이잖아요."

윤하늘은 아무 말도 하지 않았다. 이모도 10년 전 벌어진 일을 소상하게 알고 있다. 그런데도 가족을 들먹이고 화해를 운운한다. 윤하늘의 머릿속에는 오로지 하나, 복수의 일념뿐이다. 다만 그나마 엄마의 면목을 봐서 지금까지 참고 있었을 따름이다.

이모가 어쩌다가 왔다가 하룻밤이라도 모친과 함께 자고 가라고 만류했지만 윤하늘은 한사코 뿌리치고 그 집에서 나왔다. 밖으로 나오자 마치 좁디좁은 무덤 안 관 속에서 기어 나온 기분이다. 조금만 더 있어도 그녀는 아마 숨이 막혀 죽었을 것이다. 그래도 당한 굴욕 못지않은 소득이 있어 그나마 위안이 되었다. 태주와 다요씨에게 도움이 되었을 것이기 때문이다. 그것만으로도 윤하늘은 만족했다.

개학

1

윤하늘이 '용수박스회사'의 협력업체 거래처 문제를 해결하자 이혼 소송은 다시 탄력을 받기 시작했다. 일단 서용수가 '대한의류계열사' 의 확장업체인 홈쇼핑몰과 계약서를 체결하자 딸의 이혼을 앞장서서 지지했다.

정변은 먼저 백민호 측에 법원에 이혼소송 고소장을 제출하기로 한 사실을 전달했다. 그리고 태주는 유모에게 문자 한 단락을 보냈다.

이혼에 결정적인 증거가 되는 증거물들을 제공해주어 감사합니다.

정변과 한태주가 고소장을 제출하기 전에 백민호 측에 다요가 협력업체 계약 무효에 대해 어떠한 압력도 받지 않을 거라는 것을 알림으로써 재판을 거치지 않고 조용하게 합의이혼을 해주도록 하기 위해서였다. 왜냐하면 재판은 최종판결이 나기까지 심리시간이 오래 걸리기 때문이다. 서다요가 협력업체 계약 무효를 두려워하지 않는다면 도리어 불리해지는 쪽은 피고인이기 때문이다.

과연 예견했던 대로 며칠 후 백민호 변호사한테서 합의이혼에 동의하는 의사가 전해 왔다. 그들은 어차피 이혼이 기정사실로 되고 정략결혼이 협력업체 선정사업과 맞교환된 뒷거래라는 비리가 탄로 나면 회사에서의 백이사의 입지도 난관에 봉착할 수밖에 없다는 판단에서 내린 결정이었을 것이다. 합의이혼을 해주고 여건미달이라는 명분을 달아 계약을 조용하게 무마시키는 쪽이 차라리 백이사에게 도움이 될 것이기 때문이다.

막혔던 물고가 터지자 후속 조치들은 얼음에 박 밀듯이 일사천리로 진행되었다. 태주도 서다요네 집에 찾아가 부모님을 뵙고 다요도 한태주네 집에 와 부모님께 인사를 드렸다. 태주 부친과 모친은 서다요를 보자 그녀가 뿜어내는 황홀한 광채와 향기에 단 한 번에 도취된 나머지 한마디도 못하고 서로를 마주보기만 했다. 서다요의 인물체격이나 가정상황은 고정애와 비교도 안 될 만큼 우월했기 때문일 것이다.

인사를 마치고 서다요가 집으로 돌아간 다음 태주 모친은 정애의 손을 부여잡고 미안해서 몸 둘 바를 몰라 했다…….

속전속결로 다요네 부모와 상견례를 치른 후 집으로 오자 외할머니와 태주 모친은 정애를 부둥켜안고 낙루하며 아무 말도 못했다.

"할머니, 사모님, 전 괜찮아요. 전 진작 태주와 다요씨가 서로 사랑하고 있다는 사실을 알고 있었어요. 그러니 저 때문에 미안해하실 필요는 없어요."

"늙은 것이 너한테 거짓말을 하고 약속을 지키지 못해 면목이 없구나."

외할머니는 쏟아진 물을 담을 수 없다는 듯 탄식만 연발할 뿐이다. 하지만 그 모든 일도 잠시였을 뿐 집안에서는 개학 전에 서둘러 혼례를 올리기로 정하고 준비를 다그쳤다.

한편 이 모든 행운과 기쁨은 모두 윤하늘의 덕분이었다. 그래서 한태주도, 서다요도 윤하늘에게 감사의 인사를 전하려고 전화를 걸었으나 돌아온 대답은 "없는 전화번호입니다."라는 녹음된 안내멘트뿐이었다. 태주가 연극단에 전화를 해서야 얼마 전에 그만 두고 나오지 않는다는 사실을 알게 되었다. 그녀가 갑자기 종적을 감춰 당황스럽기도 했지만 결혼 준비 때문에 바빠 돌아치다 보니 윤하늘을 찾는 일은 뒤로 미룰 수밖에 없었다.

결혼식은 개학을 며칠 앞둔 일요일에 성대하게 거행되었다. 양가 부모님과 식구들, 친척·친구들, 지인들은 모두 모였다. 그런데 정작 결혼식 날이 되어 드레스와 양복을 입고 예식장에 입장하자 태주와 다요의 마음에 걸리는 한 사람이 있었다. 그 사람은 다름 아닌 윤하늘이었다. 이 자리에 다른 사람들은 다 없어도 윤하늘은 반드시 참석해야만 한다. 혜진과 정애도 그들의 결합을 위해 나름 애썼지만 그들은 모두 참석했다. 이 잔치는 정확하게 말하면 윤하늘이 만들어준 자리이다.

그런데 아이러니하게도 그녀만 이 자리에 빠졌다. 그래서 태주도, 다요도 예식장이 하객들로 인산인해를 이루었음에도 불구하고 텅 빈 느낌이 들었다.

다요는 적어도 오늘은 어떻게 알고서라도 윤하늘이 이 자리에 동참할 줄로 믿고 있었다. 태주도 그렇게 믿었다. 그녀는 언제나 자신의 주변에서 일어나는 모든 일을 하나도 빠짐없이 체크하고 있었기 때문이다. 그래서 굳이 시간을 할애해 찾지도 않았던 것이다. 그런데 혼례식이 시작되고, 신랑·신부 입장, 주례사·맹서절차가 끝나고, 축가순서가 되어 노래와 춤판이 벌어질 때까지도 윤하늘은 모습을 드러내지 않았다. 태주와 다요는 초조한 눈길로 줄곧 출입문 쪽만 주시하고 있었다.

누군가의 축가가 끝나고 신랑·신부가 양가 부모님께 인사드릴 순서로 넘어갈 무렵, 사회자가 갑자기 축가를 자청한 한 내빈을 소개했다.

"방금 저한테 전달된 쪽지 내용입니다. 신랑·신부의 친구시라는 분이 축가를 불러드리겠다고 자청하셨습니다. 여러분, 박수로 맞이합시다."

그때 출입문 쪽에서 한 여자가 화려하게 모습을 드러냈다. 샹들리에 광선을 받아 눈부시게 반사되는 검은 원피스를 입은 아가씨가 눈에 선글라스를 건 채 통로를 지나 단상으로 걸어 나왔다. 날씬하고 긴 다리와 심하게 노출된 가슴, 반짝이는 보석 귀걸이…….

윤하늘이다.

언니!

서다요는 자신이 신부라는 사실도 까맣게 잊은 채 너무 기쁜 김에 큰소리로 부르며 그녀를 향해 앞으로 걸어 나가려 했다. 그러나 태주가 힘을 주어 그녀의 팔을 단단히 꼈다.

윤하늘은 신랑·신부를 향해 인사한 후 마이크를 손에 잡았다.

"신랑 한태주씨와 신부 서다요씨의 결혼과 백년해로를 축하하는 의미에서 노래 한 곡 불러드리려고 합니다. 두 분도 잘 아는 노래입니다. 'You Raise Me up'을 불러드리겠습니다."

윤하늘은 머리를 돌려 목청을 가다듬은 후 노래의 첫 마디를 뗐다.

내 영혼이 힘들고 지칠 때

첫 소절이 울려 퍼지자 순간 장내는 물 뿌린 듯 조용해졌다. 백지영을 닮은 그 허스키하면서도 중후한 톤은 울리자마자 하객들의 마음을 사로잡았다.

괴로움이 밀려와 내 마음을 무겁게 할 때

어느새 다요의 눈시울이 젖어들기 시작했다. 태주와 함께 하얏트호텔커피숍에서 저 노래를 들었던 기억이 드라마처럼 머릿속으로 흘러지나갔다. 그리고 아버지 회사를 구하기 위해 원하지도 않은 백민호와 결혼하던 날 윤하늘이 저 노래를 불러 단상에 정신을 잃고 쓰러졌던 기억도 어제 일처럼 눈앞을 스쳐지나갔다.

태주는 눈물을 참으려고 두 눈을 크게 부릅떴다. 남자가 아닌가. 울어서는 안 된다고 자신을 가다듬었다. 하지만 저도 모르는 사이에 눈가에 걷잡을 수 없이 질벅한 이슬이 꽉 맺히며 시야가 흐려졌다. 그는 당금이라도 울음을 터뜨릴 것 같은 다요의 팔을 더 힘껏 꼈다. 그러자 다요가 어린애처럼 몸을 흔든다. 다요 울고 시표용! 그렇게 말하는 것 같았다.

"우시면 안 돼요. 화장이 다 지워지잖아요."

웨딩헬퍼가 다가와 귓전에 속삭이며 휴지로 눈가에 번진 물기를 닦아준다. 하지만 노랫소리는 갈수록 감정의 물결이 철썩이며 장내를 휘어잡았다.

당신이 내 옆에 앉을 때까지
나는 여기서 조용히 당신을 기다립니다.

태주는 얼굴을 손으로 가리고 뒤로 돌아섰다. 다요도 태주를 따라 돌아섰다. 그녀는 소리까지 내어 흐느꼈다. 눈물이 비오듯이 흐르는 얼굴로 하객들을 마주할 수 없었기 때문이다. 흐르는 눈물과 흐느낌 소리 때문에 두 사람은 노래가 언제 끝났는지도 몰랐다. 장내에서 요란한 갈채와 환성이 터져 나와서야 둘은 눈물을 훔치며 돌아섰다. 하지만 그땐 이미 윤하늘이 노래를 마치고 통로를 빠져 출입문으로 나가고 있었다.

"언니!"

"윤하늘!"

태주와 다요는 자신들의 신분을 망각한 채 웨딩헬퍼가 만류하는 손길도 뿌리치고 통로로 내려와 윤하늘이 사라진 출입문을 향해 뒤쫓아갔다. 하객들이 무슨 영문인지 몰라 술렁거리기 시작했다. 두 사람은 주변의 시선 같은 건 아랑곳하지 않고 그녀를 따라 웨딩홀에서 나왔다. 윤하늘이 탄 엘리베이터 문이 금방 닫혔다. 두 사람은 다음 엘리베이터를 기다려 올라탔다. 1층에 내려와 문밖으로 달려 나왔지만 이미 그녀는 택시를 탔다. 그 택시가 미끄러지듯 서서히 출발하기 시작했다.

　"언니, 가지 마세요!"

　"강바람, 가지 마!"

　윤하늘이 창밖에 손을 내밀고 흔들었다.

　"잘 살아요. 포러 롱 타임!"

　한마디 남기고는 택시에 몸을 실은 채 차들의 물결 속으로 사라졌다.

　"언니……"

　윤하늘이 두 사람의 간절한 만류를 뿌리치고 바람처럼 사라지자 다요는 드레스를 입은 채 계단에 쪼그리고 앉아 오열했다. 뒤따라 내려온 웨딩헬퍼가 황급히 신부를 부축해 세웠다.

　"윤하늘 내 사촌누나 아니야."

　태주는 왜 이 순간에 지금껏 숨겼던 그녀의 정체를 밝혀야 하는지 스스로도 몰랐다. 그냥 자신도 모르게 그 말이 입 밖으로 흘러 나갔다.

　"알아. 커피숍에서 나보고 태주씨라고 할 때부터."

　"질투 안 해?"

"아니, 존경해."

신랑·신부를 잡으러 내려온 사람들은 그들이 무슨 말을 하는지 몰라 서로를 어리둥절하게 쳐다보기만 했다.

"화장 다 지워졌잖아요. 잠시 메이크업 다시 수정하고 들어가셔야겠어요."

웨딩헬퍼가 화장이 눈물에 얼룩진 다요의 얼굴을 보고 말했다.

"괜찮아요. 눈물만 닦으면 될 것 같아요. 그래도 지금까지 내가 본 신부 중에서 제일 예뻐요. 같은 여잔데도 탐나요."

웨딩매니저가 나서서 상황을 수습하며 다요의 얼굴에 번진 눈물을 닦는 사이, 태주는 잠시 강바람을 생각했다. 이번에 다요 부친 협력업체 계약을 체결하면서 처음으로 그녀의 모친이 '대한의류계열사' 회장이라는 것과 겨우 10여 살 연상의 계부가 있다는 사실을 알게 되었다. 그동안 그녀가 빈곤한 연극단 배우임에도 말도 안 되는 고급 외제차를 굴리고 다니고 호텔을 제집처럼 드나드는 원인도 알게 되었다. 그런데도 그렇게 오랫동안 사귀면서 그녀가 왜 한 번도 부모에 대한 말을 하지 않았을까? 심지어 사생활에 대해 불문율 조건까지 달면서 가정사를 비밀에 묻어두었었다. 그리고 이렇게 부잣집에서 태어났음에도 남녀관계는 조금도 규칙적이지 않았고 그 이유도 아직 모른다. 다만 그녀가 떠나간 건 자신이 차지했던 영역까지 모두 다요에게 인계하기 위함임을 알 수 있었다. 결혼식이 끝나는 대로 그녀부터 찾아야겠다. 그런데 개학이 당금이라 시간이 있을지 모르겠다.

엘리베이터에서 내리면서 다요가 초롱초롱한 눈빛으로 태주를 쳐다보며 물었다.

"우리 결혼식 끝나면 언니부터 찾자."

"같은 생각이야."

그들은 다시 예식장 안으로 들어갔다……

동방화촉을 밝힐 시간이 되었다. 마지막으로 혜진이도 나가고 둘만 첫날밤을 지낼 장소로 정해진 호텔방에 남았다. 태주와 다요는 나란히 소파에 앉았다. 한동안 대화도 없이, 움직임도 없이 그렇게 그런 듯이 앉아 있었다. 둘 사이를 막았던 그 보이지 않는 높은 장벽도 허물어지고 이른바 '유리언덕'도 철거된 지금에 와서 두 사람은 도리어 냉정하고 차분해졌다.

"오빠."

드디어 다요가 조용히 입을 열었다.

"응?"

태주가 고개를 돌려 그녀를 보았다. 아름답다. 그리고 눈부셨다.

"우리만 너무 행복한 거 아니야?"

"그래서 이러고 있잖아."

"우리 오늘만은 아무 것도 하지 말고 고마운 사람들을 기리는 시간을 가지는 게 어때?"

"콜! 경건하게."

둘은 약속이나 한 듯이 말없이 각자 사이를 두고 침대 양쪽 편에 누웠다.

"있잖아."

"음."

"정말 미운정이라는 것도 있나 봐. 나 백민호 얼마나 미워한 거 알지?"

"알지."

"전번에 그 집에서 나오는데 백민호가 문밖에까지 배웅 나왔어. 무시하고 그냥 혜진이 차에 탔어."

"그런데 백민호가 같이 탔겠지."

"맞아. 유모가 '도련님, 거기 왜 타셨어요. 내리세요.' 했지만 안 내리는 거 있지. 할 수 없이 혜진이가 차에서 내려 뒷문을 열고 억지로 팔을 당겨 끌어내렸어. 차가 출발했는데도 백미러에 뒤꽁무니를 따라오며 손등으로 눈물을 닦는 백민호를 보는 순간 저도 모르게 눈물이 나왔어."

"이해 돼. 그 사람도 너처럼 피해자잖아. 언제 한번 민호랑, 유모랑 옛날처럼 같이 낚시터에 다녀와."

둘은 또 말이 없이 반듯하게 누워 천장만 뚫어져라 쳐다보았다. 둥그렇고 커다란 샹들리에가 하늘같이 넓은 천장 한 가운데서 태양처럼 빛난다.

이번에도 또 다요가 먼저 입을 열었다.

"오빠, 정애 언니 한 집에서 같이 살면 안 돼? 착하고 순박하잖아."

"안 돼. 개학이니까 공부해야 돼."

"나도 학교 가고. 그럼 어머님은 누가 캐어 해?"

"아버지하고 말씀 드려서 집안일을 돌보는 아줌마 구할 거야."

또 두 사람 위로 무거운 침묵이 구름처럼 흘러갔다. 천장 여기저기에 박힌 작은 장식등들이 별처럼 반짝인다.

이번에는 태주가 먼저 말꼭지를 뗐다.

"윤하늘은 대학교 1학년 때 강릉해수욕장에서 만났어."

"말하지 마. 다 알아."

"뭘?"

"여자들이 다 아는 거. 개학하기 전에 언니 찾고 싶어."

밤은 두 사람을 밝은 어둠에 실은 채 소리 없이 시간의 긴 터널을 지나갔다.

2

그들은 강원도 신혼여행을 마치고 처가댁 부모님들께 인사를 드린 후 다시 태주네 집으로 돌아왔다. 그러자 집에서는 정애가 태주가 좋아하는 순대를 만들어 놓고 기다리고 있었다. 밥상에 마주 앉기도 전에 다요는 냄새만 맡고서도 전에 태주가 사왔던 도시락 순대임을 알아냈다.

"할머니, 할머니께서 만드신 순대 저도 먹어 봤는데 너무 맛있었어요. 또 맛볼 수 있게 해주셔서 감사합니다."

다요가 식탁에 마주 앉기 전에 외할머니에게 허리 굽혀 인사했다.

"이거 내가 만든 게 아니다. 인사는 정애한테 해라. 순대는 쟤가 밤을 새며 만들었다. 전번에 순대도. 태주가 워낙 순대를 좋아해서."

다요가 놀란 눈길로 먼저 정애를 쳐다본 후 다시 태주를 쳐다본다.

"아~ 그러셨구나. 이 순대도, 전번 순대도 언니가 만드셨군요. 언닌 정말 음식 만드는 솜씨가 대단하시네요. 잘 먹겠습니다. 언제 시간 되면 저한테도 순대 만드는 레스피를 가르쳐 주세요."

"과찬이에요. 맛있게 드세요."

칭찬에 부끄러운지 정애의 두 볼이 발그레하게 물들었다.

태주는 뭐라고 태도 표시를 할 수 없었다. 다요와는 순대를 싫어한 다고 했는데 외할머니가 곧이곧대로 내막을 까밝히는 바람에 거짓말 이 드러나서라기보다는 순대로 인해 엮여졌던 인연이 애매하게 끝나게 되었다는 허탈감 때문이었다. 정애와의 사이도 어색해졌고, 다요와의 사이도 민망하게 되었다. 다요의 이혼 문제가 의외로 쉽게 해결되자 태주의 입장에서는 정애의 존재가 또 다른 고민거리로 가로막혔었다. 하지만 정애는 구차하게 태주가 변명하기도 전에 솔선하여 그의 우려를 덜어주었다.

"이혼 문제가 해결됐다니 잘됐어. 진심으로 축하해. 인젠 우리 일은 없었던 걸로 하고, 어서 다요씨랑 결혼할 준비나 다그쳐."

"누나, 내가 다요씨랑 결혼할 거란 사실은 어떻게 알았어?"

"네가 나한테 말하지 않으니까 난 전화통화를 엿들을 수밖에 없잖아."

"결국 내가 나쁜 놈이야. 네흘류도프가 될 대신 K남작이 되었잖아.

누나를 이용만 하고……."

"그런 말 하지 마. 나 태주씨 다요씨랑 내가 여기 오기 전부터 좋아했던 거 다 알아. 그리고 난 태주씨 때문에 손해 본 거 아무것도 없어. 그러니까 K남작이 아니야."

"내가 죄진 값으로 평생 누나로 모실게."

"나도 항상 남동생 하나 있음 했는데 잘 됐다."

이렇게 간단하게 마무리 짓는 것이 다요와 결혼할 태주한테는 유리한지 몰라도 정애한테는 결코 감당하기 쉬운 일은 아니었을 것이다. 그리고 정애와의 애매한 관계를 다요에게 늦게라도 고백해야 되는지, 그냥 과거에 묻어두어야 하는지에 대한 선택에서도 심리적 갈등을 겪어야만 했다. 다요가 어떻게 받아들일지도 걱정거리였지만 어떤 식으로 서술해야 하는가 하는 문제도 용이하지만은 않았다. 어쩌면 정애에 대한 호감이 단지 순대 때문만은 아닌 것 같기도 했다. 정애랑 그냥 한집에서 같이 살자고 하던 다요의 말에도 태주로서는 이해할 수 없는 많은 의미가 담겨 있을지도 모른다. 어찌되었던 이 불편한 삼각관계가 정애의 퇴장을 통해 깔끔하게 정리되어야만 할 것이다. 그 때문에 태주는 정애를 마주볼 용기조차도 없었다. 그녀를 대하는 순간 자꾸만 양심 한 구석이 켕겼다. 정애가 아무 일도 없었던 듯이 의연한 표정을 지을수록 그랬다. 태주는 다요와 정애 두 사람이 지켜보는 앞에서 순대를 먹을 수도, 먹지 않을 수도 없었다. 다요를 생각하면 순대에 젓가락을 가져갈 수 없었고, 정애의 성의를 생각하면 반드시 순대를 먹어야만 한다. 그것도 맛있게 먹어야만 한다.

"태주, 너 순대 왜 안 먹어? 그렇게 좋아하면서."

눈치가 무딘 외할머니가 순대 접시 하나를 들어 아예 태주 앞에 옮겨놓는다. 태주는 저도 모르게 옆에 앉은 다요를 쳐다보았다.

"오빠, 순대 좋아했구나. 그럴 줄 알았어."

다요는 순대 한 조각을 집어 태주의 입에 가져다 댄다.

"잠깐만 배가……."

태주는 속탈 난 척하며 배를 잡고 일어나 화장실로 나갔다.

"술을 많이 마셔서 속탈이 났나? 순대 엄청 좋아하던 앤데. 새아가야. 너나 많이 먹어라."

외할머니가 이상하다는 듯 고개를 설레설레 젓더니 접시를 다요 앞에 밀어 놓았다.

식사가 끝나자 식구들은 모두 거실로 자리를 옮겼다. 하지만 금방 결혼한 집하고는 어울리지 않게 조금은 무겁고 어색한 분위기가 감돌았다. 얼마 전까지도 이 집안에서는 정애를 며느리로 받아들였었다. 그런데 갑자기 그 역할이 다요에게로 넘어오는 바람에 식구들은 돌변한 분위기에 미처 적응되지도 않았거니와 잘못도 없이 밀려난 정애 앞에서 드러내놓고 기쁘다고 웃고 떠들 수도 없었다. 정애의 입장에서는 백주에 마른벼락이라도 맞은 기분일 것이기 때문이다. 모두들 묵묵히 정애가 만들어 날라온 커피만 홀짝거릴 뿐이었다. 신혼부부인 태주와 다요도 그런 침울한 분위기에 짓눌려 말없이 그 혼탁한 흐름을 묵묵히 버텨 내고 있었다. 그런데 정애는 웬일인지 평소처럼 식구들에게 커피를 타 올린 다음, 방으로 들어가더니 한동안 모습을 드러내지 않는다.

금주가 무슨 약봉지와 컵에 물을 들고 와 태주에게 건넸다.

"속탈 난 데 좋대. 먹어 봐."

속은 멀쩡했으나 아픈 연기를 했으니 다요 때문에라도 아무 말 없이 받아먹었다. 약을 입 안에 넣고 물을 마셔 금방 목구멍으로 넘겼는데 금주가 말했다.

"정애언니가 오빠 주라고 한 거야."

태주는 저도 모르게 다요의 얼굴을 돌아보았다.

"아무튼. 언니는 모르는 게 없으세요. 순대만 잘 만드시는 게 아니라 간호사도 하셨나 봐요."

다요는 태주의 난감한 입장을 눈치 챘는지, 아니면 정말 아무 것도 몰라서인지 정애를 칭찬한다.

자기 방으로 들어갔던 정애가 드디어 거실로 나왔다. 그런데 뜻밖에도 몸에는 나들이옷을 차려 입고, 손에는 캐리어를 들고, 등에는 가방을 메고 있다. 모두들 무슨 영문인지 몰라 어리둥절한 표정으로 그녀를 쳐다보았다. 소파 가까이에 다가와서는 손에서 캐리어를 놓고 등에서 가방을 벗었다. 그리고는 할머니와 태주 부모님이 앉은 쪽을 향해 방바닥에 넙죽 엎드리더니 큰절을 올렸다.

"정애야, 너 왜 그러니?"

먼저 할머니가 놀라서 자리에서 일어났다.

"어딜 가려고?"

태주 모친도 두 눈이 휘둥그레진다.

"언니!"

다요와 금주도 소파에서 일어섰다. 한경훈은 커피를 마시다 말고 컵을 허공에 쳐든 채 의아한 시선으로 그녀를 내려다보았다. 안 그래도 모두들 그녀에게 미안한 마음이 없지 않았지만 위로해 줄 방법이 없던 터라 누구나 당황스럽기는 마찬가지였다. 그녀의 존재가 이미 군더더기처럼 이 집안의 분위기에 흡수되지 못하고 있음을 알았지만 그렇다고 그녀가 떠나기를 바라는 사람은 아무도 없었다.

"할머니, 사장님, 사모님, 그동안 절 예뻐해 주셔서 감사합니다."

절을 마치자 일어나서 다시 배꼽인사를 하며 말했다. 태주는 그녀가 이 집안에서 더 이상 필요가 없는 사람이 된 것을 깨닫고 스스로 사라지려 함을 알았다. 그러나 태주는 그녀를 붙잡을 수 없었다. 뭐라고 할 말도 없었다. 그는 자신이 정애에게 너무 많은 채무를 졌다고 생각했다. 말없이 일어나서 캐리어를 끌고 방에서 나갔다. 태주가 할 수 있는 역할은 그녀가 가려고 하는 곳에 차로 데려다주는 일밖에 없었다.

"다요씨, 아름답고 행복하게 사세요."

"언니, 어딜 가시려고요? 가지 마세요. 우리 함께 살아요."

다요는 정애한테로 다가가 손을 꼭 잡았다.

"어차피 떠날 사람이다. 보내주는 게 도리야. 아무튼 그동안 고생했다. 적지만 받아라. 나가서 살려면 필요할 거다."

한경훈은 그녀가 나갈 걸 예견한 듯 미리 준비한 돈 봉투를 그녀의 손에 쥐어준다.

"사장님, 이러지 마세요. 저······."

"받아. 우리 늙은 것들이 네 얼굴 대할 면목이 없다. 미안하다."

할머니가 휴지를 뽑아 눈물을 닦았다.

"이렇게 가면 언제 또 올 거니? 난 네가 없으면 어떻게……"

태주 모친은 말끝을 적시며 뒤를 잇지 못했다.

"주말이면 들러서 보살펴드릴게요. 공부가 아니면 그냥 여기서 사모님을 보살펴드릴 텐데. 미안합니다."

정애가 마지막으로 정중하게 인사하고 나가자 식구들이 모두 배웅하러 밖으로 나왔다.

"사모님, 나오지 마세요. 몸도 편찮으신데."

정애가 만류했으나 태주 모친은 한사코 따라 나왔다. 다요가 휠체어를 밀었다.

"다른 사람은 다 안 나가도 난 나가야겠다. 네가 이 집에 와서 나 때문에 얼마나 고생했는데, 네가 없이 살아갈 일을 생각하니 눈앞이 캄캄하구나."

"다요씨가 있잖아요. 저보다도 더 잘 해드릴 거예요."

태주는 벌써 차고에서 차를 빼내 골목길로 나와 그녀가 나오기를 기다리고 있었다.

"태주씨도 그만 들어가. 난 택시 타고 가면 돼."

"타요."

태주는 단호한 어조로 말했다. 다요도 정애의 등을 차 안으로 떠밀었다.

차가 출발하자 태주가 물었다.

"어딜 가려고?"

"대학기숙사."

차가 도로에 올라와 달리는 동안 두 사람은 무거운 침묵을 지켰다. 둘 다 말없이 앞만 바라보았다. 누구도 입을 열기만 하면 북받치는 감정을 감당할 수 없었기 때문이었다.

캠퍼스에 거의 도착해서야 정애가 문득 오래된 화제를 꺼냈다.

"태주씨, 예전에 달밤에 자전거에서 넘어졌던 일, 다요씨와는 말하지 마."

태주는 저도 모르게 어깨를 움찔했다.

"태주씨만 입을 다물면 아무도 모를 테니까. 우리도 없었던 일로 하자."

태주는 입을 열지 않았다. 사실 그는 진작 잊어버렸었다. 그런데 정애가 나타나서 새삼스럽게 기억을 부활시켰다. 입 다물고 없던 일로 한다고 쉽게 지워지겠는지는 그 자신도 알 수 없었다.

"그거 그냥 젊은 나이에 철이 덜 들어 저지른 실수였잖아."

차가 정문을 지나 어느덧 기숙사 문 앞에 도착했다.

정애는 차에서 내렸다. 태주는 트렁크를 열고 안에서 캐리어를 내렸다. 그리고 자신이 끌고 안으로 들어갔다. 정애가 달려와 가방을 빼앗았다.

"됐어. 나 혼자 들어갈게. 여자기숙사잖아."

둘은 잠시 여행 백을 사이에 둔 채 서로를 마주보았다. 태주는 마지막 작별로 그녀를 포옹하고 키스라도 해주고 싶었지만 참았다. 이제 태주는 그녀에게 그런 도 넘은 행위를 할 권리가 없었다. 그녀는 태주가 맘대로 넘볼 수 없는 아가씨다.

정애가 어색하게 한번 웃어보이고는 돌아섰다. 분명 미소를 지었는데 태주의 눈에는 우는 것처럼 비쳤다. 목 갈린 음성 한마디가 그녀의 등 뒤 블록 바닥에 굴러 떨어졌다.

"가."

그리고는 캐리어를 끌고 총총걸음으로 기숙사 문안으로 들어갔다. 기숙사 안은 넓은 로비를 지나야 엘리베이터 입구에 닿을 수 있었다. 태주는 몸을 돌이켰다. 그러나 눈결에 그녀가 엘리베이터가 아닌 옆의 화장실로 들어가는 모습을 보았다. 손으로 얼굴을 감싸쥐고 반달음을 쳤다. 그 모습을 보니 발걸음이 떨어지지 않았다. 다시 돌아서서 기숙사 안으로 들어갔다. 그리고 로비를 지나 화장실 쪽으로 다가갔다. 그때 불현듯 화장실 안에서 오열하는 소리가 들려왔다. 태주는 가슴이 뭉클해졌다. 뭔가 주먹만한 덩어리가 울컥 치솟으며 목구멍이 꽉 메며 불덩이처럼 뜨거워졌다.

누나, 내가 나쁜 놈이야! 그러니까 용서하지 마. 나 보란 듯이 좋은 남자 만나.

입 속으로 중얼거리며 돌아서서 밖으로 도망쳐 나왔다. 다시 그녀의 얼굴을 마주 대할 용기가 없었다. 여대생 몇이 들어오다가 이상한 눈길로 그를 힐끗힐끗 쳐다본다. 그는 급히 차에 올라 시동을 걸고 기숙사를 빠져 나왔다. 자꾸만 눈앞이 흐려와 운전할 수가 없었다. 길가의 아무 주차공간에나 차를 세우고 마음을 진정시켰다.

그때 전화가 왔다. 현보민이다. 친구라는 녀석이 결혼식에도 참석하지 않더니 오늘은 갑자기 웬 전화야.

"한박사, 나 좀 보자. 삼거리 커피숍에서 기다릴게."

전화가 툭 끊겼다. 급한 용건인 듯싶다. 태주는 다요에게 전화를 걸어 삼거리 커피숍에 나오라고 알린 다음, 집을 향해 차를 달렸다.

다요와 함께 커피숍에 들어서자 보민과 은진은 먼저 와서 그들을 기다리고 있었다. 두 사람은 자리에서 일어섰다. 그들의 놀란 시선이 일제히 다요의 얼굴에 와 꽂혔다.

"내 짜개바지 친구 현보민이야. 여긴 서다요. 내 여보야고."

두 사람은 악수를 건넸다.

"제수씨, 정말 미인이십니다. 한박사, 복 터졌네."

현보민이 황홀한 눈길로 다요의 얼굴을 바라보았다.

"복은 제가 터졌죠."

은진이도 다요와 악수를 나누며 경탄했다.

"정말 예쁘시네요."

"언니도 예쁘세요."

인사가 끝나자 모두 자리에 앉았다. 태주는 사복차림인 현보민을 보자 상황의 긴박함을 대충 짐작할 수 있었다.

"결혼식에 참석하지 못해 미안해."

"축의금 그렇게 많이 넣어줬으면 됐지, 꼭 와야 해? 그건 그렇고, 노래방 문제는 잘 해결된 거야?"

"그 일 때문에 보자고 한 거야. 내가 진작 한박사 권고를 경청했어야 하는데……."

"왜, 끝내 사고 친 거야?"

"소에 사직서 냈어요. 누가 신고해서 다 들통 났거든요. 받은 돈도 다 토해내고 지금은 조사받고 있어요. 아직 기소되지는 않았어요."

은진이 그간의 사정을 속사포처럼 잠깐 새에 쏟아냈다.

다요는 무슨 영문인지 몰라 태주를 쳐다본다. 태주는 다요의 이혼과 결혼 문제로 바삐 돌다보니 현보민의 일에는 신경 쓸 여유가 없어 방관했던 게 문제를 키운 것 같았지만, 이미 쏟아진 물을 손으로 걷어 담을 수도 없었다. 그리고 다요와 은진이 앞에서 현보민을 탓할 수도 없었다.

"이미 저질러진 일인데 후회한들 뭘 하겠어. 큰 문제는 없을 거야. 벌금쯤은 나오겠지. 그래 은진씨랑 어떻게 할 생각이야?"

"저희는 이 일만 무사하게 처리되면 둘이서 시골로 내려가 조용하게 흙에 묻혀 살기로 결정했어요. 부모님이 허락하시면 그때 다시 서울로 올라오면 되잖아요."

은진은 현보민이 말할 틈을 주지 않는다. 워낙 말수가 적은 현보민은 실수까지 저질러 더구나 발언권이 박탈당한 분위기이다.

"잘 생각했습니다. 일단 두 분이 동거하다 보면 부모님들도 결국은 결혼을 허락하실 수밖에 없을 겁니다."

태주의 말에 현보민은 민망한 기색을 지을 뿐 아무 말도 안했다. 결국에는 부모 자식을 이별시키면서 범죄만 저지르고 말았으니 말이다.

3

개학을 하루 앞두고 태주와 다요는 윤하늘이 몸담았던 대학으로 연극단을 찾아갔다. 신학기가 시작되면 태주는 강의 때문에, 다요는 수업 때문에 틈을 짜낼 시간이 빠듯할 것이기 때문이었다. 이번 학기에 다요는 무역학전공에서 한국현대문학 전공으로 변경하고 지도교수도 바꿨다. 석사논문도 준비해야 했음으로 시간이 없을 것 같아 미리 찾아 나선 것이다.

극장 주변은 오늘따라 고즈넉하고 한산했다. 매표창구는 굳게 닫혀 있고 새로 내건 공연포스터 같은 것도 보이지 않았다. 관객은 고사하고 하릴없이 이곳저곳 기웃거리는 한가한 행인들조차도 없다.

"극장 문 닫은 거 아냐?"

다요가 한산하기만 한 극장주변을 휘 둘러보더니 으스스한 듯 태주의 팔짱을 낀다.

"분위기는 썰렁한데……"

"극장이 문을 닫아서 언니가 여길 떠난 거 아니야?"

"윤하늘이 여길 떠나니까 극장이 문을 닫았을지도 몰라."

"설마."

행여나 극장 출입문 손잡이를 당겨보니 열려 있다. 들어가 보니 뜻밖에도 무대 쪽에 사람이 있다. 그들은 객석 중간 통로를 지나 앞으로 이동해 무대를 향해 선 채 뭔가 깊은 생각에 잠긴 젊은 청년과 말을 걸었다.

"안녕하세요. 죄송하지만 뭐 좀 여쭤 봐도 될까요?"

"또 윤하늘씨 찾아오신 분들이십니까?"

청년이 뒤를 돌아보지도 않고 약간은 짜증 섞인 어조로 되묻는다.

"그걸 어떻게 아시고…… 저희는 줄리엣 연기를 했던 여배우를……"

"그러니까요. 어제도 어떤 분이 바로 그 줄리엣을 분장한 여배우를 찾아 오셨으니까요. 윤하늘씨 여기 일 그만 두고 나간 지 한참 되는데."

그제야 몸을 돌이키던 남자의 시선이 다요의 얼굴에 와서 꽂혔다.

"혹시 어디로 갔는지 알려주실 수 있습니까?"

다요의 출중한 미모 효과인지 남자는 금방 예절바르고 싹싹해졌다. 다요와 함께 다니면 항상 부딪치는 경탄의 시선이라 태주는 별로 신경 쓰지 않았다.

"미안하지만 그건 저도 잘 모릅니다. 참, 윤하늘씨 일은 이슬이한테 물어보시면 알 수 있을 겁니다. 이슬아~"

젊은이는 손수 무대 옆문으로 가더니 대기실 안쪽에 대고 누군가를 불렀다. 그러자 무대 뒤에서 20대 중반의 키가 작고 탁구공처럼 얼굴이 동그란 아가씨가 나왔다.

"네, 감독님. 부르셨어요?"

"음. 여기 이 손님들 윤하늘씨 찾아오셨어. 네가 좀 아는 거 있으면 말씀드려. 그럼 전 일이 있어서 이만……"

"감사합니다."

감독은 무대 뒤로 사라지고 태주와 다요는 이슬이라는 아가씨와 인사를 나누었다.

"언니와는 어떤 사이세요?"

이슬이 연극 대사를 외듯이 습관적으로 억양에 가락을 넣는다.

"친한 사인데……. 며칠 전부터 갑자기 연락이 끊겨 어떻게 된 영문인지 궁금해서 찾아왔습니다."

"어제도 친구라는 분이 언니를 찾아오셨다가 제가 없어서 돌아가셨다던데 혹시 그분들이세요?"

"아닙니다. 우리는 오늘 처음 왔습니다. 어디 갔는지 그것만 알려주시면 고맙겠습니다."

"캐나다 이민수속 한다고 시골로 내려가셨어요."

"캐나다 이민요?"

태주는 물론 다요도 동시에 어안이 벙벙해졌다.

"언니에 대해서 아무것도 모르시나 봐요? 하긴 극단에서도 언니 신상은 저밖에 아는 사람이 없으니까요. 전 어머니가 언니네 집에서 가사도우미로 일하시니까 그나마 어느 정도 내막을 알고 있어요."

"우리한테도 알려주시면 안 됩니까?"

"두 분이 언니의 친구시라니까, 또 인젠 언니가 캐나다로 이민 간다니까, 더 이상 비밀을 지킬 필요도 없으니까 말씀드려도 무방할 것 같아요. 두 분 여기 잠시 앉으세요."

태주와 다요는 이슬이 권하는 관람석에 나란히 앉았다. 아마도 얘기가 좀 긴 모양이다. 태주는 한 사람의 숨겨진 개인사를 안다는 게 이렇게 긴장될 줄은 몰랐다. 다요도 긴장된 듯 숨소리마저 낮추고 이슬이 입을 열기만을 초조하게 기다렸다.

"윤하늘 언니의 아버지는 규모가 큰 여러 개의 의류 계열사를 운영하는 '대한의류' 회장님이셨어요. 그런데 언니가 고3 때 불의의 교통사고로 세상을 뜨신 거예요. 윤회장은 숨지기 전에 회장 자리를 아내에게 계승시키셨나 봐요. 부인은 회장 자리에 오른 후 언니가 대학교 1학년 때 20살이나 연하인 젊은 남자와 재혼하셨대요."

거기까지는 태주와 다요도 알고 있는 사실이다. 다요 부친 회사의 협력업체 계약 때문에 윤하늘의 소개로 그의 계부와 만났을 때 알게 된 것이다. 세 사람밖에 없는 130석 규모의 소형 극장 안은 물 뿌린 듯 고요했다. 윤하늘의 열연으로 줄리엣이 사랑에 목메어 울던 그 극장이 지금은 무덤 속처럼 무거운 적막감만 드리워 있었다.

"그런데 언니의 인생은 그 계부의 등장으로 인해 뜻하지 않은 불행에 빠지게 된 겁니다. 두 분도 아시다시피 하늘 언니가 지금도 예쁘잖아요. 대학교 1학년 때니까 한창 꽃 피는 나이니 더 아름다웠겠죠. 물론 여기 앉아 계신 이 언니와는 비교가 안 되지만……. 언니, 너무 예쁘세요."

"윤하늘 언니는 저보다도 더 예쁘세요."

다요가 얼굴을 빨갛게 물들이며 수줍어한다. 그런 칭찬보다 빨리 언니가 겪었을 과거의 불행이 알고 싶었다.

"의붓아버지가 자신보다 스무 살이나 연상인 부인에게는 재산에만 관심이 있고 여자로는 보이지 않았나 보죠. 젊은 의붓딸의 미모에 눈독을 들이기 시작했대요. 아내만 집을 비우면 딸의 방에 들어가 치근거리며 꽃을 꺾어보려고 시도했지만 언니가 그걸 허용했을 리가 없었겠죠. 번마다 거절당하고 창피만 당하게 되자 계부가 어느 날 회장님이 해외로 출장 가고 집에 부녀 둘만 남은 기회를 이용해 짐승처럼 강제로 딸을 강간했던 거예요. 언니가 가장집물을 집어던지고, 몸부림치고, 소리 지르고, 이발로 물어뜯으며 결사적으로 반항하자 그 짐승 같은 놈은 주먹으로 때려 정신을 잃게 한 후 개처럼 능욕했대요. 그 날은 저희 어머니도 독감에 걸려 병원에 가고 집에 없었기에 언니는 어쩔 수 없이 미쳐 날뛰는 짐승의 폭행에 속수무책으로 당한 겁니다."

다요는 무서운지 태주의 팔을 꼭 껴안고 공포감에 전신을 부르르 떨었다. 두려움 때문에 아무 말도 하지 못했다. 태주도 묵묵히 이슬의 말이 이어지기를 기다렸다.

"이튿날 회장님이 해외에서 귀국하자 언니는 계부의 만행에 대해 모친에게 억울함을 호소했대요. 그리고 경찰에 고소하겠다고 했나 봐요. 그런 비인간적인 폭거를 누군들 묵과할 수 있겠어요. 그런데 젊은 남편의 망동에 화를 낼 줄로만 알았던 엄마가 뜻밖에도 딸에게 아빠를 용서해 달라고 사정했다나요. 딸이 한사코 고소하겠다며 고집을 꺾지 않자 회장님이 거래조건을 내걸었는데…… 그게 그러니까…… '부모자식 관계를 단절해도 좋다. 네가 살 집으로 아파트 한 채와 먹고 살 가게 하나를 준다.' 뭐 이런 약속이었던가 봐요. 그러니까 그걸 조건으로 소문만 내지 말아달라는 거였죠. 그렇게 받은 것이 강남에 있는 그 유명한 ○○헤어샵인데 지금은 확장되어 여러 개의 체인점을 거느리고 있지만…… 언니는 그때 집에서 나와 다시는 부모와 만나지 않았어요. 아예 대한민국을 떠나 멀리 해외로 떠나려고 대학도 영어학과에서 공부했죠. 그런데 제가 연극단에 있는 걸 알고 이곳에 경제적 후원을 해주었고, 또 취미삼아 직접 분장하고 공연에 참여하기도 하다가 임시 극단에 눌러앉아 배우가 된 겁니다. 언니는 그 뒤로 남자라면 신물이 나 입만 열면 비혼주의자를 자처했어요. 항상 결혼 같은 건 절대로 안 한다고 말했어요. 그런데 며칠 전에 갑자기 한국의 모든 걸 접고 캐나다로 이민 간다며 연극단도 그만 두었어요. 이유는 저도 몰라요. 이민 수속이 될 동안 시골에 가 머물 거라고만 했지, 그곳이 어딘지는 말하시지 않았으니까요. 지금은 전화번호도 변경되어 연락이 안 돼요. 이것이 제가 윤하늘 언니에 대해 알고 있는 전부예요."

태주는 그동안 풀리지 않던 윤하늘의 모든 미스터리가 단번에 일목요연해진 느낌이 들었다. 그가 왜 결혼을 반대했는지, 왜 남성들과의 관계가 진지하지 않았는지, 그리고 왜 갑자기 모든 걸 정리하고 캐나다 이민을 결심했는지 흩어졌던 퍼즐이 맞춰졌다. 그녀는 나를 위해 복수를 해도 맺힌 한이 풀리지 않을 원수를 찾아가 무릎을 꿇고 다요 부친 회사를 협력업체로 받아달라고 빌었을 것이다. 그리고 계부는 응당 자기 몫인 사과와 참회는 고사하고 협력업체 청탁 기회를 악용하여 '아빠'라는 호칭을 강요했을 것이고, 윤하늘은 분노와 적개심을 억누르고 그의 강도 같은 철면피한 요구를 만족시켜 주었을 것이다. 하지만 나는 나로 인해 짓밟히고 엉망진창이 된 그녀의 구겨진 자존심과 마음의 상처를 위로해 줄 시간마저도 갖지 못하게 되었다.

이슬이와 갈라져 극장에서 나오자 다요가 말했다.

"언니한테 미안해. 우리 때문에 자존심도 버리고 계부를 찾아가 아빠 회사 협력업체로 받아달라고 사정했을 거잖아. 눈에서 불이 났을 텐데……."

다요의 목소리가 축축하게 젖어들었다. 하지만 지금 태주의 입장은 윤하늘을 동정할 수도, 다요를 위로할 수도 없는 애매한 처지였다. 윤하늘이 그에게 너무 큰 빚더미를 안겨주고 떠났기 때문이다. 그리고 그 채무는 다요와 함께 갚을 수도 없는 것이었다. 태주는 윤하늘의 희생으로 다요를 얻었지만 아이러니하게도 두 어깨에 말로는 이루 형언할 수 없는 무거운 짐을 떠메고 살아가야만 한다. 윤하늘이란 짐과 고정애라는 짐!

마로니에공원에 나오자 둘은 나란히 벤치에 앉았다. 초가을의 서늘한 추풍이 불어와 플라타너스 잎을 우수수 흔들었다. 벌써 낙엽들이 한두 장씩 콘크리트바닥에 떨어져 이리저리 뒹군다. 뒹굴어가는 소리가 유난히 크다. 넘어졌다 일어서고 다시 바람에 넘어지다가 결국은 행인의 무심한 구둣발에 짓밟혀 가루로 부서지고 만다. 둘은 약속이나 한 듯이 구둣발에 짓이겨진 그 처량한 낙엽을 구슬픈 시선으로 바라보았다.

"아직도 여기 계시네요. 저분들도 윤하늘씨 찾아오신 분들이세요."

그때 방금 전 헤어진 이슬이 한 젊은 남자를 안내해 그들에게로 다가왔다. 남자의 늠름하고 도도한 풍채가 태주와 비겨도 막상막하다.

"이 분도 윤하늘씨를 만나러 오셨대요. 그래서 제가 이리로 모시고 왔어요. 혹시 서로 구면일 수도 있으실 것 같아서요."

이슬이 소개하고 자리를 뜨자 태주와 다요는 벤치에서 일어나 인사했다.

"실례지만 혹시 원수영씨 아니신가 싶어서 만나자고 했습니다."

남자의 말에 태주는 깜짝 놀랐다. 원수영! 그 이름은 세상에서 오로지 윤하늘과 태주 사이에만 통하던 명칭이기 때문이다. 그런데 낯선 남자가 어떻게 그 이름을 알지? 그렇다고 물어볼 수도 없었다. 옆에서 다요가 듣고 있었다.

"어느 분이신지…… 절 어떻게 아시고……."

"네. 전 권선녀씨의……. 아, 참. 그게 아니라 이 극단의 톱 배우 윤하늘씨의 친구입니다. 존함은 하늘이한테서 들었습니다만……."

남자는 뒷말을 삼키며 다요의 얼굴을 쳐다본다. 다요가 금방 눈치 채고 먼저 자리를 피하려고 했다.

"두 분 얘기 나누세요. 전 화장실 잠깐 다녀올게요."

태주는 저쪽으로 걸어가는 다요를 향해 말했다.

"가까운 커피숍에 들어가 기다려. 금방 갈게."

"알았어요."

"누구신지?"

"네, 제 아내입니다."

"아, 그러시군요. 서다요씨. 듣던 바대로 굉장한 미인이시네요. 전 남설악입니다."

"제 본명은 한태줍니다. 우리 벤치에 앉아서 얘기하죠."

태주는 남설악이 자신의 모든 것에 대해 알고 있을 거라는 추측이 들었다. 가끔씩 호텔에서 시간이 됐다며 나가곤 했을 때 윤하늘이 만났던 또 다른 남자일 것이다. 태주와 나란히 서도 전혀 꿀리지 않을 만큼 호남아다. 키도 크고 잘 생기고 게다가 지적이고 도시적이다.

"윤하늘은 언제부터 알고 지내셨나요?"

태주가 먼저 입을 열었다.

"글쎄요. 한 십 년 될라나. 대학교 때였으니까요. 그런데 원수영 아니, 한태주씬 정말 미인을 아내로 맞으셨네요."

"감사합니다. 윤하늘이 캐나다 이민 간다는 소식은 알고 계셨나요?"

"네. 그러나 이렇게 갑자기 서울을 떠날 줄은 몰랐습니다. 한태주씨는 혹시 그녀가 은둔한 시골이 어딘지를 아실 것 같아서……."

"저도 모릅니다. 캐나다 이민 간다고 윤하늘이 말하던가요?"

"네. 어느 날 뜬금없이 저하고 그동안의 관계를 정리하자고 제의해 왔습니다. 놀라서 왜 그러냐고 물으니까 사랑하는 남자가 생겼다는 거예요. 그녀는 항상 자신은 독신주의자라고 자처했습니다. 성을 즐길 뿐 남자를 사랑한 적은 없다고 했었거든요. 결혼도 생각한 적이 없고요. 하도 이상해서 그 사랑한다는 남자 나를 내놓고 또 누구냐고 묻자 원수영씨라고 대답했어요. 남자는 하나같이 믿을 수 없는 육체적인 동물이라고, 그래서 사랑할 만한 남자는 없다고 생각했는데, 이 원수영이라는 남자가 여자 때문에 모든 걸 걸고 피까지 토하는 모습을 보고 이 남자는 사랑해도 되겠구나 하는 생각이 들었다는 겁니다. 하지만 그때는 이미 늦어 당신이 다른 여자와 결혼을 앞두고 있어 그 소원을 이룰 수 없었답니다. 그래서 당신의 아이를 가지고 멀리 캐나다로 이민 가 낳아 기르며 작은 원수영과 평생을 살 것이라고 했습니다.”

태주는 갑자기 울컥하며 목이 멨다. 내가 결혼하자고 했으면 했을 거냐며 묻던 윤하늘의 말이 생각났다. 태주가 당연하다고 했더니 그녀는 ‘그러면 됐어.’라고도 말했었다. 그녀는 그날 이미 캐나다로 떠날 마음을 먹고 있었다.

“우리는 처음에 설악산에서 만났습니다. 상대방의 사생활을 묻지 않기로 약정하고 사귄 거죠. 이름도 남설악에서 만났다고 제 이름은 남설악이 되었고, 그녀는 권선봉을 따서 권선녀라고 불렀습니다. 그러나 누군가를 사랑한다는 말에 오기가 발동하더군요. 나도 널 위해 모든 걸 걸 수 있으니까 나랑 결혼하자고 했지만 그녀는 거절했습니다. 이미 한태주씨를 사랑하게 되었으니 한번 먹은 마음을 돌이킬 수 없다면서요.”

태주는 눈앞이 뿌옇게 흐려왔다.

이제 와서 그 사실을 알면 나더러 어떻게 하라고?!

태주는 속으로 외쳤다. 그 외침이 웅~ 웅~ 가슴속을 맴돌며 메아리쳤다.

태주는 아무 말도 못하고 벤치에서 일어났다. 그리고는 남설악에게 꾸벅 경례하고는 돌아서서 공원을 걸어 나갔다. 걸으면서 주머니에서 휴대폰을 꺼냈다. 다요를 찾아야 한다. 그리고 그녀와 함께 집으로 돌아가야 한다.

에필로그

한태주는 강의실 문 앞에 이르자 잠시 발걸음을 멈췄다. 신학기 들어 첫 강의인데 자꾸만 머릿속에는 아까 캠퍼스에서 갈라질 때 다요가 목에 매달리며 한 키스가 떠오른다.

"다요도 대학원 가지 말고 오빠 강의 들으러 가면 안 돼?"

다요의 목소리가 아직도 귓전에 쟁쟁하다. 태주는 머리를 흔들어 기억을 애써 털어버렸다. 문을 열고 안으로 들어가려는데 이번에는 또 다요의 그림자처럼 윤하늘과 고정애의 얼굴이 떠오른다.

내가 왜 이래? 이러고 오늘 강의 어떻게 할 거야?

눈을 감고 더 세차게 머리를 가로저어 잡념을 날려버린 뒤 강의실 안으로 들어갔다. 학생들이 모두 반기는 기색이었지만 그 중에서도 앞줄에 앉은 혜진이가 가장 반가운 표정을 짓는다. 하긴 태주가 인젠 그녀에게 단순한 선생님을 넘어 명실상부한 형부가 되었으니 그럴 만도 할 것이다.

오늘 강의 타이틀은 '현대소설의 구조: 모랄 카메라'이다. 주요섭의 단편소설 '사랑손님과 어머니'를 텍스트로 강의할 예정이다. 일단 그는 흑판에 제목부터 쓴 다음 학생들을 향해 돌아서서 입을 열었다.

"우리는 지난 학기 마지막 수업에서 김동인의 단편소설 '약한 자의 슬픔'에 대한 작품분석을 통해 현대소설 구조의 하나인 현실과 욕망의 갈등에 대해 알아보았습니다. 그리고 현실과 욕망의 갭에는 무단 통과를 견제하는 소설적 장치, 즉 은유된 '유리언덕'이 존재한다는 사실에 대해서도 검토해 보았습니다."

'유리언덕'이라는 대목에 와 학생들 속에서 어김없이 웃음소리가 터져 나왔다. 혜진의 웃음소리가 가장 컸다. 아마도 그녀는 이번 여름방학 동안에 언니와 형부의 애정편력을 통해 그 '유리언덕'의 존재를 확실하게 체험했기 때문일 것이다.

"이번 수업에는 현대소설 구조의 또 하나의 서사장치인 '모랄카메라', 우리말로 표현하면 도덕카메라에 대해 구체적인 텍스트분석을 통해 알아보려고 합니다."

또 웃음이 터졌고 여기저기서 '모랄카메라'라는 단어가 반복된다.

"우리는 이러한 서사구조가 가장 잘 드러나고 있는 주요섭의 대표작 '사랑손님과 어머니'의 작품분석을 통해 확인하게 될 것입니다. 소설 속에서 '모랄카메라'의 역할은 고속도로에 설치된 감시카메라와 유사하다고 할 수 있습니다. 다만 감시카메라는 눈에 보이는 가시물인 데 반해 '모랄카메라'는 인간의 육안에 포착되지 않는다는 점이 다를 뿐입니다. 운전하는 학생들은 누구나 알 듯이 감시카메라는 과속운전이나 불법운전을 감시·촬영하고, 규칙을 위반하면 처벌의 물증을 제공해줍니다. 과징금을 부여하거나 면허가 취소되거나 또 엄중할 경우, 법적 처벌도 가능하죠. 현대소설의 구조에도 등장인물들의 소설 공간에서의 행동과 선택을 견제 또는 통제 기능을 가진 서사장치가 작동한다는 얘기죠. 예컨대 '사랑손님과 어머니'에서 주인공 옥희 어머니가 사랑방손님을 애모하면서도 갈라질 수밖에 없도록 했던 통제 주체는 '사람들의 손가락질' 때문이었습니다. 어떻게 죽은 아버지, 즉 남편이 살아있는 어머니, 즉 아내를 통제할 수 있었을까요? 그것은 죽은 카메라가 불법운전자를 통제할 수 있는 원리와 다르지 않습니다. 카메라 자체는 죽은 아버지처럼 판단력도 분석력도 없는 죽은 물체이지만, 그것을 판독하는 교통경찰, 즉 소설에서는 '사람들의 손가락질'이 대신해주기 때문이지요. 심벌 혹은 은유로서의 '아버지', 즉 카메라는 지나간 과거에 불과하지만 견고한 말뚝이 되어 도덕이라는 탄력을 가진 고무줄을 어머니의 목에 매어 자유로운 운신을 포박합니다. 카메라가 전선을 통해 과거의 포토 파일을 경찰서에 전송하는 것처럼 말이죠. 살아 있는 사람들의 손가락을 움직이는 조종자는 다름 아닌 죽은 아버지, 즉 '모랄카메라'입니다. 결국 과거는 과거로 끝나는 것이 아니라 현재에 개입하여 실존을 견제할 뿐만 아니라 행위를 지배하기도 합니다. 과거의 말뚝에 묶인 그 도덕의 고무줄을 목에 맨 어머니는 손님을 사랑할 수 없었던 것입니다. 소설에서 아버지는 과거가 된 봉건윤리를 상징하겠죠. 하지만 어머니가 살던 시대는 이미 '기차'가 달리고 외삼촌의 말처럼 남녀가 내외하지 않는, 자본주의 경제방식인 '삯바느질'로 살아가는 현실임에도 소설 속의 '모랄카메라'는 여전히 작동하며, 과거에 묶인 도덕의 고무줄은 아버지의 '사진', '옷', '풍금' 등을 통해 어머니의 삶을 통제하는 것입니다. '꽃', '쪽지', '계란'을 통해 주고받은 어머니와 손님의 연정은 '모랄카메라'의 가시권 또는 통제력이 미치지 못하는 사각지대에서 잠깐 꽃핀 것일 따름입니다. 결국은 도덕카메라를 피하지 못할 거라는 우려감, 즉 사람들의 손가락질을 면하지 못할 거라는 우려감 때문에 도덕의 처벌 대신 스스로를 처벌함으로써 비극으로 끝나고 말았던 것입니다. 어머니가 선택한 사랑의 비극 또는 자기처벌은 소설서사 공간에 설치된 구조, 즉 그 '모랄카메라'의 서사장치에 의해 이미 예고된 결말이었습니다. 다시 말하면 현대소설의 서사구조 또는 공간 형식에서 가장 중요한 장치는 현실과 욕망의 갈등을 상징하는 '유리언덕'과 오늘 배운 '모랄카메라'의 기능이라고 할 수 있습니다."

태주의 강의가 끝나자 장내에서는 박수소리가 터져 나왔다. 혜진은 아예 자리에서 일어나 박수를 친다. 그러나 태주는 강의 내내 머릿속 어느 구석인가에서 이미 과거가 된 윤하늘과 고정애의 모습이 유령처럼 언뜻거렸다. 과거는 죽지 않는다. '사랑손님과 어머니'에서 아버지는 죽었지만 죽지 않듯이 엄연하게 살아서 산사람을 지배한다.

학생들이 주요섭의 소설 '사랑손님과 어머니'를 읽고 간단한 토론을 진행하는 것으로 첫 강의를 마무리했다. '이혼이요, 결혼이요' 하며 정신적으로 경황이 없다 보니 강의 준비가 원만하지 못했지만, 그나마 윤하늘과 고정애의 덕분에 우연하게나마 괜찮게 마무리한 셈이다. 이만하면 새로운 학기 강의의 첫 단추가 잘 채워진 것 같다.

저녁 퇴근시간에 태주와 다요는 처음 만났던 캠퍼스 앞 커피숍에 들렀다. 커피를 시켜 마시며 둘은 나란히 앉았다.

"다시 와 보니 감회가 새롭다."

한태주가 커피숍의 아기자기한 홀 안을 휘 둘러보며 말했다. 그때와 달라진 건 아무것도 없었다. 저쪽에 앉은 남학생들의 시선이 다요를 향해 고정되는 것도 그대로이다. 다만 이곳에 더 이상 '유리언덕' 같은 건 존재하지 않았다. 그리고 그들은 정정당당한 부부가 되었다.

"나 그날, 오빠 보는 순간 첫 눈에 반했어. 온 몸이 개미만큼 졸아드는 느낌이었어. 가슴이 두근거리다 못해 터질 것만 같아 겁이 더럭 났어."

서다요가 빨대를 입에 문 채 커피를 쪽쪽 빨아들이며 태주를 빤히 쳐다본다. 두 눈이 금강석처럼 반짝거렸다. 그 바람에 남학생들은 넋을 잃은 표정을 짓는다.

"난, 널 처음 보는 순간 실명한 줄 알았어. 너무 눈부셔서 쳐다보지도 못했잖아."

"내가 그렇게 예뻤어?"

"노우, 그렇게 미웠어."

"으음~ 심술쟁이. 어디가 그렇게 미웠어?"

"다."

"거짓말. 여기지?"

다요가 눈짓으로 자신의 가슴을 내려다보며 눈썹을 쫑긋한다.

"야, 너! 그런 말 또 할래?"

태주는 손으로 다요의 귀를 비틀었다.

"오빵, 다요 아포. 아야 해."

"처음 봤을 땐 수줍어서 말도 못하더니 결혼했다고 인젠 부끄러운 줄도 몰라?"

"오빠한테만 안 부끄러워. 다요 삐짐."

다요는 고개를 돌려 창밖을 바라본다. 그때 혜진이 어떤 남자와 함께 커피숍으로 들어왔다. 태주는 얼른 다요의 귀를 놓고 시치미를 뗐다. 테이블 밑으로 다요의 무릎을 건드렸다.

"으으음~ 오빵 미워용!"

어린애처럼 응석을 부리며 몸을 흔든다. 혜진이 그 모습을 보고 활짝 웃으며 놀려댔다.

"두 분 여기서 달콤한 사랑놀이에 빠지셨군요."

그제야 다요는 혜진이가 온 줄 알고 자세를 고치며 아무 일도 없었던 것처럼 커피를 마시는 척 만전을 부렸다.

"경수씨, 인사해. 우리 선생님. 아니지, 사석이니까 형부라고 불러야지. 이쪽은 내 사촌언니야."

경수가 두 사람을 향해 허리를 굽혀 공손히 인사했다. 어딘가 현보민을 닮은 모습이다. 선량하고 순진해 보였다.

"제 남친이에요."

혜진이 자랑스럽게 경수의 어깨를 툭 친다.

두 사람은 태주와 다요를 마주 앉고 다요는 일어나서 프런트로 걸어
가 커피를 주문했다.

"이 대학에 다니시나 봐요?"

"네."

　태주의 물음에 경수는 재삼 목례를 하며 공손히 대답했다.

"경영대학원에서 박사공부를 하고 있습니다. 유부남이에요."

　혜진이 가운데 끼어들어 경수 대신 소개한다. 그러나 그녀의 입에서
느닷없이 튀어나온 '유부남'이라는 말에 태주도, 금방 테이블로 돌아
와 자리에 앉던 다요도 흠칫 놀랐다. 그게 그렇게 쉽게 입 밖으로 내뱉
을 수 있는 단어인가. 그렇다고 당사자가 앞에 앉아 있는데 '하필이면
유부남이야?'라고 따질 수도 없었다.

　경수가 상대방의 놀란 표정을 읽어내고 담담하게 해명했다.

"아내가 집을 나간 지 2년 됩니다."

　집을 나갔다는 건 이혼을 전제로 했다는 의미인지 몰라 태주와 다요
는 서로를 쳐다보았다.

"경수씨 마누라가 다른 남자랑 눈이 맞아 두 살 배기 자식을 버리고
도망갔대요."

"그럼 이혼은 한 거야?"

　태주는 실례를 무릅쓰고 미주알고주알 캐물었다.

"아니요."

　그러자 태주와 다요는 다시 서로를 쳐다보았다. 이혼도 하지 않은 유
부남을 사랑한다는 게 되기나 할 말인가.

"형부와 언니도 '유리언덕'을 넘어서 배필이 됐잖아요. '유리언덕'을 넘으면 누군가는 상한다고 하셨지만 피해본 사람도 없이 순탄하게요. 저희도 두 분의 길을 걸으려고요."

태주와 다요의 시선은 약속이나 한 듯이 칼에 베어진 다요의 팔목 상처에로 향했다. 그리고 태주의 머릿속에는 기숙사 화장실에서 오열하던 고정애와 천리타향으로 홀로 떠나기로 한 윤하늘이 떠올랐다. 이게 적은 희생이고 상처인가?!

"우리는 선생님의 오늘 강의처럼 그 '모랄카메라'의 감시 때문에, '사람들의 손가락질' 때문에, 죽은 남편의 '옷가지와 풍금 그리고 사진' 때문에 손에 잡힌 사랑을 놓친 옥희 어머니의 길을 답습하지 않을 거예요. 과거의 말뚝에 묶인 도덕의 목줄을 끊어버리고 과감하게 현실을 수용하려고요."

태주는 할 말이 없었다. 자신의 문학 강의가 학생의 위험천만한 사랑을 견인하는 에너지가 되고 명분이 될 줄은 꿈에도 생각하지 못했다. 그 줄을 끊어버리면 훼멸적인 사고가 생기는 건 아닌지 거기에 대해서도 아직은 깊이 생각해본 적이 없었다. 다요가 테이블 밑으로 그의 발을 살짝 건드렸다. 참견하지 말라는 신호일 것이다.

커피숍에서 나와 차가 거리를 달리기 시작해서야 다요가 말했다.

"말이 돼?"

"몰라. 두고 봐야지."

"아무튼 난 행복해. 세상 다 가진 기분이야."

"고작 세상 하나에 행복해?"

"그럼, 세상 말고 또 뭐가 있어?"

다요가 고개를 돌려 운전하는 태주를 의아한 눈길로 쳐다본다.

"난 세상 다 가지고 거기다 플러스 다요까지 가져서 행복한데."

"오빠, 나빠! 그거 오빠가 말하면 난 뭘 말해. 나빠, 나빠!"

다요는 조그마한 주먹으로 태주의 어깨를 콩콩 때린다.

"태주, 아포. 아야 해."

"으으응~ 내 멘트 다 빼앗아갔잖아. 강도!"

다요가 모든 걸 체념한 연기를 하며 태주의 어깨에 얼굴을 기댔다. 태주는 한 손으로 그녀의 머리를 쓰다듬었다. 둘은 웃었다.

가로수들이 가을바람에 우수수 설렌다. 무슨 노랫소리 같다.

이제 곧 낙엽이 되어 떨어질 것이다.

떨어져서 이리저리 뒹굴다가…….

욕망의 시작과 끝

▷ 작가님의 근황에 대해 말씀해 주십시오.

2011년 8월에 '작가와비평'사에서 장편소설『꽃은 왜 아름다운가』를 출간한 후 한동안 인문학에 심취하여 학술서 집필에 전념했습니다. 10년 간『술 예술의 혼』,『구석기시대 세계 여성사』,『신석기시대 세계 여성사』세 권의 학술서를 펴냈습니다. 그 중『술 예술의 혼』은 '2013년 문화체육관광부 우수학술도서'로 선정되기도 했습니다. 비록 소설출판시장의 위축으로 어쩔 수 없이 택한 잠깐의 휴식이었지만 한 번도 문학에 대한 관심을 망치(忘置)한 적은 없습니다. 포기할 수 없는 그러한 작가적 사명감에서 전통문화와 고고학 분야를 우회하여 본업으로 돌아와 이 소설을 쓰게 된 것입니다.

▷ 작가님의 전공에 대해 구체적으로 말씀해 주십시오.

두말할 것도 없이 문학입니다. 데뷔작도 소설입니다. 이미 문예지에 단편소설 80여 편, 중편소설 10여 편을 발표했으며 여러 출판사에서 장편소설 8권이 출간되었습니다.

▷ 주로 어떤 계열의 소설을 읽으면서 소설을 썼는지요?

10대, 20대에는 톨스토이의 소설을 비롯한 러시아문학을 주로 접했고 나이가 들어서는 고금중외의 소설을 두루 섭렵했습니다. 한국소설은 물론이고, 서양, 일본, 중국 소설도 많이 읽었습니다. 개인적으로는 심리소설계열의 작품을 선호합니다.

▷ 작가로서 주요 관심사는 어떤 것입니까?

욕망과 현실의 괴리, 의지와 도덕의 굴절에서 오는 심리적 상실감과 고민 그리고 물질적, 정신적 삶의 지분 갈등이 초래하는 파란만장한 인생역정입니다. 물론 욕망에는 단순히 애욕뿐만 아니라 물욕, 권세욕, 명예욕, 승부욕 등이 포함되며 도덕에는 상식과 법 등이 포함됩니다.

▷소설의 주인공 태주와 다요의 인물형상 부각 의미에 대해 말씀해 주십시오.

　사욕잉여라는 현대인간의 시대적 정신질환에 타애의 전통적 인간상을 소환하여 접목시킴으로써 욕망의 무절제한 폭주에 면역력을 장착하려는 의도에서였습니다. 욕망이 도덕의 촘촘한 경계와 억압, 중력과 감시망을 뚫고 자신을 실현하는 과정이야말로 인생입니다. 욕망은 개인을 실현하는 유일한 경로이니까요. 그러나 항상 무절제함 때문에 도덕에게 코를 꿰이고 안대와 굴레가 씌워진 채 통제를 받게 됩니다. 솔직히 요즘은 개인의 가치가 증폭되면서 도덕의 통제력이 약화되고 욕망의 자유가 확대되는 추세입니다. 그리하여 자연스럽게 인생에서 욕망과 도덕의 가치 할당이 이슈화될 수밖에 없게 되었습니다. 이를테면 소설에서 제기된 연모와 효심이라는 욕구와 도덕의 선택 기준 같은 심리적인 갈등입니다. 결국 자기실현으로서의 인간의 욕망은 선의와 타애를 먹고 자라는 나무입니다. 그러나 욕망이 선의와 타애를 먹고 살려면 먹이 자원인 그것들의 생존을 보장하고 기를 수밖에 없습니다. 이들은 공생관계로 상호 의존합니다. 이 미묘한 관계를 어떻게 처리하느냐에 따라 인생의 내용은 달라집니다. 인생이 도덕의 '유리언덕' 안에 갇히면 자기실현 기회가 위축되고 절제 없이 넘나들면 타인의 욕망을 살해하는 결과를 초래하게 됩니다. 태주와 다요의 로맨스에 그러한 은유를 탑재하려고 시도했습니다.

▷ '약한 자의 슬픔'과 '유리언덕' 사이에 놓여 있는 플롯상의 관계에 대해 말씀해 주십시오.

'약한 자의 슬픔'의 플롯은 '유리언덕'의 플롯 설정에 답습 금지 사항으로 제시된 거울의 경우라고 할 수 있습니다. 도덕이 설치한 금지영역을 범하려는 선까지는 두 소설의 플롯은 동일합니다. 그러나 전자는 도덕을 무시하고 '유리언덕'을 무단 통과함으로써 원한관계가 되어 재판에 이르는 반면, 후자는 도덕적 개입에 순응하여 금지선이 제거된 다음 통과함으로써 결혼의 해피엔딩에 이르는 양자의 플롯 비교를 통해 욕망은 도덕의 검증을 받지 않으면 불순물(여기서는 불륜)로 폐기된다는 당위에 명분을 배당하기 위한 소설적인 장치입니다.

▷ 소설을 직접 작성한 입장에서 '유리언덕'의 서사를 요약해 주십시오.

인물의 내면 부각에서는 밀집묘사 방식을 도입했다면 스토리 전개에서는 시공을 쾌속 통과하는 경사(傾斜)서술 방식을 겸용함으로써 적대적 갈등의 부재로 약화된 소설의 긴장감과 흡인력을 보완하는 서사전략을 시도했습니다. 경사서술은 의미의 표면을 재빨리 미끄러지는 그 성급함 때문에 자칫 개연성이 훼손될 우려가 없지 않지만 탈원한 갈등 구도의 느슨하고 게으른 이야기의 지루함을 가볍게 횡단하는 기능이 장착된 서사기법이기 때문입니다.

▷2021년 현재 한국소설의 흐름을 어떻게 보는지요.

앞에서도 언급했다시피 나는 지난 10년 간 학술서 집필 때문에 주로 인문도서를 탐독했으며 최근에는 또 일련의 소설 창작 때문에 한강과 몇몇 작가의 소설 외에는 문학작품은 거의 접촉하지 못했습니다. 그러니 이 질문에는 발언권이 없다고 생각합니다.

▷문학은 어떤 면에서 고정관념과의 갈등이라고 할 수 있습니다. 작가님의 생각을 듣고 싶습니다.

원한, 반감, 악의가 갈등의 원인이던 기존의 소설격식에서 인간애, 이해, 선의로 전환하고, 갈등의 주체도 외부의 물리적 관계에서 내재적인 심리적인 관계로 전이하면서, 작품의 긴장감과 몰입도가 약화되고, 스토리의 주선이 위축되는 결과로 이어질 모험을 감안해야 하는 일종의 실험창작일 수밖에 없었습니다. 그러나 한편으로는 허구가 절제되고 현실감은 증폭되어 소설이 보다 생활과 밀착되는 의외의 소득도 있었습니다. 윤하늘과 계부의 관계처럼 드물게 갈등의 근원이 원한일 경우에도 전통적인 해결 방식인 복수와 징벌보다는 타협과 화해를 선택함으로써 정의 구현이라는 사회 보편 정서의 검증터널을 통과해야만 하는 설득의 난관에 봉착할 수밖에 없었습니다. 그러나 복수와 징벌의 광기를 제압하는 데는 역시 사랑과 인간애의 도입으로도 충분했습니다. 윤하늘의 모친에 대한 사랑은 복수심을 버리고 원수와 타협하도록 했으며 서다요의 불행에 대한 인간애는 가해자를 징벌할 대신 화해하도록 유도한 것입니다. 이러한 사소한 실험들이 한국소설이 역사적으로 짊어졌던 '한'이라는 고정관념의 무거운 멍에를 벗어던지는 계기를 마련하는 발판이 되었으면 기대해 봅니다. 망각에 보풀 인 과거를 소환하여 은유의 먼지를 털어내고 진의를 복구하지만 늙은 인연은 세월에 무디어진 관성 때문에 기대했던 참회와 책임을 낚지 못하고 쓸쓸한 '합의 실수'의 포지션에 배제되는 설정 역시 서사관례의 고착된 틀에서 한 걸음 비켜서려는 노력이었습니다.

▷ 혹시 구상 중인 또 다른 소설이 있으면 말해주십시오.

장편소설을 구상 중입니다. 인터넷, 스마트폰, 아파트, 자동차를 비롯한 인류의 모든 현대문명과 완전히 단절된 인간의 원초적인 밑바닥 본능에 대해 파보고 싶었습니다. 혜택으로서의 문명이 인류의 동물적인 본능을 인간화한 것인지 아니면 도리어 오염시킨 광기는 아닌지 고민해 보려고 합니다.

유리언덕

ⓒ장혜영, 2021

1판 1쇄 인쇄__2021년 12월 20일
1판 1쇄 발행__2021년 12월 30일

지은이__장혜영
펴낸이__양정섭

펴낸곳__예서
　　　　　등록__제2019-000020호

제작·공급__경진출판
　　　　　사업장주소__서울특별시 금천구 시흥대로 57길 17(시흥동) 영광빌딩 203호
　　　　　전화__070-7550-7776　팩스__02-806-7282
　　　　　홈페이지__http://https://mykyungjin.tistory.com
　　　　　이메일__mykyungjin@daum.net

값 22,000원
ISBN 979-11-91938-06-7　03810